正誤表

『川野京輔探偵小説選Ⅲ』の「解題」に下記の通り誤りがございました。お詫びして訂正いたします。

298頁 上段7行目　（誤）中央林間
→　（正）南林間

299頁 下段10行目　（誤）覗き
→　（正）除き

301頁 下段3行目　（誤）「二等寝台殺人事件」の初出は
→　（正）「二等寝台殺人事件」は

302頁 上段22行目　（誤）「ＴＫの集い」
→　（正）「ＦＫの集い」

302頁 下段21行目　（誤）自動車関連の著者
→　（正）自動車関連の著書

303頁 下段6行目　（誤）が映画になりましたが
→　（正）も映画になりましたが

308頁 上段6行目　（誤）（一一五～一一六頁）
→　（正）（論創社版では一一五～一一六頁）

312頁 上段9行目　（誤）〇年七月号
→　（正）十年七月号

312頁 上段11行目　（誤）一年三月号
十一年三月号

論創ミステリ叢書

128

川野京輔探偵小説選 Ⅲ

論創社

川野京輔探偵小説選Ⅲ

目次

創作篇

評論・随筆篇

凡　例

一、「仮名づかい」は、「現代仮名遣い」（昭和六一年七月一日内閣告示第一号）にあらためた。
一、漢字の表記については、原則として「常用漢字表」に従って底本の表記をあらため、表外漢字は、底本の表記を尊重した。ただし人名漢字については適宜慣例に従った。
一、難読漢字については、現代仮名遣いでルビを付した。
一、極端な当て字と思われるもの及び指示語、副詞、接続詞等は適宜仮名に改めた。
一、あきらかな誤植や脱字は訂正した。
一、今日の人権意識に照らして不当・不適切と思われる語句や表現がみられる箇所もあるが、時代的背景と作品の価値に鑑み、修正・削除はおこなわなかった。
一、作品標題は、原則として底本の仮名づかいを尊重した。漢字については、常用漢字表にある漢字は同表に従って字体をあらためたが、それ以外の漢字は底本の字体のままとした。

創作篇

暴風雨の夜

一

何としても前宣伝が効いていた。

近来にない猛台風だと言う。

人々は、雨戸を釘付けにしたり、畳を上げたりして、風と高潮に備えた。

果して夜半頃から、激しい暴風雨となった。

小さい子供のある家では、予め指定されていた小学校の講堂へ避難し始めた。このあたりは市内でも特に土地が低い。

瓦が飛んだ。吹き晒しのガラスがバリバリと破れた。

大きな樹木も、悲鳴を上げ枝が、めしめしと折れた。

ゴウゴウと地獄の怒りさながらに一きわ強い風が三十数米の速度で空を切って行く。

塀が倒れた。

勿論、電燈線は切断され、真暗な中で、人々は不安におびえていた。

折から満潮の河は、土手すれすれに水面を盛り上らせ、暫しの間隔をおいては吹く強風と共に、飛沫を、闇夜に抛り上げしていた。

町の消防団員が土手の上に頑張っていた。今にも堤防は足許から切れそうだった。

「避難命令を出そう。この辺は海が近いから、危い」

短い脚にすっぽり大きなゴム長の靴をはいた年配の男が言った。

消防の一人が、大鼓を鳴らした。

避難の合図だった。

人々は家を捨て、身の囲り品を持って、小学校に集った。

鉄筋コンクリートの小学校の講堂は三階にあった。

既に、大勢の人々が、ごろごろと横になっていた。

さしも広い講堂が、忽ち一杯となった。

「もう入れないよ」

後から来た人へ、無責任にどなる者もあった。中に入れず廊下に立った人々はうらやましそうに内を覗いていた。「可愛相ね」小さな女の子が言った。「早くこないからですよ」母親がボソリと云って横を向いた。

処々に立てられたローソクがゆれて、雑然とした講堂の中を照らしていた。

恥も外聞もなかった。

若い母親が、前をはだけて幼児を抱き、だらしなく寝ていた。

その素足の足に顔をくっつけるようにして、どこかの少年が眠っていた。

黒板や机に支えられた窓ガラスがメリメリと鳴った。

「堤防が切れたぞ」

一瞬人々はシーンとなった。

けたたましい男の声がした。

堤防が切れたら、もう、この附近の家は駄目なのである。終戦の年にも堤防が切れ、泥に埋った経験があった。

「ジョンを繋いだままにして来たね」

女の子の言葉が人々の気持を一層みじめにした。

沈黙の後で
「どうしよう。水が出たんだ」一人が悲痛に呟くと、どうしようもないのに皆んなは急にガヤガヤと騒ぎ出した。

全身びしょ濡れになった一団の男達が入って来た。

消防の人達だった。

「静かにして下さい、ここは絶対に安全なのですから」

制服を着けた警官がいた。

がっちりした体格で、目附きの鋭い男だった。

「もう外は一面の泥海です。いくら騒いでも駄目です。とにかく夜が明けて水が引くまで、じっとしていて下さい」

警官は、じっと皆んなを見廻した。

人々は、事態が事態だけに、その制服に、絶大な信頼を寄せ、安心感を覚えるのであった。

「場所がなくて廊下に立っている人もいます。こんな時はお互様ですから、自分だけが場所を占領しないで、入れてあげて下さい。それに水量が増しているので二階にいる人々は危険ですから、この三階に入れてやりましょう」

横になっている人を起こして、警官は、手際よく場所を割って行った。

警官は部屋の隅で、うずくまっている男をちらりと見た。

男も鳥打帽をかぶった顔を上げて見返し、そしてニヤリと笑った。

一瞬、警官の頬が硬張り、何事かを一心に思い出そうとした。

「どこかで会った事がありますね」

警官が聞くと、男は首を横に物憂気に二度三度ふった。

「いや確かに記憶がある。どこかな」

男は周りを見廻しながらゆっくり答えた。

「冗談じゃねえや。儂（わし）は刑務所なんぞにゃ、お世話になった覚えはないぜ」わざとらしい調子だった。

警官の目がキラリと光った。

周囲の目が一斉にその近所で見馴れぬ男にそそがれた。

「あれは誰だい」

「知らないね、この辺じゃ見かけないね」

ひそひそと囁き合っていた。

人々は男が言った刑務所云々に、すっかり神経を尖らしてしまった。男の側にいた人達はごそごそと移動して行った。

二

風はますます激しく雨も負けずに、すざまじい響を立てて建物にぶつかった。

荒れ狂った河の濁流と、高潮の海水が渦を巻いて辺り一面を覆い、僅かに家々の屋根だけが覗いていた。

「だが今度はこの講堂があるから助かったよ」「全く、この前の時は逃げる所もなくて屋根の上で一晩明かしましたからな」こんな話をしていた。

突如、断末魔の悲鳴にも似た女の叫び声が廊下の方で聞こえた。

「お巡りさん。うちの子が……」

警官は、人の頭の上を飛ぶようにして駈けて行った。

「助けて下さい。うちの子が」

母親らしい若い女が髪をふり乱して、警官にすがった。

既に一階と二階の一部が水びたしになったその中に子供が落ちたと言うのである。

水中に飲まれたのか、もう子供の悲鳴もなかった。

真黒な水面が警官の差出したローソクの光で不気味に照らし出された。

「駄目だよ」

鳥打帽の男が、ボソリと言った。

「助からないよ。もうどこへ流されたか分らないよ」

血走った母親の目が男を睨んだ。

「人殺し」噛みつくようにどなった。ギクリとして皆んなが男を見た。男は苦笑した。

「縄を貸してくれ」

警官は、するすると上衣を脱いだ。渡された縄を胴に巻きつけた。

静かに階段を一段、一段降りて行った。

「おい、無理をするな」

あの男は冷然と見下していたが、くるりと向きを変えてしまった。

人々は階段の所に集って、既に胸まで水につかった警官の姿を見ていた。

一人の少女が居た。

病的なほど色の白い十四、五の娘だった。小さな顔に不似合な大きな目をしていた。

少女は献身的な警官の姿を、うっとりと眺めていたが、ふと、気になるように、あの男の方を見た。

男は廊下の隅に脱いである警官の上衣の前で、身をかがめていた。

床に置かれたピストルを手にして、暫くいじっていた。

少女の頰が見る見る硬張った。

誰もこの男の怪しい行動を見ていない。

講堂の中からは廊下の様子は分らない。

廊下に出た人々は、警官の方にばかり気を取られている。

少女は小刻にふるえる足でそっと男の後に近づいて行った。ハッとふり返った男は、相手が少女だと分ると、ニヤリと笑った。

「お嬢さん。黙っているのですよ。いい子だからね」

普段聞けば、別に変った声ではないだろうに、場合が場合だけに、すごい感じだった。

つぶらな目を皿のようにして少女は、大きくこっくりと頷くと、ずるずると後退った。

警官は、ぐっと濁水の中に身を沈めて手探りに子供を探していた。ブクブクと息を抜いて頭を上げたが、すぐまた、もぐって行った。

母親が両手を合せて、祈るような恰好をしていた。

二度三度、もぐった後、遂に警官は、五、六才の男の子を引き上げた。

「アッ」

と云う感激のどよめきの中に、警官は子供のぐったりした体を横たえた。

「ヨッチャン」

母親が、すがりつこうとするのを、鳥打帽の男が後から止めた。

「未だ待って。人工呼吸をさせてからだ」

男は、子供の大きく膨んだ腹に手を当てて、ぐっと押した。

ドボドボと大量の水を吐き出した。

その間に上衣を着た警官が、戻って来、男と交互に人工呼吸をほどこした。

約一時間、うむ事を知らぬ二人の働きで、子供は、息をふきかえした。

ホッと安堵の胸を撫で下した人々は、それぞれの場所に還り大風の猛威におびえながらも、しばしの眠を取ろうと、目を閉じるのだった。

「ありがとうございます。ありがとうございます」

すがりつく母親を優しく制して警官は、講堂の隅に腰を下した。

少女が遠くから、ある種の感情の込った眼差で警官の横顔を見ていた。

男が、ずるずると警官の横にいざり寄っていくのを見付けた。

少女はあの男が嫌いだった。

真面目な人ではないと信じていた。

殊によると犯罪者かも知れない。

警官の上衣のポケットを探ったり、ピストルをいじったりするのだから悪い奴に違いない。

警官に何か危害を加えるのではないか。

少女は、自分の好きな警官に万一の事があってはと心配した。

だが告げる訳にはいかない。

あの男が、どんなひどい仕返しをするかも分らないからである。

三

講堂のあちこちに立てられたローソクの光だけが、ゆらゆらとゆれていた。

人々はどうやら寝静まったようだ。

相変らず外は暴風雨であり、洪水の海だったが、あと、二、三時間もすれば夜が明けそうだった。

あの男が、警官の耳に何事か囁いた。

ハッとした警官の手を圧えて男は立上った。二人はそっと廊下へ出て行った。

少女の大きな目が、見ていた。

彼女は、そっと身を起した。

廊下には、窓ガラスを通して淡い光が霞んでいるだけであった。

男と警官は、低いが激しい句調で何事か言い争っていた。

いきなり男は警官におどりかかった。男のアッパーカットが警官の顎に炸烈した。警官は仰向けに倒れた。ぐんとのしかかるところを、警官が下から蹴上げた。

警官は、すっくと立上った。男は、下腹を痛そうに圧えながらだが野獣のような目で睨んでいた。男の手が下に下った。ぐっと体が前へ出た。

「馬鹿」

警官はピストルを取った。引金を引いた。だがカチリと音がしただけだった。

男が笑った。

あの時、弾を抜いていたんだわ。

少女は、ぶるぶると身振いした。柱を握った手のひらが汗でネバネバした。

掴んだその手で側にあった棒ぎれをしっかりと掴んだ。壊れた机の脚だった。

ハアハアと少女は大きな息をした。

男と警官は、上になったり下になったり、転げ廻って格闘した。

少女は警官の上に馬乗りになった男の背中を力一杯なぐった。

「アッ」

と叫び声をあげてのぞけるところを、すかさず警官は、ピストルの台尻で、男の頭を打った。

ぐったりと伸びた男を、暫く放心したように見下していた警官は、少女の姿を見てハッとした。

「どうしたんだ」

咎めるような目であった。

「済みません、でしゃばったりして、でもこの人、悪いんですもの」

警官はそこで始めてホッとした。

「いや、ありがとう」

物音に驚いた人が、顔を覗かせた。

警官は気を失った男を縛り、口には猿轡をはめた。

「どうしたんです。何者ですか」

口々に聞いた。

「何んでもないです。御心配なく」

警官は何故か迷惑相に言った。

男は気がついたらしく、ウッウッと言葉にならぬ、うめき声を出して身悶えた。

「こいつは悪い奴です。お巡りさんを殺そうとしたんです、こいつは人殺しです」

少女が、キンキンと響く声で言った。

「ええ人殺しだって。本当ですか、お巡りさん」

眉を寄せて、いらいらした様子だった、警官は思い切ったように言った。

「そうです。こいつは、悪い奴です。昨日、H刑務所を脱獄した殺人犯です。皆さんをお騒がせしてはと思い、実は始めから知っていたのですが、黙って捕える機会を待っていたのです」

あの男は、猿轡で自由にならぬ口で、何事か絶叫した。

「全く、こいつは兇悪な犯人です。罪のない人を三人も殺しています」

警官は、憐れむように男を見下した。

「ふん。こいつ太え野郎だ」

一人の若い者が、男の肩を足で蹴った。

「おい、乱暴しちゃいかん」

警官は、あわてて制した。

「こいつは、うちの子が死んでしまえばいいと言ったわ」

先刻の母親が憎々し気に言った。

「どさくさにまぎれて、ここに忍び込んだんだな。畜生」「こんな奴は水に呑まれて死んでしまえばいいんだ」

元気のいい老人が、男の毛髪を摑んで顔を引上げた。

「この目を見ろ。人を殺しそうな目じゃ」

老人に罵倒された、その狂暴だと言う目は、じっと横を睨んでいた。

そこには警官に遠慮がちに、寄そった少女の、うっとりとした放心の姿があった。

四

騒々しい人々のどよめきが治まって、講堂では、警官とあの男を除いて皆んな再び横になった。

さっきの少女は警官の膝の上に、オカッパの頭を乗せて無邪気な寝顔を見せていた。

姉と二人切りの暮し。

そのせいか誰にでも妙に人なつっこい子だったが、この若い警官には明らかにそれ以上のものを感じていた。

会社の帰りが遅くなって遂に家に帰らなかった姉が今頃は、この少女の事をどんなに心配している事だろう。

だが少女は若い逞ましい膝の上で無心に眠っているのである。

縛られた男は、諦らめたのか、身動きもせず、じっと、うずくまっていた。

警官は、そっと手をさし延べて少女の髪を優しく撫でつけてやった。

可愛いい口が半ば開いて、真白な歯が覗いていた。少女の頭の重みが警官の心を妖しくゆさぶった。

警官は膝の位置を代えた。

モグモグ少女は口を動かした。

挑発されたように警官は、顔を近づけて行った。

「ウ……」

あの男が、低い声でうなった。

警官は、臆病そうにチラリと男を見た。

乱れた少女のスカートの裾から形の良い太腿がちらついていた。

警官は、小刻にふるえる手で直してやった。

同時に、そっと少女の頭をかかえて床に横たえた。

「おい」

警官は、男を引立てて廊下へ出た。

台風の中心がこの地方から幾分遠ざかったのであろうか。

一きわ強く吹く風と風の間隔が長くなったように思えた。

引潮になるにつれて、水も徐々に退き始めたらしい。

どうやら夜明けも近いようだ。

窓の外がほんのりと明るみを帯びて来た。

突然。

物凄い音と罵声が起り、続いて、鈍い水音がした。

ピクと少女が肩の辺りをふるわせて眼を覚した。

警官が横にいない。

そしてあの男もいなかった。

「大変だ。あの男が……」

少女は廊下へ飛び出した。

警官は階段の処で、横腹を押えて、うずくまっていた。

水は既に大部分退き、一階の半ば頃まで水量が減っていた。

その濁水の中で、あの男が浮き沈みして苦悶していた。

まだ縄が解けないのだろう。

苦しそうに時々、顔だけを水面に出してはまた、沈んでいった。

「逃げようとしたんだ。畜生」

警官は憎々しそうにうなった。

「大丈夫？　大丈夫？」

少女が細い腕をまくって、警官の上半身を抱いた。

「太え野郎だ。だが、このままにしておいていいのか」

一番先に駈けつけた元気のいい老人が周りを見廻した。

「助けよう」

学生が言った。

「犯人だよ。脱獄囚だよ」

警官に子供を助けてもらった母親が、小気味良げに言い放った。

「いくら犯人だって、このまま見捨てれば、今度は皆んなが殺人犯だぞ」

学生は、水が引いた後の泥でヌルヌルした階段を下りていった。

「そうだとも。助けるんだ。それから警察へ連れていくんだ」
二、三人の男が、後に続き、半死半生の男を、ずるずると引き上げた。

五

男は誰の介抱も受けず、床の上に、伸びていた。捕縄だけは解かれていた。

風が治った。

雨も止んだ。

そして水も、すっかり退けてしまった。

まるで嘘のように、カラリと晴れ上った朝になった。

人々はようやく喜色を取戻した。

泥だらけになって恐らくは、めちゃめちゃになっているであろう我が家の事を考えれば憂鬱だったが、とにかくも数時間に渉った暗黒の恐怖から逃がれられただけでも満足だった。

荷物をまとめると、三々五々、講堂から出ていった。

「この男をどうするか」

「大丈夫だよ。警官がいるんだもの」

そんな話声がした。

「でも、この人、あの男にさっき、横腹を蹴られて、連れていけないわ」

少女が、むきになって叫んだ。

「それもそうだな」だが皆んなは明かに迷惑がっていた。

この時。

だらしなく伸びていた男が眼を覚した。

キョロキョロと囲りを見廻し、警官と眼が合った。

「この野郎、よくも」

猛然と警官におどりかかった。

「あっ、何をする」

側にいた男達が、警官の前に立ちはだかり、その男をつき飛ばした。

「邪魔をするな」

男は狂気のように絶叫した。

「皆んな聞いてくれ。儂は……」

言いかけて男は、少女の射すような視線を感じた。

大きな眼に憎悪をたぎらせて、こっちを見ていた。

「何だ。何が言いたいのだ。ええ、言ってみろ。生意気な奴だ」

血気の若者二、三人が、その男を組み伏せて縄を掛直してしまった。

「さあ、連れて行こう」

彼等は、男を引立てて行く気だった。

よろよろと警官が立上った。

まだ脇腹を押えていた。

少女が腕を貸した。皆んなが、威勢よく言った。

「さあ、お巡りさん一緒に行こう」

だが警官は、弱々しく首を振った。

「先に行ってくれ。とても、この体じゃ行けない」

「駄目だよ。元気を出してくれよ。お巡りさんが行かなくちゃあ、話にならない」

彼等は警官と一緒に行く事によって、稀代の脱獄囚を捕らえた功を誇りたかった。

「そうとも、そうとも」

あの男が不敵な笑いを見せて頷いた。

厭がる警官を、抱きかかえるようにして彼等は洪水の後の、ぬかる道を意気揚々と歩いて行った。

「あっ貴方、無事だったの」

若い女が少女を見つけて走り寄って来た。

「姉さん」

二人は堅く抱合った。

「さあ、行きましょう。心配かけて済まなかったわね」

「でも、あの人が……」

少女は心配そうに警官を見た。

「大丈夫。儂達がいるよ。お姉さんと一緒に行きな」

人々が口々に勧め、姉が極力、くどいた挙句、少女は渋々、皆んなと別れ、後を振り返り振り返り去って行った。

「よかったな」

あの男が満足気に呟いた。

「何が良かったんだ」

「このお巡りと放れてさ」

「何を、こいつ、柄にもなくやき餅を焼いていたのか」

人々は愉かに笑った。

市の高台にあるS警察へたどりついた。

この辺は水につかっていなかった。

署の前に、二、三人の警官が出ていた。

抱きかかえられた警官が一瞬立止った。

「よう、そりゃ、どうしたんだい一体」

向こうの警官が手を振った。

「ふっふっふっ」

あの男は妙な笑い方をした。

皆んなは、ぐるりと男の周りを囲んだ。

だが、どやどやと駈けて来た警官達は意外にもあの男には見向きもしないで、横腹を押えて息も絶え絶えの警官に飛びかかって、忽ち縄をかけてしまった。

「馬鹿な奴だ」

いまいましそうに、あの男は言った。

男はS署の刑事であった。

脱獄囚を追っていた。

それは彼が、かつて逮捕した男だった。猟奇事件と世間を騒がした変態殺人魔だった。

当時彼はF大学生だった。裏切られたと云って、その恋人を犯し、殺し、ズタズタに死体を切り噴んだ。

血だらけの短刀をさげて、夢遊病者のようにさまよった彼をこの刑事が捕えたのであった。大学生は、無期刑を云い渡されH刑務所に服役していたが、巧みに看守の目をかすめて脱獄したのだった。

直ぐさま交番を襲って警官の服とピストルを手に入れた。

だが逃亡の途中で高潮の危険を感じて、近くの小学校の講堂へ、警官になりすまして入って来た。鳥打帽の男を見て、どこかで見た事があると感じ、思い出そうとしたが駄目だった。

刑事は、犯人が、子供を助けている間に、ピストルの弾を抜いておいた。

だが彼は、犯人が必死になって濁水にのまれた子供を助けようとしているのを見て感激した。

人が寝静った頃、刑事は彼を廊下に呼んで身分を明かし、明朝署へ連行する旨告げた。

それと共に、彼が行った献身的な働きも上司に報告し、幾分なりとも脱獄の罪を軽くしてやると言った。だが彼は頑として応じない。やむなく逮捕しようとすると、彼は、突如、反抗し、あの何も知らない少女の加勢もあって刑事を縛り上げ、喋れないように猿轡をはめてしまった。

更に、明がた近く、刑事を廊下から、つき落して殺そうとしたが、これは未遂に終り、計らずも、犯人が刑事を引立てて警察署へ連行しなければならぬ羽目になった。

刑事は、一早く真相を語ろうとしたが、純心な少女が、ひたすらに犯人を慕う様を見てこの男が、大それた脱獄囚、しかも婦女強姦殺人の前科者だとは告げるに忍びなかったのである。

「おい、何を変な顔をしている。貴様、大手柄じゃないか。だが、貴様が縛られているというのはどんな訳だ。いずれ貴様の事だから何か奇抜な方法を考えたのだろうが、さあ」

署の連中に言われて刑事は、ハッと我に返った。

「どうも済みませんでした」

制服の犯人が縄つきの刑事にペコリと頭を下げた。あっけに取られて、ポカンと一部始終を見ていた人々に、刑事は始めてニッコリ笑った。

「どうも皆さん御苦労様でした」

コンクール殺人事件

（人物）

私　23
川野　30
佐々木　40
加藤美子　24
吉原京子　30
医者　40
バーのマダム　32
青葉好夫　30
中村監督　50

M　推理ドラマにふさわしいもの――BG

題名スタッフ紹介

M　推理ドラマにふさわしいもの――UP CF

SE　自動車の疾走、警笛、停車

佐々木　さあ、三宅さんと加藤さん、国吉市の金座街ですよ、冷たいものでも飲んで別れましょう。

私　佐々木さんは、そう云って私と加藤美子さんをうながしました。私も加藤さんもつい先ほど飲んだカクテルのせいかひどく酔って気分が悪く佐々木さんの運転する自動車に乗ると途端に眠ってしまっていたのでした。ああうっ（目が覚める）加藤さんどうなさいます？　私早く家へ帰りたいわ。

美子　ええ私もね、佐々木さん私達ここでお別れしますわ。もう遅いんですもの午前二時を過ぎています。

佐々木　まあ、そうおっしゃらずに、今日は、いやもう昨日になりましたね、お二人にとってはおめでたい日じゃないですか。さああの角を曲った喫茶店で冷たいものでも、あの店はオールナイトですよ。

私　私は殆んど灯の消えた金座街を見渡しました。昼間の雑踏が嘘のような静けさでした。向うには有名なよろず橋が見えその先には黒い大きなビルディングが闇に透してみえました。私は頭がグラグラしていました。ねえ佐々木さん私気分が悪い。

佐々木　そうでしょう、お二人とも女の癖に、いやこれは失礼、随分おのみになりましたからね、さあ酔をさますためにもレモンスカッシュでもいかが、スーッとしますよ。

私　佐々木さんが言葉巧みに誘うので結局私達は自動車を降りました。

SE　アスファルトにひびく足音――BG

美子　（小声で）三宅さん、お願い佐々木さんとお別れして帰りましょう、ねえ。

私　いいじゃないの、ちょっと位。

何故か加藤さんはひどく帰りを急いでいました。ラジオ東亜の声優さんだというからおつき合いで夜遅いのはなれているはずなのに不思議でした。私のように銀行につとめて夜は八時すぎに帰ることなどめったにない娘じゃあるまいし。

SE　足音、止る

佐々木　アッ、ちょっと待って下さいよ、車の中に忘れものを。

SE　小走りに去る

私　佐々木さんは、あわてて車のおいてある横丁にかけ込みました。とほとんど入れ違いでした。

SE　荒々しい足音近く

男　畜生、香川京子だな!!

美子　アッ、キャーッ

SE　逃げて行く足音。人の倒れる音

M　不気味なもの（短く）

私　突然、通り魔のように背の高い男が現われてナイフで刺すと風のように消えて行ったのです。私は倒れた、加藤さんを抱き起しました。胸に手をやると生温い血がベットリと……私はそのまま気を失ってしまったのです。

M　苦しい夢のさまよいから白々とさめて

川野　ようやく気がついたようですね。

私　うーむアッここはここはどこです。

川野　金座街の側の病院ですよ。私はラジオ東亜のプロデューサーをしている川野という者ですが、徹夜の仕事をすませて今朝早く、よろず橋の側を通り、気を失っている貴女を発見したのです。相当に酔っていらっしゃるようでしたが……

私　そうですか……アッそうだ、加藤さんは加藤さんは助かりましたか。

川野　加藤さん？

私　胸を刺されて私の側に倒れていた女の人です、ねどうなったんです。

川野　さーあ知りませんね、貴女一人だけでしたよ。
私　うそです。
川野　うそだって、とんでもない……
医者　ね、川野さん、病人を興奮させないで、未だ警察の調べもすんでいないのですよ、安静にさせておかなくちゃ。
私　いいんです先生、ね先生、本当のことを教えて下さい。加藤さんも、この病院なんでしょう。
川野　私はうそなんか云いません……だが変だな貴女の側には猫の仔一匹転っていなかったですよ、勿論血なんか流れていなかったし。
私　アーッうそだ、うそだ。
　M　ヒステリックなもの鋭く
私　やがて気をとり直した私はあの恐ろしい殺人をありのまま話し始めました。
川野　ちょっと、待って下さい〝吉原京子に似た人募集〟ですって、じゃさっき貴女のおっしゃった加藤と云うのはまさか、加藤美子さんじゃ？
私　ええ加藤美子さんです、殺されたのは。
川野　エッ何ですって、加藤さんが。
私　どうなさいました、あっそうですわね。加藤さんも貴方と同じラジオ東亜でしたわね、御存知なんですか。
川野　私の友達ですよ、うんこりゃ大変だ。
私　川野さんは、あわてて加藤さんのお宅やラジオ東亜やその他心当りの処に電話しましたが加藤さんはどこにもいませんでした。そのうちに間もなく国吉警察の係官がやって来ました。その警部は川野さんとは顔なじみでした。私は、そこでまた川野さんに話したことを聞かれました。
　昨日、太陽映画のスター吉原京子さんの後援会が京子さんに似た人のコンクールをやったのは御存知ですね。会場は吉田市の京子さんの豪華な邸でした。
SE　京子の家、多数の人々のざわめき
佐々木　えーっ皆さん、お静かに只今からコンクールの結果を発表します。審査の先生方は吉原京子先生、中村監督、スターの青葉好夫先生。では〝我等の憧れのスター吉原京子にもっともよく似た人〟はこちらにいらっしゃる、加藤美子さんに決まりました。（拍手）そして次点は三宅潔子さんでした。（拍子）では栄えの王冠を吉原さんから直接加藤さんにお渡しして頂きましょう。
京子　おめでとう、今後援会長の佐々木さんから発表のあった通り貴女が私に一番よく似ているんですって。はい銀の王冠を（拍手）じゃ仲よくしましょうね。
（笑いと拍手）

佐々木　さあ加藤さん、今度はこちらへ。では引続いて後援会から賞金を、おやどうなさいました。気分でも悪いんですか。
美子　いいえ何でも（小さく）でも私帰ります。
佐々木　エッ？　お帰りになる、とんでもない貴女が帰ってしまったんじゃ、さあ中村先生、青葉さんこの人を引きとめて下さいよ。
中村　ねえ、お嬢さん、かたくならないで愉快にパーティでもやりましょう。次の部屋にカクテルの用意ができていますよ。
青葉　加藤さんどうぞ私と御一緒にさあ手をどうぞ。
佐々木　おっと青葉さん早すぎますよ、どうもこの人は手が早い（哄笑）あっそうだ、ちょっと待って下さいよ。映画雑誌の方がおみえになっていますから京子さん加藤さん三宅さんと三人並んで写真をとって頂きましょう。ほらこうしてみるとなるほど三人ともうり二ついやうり三つですな（哄笑と拍手）
SE　フラッシュが続く
私　こうして後はドンチャン騒ぎとなったのです。加藤さんも私も相当に酔っぱらったのです、あんまりのんだ記憶はなかったんですが……そこで佐々木さんが自動車で二人を国吉市まで送ることになったのです。何しろ私達の住んでいる国吉市と吉田市は自動車でタップリ一時間はかかりますから。
川野　ふーんなるほどね。ところで三宅さん、吉原京子の家を出たのは何時頃でした。
私　午前二時頃ですわ。
川野　エッ二時ですって、そんな馬鹿な貴女はさっき国吉市で車を降りたのが二時頃だと云ったはずです。吉田市と国吉市との距離がゼロになったのですか。
私　でも本当なんです。何もかも本当なんです。絶対に金座街だったのです。よろず橋もあったしその向うにはビルディングがアッ（と気がつく）
川野　ビルディングですって、金座街にはビルなんかないはずだが。
私　そうだわ、よろず橋の向うにビルなんかないわ、でもゆうべは確かにあったんです。黒い大きなビルディングが、ああ私はどうかしたのかしら。
川野　一夜にしてよろず橋の向うの街が消え失せたというわけですか。
私　ひやかさないで下さい。貴方は私の話を信用しないのね、そしてここにいらっしゃる警察の方々も半信半疑ですのね。でも私が間違うわけはない。通り魔のような黒い男、白く光るナイフ、どろどろと流れた血、アッ血が……そうだ先生私の手に血がついていたでしょう血がね先生。

医者　うんついてましたね、べっとりと血のりがへばりついて。

川野　エッ先生本当ですか、じゃやっぱり加藤さんは……何者かによろず橋で殺された……でも死体が――死体がないのはどうしたわけだ――

M　謎とスリル

私　川野さんの疑問はともかく加藤さんの行方はその後も、ようとして判らず警察でも一応殺人事件として本腰を入れることとなり、刑事さん達があの晩居合わせた人々のアリバイを調べ始めました。でも結果は思わしくありませんでした。中村監督と青葉さんは吉田市の自宅にすぐ帰っていたので国吉市に来る時間は、ありません。更に私達を国吉市まで送って来たはずの佐々木さんにもアリバイがあったのです。吉田駅の側のバー・スワンのマダムがこう証言したのです。

マダム　ええ二時すぎでしたわ。もうお店を閉めようとしていると相当に酒の入ったらしい佐々木さんが入って来ました。そして、また飲み直しです。夜明けまでとうとう一人でねばってしまいました。途中で私の方がへばって失礼してねてしまいました。なじみのお客で、気心はわかっているし平気でした。朝になってみると佐々木さんはテーブルの上に身を伏せて眠っていました。二時頃国吉市に行ったたって？　佐々木さんが？　とんでもない、現にその頃佐々木さんはうちにいましたよ。

私　私は悪夢をみているようでした。あの恐しい事件は酒にしびれた私の妄想だったのでしょうか、なるほど考えてみると私の話というのは私自身、つじつまが合わないことばかりでした。なくなった死体、消えたビルディング、午前二時頃よろず橋にいたはずの佐々木さんが実は、その頃吉田市のバーにいたり、私は気が狂いそうでした。だが気が狂いそうなのは私だけでなく川野さんもそうでした。川野さんは警察の遅々として進まぬ捜査に業をにやし自分自身で愛する美子さんの行方を求めて必死の調査を続けていました。川野さんはまずバー・スワンを尋ねました。

SE　バーのさざめき

川野　マダム、ハイボール一杯、私はこういう者ですがちょっと教えて下さい。佐々木さんは古くからのなじみですか。

マダム　佐々木さん？　ああ京子さんの後援会長の、そうですねあの人が貿易関係の仕事をしていた頃からだから二、三年になりますかね。以前は随分と危ない綱を渡った人ですけどね、如才のない人ですよ。

私　それから川野さんは吉原京子さんを太陽映画のスタジオに訪ねました。

京子　エッ？　あの時の加藤さんのお知合いですか、まあどうしましょう。おかわいそうに加藤さんは私に間違われて殺されたのよ。

川野　何ですって？

京子　だって新聞にも出ていたでしょう。三宅さんの話に犯人は〝畜生、香川京子だな〟と叫んだって、あれは私の本名なのよ。

私　吉原京子さんの云う通り警察でも加藤さんが京子さんと間違われて殺されたと考えていました。何しろ二人はうり二つでしたし、しかも夜だったのですから一層見わけがつかなかったでしょう。そこで警察では秘かに吉原京子さんに怨みを持っていそうな人々を捜していました。ところがこれが大変な仕事だったのです。何しろあの人は、有名なスキャンダル女優で自分の出世のためには手段をえらばぬ女でした。中村監督と青葉好夫さんも彼女には手痛い恋の打げきを受けていたのです。その他犯人と推定し得る人は沢山いるのです。警察の捜査が行きづまっていたのはそんなせいからでもありました。

京子　ねぇ川野さん、せっかくいらっしゃったのですから撮影所の中を案内致しましょうか。

川野　ありがとう。でも急ぎますから、ところであの向うにみえる街は何ですか、みたことがあるようだけど。

京子　アアあれは映画の野外セットよ、普段は社員の住宅ですが、必要があればそのまま一つの街になるのです。あっちが銀座の四丁目附近、そしてこっちが大阪の道とん堀とそしてその隣は国吉市の……

私　その時川野さんの目がきらりと光りました。川野さんは撮影所を出るとすぐ国吉の警察に電話をしました。

川野　（フィルター）もしもし警部さんですか、ラジオ東亜の川野ですが――分りましたよ、警部さんは加藤美子さんが二年前密輸にからんだ殺人事件を国吉港で目撃したことがあるのをおぼえていますか、そして結局加藤さんのはっきりした証言が得られず主犯を逃がしてしまったのを――ね警部さん吉原京子後援会長の佐々木を手配して下さい。そして密輸事件で捕まえたチンピラと会わせて下さい。くわしいことはすぐそちらへ行って……

私　川野さんの云う通り、佐々木は二年前の密輸事件の主犯でした。

川野　警部さん、まだあるんですよ。いやこの方が実は大変なのですが、佐々木は加藤さんを殺した犯人なんですよ。

私　思いがけない川野さんの言葉に警部さんはまじまじと川野さんの顔をみつめるばかりでした。

川野　まあ聞いて下さい。佐々木は、二年前の密輸と殺人の唯一の目撃者である加藤さんを探していたのです。薄暗い街燈にてらし出された女の顔、映画スターの吉原京子にそっくりだというのだけを頼りにです。加藤さんはあの時犯人の復讐を恐れてはっきりした、証言をしなかったのです。警部さん、あの事件も貴方の担当でしたからここまで云えば後はおわかりでしょう。佐々木は京子に近づいてまんまと後援会長になりすまし、京子に似た人を募集して、首尾よく加藤さんを見つけたのです。勿論加藤さんの方でも一目みて佐々木をあの時の犯人だと知りました。加藤さんが早く家に帰りたかったわけは、こういう理由からだったのです。しかし加藤さんもそして三宅さんも麻酔薬の入ったカクテルを飲まされよろず橋に引っぱり出されて加藤さんは殺されました。香川京子などと京子の本名を云って三宅さんにわざと聞かせたのは警察の捜査をまどわすためでした。アッ警部さん貴方は時間的に佐々木が国吉市に来れないとおっしゃりたいのですね。その通りなんですよ。佐々木は吉田市のよろず橋で加藤さんを刺したのです、驚かないで下さい。午前二時頃京子の家を出た佐々木は同じ吉田市の太陽映画の野外セット、国吉市の金座街のセットなんですが、そこのよろず橋の上で殺したんです、黒いビルディングは太陽映画の倉庫でした。恐らく加藤さんの死体はそのビルの中にかくしてあるのだと思います。さて気を失った三宅さんを自動車にのせるとバー・スワンに行き、マダムの寝るのを待って今度こそ本物の国吉市のよろず橋に行って三宅さんをほうり出し朝までに再びバー・スワンに帰っていたのです。何という大胆不敵なトリックでしょう。私達を迷わせた消えた街の正体は映画の野外セットだったんです。

M　静かに――BG

私　こうして川野さんの鋭い推理によって事件は解決しました。私は、ある日川野さんをラジオ東亜に訪ねました。川野さんは、スタジオで忙がしく働いていました。ラジオマンには愛する人の死を悲しむ暇すらないのでしょうか、私はさみしい川野さんの後姿をいつまでもじっとみつめていました。

M　静かなエンディングUP――FO

犬神の村

(前篇)

(一)

風は強かったがもうすっかり春の風だった。スプリングコートのめっきり目立つ日比谷界隈だった。

ひっきりなしに続く自動車の流れ、立並ぶビルディング、いつも見馴れた風景のはずだったが、今日ばかりは、妙に新鮮な感じだった。

高いアンテナの立った日本公共放送の表玄関から出て来た矢野美子は、しばらく、そんな都会の四月の感覚を愛しむように、グリーンのコートを風になぶらせながら立停っていた。

「あら矢野さんじゃございません」

声をかけられてふりむくと目鏡をかけた若い女がいた。

「矢野さんはいつお立ちですの、広島でしたわね確か」

よく動く唇だった。多田と云うこの人は、多分大阪だった——美子はニッコリ笑った。

「二、三日うちに、交通交社へ行ってキップの予約をしてみませんと。それで貴女は」

「私は、今夜、すぐ発つ積り。赴任期間は十日間って云うけど、早ければ早いほど、いいんですって、放送局ってそんな処、随分、うるさいんですって、じゃ矢野さん、お先に」

女はそう云うと、丁度前で停ったバスに飛び乗った。しばらくバスの後を見送ってから美子は新橋の駅の方へ歩いて行った。

美子は去年の十月、日本公共放送機構の試験を受けてパスし、四月一日の今日、正式入社の辞令をもらいに来たのだった。

美子が通った東都女子大でも、二百人余りが公共放送に受験したが、採用になったのは美子を入れて三人だけだった。

その三人の内二人はアナウンサーで、プロデューサーとして採用になったのは美子だけだった。

公共放送では新採用の大半は地方の放送局へ出すことになっていた。

二十人余りの新採用者と一緒に人事課長から辞令をもらったが、美子の任地は広島だった。

「任地について特別の希望や事情がある方は申出て下さい」

未だ若い課長がそう云ったので、ふと美子は相談してみようかと思った。

美子は母と二人切りの暮しだったから出来れば東京に残してほしいと思った。

だが美子は申出るのをやめた。

広島ならいいと考えたのだった。

未だ一度も行った事はなかったが死んだ父も、母も生まれたのは広島県の奥だったし、それに父は、広島で終戦の年の夏、原子爆弾を受けて死んだのだった。

当時父の富太郎は、広島県の警察部長をしており、八月六日の朝、官舎から出庁する途中で被爆したのだった。

その時美子と母は、今の東京の駒込の自宅におり広島には行っていなかった。

そんな事から美子はずっと以前から広島と聞くと、何か身近かなものを感じていたのだった。


国電の駒込(こまごめ)で電車を降り、だらだら坂を高台へのぼり切るとすぐ美子の家がある。

こじんまりとした二階立ての家で、度重なる戦災にも無事に残って来ただけに、あたりの新築の家々にくらべると旧式の感じだが、それだけにまたしっとりとした落着を示していた。

母の妙は縁側に、客用の椅子を出して腰かけていた。

「只今、どうしたの、そんなもの出して」

「あら美子さん、お帰りなさい、いえね、戸田のおじ様が久し振りでお見えになるのですって」

「まあ、おじ様が、本当久し振りね」

美子は、太った童顔の戸田宗一の顔を思い浮べた。

「それで美子さん、どうだったの、やっぱり東京に残して頂く訳にはいかなかったの」

母の妙は四十も半ばを過ぎたとはとても思えぬ若さで、美しかった。

「それがね、お母さん、広島なのよ」

「エッ？　広島」

母の顔が一瞬、硬張った。

「どうなすったのお母さん」

「いいえ、あんまり遠い処なのでちょっとびっくりしたのよ、私はまた、せいぜい名古屋あたりかと思ったのよ、女の子ですしね」

「あら女だって男と同じ条件よ、それに遠いって云ったって特急なら十時間よ、広島はうちの故郷なんでしょう、私、先から一度、広島へ行ってみたいなって思っていたのよ、だって私、まだお父さんやお母さんの生まれた家も、見た事ないんですもの」

美子は椅子の後から母の首に腕を廻した。

「ね、お母さん、私が広島に行ったら、お母さんも遊びにいらっしゃいね」

「でもね美子さん、故郷って言ったってもうずっと前から本籍もこちらに移しているんだし、それに、お母さんの家にはもう誰もいないのよ」

「お父さんの家にはおじいさんがいるんでしょう」

「ええ、いらっしゃる事はいらっしゃるんですが、ずっと御無沙汰で、今では消息も分らないのよ」

「へーエ、そうなの、何んだかつまらないな」

「さあさ、美子さん、おじさんがいらしたようよ、お迎えにいらっしゃい」

母にせき立てられて、ベルの鳴った玄関へ走って行くと、戸田宗一がいつものようにニコニコ笑っていた。

（二）

戸田宗一は四十八才、広島市の目抜き流川通り（ながれかわどお）りに〝比婆梅（ひばうめ）〟と云う店を出して酒類の販売と飲み屋をやっており相当繁盛しているらしかった。

酒販売の方の県の組合長とかもやっているそうで、時偶（たま）、その全国的な会合で上京すると必ず美子の家を訪ずれるのだった。

鮎鮨、鯛の浜焼き、松茸と、四季折々の名産を持って来て、在京中は美子を方々へ連れて行ったり食事をおごったりして可愛がるのだった。

母とは幼なじみだと云う事だった。

「ふん、よっちゃんが広島へ来るんか」

戸田も母と同じように、美子が広島へ赴任する事を告げると、考え込んでしまった。

「どうしておじ様」

「いや、どうして云うて、ただわしは、お母さんが寂しかろうと思うただけじゃ」

戸田は笑いにまぎらしてしまった。

「おじ様、私がいなくなったからって、お母さんを誘惑しちゃあいやよ」

「何んだって、お母さんを誘惑？　うん、そりゃええ事を聞いた、よっしゃ、よっちゃんがおらんようになったら、一つ誘惑するかな」

「まあ、戸田さん、厭ですわ。そんな冗談をおっしゃるのなら、美子を戸田さんのお宅に下宿させて監視させますわよ」

「えっ？　そりゃひどいひどい、いや、それはええ、流川の店の奥座敷が空いとるけえ、そこから通勤したらええ、放送局まで歩いて、五、六分じゃ」

真顔になって戸田はしきりに勧めた。

「私が行っていいの、おじ様、おじ様が今まで独身なのは、自分のお店の奇麗な人と、しかるべくやっているからじゃないの」

「まあ、何ですね、美子さん、そんな事云って」

「いや、いいですよ妙さん、この年頃の娘さんは、そんな憎まれ口を叩きたいものですよ、実際には何んにも知らないくせに、ねえよっちゃん」

戸田は、美子が可愛くて仕方がないと云った表情でじっと見つめた。

「本当にいつまでも子供で、一人で広島へなど行ってうまくやれるかしら、お母さんは心配ですよ」

「大丈夫ですよ、よっちゃんはしっかり者だし、それにわしがついとるけえ、まかしとけ」

おどけた身振りで、とんと胸を叩いたので、美子も母も笑ってしまった。

とにかく、戸田が来ると家中がパッと明るくなるようだった。

その夜、どうした訳か美子は仲々寝つかれなかった。

広島と云うのはどんな町なのだろう。原爆が落された町だけど、もう放射能は大丈夫なのかしら、そんな事を考えてみた。

実は寝る前に、広島放送局からの全国放送で「未だ消えぬ原爆の傷」という録音構成を聴いたせいかも知れない。自分が行って働く局の放送だから一生懸命聴いた。

それによるともう十三年たつと云うのに未だ未だ原爆症の患者は多く広島では大きな社会問題となっていることを知った。

広島へ行ったらどんな番組を担当させられるのだろうか、楽しみでもあり不安でもあった。

そんな事を考えていたせいだろう、枕元の目覚時計の音が妙に耳について仕方がなかった。

美子は電灯をつけて見た。間もなく十二時になるところだった。

手洗いに行く気になって二階から降りて行った。

母の部屋は未だ灯りがついていた。

何か話し声も聞こえていたが、美子の足音に気がついたのか急に静かになった。

ふと美子は戸田が未だ母の部屋に居るのではないかと思い、不愉快になった。

いつも夜になると早々に帰っていく戸田だったが、そういえば、今夜に限って、美子が二階の自分の部屋に引揚げた後も、母と何かしきりに話しているらしかった。

「こんな遅くまで……」

美子は自分自身の不愉快な想像を打ち消すようにわざと足音をたてて手洗に行き、そのまま階段を上って自分の部屋へ戻った。

間もなく客が帰って行くらしい玄関の戸の音がしたが、あれやこれやで、その晩は結局美子は満足に睡眠がとれなかった。

翌朝、母と言葉を交すのが気まずかった。

食膳の前で新聞を開いたまま、母の方を見ないで、

「ゆうべはちっとも眠れなかったわ」

と云った。母は
「どうして」といつもと変らぬ調子で尋ねた。

「どうしてって、色々考えていたの、お母さんの事を」

「私の事を」

「ええ、お母さんと戸田さんの事よ」

美子は新聞を膝の上に置いて、じっと母を見つめた。

母は明らかに狼狽していた。

「私、嫌いよ、そんなお母さん、もう戸田のおじ様にこの家に来てもらいたくないわ」

「美子さん」

悲しそうな、だが何かを言いたそうな母の目だった。

「聞きたくない、聞きたくない」

おいかぶせるように云うと、もう一言も喋らずに食事を済ませた。

急いで身仕度をすると東京駅に行き、一週間先の三等寝台券を買った。

その足で日本公共放送に寄り人事課にその事を告げた。人事課から広島の放送局の方へ着任の期日を知らせる事になっていた。

家へ帰ると戸田が来ていた。

「よっちゃん、ゆうべは御馳走さん、わし、今日の夜の特急で帰るわ、キップ買いに行ったんじゃげなね、広島にゃいつ来るんの」

美子は黙っていた。

「云うてくれや、こっちにも都合があるけん」

母が見かねて
「美子さん、特急の寝台券買えたんでしょう」と云った。

「どうしたんかいな、えろう御機嫌が悪いな、まあええわ、じゃ、広島に着く日、後で知らせてな」

戸田は大きな鞄を持って帰って行った。

美子は見送りもせず自分の部屋で、買って来た「ラジオ演出読本」という本を読んでいた。だが、何んとなく心がいらいらして、読むのをすぐやめてしまった。

(三)

四月七日、その日の夜の特急で広島へ発つ事になっていた。

辞令をもらってからの一週間、美子は、学校の時の先生や友達から送別会だと称して、毎日のように引っぱり出され、すっかり疲れてしまった。そして毎日今日こそは、体が疲れるから断わろうと思ったが、わざわざ誘われれば、簡単に断る訳にもいかず、また一方には気心の知れた連中とこんなにでたらめに騒げるのも、これ限りだと思う心もあってずるずると遊んでしまった。

持って行く荷物の整理は全部母がしてくれていた。

出発の日の朝、いつになく真剣な顔で母が言った。

「美子さんに聞いてもらいたい事があるの」

美子は返事をせず、スーツケースの中をあらためていた。

「広島に行ったら、気をつけるのですよ。そして、どんな事でも戸田のおじ様に相談して下さいね」

「何故、戸田のおじ様に相談しなくちゃあいけないの、わたしもう子供じゃないわ、それに、戸田のおじ様、おじ様って、一体、どうしたの、あの人、一体、うちとどんな関係があるって云うの」

「まあ、美子さん……」

「云わしていただくわ、あの人はお母さんの何なの、いいえ、分かってるわ、お父さんやお母さんが広島の田舎にいた頃の友達だったのでしょう、でも今じゃあお父さんはいないし……」

「美子さん、戸田のおじ様は、私達二人切りで大変だろうと心配して下さっているのですよ」

「そんな心配は無用よ、だってうちには、おじいさんからお父さんがもらったお金があるんでしょう」

「それがね、美子さん、実はね、そんなお金はなかったんですよ」

「えっ、じゃ、今までわたし達どうやって」

母の顔が痛々しく歪んでいた。

一週間前、戸田が、夜遅くまで、母の部屋にいた事が思い出された。

「じゃ、戸田のおじ様に……」

「美子さん誤解しないで、戸田のおじ様は、ただ、私達が大変だろうと、お金を貸して下さっていたのよ、その事をずっと美子さんに言わなかったのは、お母さんが悪かった。でも貴女に心配かけたくなかったからよ」

「おじいさんからもらったお金と云うのは、嘘だったのね」

「お父さんと私の結婚は、お父さんの家では、許してくれなかったのよ、恋愛で若い人が結ばれるという事をまるで罪悪視したのです。それで私達は、東京へ出て来たのです」

「家出したの」

「ええ、そんな訳で、私達は、それ以来、お父さんの実家とはおつき合いしていないのよ、だから、今、おじいさんがどうなっているのかも分らないのよ」

「でも、もうあれから二十年以上たっているのに、未だお母さん達の結婚を、おじいさん達は許さないの」

「とても頑固な方ですから――それでね美子さん、戸田のおじ様は、私達が結婚した時からのお友達だったんです。東京へ出て来た私達は、間もなくお父さんが高等文官の試験にパスして内務省にお勤めになり、生活も安定して幸福でした。その内美子さんも生まれるし、本当に申分ない結婚だったのよ」

「それで、お父さんが広島県の警察部長をなさっている時も、私達は、ここに住んでいたのね」

「ええ、お父さんはお勤めで仕方がないけど、私や貴女を連れていって、また、実家と気まずい思いをさせたくないっておっしゃってね」

美子にとっては始めて聞く事ばかりだった。

二十何年前、父が、実家の反対を押切って愛する母を伴い上京したと云う話は美子の共感を呼んだ。

「お父さんとお母さんは幸せだったのね、でも、戸田のおじ様はどうして今まで、独身なのかしら」

「さあね、どうしてでしょうね」

「お母さんがお父さんと結婚する時、戸田のおじ様はどうだった。喜んでくれた」

「ええ、喜んで下さったわ、だって、お父さんのお友達ですもの」

美子は、戸田が母を愛していたのだと思った。四十を過ぎてなお、こんなに美しい母だから若い頃はさぞ美しかったろうと思う。

父と戸田の二人して母を争い、父が勝利者となったのに違いない。だからこそ戸田は独身を通し、父が亡くなった後、私達の生活を見てくれたのだ。

だが、それはそれとして、優しかった父を思うと、余計、現在の母と戸田の関係を、美子の潔癖が許さなかった。

「でもお母さん、わたし、戸田のおじ様に、お母さんを取られるのはいやよ、もう、わたしも働くのだし、誰からの援助もいらないわ、断って頂戴、戸田のおじ様は、お母さんがいつ結婚してくれるかと思って、いつまでも待っているのよ」

「美子さん、どうして貴女は急に、戸田のおじ様を嫌うの、前は、おじ様、おじ様って、甘えていたのに」

「お母さん無理よ、今、あんな話を聞いて、それに、この間みたいに……」

「この間どうしたの?」

「知らない、お母さんの馬鹿、美子を欺して、戸田のおじ様と、ああ、わたし、知らない、お母さんの馬鹿馬鹿」

美子は急に、畳に身を伏せて激しく泣き出した。そうすれば大人しい母がいつものように困り切ってしまうのをちゃんと知っていた。だが泣いているうちに、横にしょんぼり坐っている母が何にもましていとおしくなった。

これから一人ぽっちでこの家に住まなくてはならない寂しい母、そう思うと胸がジーンとして来た。

「美子さんごめんなさい、戸田のおじ様の事、美子さんに心配かけたりして、でも、もう大丈夫、ね、だから、機嫌直して行って頂戴、ね、お願いだから」

そう母から優しく言われると、かえって、すねてみたくなり、涙は拭いたが、黙って横を向いてしまった。

(四)

東京駅には大学や高校時代の同級生達が二十人近く見送りに来た。

若い娘達が思い思いの服装で、にぎやかな笑声を立てるので、そこだけが一時にぱっと花が咲いたようだった。母は顔見知りを見つけては、しきりに挨拶をして廻っていた。

発車のベルが鳴ると一人が
「矢野美子バンザーイ」

と叫んだ。するともう一人が

「女プロデューサー頑張れ」

と、負けずに大声で云った。美子は思わず恥かしくなって窓から顔を引っ込めてしまった。

隣りで、しきりに手をふっていた中年の男が物珍らしそうに、じろじろ美子の方を見るのが嫌だった。

列車は有楽町、新橋を過ぎた。

銀座のネオンとも暫らくお別れ、寝台車の広い窓に両肘をついてぼんやり外を見ていると、

「お嬢さん窓をしめましょうや、冷えますよ」と云われた。

さっきの中年の男だった。

云われた通り窓を閉めてもう既にセットしてある一番下の寝台に横になろうとすると、その男が再び声をかけた。

「食堂車にでも行きませんか、御一緒に」

「もう済ませて来ました」

「じゃコーヒーでもどうです」

「けっこうです、ほしくありませんから」

「さっき見送りの人が言っていたが、プロデューサーってラジオですか」

「ええ」

「どちらまで」

中年の男の図々しさだった。美子は明らかに眉をひそめた。

「広島です」

「ふーん、すると公共放送ですな、なるほど、いや失礼しました、僕はこう云うものです」

男はちょっとポーズを作って名刺を取り出した。

――ラジオ瀬戸内海、制作部長　山田辰夫――

とあった。

ラジオ瀬戸内海と云うのは、中国地方にネットをもつ、民間放送で、本社は広島にあった。出力のワット数も大きく公共放送の広島放送局とは何かにつけて対抗していた。

「申しおくれましたが」

仕方なく美子も名刺を渡した。

「矢野美子さん、ふーん、広島は始めてですか、そうですか、そりゃ大変ですな、色々と広島の事をお話しましょう、こんな、蚕棚みたいな処じゃ何んだから食堂車へ行きましょう、いいでしょう、同業のよしみってところでハッハッハッ」

山田は厭おうなく美子を食堂車に誘った。

食堂車はかなり込んでいたが二人は席を見つけた。

「さっきは大層見送りがあったが、男の人はいません

でしたな、ボーイ・フレンドは」

「私、あまり男の方とおつき合いしませんでしたので」

「ほお、そりゃ今時珍らしい、さすがは、公共放送だけはありますな。あそこは男女関係のやかましい処だから、それにしても、東京の男共は不甲斐ないですな、こんなに美しいお嬢さんをほっておくなんて」

山田は不遠慮に笑った。太いロイド目鏡をかけ口髭を生し、もう少し若ぶりにすれば、ある高名なコメディアンに似ていた。

山田はビールを飲み、広島の街の話、など一人で勝手に喋った。

「公共放送さんとは商売仇きだけど、若い人達はお互によく遊んでいますよ、さぞ大変でしょうや、貴女のような方が広島に現われると、広島に着いたら、ちょいちょい遊びに来て下さい、仲よくしましょう。さあ」

ぬっと太い手をさしのばした。

美子が応じなかったので、一瞬、気まずい顔をしたが、直ぐに笑い飛ばしてしまった。

「握手はまたの機会にしよう、じゃお寝みなさい、僕はもう少し飲んでから寝るから」

山田はビールを一本追加した。

美子は寝台に帰り、暫くは枕許の豆電灯をつけて週刊誌を見ていたがいつの間にか眠ってしまった。

一時間も経ったろうか。

山田が帰って来た。かなり良い気持になっているらしい。

彼の寝台は美子の上だった。

「もう寝ましたかな」

声をかけたが返事がないので、ちょっとカーテンをめくって見ると美子は豆電灯をつけたまま美しい寝顔を見せていた。

薄い毛布をかけた胸の辺りのふくらみに目をやって山田は我になく狼狽した。

そっと豆電灯のスウィッチを切って上の段に昇り横になったが、列車の震動と、下で寝ている若い女の寝顔が気になって眠れなかった。

窓が白々と明るくなって目を覚した美子は腕時計を見て間もなく広島に着くのを知った。

急いで化粧箱を持って洗面所に行くと、山田が髭を剃っていた。

「やあ、お早よう、よく眠れましたか」

「ええ」

「あと三十分で広島です、誰か迎えに来ていますか、この特急はいいが、広島に着く時間が早すぎるからな」

「プロデューサーの方が来て下さっているはずです」

「そりゃいい、でも、こうやって汽車で貴女と会えたのも何かの縁だろう、今後ともよろしく」

「こちらこそ、よろしくお願い致します」

美子は丁寧に頭を下げた。

（五）

広島駅の構内は思ったより大きく堂々としていた。

一番ホームへ降りた美子は出口の方へ歩いて行った。朝はすっかり明けていた。

「矢野さんじゃありませんか」

後から声をかけられた。

「ええ」

ふりかえると、若い男が立っていた。

「やっぱり矢野さんでしたね、さあ、その荷物持ちましょう」

美子の手からスーツケースを取ると、すたすたと歩き出した。

「どうも朝早くから済みませんでした」

「いやいいですよ、ゆうべは宿直だったんですよ、わざわざ家から出て来たんじゃないから、恐縮するには及ばんですハッハッハッ」

痩せて神経質そうだが気の良さそうな男だった。

駅の前には公共放送の旗を立てた自動車が待っていた。

駅の立派さに較べて駅前の広場は何んとなくがらんとして殺風景だった。

市内電車とバスの発着所では、もう既に相当の人達が乗り降りしていた。

「いま都市計画の工事中なんですよ、でも、これでも奇麗になった方でしてね、去年、僕が来た時はもっとひどかったですよ、あっ自己紹介します。青山信夫って云います。去年、採用になって広島に来たんです、未だほんの新米です。どうぞよろしく」

美子はこの青山と云うプロデューサーに何んとなく親しみを感じた。

そして、広島の放送局はきっと働きやすい職場に違いないと思った。

放送局に着いたが、時間が早いので未だ誰も出勤していなかった。

青山は美子を応接室に入れ、仕出しの朝食などを取ってくれた。

制作課の出勤は午前十時だった。

十時前、長身の男が、ニュッと応接室に入って来た。六尺近い体で、頭髪は半ば禿げ上っていたが、年令は見かけほどではないらしい。

「矢野さん、課長です」

ついて来た青山が言った。

「やあ、矢野さんですか、谷です。御苦労でした」

そう云ってソファーに腰を降した。

「何しろ広島の局へ女のプロデューサーが来たのは始めてだから、こちらも勝手が分らないんですがね、まあ先輩について、徐々に仕事を覚えて下さい、じゃ、そろそろ皆んなを紹介しようかな」

眼鏡がきらりと光った。むっつりした人だと思った。一緒に立って並ぶと、美子は課長の肩の辺りまでしかなかった。

五尺三寸はたっぷりあり、ハイヒールをはいている美子だったので課長の背の高さに驚かされた。課長は十五人の課員を一人一人紹介した。

それからニュース、アナウンサー、編成、と放送関係の各課を廻り、その後で局長や、部長にも着任の挨拶をさせられた。

「一応、婦人番組をやってもらう事にしました。吉川君について色々と勉強して下さい」

課長は、吉川プロデューサーの机の横に、椅子を持ってこさせた。

吉川は二十六才、公共放送に入って四年目だった。色の白い男だったが髭の剃後が真青で、時々目が鋭く光るのが印象的だった。言葉使いは丁寧だった。

「今、婦人番組を専門にやっている人はいないんですよ、三月までやっていた人が東京へ帰りましてね、そこで僕がお手伝いしているんです。うちの婦人番組は、〝婦人の時間〟〝お茶のひととき〟それに〝家庭日記〟この三本です、その内〝婦人の時間〟はドラマで、〝母と子の記録〟と云うのを連続でやっているんです。僕の専門はラジオドラマなので、そんな関係で婦人番組を持たされちゃったんですよ」

若いのに、しわがれたような特長のある声をしていた。

「そうだ、今日、その〝母と子の記録〟の本読みがあるんです、よかったら出てみませんか」

「ぜひ、お願いします」

美子もドラマは好きだった。大学でラジオドラマの研究グループに入って、自分でも脚本を書いていた。そしてその中のいくつかは、東京の民間放送で放送された経験があった。

「ドラマはお好きですか」

吉川に聞かれて、ふと、そんな自分の経験を話したい欲望にかられたが、

「ええ」

と答えるだけにした。始めから才をひけらかすようで厭だった。

午後四時過ぎ、〝母と子の記録〟の本読みが行われた。四月から始まった新番組で、今日のはその二回目だった。広島の専属の声優達は皆んな達者で地方特有の泥臭さがなく吉川の演技指導もテキパキと洗練されていた。皆んなは、吉川から紹介された美子の美しさに驚いているらしかった。

時々、ちらりちらりと美子の方へ視線を向けた。中でも語り手をやるアナウンサーの金田三郎の視線が特にうるさく感じられた。

いかにもアナウンサーらしい派手な服装で金縁の眼鏡が嫌味だった。

「吉川さん、お茶飲みに行きましょう、矢野さんと御一緒に」

本読みが終ると金田はすぐそう云った。

「いや実はね、今から、うちの女房も一緒に矢野さんと夕食をする事になっているんだ。悪いな」

吉川が言った。美子はおやと思った。吉川と夕食をする約束をした覚えはなかった。だが金田アナウンサーとは何んとなく一緒に行きたくなかったので黙っていた。

（六）

「さっきは失礼、勝手に夕食を誘ったなんて云って、実はね、今日は、本当に、女房と外で飯を食う約束なんですよ。ぜひ貴女も一緒にどうですか」

吉川が熱心に云った。

「でも、せっかくお二人でお食事なさるのに」美子は渋ったが、

「いいんですよ。毎週一回は外で食う事にしているんですから、今日は偶々、その日に当っただけです。遠慮なんかいりませんよ、それにうちの女房は前、ここの劇団にいたんだから、貴女と一緒だと反って喜びますよ、ね、いいでしょう」

嫌味のない適度な強引さで勧められて美子は承諾せざるを得なかった。

「あっ六時だ、さあ行きましょう」

と吉川が美子を促して局を出ると、玄関の前で小柄な

可愛らしい女が待っていた。

美子を見てちょっといぶかしそうな顔をした。

「うちの女房のリエ子です。こちら、今度、新らしく東京から来たプロデューサーの矢野さん、僕の番組を手伝ってもらう事になったのだ」

美子は、リエ子をまるで女学生のような奥さんだと思った。

背は高くなかったがすらりとして、何んとなく吉川の好きそうなタイプだと思った。

「一緒に食事しようと思うんだが」

「それがいいわ」リエ子は、はしゃいで言った。

「矢野さんがいらっしゃるって事、知っていましたわ。こちらでは皆さんが、すごく期待していたんですって」

いたずらっぽくリエ子が笑った。

「おい、よせよ」

吉川が止めたが、

「美しい方だって噂でしたのよ、この間もアナウンサーの金田さんが家にいらして、今度来る女子プロデューサーは絶世の美人だそうだなんて云って、何んだかすごく張切っているんですよ」

リエ子はそう云った。美子は、吉川が金田の誘いを断ってくれたのを有難たいと思った。恐らく金田アナウンサーは、一緒にお茶を飲みに行った事を、自慢気に何んだかだと云いふらすに決っていた。

三人は流川筋を歩いていた。

この辺りは広島市でも中心でデパートや大きな商店が立ち並んでいた。東京に較べれば物の数でもないが、かなりの数のネオンがほの暗くなった空に映えていた。

「おや、よっちゃんじゃないか、どうしたんかいな、今、来るか来るか思って待っとんたんじゃが、あんまり遅いけえ、迎えに来た」

向うから歩いて来たのは戸田宗一だった。

「済みません、おじ様、今晩、おうかがいする積りでした」

一応、あやまっておいて、美子は戸田を吉川夫妻に紹介し、遅れた事情を説明した。

「そうかいな、夕飯を食いに行くところか、じゃ丁度ええ、これから、わしの家へ行こう、吉川さんもええじゃろう」

戸田は無理に三人に〝比婆梅〟に行く事を承知させた。

〝比婆梅〟なら、吉川はちょいちょい飲みに行って知っていた。

サラリーマン相手のスマートな酒場で、飯も出し、八十円の釜飯が評判だった。

電車通りを渡り切った時、一台の大型の乗用車が四人の横で停った。

吉川が一早く車中を見て会釈した。

ラジオ瀬戸内海の山田辰夫が、もう一人と乗っていた。

「矢野さん、どうも――また会いましたな」

「あっ、山田さん、汽車ではお世話になりました」

「どちらへ、僕達これから香月園で食事するんだけどよかったら一緒に」

「はい、有難とうございますが、約束がありますから」

「そりゃ残念だ、じゃまた」

山田は運転手に命じて発車させた。

「あの人の横に坐っていた人ね、矢野さんの方をじっと見ていたわ、恐ろしいような目で」

リエ子が言った。

「あんまり奇麗だから、びっくりしたんだろう」

吉川は笑ったが、戸田はニッコリともせず、山田の自動車の後を見送っていた。

美子は簡単に山田とのいきさつを話した。

「よっちゃん、気をつけた方がいいぞ、ラジオ瀬戸内海の山田制作部長云うたら、女蕩しで有名なんじゃ、うちにも時々来るが、いやらしい男や」

戸田は嚙んで捨てるように言った。

山田辰夫と一緒に車に乗っていた男は、美子達の姿が後に見えなくなると云った。

「山田君、あの娘はどんな娘だ」

「ハッハッ、吉本さんは、さすがに目が早いですな、あの娘は今度東京からこちらの公共放送に来た女プロデューサーですよ」

「名前は矢野とか言ったようだが」

「矢野美子と云うんですよ」

「矢野美子――うーん、それから一緒にいたのは〝比婆梅〟のおやじだな」

「そうですよ、実はね、吉本さん、あの娘はね、ちょっとした因縁がありましてね」

山田は多少の誇張を混えて面白おかしく汽車での出来事を話した。美子の寝台の電灯を消してやったあたりは思わせぶりに、ジェスチュアすら入れて話した。

「ね、吉本さん、一度、あんな娘を――いいですな、顔も奇麗だし、体だって八頭身、ぴちぴちしていますよ、公共放送はいい娘を入れますね、うちにはあんな娘は一人もいやせん」

「山田君はよほど、あの娘に御執心のようだね」

「でも駄目ですよあの娘は今時ボーイフレンドもいないって位いの堅物ですからね、所詮は高嶺の花ですよ」

「フ……そんな事はないね」

「エッ」

驚いて吉本を見ると、吉本は、薄すらと笑っていた。

県会議員の中でも剃刀と仇名される切れ者だった。

「山田君、面白い事を教えてやろう、そうすれば、あの娘は一ころ、君の思いのままになるぜ」

半信半疑の山田の表情を楽しむように、吉本は笑っていた。二人を乗せた車は広島でも一流の料亭香月園に横づけになった。

近く許可のおりるラジオ瀬戸内海のテレビ放送の敷地の問題について山田が県会の有力者吉本富次郎に頼み込もうという魂胆だった。

なじみの女達に迎えられて上機嫌で玄関を入っていったが、女達が生きた山田辰夫の姿を見たのはそれが最後だった。

酒と肴をはこばせると重大な話だからと女達をしりぞけ、山田と吉本は密談したらしかったが、一時間もすると、吉本が車を呼んで一人で帰って行った。

その直後だった。

山田のいる部屋で悲鳴がしたので女達が行って見ると、山田は背中をナイフで刺されて死んでいた。

(後篇)

(一)

矢野美子が当分宿にきめた戸田の〝比婆梅〟のはなれで簡単な朝食を済ませて公共放送の広島放送局に出勤すると真先に青山が飛んで来た。

「昨日は朝早くから出迎えて頂いてありがとうございます」

美子が挨拶すると、青山は
「矢野さん、ラジオ瀬戸内海の山田制作部長がゆうべ香月園で殺されていたんですよ」

とせき込んで言った。

「えっ、山田さんが?」

「県会議員の吉本富次郎と何か密談した後で殺されたんだ、それで犯人は未だ分らないんだが、現場に貴女の名刺が落ちていたんだってさ、うちのニュースがキャッチしたんだ。そこで警察に頼んで貴女の名刺の件は伏せてもらったんだそうです、でも、どうして、あいつが貴女の名刺なんかを……」

「山田さんとはこちらに来る汽車の中で偶然御一緒でした。それで私の名刺を差上げたのです」

「あっ、そうか」

青山はほっとしたような表情をした。

美子は青山が心配していたらしいのがおかしかったが、同時に、山田が男女関係についていかに悪評高い男だったかを知った。

吉川のデスクに行くと、四十年配の客がいた。

「矢野さん、こちらは作家の衣笠さんです。衣笠さんこの人が今度僕の仕事を手伝ってくれる矢野美子さんです」

美子は衣笠浩次郎と云う名は知っていた。古くから探偵小説を書いていた作家だったが最近は故郷の広島に帰って、もっぱら、ラジオドラマを執筆していた。昨年だったかの芸術祭にスリラー・ドラマを書いてかなり評判になった事もあった。

頭の後の方が既に禿げていたが鼻の高い精悍な容貌をしていた。美子はスリラー作家にふさわしいと思った。

「〝母と子の記録〟を書いてもらっているんですよ」

お互が初対面の挨拶を済ますと吉川が云った。

「話は変るけど衣笠さん、探偵作家として昨夜の事件をどう思います」

「ラジオ瀬戸内海の山田さんが殺された、あの事件ですか」

「え、あの事件が起る前に、我々は、山田さんに会ったんですよ、丁度山田さんは香月園へ行く途中でした、ねえ矢野さん」

「私の名刺が現場に落ちていて問題になったそうですね」

美子が云うと衣笠がおもむろに口を開いた。

「そうなんです。今、吉川さんに聞いたんだが、貴女の名刺だけが一枚、テーブルの下に落ちていたそうです。不思議だと思っているんですよ」

「私のだけが」

「そうです、勿論、山田さん位の人になると他の人の名刺もたくさんもっている。だが名刺入れから出ていたのは貴女のだけだったそうです」

「吉本富次郎さんと二人で、何か矢野さんの事を話していたのかな」

吉川が呟いた。

「そうだろうと思う、二人して矢野さんの名刺を前にして話している。当然、矢野さんに関する話だったでしょうね。どんな種類の話かは知らんが、その内一人が立って帰る、残った山田が直ぐ背後からナイフで刺されて死ぬ、名刺は飛んでテーブルの下に落ちる……」

衣笠の単調な自分自身に云い聞かせているような句調に美子はゾーッとした。

「矢野さん、こりゃ何かある。何かがありますよ」

衣笠は鋭い目でじっと美子を見つめた。

「衣笠さん、おどかすもんじゃありませんよ、どうもスリラー作家の悪い癖だ」吉川が笑った。

一方、警察では、美子の名刺の件については問題にしていなかった。

始めは、山田と美子との関係に興味が引かれたのだが、調べてみると、単に汽車が同じで名刺の交換をしたに過ぎなかったという事実が分かったからである。

捜査主任の太田原警部は、事件発生の時、香月園に居合わせた人間を片端から洗ってみた。

中でも、山田に欺されて捨てられた女中が数人いる事が分かったので捜査の焦点をそこに絞った。

女達は皆、山田の甘言に乗って身体を許し後は、おきまりに、すぐ忘れ去られてしまったのだった。

だが捜査は思うように進まなかった。

（二）

一週間たち二週間たって、美子は次第にラジオの仕事に馴れて来た。

スクリプトの独得な書き方、出演者に対するキュー（合図）の出し方もならった。

成りたてのプロデューサー泣かせの技術の人々も始めての女プロデューサーに対して親切だった。

録音したテープを編集する技術もどうやら分かってきた。

吉川プロデューサーは、ストレートトーク（一人喋り）や簡単な構成の番組の時には、一切を美子に任せてくれた。

〝お茶のひととき〟と云う番組は、季節々々の随想を有名人に頼んで話してもらい、それを録音にとり、前後に軽いレコードを流すという簡単な十五分物だったが、始めて、一人でやらされた時、美子はまず、時間一杯に内容を入れる事が出来るかと不安だった。

普通十五分番組だったら中味は十四分三十秒でぴった

りと終り、残りの三十秒で、コールサインやスポットを入れる事になっている。十秒と違ったら大変である。慌てるとストップウォッチの針が、何分何秒を指しているのか分らなくなる。

どうにか録音をとって副調室を出た時、美子はぐったり疲れていた。ラジオプロデューサーというのは大変に神経のいる仕事だと、つくづくと感じさせられた。

出演者を丁寧に送り帰えし、録音テープを技術から受取ると、放送日まで保管しておく。

その放送当日がまた厭だった。十四分三十秒ぴったり取った積りでも、時間が間違っていて余ったり足りなかったらどうしよう——そんな事が心配で、落着いていられなかった。

「誰でも初めはそうなんだから心配する事はないですよ、うまく、ドンピシャリいきますよ」

そばの技術さんが慰めてくれた。

放送が終ってスタジオから部屋に帰ると吉川がニコニコして云った。

「仲々いい番組でしたよ、もう、大丈夫ですね」

お世辞だと分っても、とても嬉しかった。

五月の番組提案会議では、始めて美子も一人で〝お茶のひととき〟と〝家庭日記〟の提案をする事になった。

一月先の六月の広島放送局のローカル番組を各担当のプロデューサーが提案して、局長や部長や課長の承認を求める会議だった。

吉川は美子が来たので、元のドラマ専門に帰ったが婦人番組の内〝母と子の記録〟だけは、依然として担当し、美子がドラマの演出技術を修得するまで、面倒を見る事になった。

編成会議の席上、皆んなの注目を集めたのは、吉川が提案したドラマ「犬神の村」だった。

衣笠浩次郎に委嘱するドラマで広島県の北部地方に今なお残る〝犬神の迷信〟を扱ったものだった。

犬神筋と云われる家の娘を愛した青年が旧弊な周囲と斗って娘と結婚しようとするが、犬神の迷信を信じ込んでいる村人達の執拗な反対に会って、遂には二人とも自殺を決意するという物語だった。

「吉川君、内容がちょっと、暗過ぎやせんかね」

太った局長が云った。放送生活二十五年と云うベテランだった。

「ええ、私も、これを提案する時そんな気がしてためらったのですが、色々、調べて見ますと迷信の実際はもっとひどいものらしいのです、それに局長も御存知のように、この間、広島市で起った狐つきの事件のようなのが、都会でもいくらでもあるんですから、それが田舎となると、私達の想像以上だと思います。この際、犬神だけと云わずそうした迷信の恐ろしさをもっともっと一般に知らせてやりたいと思って、この〝犬神の村〟を提案したのです」

吉川の云う狐つきというのは、広島市のある祈禱師が患者についている狐を追い出すのだと云って重病の患者の体をなぐりつけ殺してしまった事件だった。

「そうか、それで、衣笠さんの本はもう出来ているのかい」

課長だった。

「いいえ、実際に犬神の迷信のある村へ私と一緒に行ってもらって、色々と調査して書いて頂く予定です」

「その方がいい、こうしたものは何よりも事実の裏付けがなければならぬからな、よし、大いにやってくれ。そして農村にはびこるそうした迷信を徹底的にやっつけるのだな」

局長の一言で〝犬神の村〟を六月のドラマ劇場の時間に四十五分物として出す事に決まった。

課長は現地取材に行く吉川プロデューサーと作者の衣笠浩次郎と共に、美子も同行するよう、命令した。

始めの内は何んでも勉強させる積りだった。美子は出張するのは勿論始めてだった。予め行く前に、犬神について出来るだけ調べておこうと思った。

資料係へ行って適当な参考文献を貸してもらった。

それによると犬神と云うのは、中国、四国、九州地方で昔から信じられている迷信で、犬神と云う鼠に似た動物が、人間にのりうつると、その人間は犬のように他人に吠えたり嚙みついたりするようになる、そして、その犬神憑きに嚙まれた人間もまた同じような症状を呈して他人に嚙みついたりするようになる。

そうした家を犬神筋と云って、忌み嫌い、周囲の人達はその家と交際をせず、村八分にしてしまうのである。

また、特に、犬神筋の嫁をもらうと、婿の家に犬神がのりうつって、家族に不幸をもたらすと言われ、それが現在、非常に問題となっているのだと分かった。

広島県の北部ではどこの村でも部落でも必ずそうした犬神筋だと云われる家が一軒や二軒はあるという。

ふと美子は以前に、犬神を扱った小説を読んだ事を思い出した。

不気味な殺人事件が犬神の迷信を背景にして次々と起る話だった。

美子は参考の文献が乏しいのが不満だった。文献には犬神の迷信の実際の例だけが記載してあるだけで、何故、そうした迷信が生まれたのか、そして何故、特定の家だけが犬神だと信じられるようになったのか疑問だった。

現在、人が人に噛みつくなどという事は考えられずそんな話もないのに、依然として特別の一家が犬神筋だと、爪弾き、されなければならないのか、その原因が知りたいと思った。

今でも、ひょっとした事からあの家は犬神だそうだと噂され、村八分になっている実例があるというから驚かされた。

（二）

車窓から見る三次（みよし）盆地の緑が鮮かだった。

広島から芸備（げいび）線の快速列車〝ちどり〟で二時間足らず二つ目の停車駅が三次である。

太古から砂鉄の産地として知られ、出雲文化の古墳や土器が発見される古い町だった。

この頃の朝晩は霧が深く盆地一帯をすっぽりヴェールで覆ってしまう。

そして霧のすっかり晴れるのが朝の十時、霧で濡れた若葉が陽に映えて、まぶしく目にしみる頃には、遠く中国山脈を越えて日本海にそそぐ江川（ごうがわ）の清流に解禁前の若鮎が形の良い姿を見せて泳いでいる。

五月も下旬のある日吉川と衣笠浩次郎と美子の三人はドラマ「犬神の村」の取材のため出かけて来たのだった。

それにもう一人、アナウンサーの金田がいた。吉川達が八田村に行くと聞くと、知人がいるから一緒に行くと、わざわざ休暇を取って来たのだった。

四人は三次で汽車を降りると、タクシーを拾ってめざす八田村へ行く事にしていた。

山道で二時間余りかかるそうで運転手はいい顔をせず、渋々と車を出した。

「どうしたんかいのー、昨日から、もう二回も八田村へ行く用があるとは、何んか八田村にあるんですか」

運転手が聞いたので吉川が答えた。

「僕達は放送局の仕事で行くんだが、昨日の人はまた、別の用事があったんだろう」

「いいや、それがねえー、八田村なんて辺鄙な処へタクシーで行くお客さんなんか、年に二度か三度なんです。もっとも県会議員の吉本さんは別ですが、あの人は、本宅が八田村ですけえね、ちょいちょい帰って来ますよ、ああ今も戻っているはずです」

運転手の言葉で衣笠が膝をのり出した。

「吉本って云う人はどんな家柄なの」

「あの人はですね、八田村切っての大地主、吉本家へ養子に行った人ですよ、元は、小学校の校長をしていた、これも家柄だけはれっきとした家の次男坊だったのですがね」

「それで吉本と云う金持に見込まれて養子に行ったんだね、次男坊ではあるし――」

「いいや、それがね、兄さんと云う人が、勘当されておらんのだから当然、自分の家をつぐべきなんですが吉本家の金に目がくらんで、そこの娘と結婚したんですよ、県会議員になれたのも皆んなその金のせいだってもっぱらの噂なんです」

「貧乏な家なんか相続したくなかったと云う訳だな」

「ところが旦那、皮肉ですな、養子にいった先の金を選挙だ何んだとすっかり使い果したら、なんと、小学校長だった本当のおやじさんが巨万の金を広島の銀行に託けてある事が最近判ったんですよ、何んでもその家は昔、鉄を作っていたそうですが、鉄に混じっていた金をより分けて延棒にし、ずっと隠してあったんだそうです。代々の主が気がつかなかったのを、今の主、つまり吉本県議のおやじさんが発見したらしいのです。吉本は知らなかったんですよ」

「面白い話だね、でも運転手君、君は馬鹿に詳しいじゃないか」

「あっしゃ、元、八田村にいましてね」

「そうか、そりゃ丁度いい、実はね、今度、うちで〝犬神〟をテーマにしたドラマを作るんだが、適当な犬神の家を教えてくれんかな」

吉川プロデューサーが口を出した。

「犬神ですか、あっしゃ、もうずっと前に村を出てろくに帰っていないんで、今どうなっているか知らんのじゃが、昔は色々と言われたもんです」

中年の運転手は、自分が育った村の犬神の迷信の実例をあれこれ話してくれた。

その間金田アナウンサーは一言も喋らずに笑っていた。

八田村は周囲を高い山に囲まれた小さな盆地にあった。家の造りも出雲風で、瀬戸内海に面した平野の農家とは較べものにならない位、貧しかった。

この八田盆地の標高は千米(メートル)余りで、高冷地だけに農作物の育ちは悪かったが、温い中国地方には珍らしい高山植物が、白い花を咲かせ、美子等三人を珍らしがらせた。

村長は恐らく始めてであろう、放送局の訪問を受けて、すっかり感激したらしかったが、その理由が、村の犬神の調査だと聞くと、プッツリと口を緘して、一言も語らなかった。

他の村人達にとっても同じ事だった。

（四）

タクシーを帰して、吉川達は村一軒の旅館〝ひさご〟に宿を取った。

普段は駄菓子や日用雑貨を売っていて、客があると旅館をやるといった類の宿だったから、家もきたないし、サーヴィスも徹底して悪かった。

金田アナウンサーは着くとすぐ知人の処へ行ってくると言ってそそくさと出かけた。

「随分辺鄙な処に知り合いがあるんだね、金田さんは」

衣笠が、出がらしのような茶をすすりながら言った。

「吉本県議の家へ行ったんじゃないですか。近頃、金田君は吉本に可愛がられているらしい。よく一緒に酒を飲みに行っていましたから、一度、村へ遊びに来いと誘われたんですよ、きっと」吉川が言った。

「しかし、わざわざ、こんな処へね」

「矢野さんが一緒だから、くっついて来たんじゃないですか、理由はそれだけかも知れません」

吉川が笑ったので美子もちょっと頬をくずしたが、ふと思い当る事があった。

金田は、機会を掴えては美子をお茶に誘ったり、映画のキップをよこしたりした。

その都度、何かと理由をつけて断ったが、一度だけ、つい最近、前から観たい観たいと思って見のがしてきた、ある洋画をつき合った。

天使のように清らかな心を持った白痴の女をやる女優の演技にすっかり魅せられてしまった美子は、いつの間にか隣りの金田の指が、自分の腕に触れているのを知って、思わず、強く腕をひっ込めた。

映画が終って前の喫茶店でお茶を飲んだが、金田はいきなり切り出した。

「矢野さん、僕の友達になって下さい」

眼鏡の奥の目が好色そうで嫌だった。

美子は黙っていた。何も答えたくない気持だった。

「考えておいて下さい。でも僕は絶対に、貴女を僕のものに出来るんですよ」

金田は薄すらと笑っているようだった。

そして一人で頷いているのが、たまらなかった。

「貴女は県会議員の吉本さん、御存知ですね」

「ええ、車の内にいらっしゃるのを一度お見かけしました」

「それだけですか、そうですかね、いや、これはいずれ分る事だ」

金田は一人で楽しむように笑った。

この時の印象がひどく悪かったのだが、今、吉川にそう言われると、何んだか薄気味が悪かった。

とんとんと階段を上って来た宿の女中が、

「矢野さんに六さん処の子供が用ですが」

と言った。

「六さん?」

「裏の家の子なんですが、何んでも直接、矢野さんに言う事があると言うんです」

美子は玄関へ出て見た。

きたない黒い学童服を来た小学校二、三年位の子が立っていた。

「ちょっと、来てくれと」

ぶっきら棒な子だった。

「誰が」

「知らん人じゃ、犬神について貴女にだけ言う事があるんじゃと」

「私にだけ?」

「うん、他の人達には言いとうないんじゃと」

美子は、あるいは犬神筋の家の娘が女の自分だけに、こっそり何か話してくれるのかも知れないと思った。

「そうお、じゃ行くわ、ちょっと待っててね」

美子は吉川と衣笠に訳を話し、メモを手にすると子供の案内で宿を出た。

行き交う人々が、じろじろと美子を見ていた。

「放送局のおなごじゃげな」

そんな囁きもした。

黄昏近かった。

土地が高いせいだろう、空気が澄んでいて夕焼がカラーフィルムのように鮮かだった。

子供はどんどん歩いて行った。

道が次第に細くなり、両側には橡(とち)の枝々がおおい茂っていた。

「未だ遠いの」

美子が聞くと、子供はつと立止り、後をふり向くと一目散に駈け出した。

「アッ」

呼ぼうとした時、美子は、林の中の廃家の庭に、金田アナウンサーが立っているのを見つけた。

その家は、もう何十年も人が住んでいないらしく、雨戸も樋も腐って落ちていた。

つるべのない井戸の周囲には、一面に草がぼうぼうと生えていた。

「矢野さん、待っていました」

わざとらしい笑顔で近づいて来た。

「犬神の話だなんて私を欺したのですか」

「おっと、そうむきになっちゃ困りますね、まあ、ここに腰かけて下さい、ゆっくりお話しましょう」

「帰ります」

「犬神の話を特別に貴女にだけ話してあげようと云うのにね、貴女にとっては大変興味のある話なんですがね、さあ、ここの石垣におかけなさい」

「厭です、どうしてこんな変な処へ呼んだのです」

「変な処、そうですかねえ、見て御覧なさい。この家の入口の戸に何んと書いてあるか」

金田が指差す処を見ると薄暮に透して乱暴な字が書いてあるのが見えた。

――犬神の家――

「村人達が書いたのですよ」

「じゃこの家が」

「そうです、忌わしい犬神の家だったのです、さあ、腰かけなさい、今、この一家の興味ある話をしてあげますから、呪われた一家の悲劇をね」

二人は並んでくずれた低い石垣に腰をおろした。

「衣笠さんや吉川さんにも話してあげたらどうですか」

「あの人達には全然関係のない事なんですよ」

金田の眼鏡が、わずかに残る山の端の明るみに鈍い反射をして、ぐっと迫って来た。

「矢野さん、もっと、こちらへ寄りなさい」

金田の手が、美子の二の腕を摑んだ。

「よして下さい」

美子の激しい声に反って挑発されたようにいきなり金田は両手で美子を抱きしめようとした。

美子は激しく抵抗した。

ふと美子は金田の後に別の男の黒い影がすっと近づいたのを感じた。

「ウッ……」

金田は美子の体を放すと、ぐるりと後を向き、両手を高くあげると、そのまま前へ、倒れてしまった。黒い林の中へ逃げ込む男の後姿をちらりと見た。一瞬の出来事だった。

うつぶせになった金田の死体の背中には、ナイフが深々と刺っていた。

（五）

時ならぬ殺人事件に八田村は大騒ぎになった。

一人しかいない老人の医師がかり出されて検死させられたが、いずれにしても駐在所の巡査にとっては三次の本署へ急報して上司の指示を受ける以外には、手のほどこしようがなかった。

翌朝、三次の警察から警察医を混えた多数の係官が出張し、県本部からも敏腕の太田原警部が急行して来た。かねて懇意な衣笠浩次郎が電話したものだった。

警部は村の公民館を仮の捜査本部として早速取調べを開始した。

まず当然、矢野美子の証言を求めた。

警部はこの事件には並々ならぬ関心をもっていた。

四月の上旬、広島の香月園でラジオ瀬戸内海の山田部長が殺された時に矢野美子の名刺が落ちていた。

そして今度は、美子を廃家におびき寄せて、何事かを語ろうと――もしくは犯そうとした、アナウンサーの金田が前の場合と同じようにナイフで刺されて死んでいる。ナイフはいずれも、ありふれたもので、犯人は手袋をしていると見えて指紋はとれていない。

村の人々は、金田の死を犬神のたたりだと声をひそめて囁き合った。放送局が、いらぬ事をするから犬神が、厄いするのだと言う。

金田が、今は廃家だが犬神筋の家の前で殺されたのが何よりの証拠だと言う。

太田原警部は美子の目撃した犯人の様子をもっと、くわしく知りたいと思ったが、何分にも、夕闇の中での犯行だし、美子自身は、金田の手から逃がれるのに懸命だったから、その証言に多くを求めるのは酷だった。警部は、金田が美子に何を語ろうとしたのか、見当がつかなかった。

金田はやはり吉川が推量したように県会議員の吉本富次郎の家を訪ずれていた。

古めかしいが堂々とした吉本の家に赴いた警部は富次郎に会った。

細い顔、細い目、そしてこれも細くて高い鼻、その辣腕と風貌から、剃刀と仇名される県会切っての政治屋だった。

「気の毒をしました。いや、金田君は仕事熱心な人でこの村の犬神の迷信について、色々とわしに聞きおった。わしは、知ってる限りの話をしてやった。うちで夕食を済ませて宿へ帰ると云って出たが、それ切りですよ、いや本当に若い前途有為な青年でしたな」

後は無駄な事一つ言わなかった。

警部が公民館へ引揚げると、矢野美子が青い顔をして待っていた。

黙って一枚の紙切れを差出した。

——広島にいる限り恐ろしい事が今後も起る、早く東京へ帰りなさい——

恐らく左手で書いたのだろう、ぎこちない筆跡だった。

「さっき、どこかの子供が、よそのおじさんに頼まれたと云って持って来たのです」

「どんな男だか聞きませんでしたか」

警部は丁寧にその紙切れを机の引出しにしまった。

「子供の事ですから、聞いても分らないのです、警部さん、その男が犯人でしょうか?」

「さあ、何んとも云えませんね。でも、どうして貴女が広島にいると恐ろしい事が起るのか、心当りはありませんか、もう二度も殺人事件が起っている」

「じゃラジオ瀬戸内海の山田さんのも私に関係があるのでしょうか?」

「そうらしいのです、貴女が広島に来て、困る人は誰でしょうね」

そう尋ねられても美子にはさっぱり見当がつかなかった。

宿に帰って吉川に警部の話をすると、吉川は、

「実はね、衣笠さんも、そう云っていたよ、根が探偵作家だったから、何かピンと来たらしい。調べてやると云ってさっきどっかへ出かけて行った」

と言った。

「でも、本当にどうしたんでしょう、こんなに気持が悪い事ばっかり起って」

うなだれている美子を吉川は美しいと思った。

近代的な美貌に、どことなく古風な女の美しさがにじみ出ていた。特に今のように不安と疑惑に悩んでいる時には、一層そんな感じだった。

吉川は、ラジオ瀬戸内海の山田も金田アナウンサーも、いずれも美子の美しさに魅せられ、そのために何者かに殺されたに違いないと思った。では、その影の男は誰か、誰にも増して美子を愛している男なのか。

女中が断りもなく部屋に入って来た。

「吉本さんが矢野さんにお話したい事があるから、ぜひお宅まで来てほしいとの事ですが」

美子と吉川はハッと顔を見合わせた。

「また、呼出しです。私、行きたくありません、何か

恐ろしい事が起るような気がして」

「しかし、今度の相手は県会議員だし、せっかくの招きを断るのも、どうかと思うが、――」

吉川は、一応、太田原警部に相談する事にした。

警部は何か期すところがあるのか、ぜひ会いに行きなさいと言った。そして万一に備えて、刑事を二、三人、吉本の邸の周囲に忍ばせて置くと約束した。

（六）

吉本富次郎は愛想よく美子を迎えた。

奥の客間には、田舎には珍らしい膳が用意されていた。

「妙さんは元気かね」

いきなり吉本が云った。

「エッ」

「お母さんだよ」

「ハイ、元気ですが」

何故、吉本が母の名を知っているのか不思議だった。

「驚く事はない、わしは昔から妙さんを知っておった――だが、あんたは、わしの事、何も知らんのかな」

疑わしいような目で睨まれた。

「そうか、兄貴も妙さんも、よく隠していたものだ、もっとも隠すのが当り前かも知れんが、――実はな、あんたのお父さんの矢野富太郎はわしの実の兄なのじゃ……」

「エッ、何んですって」

「驚くのも無理はない。わしは、矢野家からこの吉本家へ養子に来たのじゃ、そんな話をあんたは本当に兄貴や妙さんから聞かなんだか」

「ハイ、広島の奥が郷里だとは聞きましたが、母の実家にはもう誰もおらず、父の家にはおじいさんがいらっしゃるが、今はどこにいらっしゃるかも分らないとそれだけを聞いていました」

「そうか、なるほど、やっぱり、わしが思った通りじゃ、ところが、あんたのおじいさんは生きておるのだ、この村にな」

「この村にですか、そうすると――」

「そうじゃ、あんたのお父さんやお母さんが隠していた生れ故郷と云うのはこの村なのだ、しかし、兄貴達は、この村の生れである事をひた隠しに隠していた。兄貴が警察部長で広島に赴任して来た時ですらだ。本籍も東京に持っていった」

「どうしてですか」

「その理由を話してあげようと云うのだ、恐らくあんたが広島に来ると云った時、妙さんは反対じゃったろう、秘密がばれるからな」

「秘密とは何んですか」

「それはな……」

吉本は云いかけて、ふと言葉を切った。

「誰だ」

障子ごしに庭の方に叫んだ時、ガチャンと音がして部屋の電灯の球が割れた。

一瞬の暗闇。

「あっ誰だ、お前は」

鋭い吉本の声と格闘する、緊迫した気配、膳はひっくりかえり茶碗が割れる音、そして物凄い悲鳴と人の倒れる音その物音に続いて家人が、かけつけて懐中電灯を照らすと――

吉本富次郎が虚空を摑んで倒れていた。そしてその肩にはナイフが――

美子は虚ろな目で、じっとその死体を見下していた。

太田原警部が張り込ませていた刑事達は、庭の木蔭にひそんでいたという男を連れて来た。

「違う、違うぞ」

美子が懐中電灯の光に照らされたその男を見ると意外にも、衣笠浩次郎だった。

「違う、違うったら」

「じゃなぜ、木の蔭に隠れていたんだ」

刑事の一人が、衣笠の肩をどやしつけた。

急報によって太田原警部が駈けつけて来た。

警部は衣笠には目もくれず、同行して来た吉川プロデユーサーに美子を宿に連れて帰って、ゆっくり休ませるように言った。

形事達が、衣笠について何か言おうとすると警部は軽く手で制して反対に刑事の一人に何か耳打ちした。そして衣笠をうながして吉本家の部屋へ入って行った。

「見たのか犯人を」

どっかりと、あぐらを組むと警部が聞いた。

「見た。やっぱり、おれの思った通りだった、ところで君の方はどうだった」

衣笠と太田原は中学校が一緒で、その後も交友関係が続いていた。

探偵作家で鳴していた頃は、よく太田原からネタをもらった衣笠だった。

「矢野軍一、つまり、矢野美子さんのおじいさんに会ったよ。そしてすっかり訳がわかった、じいさんの奴孫が今この村に来ていると云ったらびっくりしおった」

警部の話というのはこうだった。

美子の父の富太郎が大学を卒業する年、かねて恋仲であった狗丸妙と結婚したいと父の軍一に相談した。

だが父は猛烈に反対した。

理由は狗丸家は犬神筋だと云う村の噂を気にしたのだった。

狗丸家は五兵衛、つまり妙の祖父の代に、産を成した村でも屈指の資産家だったが、その頃から誰からともなく、あの家は犬神筋だと云われるようになり、狗丸家の屋根の上を、鼠によく似た犬神が走り廻っているのを見たと、まことしやかに噂された。村ではその小動物が人にのりうつって厄すると信じられていた。

更に五兵衛の息子、清一の嫁、つまり妙の母が、突然発狂し、人に噛みついたりして狂い死にしたので完全に村人達は、狗丸家を犬神筋にしてしまった。

狗丸家に対する村人達の迫害が始まった。

意地の悪い村八分だった。

清一の娘、妙は小さい時から美しかったので、清一は、村人の中傷、迫害が娘の身におよぶのを恐れて、小学校、女学校を三次の町で過させた。

たまに町から帰ってくる妙の美しさは村の若者達を驚かせたが、犬神の娘だと云うので誰も近づかなかった。

矢野富太郎は、父や兄弟、親類の反対を押切って、未だ女学校に在学中の妙を連れて東京へ出てしまったのだった。

妙の父の清一は間もなく死に、狗丸家は、そこで絶えてしまった。

「犬神筋の女を連れて行ってろくな事あない」

と云われた富太郎は、とんとん拍子に出世し、広島県の警察部長になった。普通なら故郷へ錦をかざるところだったが、富太郎は、妻の実家の秘密がもれるのを恐れて、妻子を連れてこなかった。

一方父親の軍一は一時は激怒して富太郎は勘当だと周囲に宣言したが、実は長男の富太郎を溺愛していた。弟の富次郎は同じ兄弟でありながら、兄とは反対に陰険で、しかも金に目がくらんで、吉本家へ自ら養子となって行ってしまった。

軍一は富太郎の身を案じて、富太郎の友人の戸田宗一に頼んで色々と富太郎達の事を聞いていた。

美子と云う孫が出来たのも知っていた。

「衣笠君、そしてだ、軍一は、自分の遺産を美子さんに譲ると云うんだよ」

太田原警部が云った。

「祖先が隠していたと云う金の延棒をか。時価、数億円と云うじゃないか」

「そうさ、吉本の奴が、その金を狙っているのだ、県会議員の選挙も間近いしね、しかし軍一は、富次郎には譲りたくない」

「そりゃそうだろう、おやじには金がないと見切りをつけて養子に行った男だからね」

衣笠にも、事件の全貌がようやく判りかけて来た。

(七)

警部と別れて田舎の夜道を宿へ歩いていた衣笠浩次郎は、ふと身近かに人の気配を感じた。

月明りにすかして見た。

「あっ、君は、さっきの」

「犯人です、ね、衣笠さん、お願いがあります。私の話を聞いて頂きたいのです、貴方が作家である事も太田原警部の友達である事も知っています。警部に連絡する前に、聞いて頂きたいのです。ラジオ瀬戸内海の山田も、公共放送の金田も、そして今夜の吉本も皆んな私が殺したのです、理由は、美子です。あの連中は皆、美子を狙っていました。山田と金田は美子を手に入れるために美子の秘密、犬神筋だという事を云って強迫しようとしたので殺しました。でも本当は悪いのは吉本なんです」

「知っているよ」

「エッ」

男は驚いたようだった。

「知っているんですよ、太田原だって知っている。彼は今日、直接軍一に会ったのだ。吉本は矢野軍一の遺産を一人占めするために、美子さんが邪魔だったのだ。

吉本は四月の始め、美子さんが広島に来たのを知ってまず好色紳士の山田に美子の秘密を明かし、次に金田をわざわざ呼んで話し、彼等に美子を犯させ、それをネタに美子さんを男女関係にうるさい公共放送からやめさせ東京へ帰してしまうようにしようとした。美子さんが八田村に現われない限り、いずれ軍一が死ねば金は自分の物になる積りだった」

「先生、その通りです、その計画が失敗し、山田も金田も私に殺されてしまった。御丁寧に金田は美子の母の家までわざわざ美子を呼んだりしましたがね、遂に業を煮した吉本は自ら美子を家へ呼んで、機会を見て殺してしまう積りだったのです」

「えっ、そこまで、奴は考えていたのか、そりゃ知らなかった」

「全くあぶないところでした」

「そこで君がまた、現われて吉本を殺し、逃げる時、木の蔭にひそんでいた僕の懐中電灯で顔を見られた訳だな」

「そうです、私は常に美子の身辺に気をつけて、いかなる人間でも美子にあの忌わしい犬神の秘密、実の祖母が精神病で死んだという事を知らそうとする者は殺す積りでした。美子が八田村に来ると分かったので一日前に、こちらに来て、矢野家に泊まっていました」

「それは分かっていたんだ、僕達も調べたよ、でもね僕が不思議なのは、何故、君がそれほどまで、美子さんの事を気にかけるのだ、友人の娘と云うだけじゃふに落ちない。その異常な美子さんへの愛情は――」

「衣笠先生、実は、美子は矢野富太郎の子ではなく、私と妙さんの間に出来た子供なのです」

「何んだって、本当か、戸田君」

衣笠は、思わずその男、戸田宗一の両肩をぐっと摑んだ。

戸田宗一は二十二年前、犬神の娘、妙を愛し、二人は深い関係になった。だが宗一には、みすみす反対されると分かっている妙との結婚をする気はなかった。

妙も宗一を愛していた。だが彼女は一方で矢野富太郎の迷信にまどわされぬ勇気と愛情にもひかれていた。

生一本の富太郎は妙と宗一との事は元より知らず、妙をともなって上京して行った。

妙が去って、宗一は、自分に富太郎ほどの勇気がなかったのを恥じた。そして妙への思慕はますますつのるばかりだった。

彼は一生を独身で通す事を自分で誓った。

そして矢野軍一に頼まれて蔭ながら富太郎一家の様子を知らせてやった。

長い戦争が終り、上京した時、初めて妙の前に姿を現わした彼は、美子が自分の子だと妙から知らされた。夫の富太郎には最後までその事実はあかさなかったのだと云う。云われて見ると、美子は、どことなく宗一に似ていた。

宗一が美子を連れて歩いていると、よく娘と間違われたものだった。こうして宗一は妙と美子の面倒を見る事になった。

何事もなかった。

美子は戸田のおじ様になついていた。

だが美子が公共放送に入り任地が広島と決った時から宗一と妙の煩悶が始まった。

いつかは妙の家の秘密が美子に分かる時が来るに違い

ないと思えたからだ。

　宗一は若い娘が犬神筋だと聞かされた時のショックを考えた。いや近代的な娘なら、そんな迷信を笑うかも知れない。だが祖母が発狂しているという忌わしい事実を知ったらどうだろうか。

　宗一はどんな手段を講じても、美子が東京へ帰るまで妙の実家の秘密は耳に入れまいと決意した。

「金田を殺した後で、早く東京へ帰れと書いたのも貴方だったのか」

　衣笠が尋ねた。

「そうです、衣笠先生、じゃ、これで失礼します、美子には、今の話は内緒にして下さい。そして軍一にも、彼には、美子はあくまでも富太郎の子だとしておいて下さい。彼は事件が解決したら広島へ美子に会いに行くと楽しみにしていますから。一切を語らず、いいおじいさんとして、遺産を美子に譲る積りなんです。じゃ衣笠先生、これで失礼します。止めないで下さい、お願いです」

　戸田は背中を丸めて暗闇の中へ消えてしまった。

（八）

　数日して宗一の自殺死体が八田村のはずれの林で発見された。

　三つの連続殺人は解決した。

　美子は、衣笠と警部から、戸田が自分の身を守ってくれるために三人を殺したのだと知らされた。

　母には警察から通知したと見えてすぐ飛んで来た。

　警部は母の妙には一切の事情を話した。

「そうですか、それで美子には」

「奥さん、お嬢さんには未だ何も話しておりません、でも或は衣笠と云う作家から聞いているかも知れませんよ」

「では、私の母の恥かしい病気の事も、私には犬神の迷信よりも何よりも、あの事実が恐ろしいのでございます、もしもあの事も娘におっしゃったのだったらどうしましょう」

　妙は、半生、自分が悩み抜いて来たその秘密を思うと、いても立ってもいられないのだった。

「奥さん、御安心なさい、奥さんのお母さんの病気は当時の医者の記録を調べた結果、狂犬病だったのです。けっして遺伝的な精神病ではありませんでした。当時の村の人達は、犬神筋だと云うお宅から、そんな病人が出たので、ますます、犬神のせいにしてしまったのです。更に奥さん、私達の調査したところでは奥さんのおじいさんの代に急に産をなしたお宅を村人達がねたんで、いやがらせのために犬神筋だなどと云いふらしたものだと分かりました。それ以前に、お宅が犬神筋だったと云う話がないのが何よりの証拠です、八田村の百姓達は一部を除いて皆んな貧乏だったのです。それで、お宅が山で当てて一躍金持になったのが、ねたましかったのですよ」

「では警部様、私達が苦しみ抜いた犬神筋というのは」

「全然理由のない事です、迷信なんて皆んなそんなものです。人の噂にふたをする事は出来ません、当事者が勇気をもって、立ち向う以外ありません。矢野のおやじさんも、我々の話を分かってくれました」

「エッお父さんが」

「そうです。その内に孫に会いに出てくるそうです。彼は貴女と戸田さんの事をとても感謝していましたよ」

「ありがとうございます」

妙はハンカチで目頭を押え、やがてはげしく嗚咽した。

「奥さん、今夜、公共放送で、お嬢さん達が制作した〝犬神の村〟と云うドラマを放送します。八田村に行って収穫だったそうですが」

警部に別れて妙は公共放送のスタジオを訪ねた。

ドラマのテスト中だった。

スタジオの中で、多くの人達に混じって元気よく働いている美子の姿を見て、妙は今夜にでも、すべてを話そうと思った。

二ケ月のプロデューサー生活が、わが子に見違えるような強靭さを与えてくれたのを感じて、妙はスタジオを隔てた防音のガラスを曇らせるのだった。

手くせの悪い夫

その晩は、空には月がさんさんと冴え、どんな街路のすみずみまでも、見通せるような明るい晩だった。

夜光石のように輝りはえる夜の住宅は、一面岩のように静かだった。ことに、この物語の背景となる地域は勤め人が殆んどなので、夜半十二時もすぎるころとなると、人通りは絶えてない。たまに、七十円の小型タクシーがやたらにスピードをフルに走っているのを見ると内部には、終電車に乗りおくれたいい気持そうな客が、スースー眠っている姿が目についた。それとて、突風のように、とおり去ってしまうと、後は静寂に立ち戻る。

その静寂にもどった道を、足音が遠くからきこえてくる。

——コツ、コツ——

どうやら、足音は一人らしい。この近辺は山の手でも環境は至極いい方だから、いまごろの一人歩きはちょっと解せない。

足音はだんだん近づいてきた。とそのとき足音のする方向にあたる、一軒の豪壮な邸の勝手口と思われるあたりに灯りが、パッとついた。

——コツ、コツ——

足音は止まない。むしろ、近づいてきたのがはっきりわかる。先ほど灯りのついた邸は、そのまま真暗になった。恐らく家人が便所にでも起きたのだろう。

足音は、そこの曲り角に近づいてきた。長い影が段々に短くなって、そして、ついに姿が現われた。何のことはない。足音の主は、パトロール中の巡査だったのである。

人さわがせも程々に

この辺お屋敷町の担当パトロール石井巡査は、まだ独身で妹と二人で暮している。なかなかハンサムで、年が若いから将来ますます有望といったところだった。

彼は、自分の所管の地区を巡らするのを楽しみにしている。楽しみといっては、安らかに眠っている人民の皆さんに申し訳がないが事実、石井巡査は、自分のビジネスを誇りと満足を感じつつ、気楽(イージイ)に遂行しているのである。

それに、石井巡査は無類の文学好きときていた。閑をみては詩や小説を書いて、処々方々の雑誌に投稿する彼にしてみれば、深夜の人気なき街のパトロールは、また構想を練る恰好の場所でもあった。

A坂を上りきった所で、彼は店をしまって帰途につく夜なきソバ屋に会った。相方とも顔見知りなので目で挨拶すると、そのまま別れた。二人とも、だまったままの出合いと別れだった。

遠くで、犬が吠えているのがきこえた。犬の遠吠は、ソバ屋同様、石井巡査にとうてい、何も感じられなかった。一分もすぎれば忘れ去ってしまう出来事だった。

石井巡査はフト立ちどまった。――ガタ、コト。たしかに小さな音を彼は耳にしたからだ。――ガタ、コト。確に音はきこえた。こっちか、いやそこは静寂がかびのようにこびりついている。

彼は目を今歩いてきた道の方に振り返り、見た。

黒板べいの「通用門」と書かれた木戸が開いているではないか。一瞬石井巡査は緊張した。未だかつて、こんな緊張はない。一種の六感だった。

ソッと、塀に身を寄せながら彼は木戸の所にすばやくくるなり、片方の手にピストルをとって、足で木戸を蹴った。

木戸は、スウーと不気味な音をたてて開いた。開ききると、とまった。

一秒、二秒、と全神経を脳に集中させた石井巡査は、そのまま時間のたつのも忘れて、同じ姿勢で待った。

〝ニャーオー〟

小さい三毛猫だった。鼻先を、脚でなでつけながら、その小猫は、じっと石井巡査の姿を見上げた。夜光虫のように光った二つの眼は、まことに不気味だった。

石井巡査は自分の感がはずれたことを、別段くいはしなかったが、内心テレた。こんなことは間々あったが、今日は何だかいつもの倍もバカにされているように見えた。相手が自分の掌に入ってしまうほどの小猫だったからなおさらいけなかったのかも知れない。

〝こんな日は早目にきりあげて〟と後悔やら決心めいたものをしながら、それでも務めは務めとばかり、やや気をとり直し、再び職務の道に出発したのだった。

約二十分間、何事もなくすぎた。もう、石井巡査も、いくらか以前の気安さに戻り、詩などをそらんじていた。

　彼は、何気なくむこうの屋並みに目をやった。その時、彼はまたまた立ち停ってしまった。幻覚かどうか、黒い大きな影が屋根の上を走り去ったように思えたからだ。

　彼は疑った。さっきの小猫の例があるので、よくよく注意してみたがこんどはたしかに黒い大きな影が見えた。さっきとちがって、屋根の上だったたし、月夜のこととて、手にとるようにはっきり見えたので、まちがいは、ぜったいなかった。

　それにしても、猫にしては、大きすぎるように思えた。人間か？　いやそんなはずはない。いくら敏捷にうごきまわる泥棒といえども、あの屋根から屋根にとびまわる動物（ここで動物といったが、正しくその物は動物だった）にくらべれば兎に対する亀のような存在だった。

　その人間業とは思えない動物を見た石井巡査は何か背筋がゾッと寒くなった。こんども感から来た寒さだったが、さっきの小猫の場合とはちがっていた。

　さっきと同じように時がすぎ去った。

　――一秒、二秒、――

　何秒かたったろう。いや、何分たったたろうか、石井巡査は数時間に思える長さだった。

　しかし、その後物音一つしてこなかった。動物も姿を再び現わさない。

　妄想か？　幻覚か？　悪夢か？

　真実か？　泥棒か？　野獣か？

　石井巡査の頭の中はこんがらがった。夢と現実が、交互に彼の頭をかけめぐった。

　石井巡査は、ついに、前者をとった。夢と判断した。遂にではない、止むを得ず、そうしたのだった。それ以来、怪物は、屋根の上に姿を現わさなかったからである。

パジャマ姿の夫

　受もちの地区をパトロールし終った石井巡査が、自分の交番に戻ってきたとき、彼は疲れきっていた。

　若い彼は、平常はぜったいそんなことはないのに、今日に限ってどうしたものか、眼はくっつき、睡魔に襲われるのだった。

　倒れるように宿直用のベッドに横になってまどろみかけたとき、一人の泥だらけになったパジャマ姿が彼をこづいて、いった。

「オ、お巡りさん。大変です。妻が、殺されてるんです。早く来て下さい」

「何ですって?」

睡けもあったもんじゃない。石井巡査はそこは職業柄シャンとなって、訊問にとりかかった。

「まあ、落ちつきなさい。お宅に行く前に一言急いで事情をきかせて下さい。それとも、話しながら行きましょうか」

「いや、どうせ、こときれているんです。今さらいそいだって、はじまりやしません。それより、あんまり驚いてしまったんで、喉がからからになっちゃいました。お茶を一つめぐんで下さい」

パジャマを血で染めた男は、ハアハアいいながら、お茶を所望した。

石井巡査はうろたえる男を強い言葉で叱りつけて、先程まで自分が腰かけていた椅子を進めた。男はガックリきたみたいに、腰をおとした。あまりにもその様子が大きな身体と不釣合なため、どこかギコチなくさえ見えた。

石井巡査の注いでくれた冷えた番茶を二度もお代りして飲んだ男は、それでもやや落つきをとりもどしたのか、顔色に和らぎが見えはじめた。

「どうも恐れ入りました。はあ、お話いたします。夜なかにふと喉が渇いたんで、ええ、昨晩のおかずが鮭のからい切身だったんで、へえ、目が覚めたとたん、お巡さん、隣の部屋から、悲鳴がきこえてくるじゃありませんか。こっちは水を飲むどこじゃありません。早速飛んでいって見ると妻が殺されているんです。いやはや、何と申していいのやら」

いちいち註釈をつけていうところを見ると、よほどあわてているらしい。

「そのパジャマの血は、やはり奥さんのですか?」

こういって、石井巡査は上眼づかいに、男の顔を見た。

「ええ。あんまりビックリしてしまったんで妻の体を抱いてしまった時、ついたんでしょう。気がつきませんでした」

どうやら、男はうそをいっている風ではなく、改めて、自分のパジャマにベッたりついた血を見てびっくりしていた。

「今のお話ですと、奥さんは、貴方とご一しょの部屋にお休みにならないんですか?」

独身者にとってはちょっとテレる質問だったが今はそんなことをとやかくいっていられる時ではない。勇を鼓して、石井巡査は、事件の核心になりそうな問題をついた。

さすがまだ若い男でも、そこは妻君持ち、少しもテレることなく、むしろまじめくさって答えた。

「ワイフは黒がきらいなんです」

「黒って、犬ですか?」

「いいえ。猫なんです」

男は何か自分の秘密をさぐられでもしたように、目を伏せて答えた。

「私は猫が大好きなんですが、どうしたものか妻は物すごく大きらいなんです。私は黒を抱いて寝ようとするとワイフは絶対私のそばによりつかない。よりつかないどころか、怒ってどこかに行ってしまうんです。家にいる方なんてマシな方なんです。全く黒のために苦労の連続でさ」

「お子さんがいらっしゃらないんですね」

あまりにもそのものズバリの質問に、男はだまったまま肯いたところを見ると、石井巡査の質問通りなんだろう。

男がやや、平静にもどったのを見た石井巡査は、本署の方に連絡をすまして、男を促がしながら云った。

「お話はよくわかりました。では、これからご一しょに参りましょう。どうか案内して下さい」

拳銃のベルトをキュッとしめると、男と外に出た。

空はまだ月光がサンサンと冴えわたっていた。

坂の中腹の家

パジャマ姿の男に連れてこられた家というのは、だらだら坂の中腹ぐらいのところにあった。それに、何と不思議なことか、丁度石井巡査が、あの怪しい影が屋根の上をとび歩いているのを見たあたりだったから、彼は、一瞬いやな予感がした。〝やはり、俺の感に狂いはなかった〟という考えが、頭をかすめる。

小じんまりした中流の家庭らしく、玄関はきちんと整頓され、下駄箱の上に置かれた花瓶の花も水々しく、どこを見ても小ざっぱりしていた。

「どうぞ」

下駄のまま上ろうとした男が、がらりと障子を開けると、石井巡査は、ハッと息をのんだ。

地獄の狂花というか。まことに絵画や文章で描写しがたい凄艶さ、残酷さ！　彼は余りのものすごさにただ茫然と立ちすくんでしまった。勤務期間がさほど長くない石井巡査にとって、この狂花の舞は、一大ショックに他ならなかった。

部屋の中央に敷かれた布団だけでも、見るに耐えないもの。血がべっとりと薄いモーニングスター・ブルーの掛布団についていた。

死んでいるのは恐らくパジャマの男の妻だろう。まだ若い、しかも素っ裸ときていた。髪をふり乱し、両眼はいまにもとび出しそうに、一杯に開かれ、どす黒い血がこびりついている口は大きく開き、つばらしいものが、流れ出ている。

さらに凄まじいのは、喉だった。ぽっかりとえぐりとられた喉は、まるで噴火山の火口のようにあき、おびただしい血が流れ出ている。その血がもう固まりかける所もあるかと思うと、そうでない所もある。

傷口は、何か鋭い牙のようなもので嚙みきられたらしく、血は胸をつたって、下半身へ流れ、今はもうなかば、かたまりかけて、薄い膜が見えていた。

さらにふくよかな胸、張り切った腰、すんなりした脚に、ところきらわずおびただしい咬傷があった。

そして石井巡査の注意を惹いたことは、その死体の枕許に小さな黒い猫が、だらりと体を横たえて死んでいた。

猫男出現

石井巡査の報告で、警視庁から係官が多数急行したが、いずれも死体のむごたらしさにあらためて驚嘆した。

殺されたのは、井上洋子といい、夫は、丸の内のある銀行に勤めているという。

結婚して五年になるが、未だ子供がなく、そんなところから、夫は猫を可愛がっていたらしかった。

近所の噂では、洋子は派手好きで、亭主を尻に敷くタイプの女だったという。

夫の良一は、大人しいばっかりの男で、銀行でも家でも、およそ自分の意見を通すことなどなく、酒も煙草も飲まず、賭けごとも大嫌いといった男としては物足りないが、それだけに真面目で、仕事にソツがなかったから上役の評判は良かった。

だから彼は、美しい妻の尻に敷かれることも一向に苦にならず、むしろ進んで、妻の我儘を許してやっていたらしかった。

警察の取調べにも、おどおどしながらも、誠実に答えるあたり、評判通りの人柄がうかがえて好ましかった。

検死の結果、警察側では、縁側に面した部屋の窓をこじあけて、賊が侵入し、洋子に見られたので絞殺したが犯行後、洋子の美しい死体を見てにわかに欲情を催し、全身に噛みつくという変態的な行為におよんだものと推定された。

この推定に対し、勿論石井巡査には異議のあろうはずはなかったが、ただ一言、この事件の総指揮にあたっている井川警部に話したいことがあった。それは他でもない、例の凶行の晩、屋根づたいに飛んでいった怪物のことだったことはいうまでもない。

「警部、あの疾さといったら、自分がみた動物の中で一番早いんですが」

「そりゃ、君、幻影っちゅうもんだよ。石井君。君は文学好きちゅうことじゃないか、君の想像じゃ。それともなんかね。君は猫のように敏捷な怪物が東京の家々の屋根を走り廻り、美しい女を殺すのかい。バカバカしい話さ」

「でも、見たものは見たんで」

これ以上、石井巡査は、固執しなかった。

あのとき、自分は果して正気かどうだったか。あのときにかぎって同じような突発事件が一度ならず二度もあったじゃないか。一度目のはたしかに小さな猫だったが、二度目は……とここまで考えてきた石井巡査は、ハタと困惑した。自分だってあのときは疑ったくらいじゃないか……

二十貫の巨体を揺って、石井巡査のいいよるのを、すげなくことわった井川警部は、そんなことはさも作り話だといわんばかりに、一笑にふすのだった。

しかし、自信がないとはいえ、石井巡査には、あの晩の大きな黒い影が、まるで走馬燈のように、むざむざと目に映り、疑惑は一層つのるばかりだった。

迷宮入りか？

井上洋子殺害事件は、警察の必死の捜査にもかかわらず、めどがつかなくなり、〝迷宮入り〟の声さえきこえるようになった。

第一に、あの時刻に、だれ一人、怪しい人影を見たものがいなかったのだ。まして、石井巡査のいう怪しい獣などは思いもよらなかった。

一方では、被害者井上洋子の夫君井上良一も疑われだしたが、これは日頃の身持ちがいい点で、まあ範囲の外におかれていた。

またたくまに謎と疑惑でつつまれた一週間がすぎ去った。

石井巡査は、このごろ、さっぱり元気を失っていた。彼にはどうしても、あの屋根をとび廻っていた黒い影になやまされ、たえずおびやかされつづけていた。

――黒い大きな怪物が、いきなり彼の前に立ちはだかったと思うと、突如として、とぎすまされたするどい牙をむいて、彼をめがけて襲いかかる――

――全身、毛むくじゃらな猫の怪物。白い牙と真赤なざらざらした舌。白と赤のシンフォニイ――

――黒い体、白い牙、赤い舌。そして、つぎには彼自身の真赤な血、血、血――

「アーッ」

と石井巡査は思わず悲鳴をあげる。

夢だった。だが――夢において、黒い、赤い、白い色がまるで理髪店のポールのように鮮やかに区別出来たのは？　なぜ？

それが、夢だとわかっても、彼の動悸は高鳴りつづける。

悪夢になやまされつづけた日々が、石井巡査には、苦痛だった。あれほど楽しかった深夜のパトロールも、こんどの事件があってからというもの、ありがたくなかった。以前のように、文学や詩作の瞑想にふけるなど、とんでもないことだった。

ちょっとした物音にも敏感に、腰の拳銃に手がいった。同僚にも、職務上の注意をしばしばうけることもあった。こんなことは、実直な石井巡査としては、めずらしいことなのである。

やるせない日々だったが、職務は依然としてつづけられた。たとえ、不本意ではあっても、深夜のパトロールは回避できないビジネスだった。

今宵も、以前とはちがったパトロールがつづけられていた。パトロールのコースも以前と同じだったが、石井巡査にとっては、まるで自分の家の庭と同じに隅から隅まで知りつくしていた。

石井巡査は、だらだら坂にさしかかった。この道も、いつも来ている道だ。

今宵は、月がこの前の事件のときほど冴えていなかった。雲が空を一面におおったとき、坂一杯に、闇がしのび寄る。雲間から月が顔を出したと見ると、坂は、一見昼間のように明かるくなった。

夜の空気は、静寂と冷気そのもの。ピン一本、地上におとしても、反響がきこえるようだった。

――キャア――

その静寂の中に、突然、女の声のようなカン高い音が聞こえた。坂の上の方向らしく、静かな空気にのった声は、バイブレイションしている。

反射的に、石井巡査は耳をそばだてた。聞きちがいか？

キャッ！　叫び声は再びきこえた。二度目の音は、いくらか、つまってきこえた。そしてあとをひかない。まぎれもない叫び声だった。一瞬の後、石井巡査はすばやく、声のした坂の上に、走っていった。

坂に上りきった。しかし、上りきったあたりでは、何のかわったことも見られない。彼はあたりを見廻した。空気が、ただならぬ気配を感じさせた。右手の曲ったあたりに、何となくざわめきが感じられた。石井巡査の足は自然と、右手にむいた。

角を曲ったとき、彼は何者かと正面衝突をした。あまりにもとっさのことなので、お互いによけることができなかった。

「あッ」

二人が同時に声を出した。

石井巡査は、胸に痛みを感じた。突然の、かなり強烈なぶつかりなので、こんな痛みがするんだろう。だが、それにしても、痛みははげしい。こんなにも強くぶつかって相手もまいっているだろうと思った石井巡査は、相手を闇にすかしてみた。そのせつ那、

「お前は、……いつかの」

動物的な言葉だった。

「曲者」

職業的意識が次のことばを発せさせた。まぎれもなく、つきあたった相手は、いつかの怪物だったのだ。

彼の言葉をきいた怪物は、ひらりと、かたわらの塀に飛びのった。そのまま屋根づたいに、烏羽玉の闇に消えていった。

石井巡査の、怪物に対する懸念は、杞憂にすぎなかった。といっても、怪物が現われないという確信ではなく、怪物が現存するという確信だった。

彼は見たのだ。猫のような身のこなしで、屋根づたいに飛鳥のごとく逃げさる悪魔のシルエットを！

悪魔の出現は、しばらくのあいだ彼をこの坂の上に来させた、本来の原因をわすれさせた。

——そうだ、女だ。女の悲鳴だ——

しばしの茫然からわれにかえった石井巡査は、角から数メートルはなれた所にうずくまっている一つの黒い姿が眼に入った。

いまつきあたった曲り角に、ほそぼそとたっている街

灯をたよりに、その黒い所に目をやると、どうやら、悲鳴の主らしく、女らしい。顔こそ見えなかったが、どうやら髪の具合でわかった。

「もしもし、どうしました」

女は答えなかった。

「もしもし」

こんどは、強く揺さぶったが、それでも返事はない。仕方なく抱きおこした。意外に重い女だった。完全に上体が地面と水平になるかならないうちに、女の首が、がくりと垂れた。石井巡査はハッと後にとびさがったが、そのとき、女の喉が無惨にも嚙み切られているのに気づいた。

喉からは、鮮血がどくどくと流れていた。

「ア、ア、ア……」

女は苦しい息の下で何事か呻やいているようだった。血のこびりついた口を大きくあけて、何やらいいかけた。その赤い口に耳を近づけていた石井巡査が聞き得たことばは、ただ一言、

「ネコ……」

ということだった。女は、いい終りきらないうちに、ガックリときた。

死んだ女の衣服は所々はぎとられていた。かろうじて、若い女であると見分けがついたくらい。恐らく、巡査の出現であわてた賊が女の喉にかぶりついて、そのまま逃走したのだろう。

「あ、きみは……」

偶然にも、殺されていた娘を彼は知っていた。襲われた所から、すぐそばに住んでいるデパートにつとめていた娘だった。近所でも評判のきりょう良しで、その点では娘っ子たちからねたまれていたし、男の子たちからは始終追いまわされていた女だった。

パトロールなどでよく見かけた娘だったが、いざ、名前となると、彼には記憶がない。面識もあったわけじゃなかったから、この段になると、彼はハタと当惑した。

彼の困惑は、悲鳴におどろいておそるおそるかけつけた近所の人たちのどよめきによって解決された。その中の一人、初老の品のいい婦人が、人をかきわけて、やってきて、死体のそばにひざまずいた。老婦人はやおら死体をのぞきこむように首をかがめた。

「ああ、愛子さん」

老婦人は、死体が自分の娘であることに気づいたが、落つきは失わなかった。それでも涙を流して、石井巡査にたちむかった。

「お巡りさん。娘をやられたことは、何も申しますま

い。覆水盆にかえらずと申しますから。ただどうして犯人を摑まえないんですか。警察は一体何をしているんですか。警察は娘たちが殺されていくのを楽しみにまっているんですか？　うちの娘はだれからもうらまれるはずはないのに……」

石井巡査とて、伊達や酔興で犯人を見逃がしているわけではないが、こう冷静に抗議されると、まるで自分が〝責め〟にあっているみたいに骨身にしみた。こうなれば一そのこと、わめいてくれた方が、まだ扱い良いとさえ思った。

――あの怪物の仕業なんだ。――

彼はおそろしそうに呟いた。それにしても娘が死にぎわにいった二タことの「ネコ……」という言葉は、怪物のシルエットとともに脳裡に深くきざまれていった。

最後のことば

二度の怪事件以来、石井巡査は、この山の手界隈の人たちの呪咀の的となっていった。

〝二度も犯人を目撃しながら、なんら手を下しえなかった無能の巡査〟というありがたくないレッテルがはられてしまった。

石井巡査に対する風あたりは、近所だけですまなくなった。警視庁の捜査本部でも石井巡査をやっかい物扱いにするようになり〝石井巡査免職？〟という風言さえ、部内でもきかれるようになった。

四面楚歌の石井巡査としてみれば、あの怪物をとらえることが唯一の解決策、とかたく決心をするのだった。

新聞記者が、この問題をとりあげることになった。

〝チャンス到来〟とばかり、石井巡査は並びいる記者連を前に〝怪物猫出現〟〝ネコの謎の二字を残した被害者〟としゃべりまくったので、一せいにこの問題は世間のフラッシュを浴びてしまった。新聞は興味本位にかきたて、ここでも、石井巡査は、渦の中のびんのような状態になった。

そのいずれも批難のことばだから、石井巡査としてみればたまったものではない。

部内での最強硬派は、捜査主任の井川警部だった。同警部は、始めから、怪物の存在など信じていなかったから、怒りようも並大ていではない。

「大体、キミ、警官ともあろうものがだヨ。猫男なんていうとんでもない存在をでっちあげて自分の責任をのがれようというのは、けしからん話じゃないか。断乎、石井君をやめさせるか、さもなくば、奴の精神鑑定をさせろ」

ただでさえ血圧が高い井川警部は、まるで怒りのため、こんどの事件で更に血圧が高くなったと、いった。

だが石井巡査は、かたくななまでに、屋根伝いに深夜、飛び廻る怪物の存在を主張してやまず、こうなっては双方の意見は対立したままだったが、ついに彼は上司と衝突して職を辞してしまった。

第二の被害者となった娘は、母親がいうように、職場でも家庭でも快活な人気者で、他人から憎まれるようなおぼえはなく、また、自分も他人を怨むような事は、これっぽちもなかった。

〝娘はだれからも好かれたし、どなたに対しても同じように親切でした。あの子が嫌いなのは、うなぎと猫ぐらいの物でした〟と通夜の時にも母親は井川警部をつかまえて、泣きじゃくりながらいうのだった。

「猫が嫌いなんですって！」

ふと、警部は、石井巡査のことばを思いだした。

「猫男は、猫をいじめる者を殺すんですよ。猫のように鋭い牙で喉を嚙み切って……」

馬鹿な。あんな気の狂った男の言葉が信用出来るものか。でも、ふしぎだ。殺された二人とも猫がきらいだという……

「ねえ、警部さん。娘は猫を嫌っていたから殺されたんですか。猫男という恐ろしい化物は本当にいるんですか」

「そんなことはありません。猫男だなんて、新聞がおもしろ半分に書き立てているにすぎません」

「でも、あの日、娘は、近所の野良猫が小鳥を盗ったというので叱って石を投げつけたのです。あれが殺されたのは、その夜なんですから。存外……」

母親は、そして、早くその化物を捕えてくれと哀願するのだった。

「大丈夫です。化物なんかじゃありません。かならず犯人は警察で挙げて見せます」

力強くいう警部だったが、その警部が、はからずも、第三の凶行を目撃することになったのだから、運命とはいたずらなものだ。

第三の凶行は、運命のダブル・プレイだった。

井川警部自身が凶行を目撃したのが第一の刺殺、そして二度目の刺殺は被害者が井川警部の愛する姪が襲われたことだった。

このように、猫男が直接井川警部の身のまわりに奇妙な行動をはじめるようになったから、警部としても、いままでの考えを変える段階になってきた。

三度目の凶行の日、井川警部は自宅で久しぶりにはしゃいでいた。猫男事件もまだ解決していなかったが、〝あんまり、クヨクヨしては体に毒よ〟と妻君や家の人にいわれて、久しぶりの一家団欒の食事をしていた。

それに丁度高校でバレーの選手をやっている姪が久しぶりでやってきて、談笑に加わっていた。

食卓は色とりどりのおかずで花園のようだったが、食事中、ふとした突発事が一座の不幸をかった。どこからともなく家にまぎれこんだ一匹の野良猫が刺身をくわえて逃げたのである。

「あっ、猫よ」

自分の前にあった刺身をとられたので、姪はそばにかけてあった箒をとって、猫を追っかけた。

「残念、とうとう逃しちゃったわ、一回は頭をいやというほど、叩いたんだけど」

そういって帰って来たので、井川警部は、

「お前のようにお転婆じゃ、お嫁にもらい手がないぞ」

といってみんなして大笑いした。

いつの間にか時間が経ったので警部は、姪を連れてバスの停留場まで、送って行った。

停留場にはだれもいなかった。


このあたりは住宅街だったから夜になると人通りはほとんどないのだ。

警部はふと煙草が切れているのを知って、二、三百米（メートル）先きの煙草屋へ買いに行った。後で考えれば、それがいけなかったのだ。

警部は、後で姪の悲鳴を聞いた。

ふりかえると、いましも一人の男が、姪を地面におし倒そうとしていたではないか。

「馬鹿者」

警部は、巨体を揺ってはしりながら、一喝した。

「ぎゃーっ」

まぎれもなく姪の悲鳴だ。警部は、もう夢中だった。

一気に走り寄ると、彼はむんずと、男の首を後から摑んだ。

「ウオーッ」

獣のような叫びをあげて、ぐっと振りかえった男の顔――らんらんたる両の眼、口は裂け、だらだらと鮮血がたれている。白い歯の間に、はさまっているのは、おぞましい肉片だった。

「あっ」

あまりにも凄絶な怪物の顔にさすがの警部も一瞬、たじろいだ。

怪物はそのすきに、警部の手をふりきるとひらりと横の石塀に飛び上り、さらに屋根にそして大きな木の影に吸われてしまったのだった。

「叔父さん、叔父さん」

喉にひっかかるような声で、姪がさけんだが、やっとわかる位だった。

「猫だわ、猫をいじめたからよ」

こういうなり、姪は、ガクリと首を折ってしまった。

「シマッタ」

あとの祭りだった。

警部は、直ちに救急車を呼ぶべく公衆電話へ走った。間もなく救急車が、サイレンの音も高々にやってきて姪を病院に運んだが、もう手おくれだった。

幸福な二人

姪が猫男のために殺されたことは、井川警部に大きなショックをあたえた。警部は、このさいはっきりと怪物の存在を認めたが世間への影響をはばかって、この件に関しては一言も語らなかった。

新聞が何でこれを見のがすはずがあろう。


ここを先どと、やんやと騒ぎたてたが、単なる変態性欲者の犯行だと発表した。猫男など全く仮空の怪物ときめつけてしまった。

井川警部の慎重な態度に世間は同調しなかった。新聞やラジオは真相に近いものを発表し、そのため、一般の人たちまで、猫男の存在を信じるようになってきた。

いまや、全都あげて、猫男の怪異におびえ、或者は楽しみそれをネタに商売気を出したりした。

マス・コミ関係は、生物学者や心理学者を追いかけ廻した。

「ゴリラのような怪物が東京の夜を彷徨して美女を殺す——そんなことは信じられません」

有名な動物学者は、頭から否定した。

また、ある心理学者は、

「猫男を見たというのは、錯覚ですよ。恐怖にさらされた時には、なんでもない物が、とんでもない物に見えるものです。犯人が塀によじ上って屋根へ逃げた——それを見た人が正常な心理状態ではなかったので、化物のように見えたのでしょう」

ともっともらしく説明した。

丸の内のオフィス街。ここといえども、いま全都を沸かしている〝猫男事件〟には別天地ではなかった。まして、丸の内には、〝猫男〟の最初の被害者である井上洋子の夫良一の勤めている銀行がある。仕事以外はただペチャクチャしゃべりくっているのに生甲斐を感じている連中が多い銀行のことだから、きまって良一は話題の中心だった。

彼は妻が殺されてからというもの、虚脱したようにボンヤリし、仕事も手につかないといった有様だった。以前はやさしかった容貌も妻の死後は次第に険をおび、時には、はっとするような鋭い目つきをすることさえあった。同僚も、〝まあ当分、あんな状態がつづくさ〟と半ば同情し、半ばあきらめていた。

それに近ごろは、たえず何物かにおびえている様子で、以前の良一を知る者にとっては信じられないくらいだった。

銀行にも、この広い世間にも、良一を慰めることのできる者は何もない、と友人たちは気の毒がっていた。

「井上さん。お独り、淋しいでしょ。ほら、ジュリーちゃんにお食事あげて」

こういって入ってきたのはタイピストの石井京子だった。彼女はかわいい仔猫を手にだいていた。

「そう」

いままでの憂鬱そうな顔と全然ちがった笑顔になった良一は、急に元気が出てきたように、京子の方を見た。

「あ、ジュリー、可愛い仔、待ってな、いまお食事やるからな」

京子の手より、ジュリーをとって、ジュリーの鼻を自分のほほにつけるなり、やさしく話しかけた。その態度はまるで人間の子供にたいするみたいに、やさしく情がこもっている。

京子は良一に手つだって牛乳を飲ませてやったが、

「良一さん、ほんとうに猫が好きね」

と感心していうのだった。

「京子ちゃんも好きだろう」

「ええ。でも、井上さんほどじゃないわ」

「猫は魔物っていうけど、そんなことはないね。猫ってやつは、かわいがってやればやるほどとてもよろこぶんだよ。君も、一匹かったらどうだい」

「あら、あたし」

京子はやさしくほほえむのだった。京子は妻をなくした良一を非常に同情していた。日ごろから人一倍おとなしいので、みんなからバカにされている良一に、母親以上の愛情を感じていた。洋子が死んでから、その感情は一そうはっきりしてきた。

「井上さんは猫好きだから、猫男にねらわれる心配はないわね」

同僚たちは、こんなじょうだんを云ってからかった。なかに、たちのわるい行員などはふざけ半分に、

「猫男に殺されるといけないから、これから心を入れかえて、お猫さまをかわいがりましょう。ジュリー、こっちへおいで」

などといったりした。こんな風だったからいつのまにか、ジュリーは銀行の人気を一手にさらってしまった。同時に、ジュリーを介をして良一と京子の仲も、目に見えて、親しくなっていた。

良一にしてみても、妻の変死以来、京子の愛情で再び人間らしい生活に戻れたのだから文句のいいようがなかった。

忌わしい猫男の噂をよそに、二人は幸福そうだった。

他の行員もこの二人の前途を祝福するのにやぶさかではなかった。


好事魔多しという。良一の銀行でちょっとしたトラブルがおこった。

ジュリーが、桂木澄子という女子行員の大切にしていたコムパクトを机からおとしてこわしてしまったのだ。

この程度ならさほど問題はなかったのだが、そのコムパクトの贈主というのが澄子のフィアンセだったから始末におえなくなってしまった。かっと、頭にきた澄子は、前後の見さかいもなくいきなりジュリーをつかまえて、床にたたきつけたのだった。

「何をするんだ」

いきなり血相かえた良一が飛び出してきてジュリーを抱きしめながら、澄子をにらみつけた。

「きさま――」

いつもとちがって、その見幕があまりにもすごかったので澄子は文句もいわずにだまってしまったが、憤まんやるかたない様子で、しきりにこわれたコムパクトを撫でまわしている。

「ジュリー、ジュリー」

良一はジュリーをどこかに怪我はないかと改めて体の隅から隅までひねくりまわしていたが、無事だったので、それ以上澄子を責めなかった。

翌日、ジュリーは、銀行から、その可愛い姿を消してしまった。良一は銀行中を〝ジュリー、ジュリー〟と探しまわったが、無駄に終った。澄子はいい気味だとばかり、そんな良一をふふんと鼻でくくって見ていた。

良一の落胆ぶりは、はたで見ていられぬほどひどかっ

た。思いあまった京子は澄子をこっそり呼んで聞いた。

「桂木さん。あなた本当のことといってね。ジュリー、どうかしたんじゃなくって」

「あら、京子さんだからいっちゃうけど、お濠にすてちゃったのよ。だって憎ったらしいじゃないの、なにさ、あんな猫ぐらいで、井上さんも、井上さんだわ」

澄子は勝ちほこったように云った。

「まあ！　良一さんが大事にしているジュリーを」

見る見る京子の顔色がかわっていった。と真面目な顔になった京子は、改った口調で、

「桂木さん。まじめにきいてね。今夜あなたは家にいらっしゃる？」

「あら、どうして？　今夜はボーイフレンドとランブー。たっぷり楽しんで帰るわ。それとも何か私にご用でも」

「いけない。いけないわ。お願い。今夜は家にじっとしていて」

「何をいってんの。どうしようと、私の勝手じゃないの。おかしな人ね」

澄子はあざけるようにせせら笑うと、いそいそと出かけてしまった。澄子の後姿を見て京子は両手で頭をかかえこんだまま、じっと澄子の行った方を見つめていた。

復讐

「畜生あいつが、やりやがったのか」

頭をかかえこんでいた京子の背後で声がした。びっくりした京子がふりむくと、いつのまにか良一が立っていた。彼の顔面は蒼白だった。

「あっ良一さん、聞いていたの」

京子は良一に抱きついて、はげしく嗚咽するのだった。

寸時の後、顔を上げ、

「こん夜、ご一しょしてね、映画館につれていって。今ナポリ座でやっている〝恋の手ほどき〟っていう映画とっても見たいの。ね。お願い」

京子は必死でたのんでも、良一は虚ろな目であらぬところを見つめているだけだ。

「ね。お願い。今日がロードショオの最後の日よ」

重ねてのさいそくに、良一は仕方なさそうにうなずいた。

「嬉しい。じゃ家におそくなるって電話しておくわ」

京子は受付で電話をすますと、良一と連れだって出かけた。京子としてみれば、良一が澄子の後姿をじっと穴

のあくほど見ていたとき、何かただならぬものを感じとったからだった。良一を今日一日、じっと自分のそばから離れさせなければ、不幸を未然に防ぐことができるかも知れない——と本能的に覚ったからだ。二人は映画館に行った。見たい映画だったが、京子にとっていまは隣の良一の方が気になって、スクリーンに目をやるどころじゃない。大好きなはずのスーザ・ストリングベルクにも、ちっとも心がいかなかった。彼女は隣りの良一の手の上にそっと自分の手をのっけてみたが、冷血動物のように、良一は何の反応も示さなかった。

そんなことすべてが京子にはどうしても良くとれなかった。バカみたいに乱痴気騒ぎを良一にしてもらいたいと、京子は心ひそかに願った。

「ねえ、ジュリーのことは、もうあきらめてね。その代り、私もっと可愛い仔猫をつれてくるから」

京子の必死の哀願をよそに良一の心はどこか遠くに行っていた。

二人が、夜もおそくなって行ったホールはかなりのアベックで立てこんでいた。

「ね、踊って、踊って踊り抜くのよ。倒れるまで、すべてを忘れるまで、すべてを忘れるの」

アルコール分が手つだって、京子は、グッと良一をだきしめた。男の匂いが、しかしどことなくかびくさい男の匂いが、踊りに夢中になって我を忘れている、京子の鼻をツーンとさした。

流れるような〝サウス・ウィンド・ブルース〟の音につれて、二人は数ステップ踊ったが、京子はまるで人形と踊っているみたいだった。

甘美な音楽だけがただむやみと流れていった。

無為と怠懈の数十分がすぎた。今はこれまでと二人は帰途についた。京子は彼のお守り役に、あきがきた。

——でもいけない。少なくとも今夜は彼の傍にいなくては——

再び勇をふるいおこす京子の姿は、神々しいまでにりんとしていた。

天は、京子に味方しなかった。カタストロフがやってきた。

ホールのクロークで荷物を受取ろうとした時、バッタリ肩巾の広い若い男と肩をくんでやってきた桂木澄子に合った。京子は〝シマッタ〟と思ったが、時はすでにおそかった。それでも、

「帰りましょう」

必死に、良一の手を引っぱった。その手をはらいのけた良一は、すっくと立ち上った。

「やめて」

思わず京子が大声を出したので、受付のボーイが驚いた。フロアーから何があったのだろうとうさんくさそうな、顔がのぞいた。

「アーッ」

一瞬、驚きとも恐怖ともつかない声が、一同の間からおこった。

みんながそこに見たのは、髪をふり乱し、両眼をかっと見開き、口はと見ると、耳まで裂け、その間から白い歯のむき出た怪物だった。

「ウオーッ」

怪物は一声吠えると、まつわりついてきたクロークのボーイを振り切った。

体がぐっと丸くなったと思うと、次の瞬間怪物の体は頭部のさきから、入口のガラスの大きなドアにぶつかった。〝ガチャン〟と大きな音がして、ガラスが割れて、粉々になったガラスがあちこちに散った。一瞬のあいだの事態の悪化に澄子はただ茫然と立ちすくんだままだった。そして、今しも、怖ろしい形相をした怪物が、自分めがけて突進してくるのを見て、足許がふらついて、気が遠くなるのが、わずかに感じられた。

「猫男だ」

ただならぬ様子を察した客は、われ先に出口を求めて走り出す。中には勇敢な男もいたにはいた。

「猫男め！」

アロハ姿の若い男が横から飛び出して、良一のうしろをつかんだ。

「ウオーッ」

今や猫男と化した良一は、力一杯その、アロハを振り払う。ものすごい力だった。だがアロハの男もひるまなかった。

再び三度（みたび）猛然とおそいかかる。猫男は面倒とみたのかすでに気を失っている澄子の体をかかえると、こわされてめちゃめちゃになっているガラスのドアをうまく突き進んで、外にとび出した。

「待てえ！」

アロハの男は勇敢にすかさず後を、おうのだった。

わずか数分間の出来事を、我を忘れて見ていた京子は、猫男が夜のストリートにとび出すと自らをとり戻し、いそいで電話室にかけこんだ。

銀座の捕物

京子からの電話は、週末一斉警戒にあたっていた警察本部を一瞬、緊張させた。

「なに！　猫男が銀座のホールに」

そういったのは、ほかならぬ、井川警部だった。

直ちに武装警官を集め、出動態勢をとり、一行は銀座のダンスホールにむかった。

夜の銀座は、猫男の出現でわきにわいていた。気を失った澄子を片手に飛鳥のようにメインストリートを疾る猫男の姿は、そのまま悪魔のシルウェットだった。通行人は、「アレヨ、アレヨ」というばかり、恐ろしがってとめようとする者は一人もいない。中に勇み肌の兄いが一人大手を拡げて立ちふさがったが、忽ち猫男の一撃に倒されてしまった。

「おい、だれかあいつをおさえるんだ」

怪物を追ってぞろぞろ銀座通りをやってきた一団の中から、叫んだ者があった。見ればダンスホールから猫男を追ってきた、あのアロハの男だった。彼は、執念深く、猫男を追ってきたのだった。

アロハの男の必死の叫びも、一団の人々には効力がなかった。猫男は追手を尻目に、ネオンでまばゆい銀座のメインストリートをゆうゆうと走っていた。その数十メートルうしろには黒い群集が一団となって、前の二人を追っていた。空からみれば、さぞ美しいシーンがシネマスコープ的に展開されていたにちがいない、と思われるほどだった。しかし、数十メートルの間隔はいぜんとして縮まなかった。

追いつ追われつするうちに、猫男は銀座四丁目の交叉点に来た。追手はＭデパートの所にやっとさしかかった程度だ。

その時だった。猫男の行手先に、サイレンを鳴らした白バイを先頭にした警官の機動部隊が現われた。

予期しない機動部隊の出現に猫男はつと立ち停ってあたりを見わたすと、いきなり、高い広告塔によじのぼりはじめた。あっという間の出来ごとだった。

ようやく追いついた例のアロハの男が、猫男の脚にしがみついた。

「ウオーッ」

猫男はいきなり男に噛みつくと、するすると広告塔によじのぼってしまった。

下には、武装警官隊がすでに到着しサーチライトが点けられ、塔は十重二十重と包囲されていた。

「おっ、君は」

武装警官隊を陣頭指揮していた井川警部は例のアロハの男に目をやると、思わず叫んでしまった。

「はあ。そうです。石井です」

何と、アロハの男は職を辞した石井巡査だったのである。単身猫男を追いかけた勇敢な態度も、石井巡査なれば、改めて合点がいった。

「井川警部殿。やっぱり猫男は実在していました」

「うん。わしも知っておった。だが、今はそんなことをとやかく云っとる場合じゃない。いかにしてあいつを倒すかが問題だ」

警部は拳銃を構えながら、怒鳴った。

「おーい、降りてこい。さもないと撃つぞ」

だが、猫男は〝ウオーッ、ウオーッ〟と反覆するばかり、歯をむき出して吠えるさまはサーチライトに照らされて、すごく残酷にも見える。それのみか、気を失った澄子の体を弄び、衣服をはぎとって、ところきらわず咬みつくのだった。

昼をあざむくネオンと、サーチライトが交錯する銀座の真中で、獣人の痴態はなおもつづくのだった。

「警部殿、撃ちましょう」

血気にはやる部下がいうのを、

「待て、女にあたったらどうする」

と制止したものの、井川警部の心中では一秒も早く怪物を撃ち殺したい気持で一杯だった。

「ウオーッ、キキキ」

ときどき、異様な叫び声がきこえるのは、感きわまった猫男が澄子を責めさいなむときに発するよろこびの声だろう。と声の調子がかわったかと見るまに、今度は女の脚をもって体をぶるんぶるんとふり廻すではないか。猫に見すくまれ、いうなりになっている鼠のように、澄子は失神したまま、良一のいう通りだ。

「キャーッ」

女の、絹をさくような鋭い悲鳴が、まるで銀座中聞こえるようにひびいた。さっと鮮血が宙に飛んだ。女の片脚は猫男の怪力でもぎとられ、武装警官隊の中に落ちた。鮮血したたる脚が塔上から降ってきたため、武装警官は一瞬たじろいた。

「よし、撃てッ」

警部の命令が発せられた。ついで起る闇夜を貫く銃声、そしてあたりにひびく断末魔の叫び。

最後の悲鳴とともに、猫男は澄子と一しょに落下した。

片脚のない女は、既に死に絶えていた。

　地上の人々は一旦後ずさりをし、二個の物体が地上につくと見るや、一斉に怖いもの見たさで死体の顔をのぞきこんだ。まず最初に怪物の方の顔を――

　人々は驚いた。石井巡査も、井川警部も、京子も、怪物を覗きこんだ人たちは誰でもびっくりした。犯人が井上良一だったことは大方予想してはいたが、今この死に絶えた怪物の顔は、純真な井上良一その人の容貌だったから、なおさら驚いたのだった。だれしも、猫男の恐ろしい残忍な容貌を予想しただろう。だが地上に横たわっている肉体は、柔和な人なつっこい、小心者の井上良一その人の顔だった。

「警部。これは私の妹なんです。井上がくさいと思いましたので、丁度運好く同じ職場に妹がいましたので奴を看視させたんです」

　石井元巡査だ。

「ありがとう。君たち兄妹のおかげだったよ。これでわしも世間に対して顔向けが出来るし、死んだ姪の霊にも申し訳がすむ」

　鬼警部といわれた井川はしんみりいうと石井の手を求めた。

　いままで死骸にとりすがっていた京子が立ち上った。

「兄さん。私、良一さんが大好きだったんです。あの人を死なせないで、どうしてもあのいやらしい病気を直してあげたかったんです。良一さんは私に奥さんを殺したとはっきりいいました。それを知らされた時の私の驚き。でも、私がたとえ不具となってもいい。良一さんだけは正常な人にしてやりたかった。奥さんが私を嫌いだというだけで良一さんは奥さんを殺してしまったんです。だから、私は、私が良一さんを殺したと同じです」

　しおらしくも、京子はよよと泣きわめくのだった。

二等寝台殺人事件

1

爽やかな五月晴れの日だった。

百米（メートル）道路と呼ばれる鋪装のよく行きとどいた道路のポプラ並木が、目にしみるように鮮かだった。

建ち並ぶビルの窓ガラスが、柔らかな陽を直線的に反射して、いかにも都会らしい感覚を見せ、空には様々な恰好をした広告のアドバルーンが静かに浮いていた。

ビルの谷間を流れる自動車と電車の群れが、力強い都会の生活とスピードを象徴していた。

原爆の廃墟から不死鳥のように甦った、広島のたくましい復興の姿だった。

広島を訪れる観光客のいずれもが、まず驚くのは、おびただしいビルの乱立である。次々と市の中心部に建てられて行く大小のビルディングを見て、広島も、ここまで成長したかと驚くのである。

そのビルディングの建設工事で一躍産をなし、今では広島財界切っての実力者と云われる坂田建設の社長、坂田長右衛門の仕事の跡をたどれば、それが、そのまま広島復興の歴史であると云っても過言ではない。

波瀾をきわめた、その半生は、しばしば地元の新聞や放送で取り上げられ、建設業界では全国的に知られた顔であった。

その坂田長右衛門が、モーニング姿で神妙に控えている。

豪華なホテル・ニューヒロシマの宴会場である。

「……と云うわけでありまして、坂田氏は我が広島財界の大立者でございます。そしてこの度は、これもまた、当広島切っての名門でありまする池田家の英夫氏を婿に迎えられまして、本日、ここに、めでたく華燭の典をあげられたのであります。御承知のように池田英夫氏は坂田建設の建設主任といたしまして、数々のビルディングの設計に当たられ、そのすぐれた才能は、つとに各方面より注目されて……」

仲人の老人が、長々と祝辞を言っている。

正面には、当の池田英夫と新婦の文江が、未だ結婚式そのままの姿で、うつむきかげんに並んで腰掛けていた。

その右側に坂田長右衛門と妻の菊江、後は会社の重役や文江の友人達が、ざっと百人近くテーブルをかこんでいた。

おきまりの〝高砂や〟が終って、新郎新婦は、一先ずホテルの別室で休むことになった。

「ああ、しんが疲れちゃったわ」

鬘をとり、軽快なワンピースに着かえた文江は、ふかふかしたベッドの上に、どすんと転がった。

ふくよかな形のよい二本の脚を、宙でバタバタさせた。

文江は二〇才、何んの屈託もなく、のびのびと育てられた美しい娘だった。

大きな目、それが時々悪戯っぽく、くるくるとよく動く。小さな、先がちょっと上を向いた可愛いい鼻、笑うとえくぼがきれいに刻まれる。

「ねえ、どうなさったの」

文江は、甘えて言った。

「うん、何んでもないよ。ちょっと気になることがあったからね」

英夫はよく通る低音の声で答えた。

ギリシャ彫刻のような美貌を持ち、スポーツで鍛えた、引きしまった長身は、バネのように強靭だった。

「気になるって何に」

「足立が来ていなかったからね」

「足立さん？　あんな人、どうだっていいじゃないの」

「もちろん、そうさ。しかし、大分、彼は君を怨んでいるらしいからね」

「あら、それ焼餅、足立さんが私を好きになったのは、向うの勝手、私は英夫さんが好きなんだから、仕方ないでしょう」

「本当かい」

「本当よ」

「本当に後悔しないね」

「あたり前よ、何言っているのよ」

文江は、いきなり英夫の手を取ると、ベッドへ引きずり込んだ。

そして目を閉じて唇を差出した。

長い接吻の後、文江は英夫の耳もとでささやいた。

「もうあなたは私のもの、私勝ったのね、恵美さんに、成瀬恵美さんに」

英夫は一瞬ぎくりとしたように文江を見つめたが、すぐ笑いにまぎらせて、

「何を言うんだい、このお馬鹿さんが」

言うなり、さらに強く文江の体を抱きしめるのだった。

2

長崎発、上り特急「さくら」は二二時五四分に広島につき五九分に発車する。

英夫と文江の二人は、「さくら」の二等寝台で新婚旅行に出かけるのだった。

文江は一等寝台を望んだのだが、英夫の申込むのが遅く、二等寝台しかとれなかったのだ。

一等寝台の申込みは二週間前からだし、始発が長崎なので、広島駅からのキップの割当は少ないのだ。

英夫が申込んだのが一週間前だったので、既に一等の寝台券はなく、一週間前に発売となる二等寝台しかとれなかったというわけだった。

「だから前に私が注意したのに、のんびりしているからよ」

文江は新婚旅行にふさわしい豪華な一等寝台の個室がとれなかったことに、不満を示したが、いざ実際に乗ってみると、「さくら」の二等寝台車は新らしく作られた車輛で、シートや毛布も清潔に整頓されていたので、ほっとした。

ベッドは車輛の中ほどの向い合わせになった下段を二つとってあった。二人は荷物を置くとホームに降りた。

「じゃ、ゆっくり行って来いよ、会社の方は心配ないからな」

長右衛門は英夫の肩に手をやって、赤ら顔をほころばせていた。

「あら」

文江が軽い叫び声をあげた。

「どうしたの」

「ねえ英夫さん、あの女の人……」

「誰」

「いいえ、誰でもない、思い違いだわ」

文江は首を横にふった。

「おめでとうございます」

突然、英夫は背後から声をかけられた。

足立進二だった。

坂田建設の社員で英夫の部下だった。

「御無事で」

一徹(いってつ)そうな角張った顔をちょっとほころばせて言った。

「ありがとう」

何気なく答えたが、英夫は足立の目がじっと新妻にそそがれているのに気がついた。

「幸せになってくれよ」

足立はぼそりとそうつぶやいた。

「何に」

英夫が気色ばんで、思わず足立につめ寄った時、ホームのベルが、高々と鳴り響いた。

英夫と文江はあわてて車に乗った。

列車は静かにホームをはなれて行った。

娘らしい感傷で、文江はハンカチで目を軽くおさえていた。

「さあ、もう寝ようか、あす目がさめれば静岡に着いているわけだ」

英夫はそういうと、早々にベッドにもぐり込んで、カーテンを下してしまった。

文江は車の振動に身をゆだねながら、当分は眠れそうもないと思った。

だが神経は高ぶっているのに、両の瞼は次第に物憂くなって、けだるい。

ホテルで英夫に飲まされた、カクテルのせいかも知れない。

心よい酔いだった。あるいは、結婚式、披露宴と緊張が続いた後だったので、ほっとして一時に疲れが出たのかも知れない。

ボーイが寝台券を取りに来ると、すぐ文江はうとうとと眠ってしまった。

しばらくして英夫が文江のベッドのカーテンをめくった。

その時はもう文江は、小さく口をあけて、安らかな寝息を立てていた。

英夫はちょっと頬をくずして笑うと、カーテンをしめ、食堂車の方へ歩をはこんだ。

好きなビールを飲もうというのだろうか。換気装置は充分のはずだったが、寝台車は、かなりむしていた。

汽車は瀬野あたりの上り勾配に差しかかったのだろうか、スピードがひどく落ちたようだった。

英夫は、食堂車のテーブルの前に腰を据えるとビールを注文した。

よほど、好きだと見えて、英夫は、チーズをさかなに、五、六本、ビンをあけた。

もう食堂車には他の客はいなかった。

英夫はウエイトレスを相手に、冗談を言いながらコップを傾けていた。

間もなく岡山に着く頃だった。

ボーイは車掌室に行こうと思って寝台車を通り抜けようとした。

すると、車輛の中ほどで、

「ボーイさん」

と女に呼ばれた。

下段のカーテンがちょっとめくれて、若い女が顔だけ出した。

美しい顔だちだったが寝乱れて、髪はばさばさ、目は眠むそうに、とろんとしていた。

「今、何時です」

「〇時半です」

「次は」

「岡山です、一時二四分に着きます」

「そうお、じゃ岡山についたら、お茶を買って下さらない」

そう云って百円札をボーイに渡した。

「はい」

ボーイは無意識に寝台の番号を見た。

──一一〇番──だった。

「かしこまりました、百円お預かりします」

「いいのよ、おつりは」

「ありがとうございます」

女は小さくあくびをすると、カーテンを引いた。

ふーっと、なまめかしい香水の匂いがただよった。

なまめかしいと云うよりは、強烈な何か官能をくすぐるような匂いであった。

──この女は──

ボーイは一瞬考えたが、すぐに分った。

新婚さんだった。

──寝台車じゃ気の毒に──初夜はあすの晩温泉でか──

ボーイはニヤリとした。

彼は百円札をくしゃくしゃに丸めてズボンのポケットにつっこんだ。

3

列車は岡山駅にすべり込んだ。

列車が停るとボーイはホームへお茶を買いに出ようとして、寝台の入口で危うく一人の女にぶつかりそうになった。

「あっ、失礼しました」

ボーイは女を見てハッとした。

すばらしい美人だった。スマートな体を、シャレたクリーム色のツーピースに包んで、今しも寝台車に入ろうとしたところだった。

「危いわね」

女はうすく笑った。笑うと一層美しかった。

凄艶といった感じすらした。

そして、そのまま、すらりとボーイの横を通り抜けた。

ボーイはふりかえった。

見事な脚線美だった。クリーム色の、恐らく洋服に合わせた靴の感覚も、際立って爽やかだった。

ボーイはちぇッと舌打ちをした。

そして無性に楽しくなった。

ホームの真ん中まで走って、お茶のビニールのビンを買うと、すぐベルが鳴った。

汽笛を高く鳴らして列車は静かに動き出した。

ボーイは身がるに、ちょっと気取ったポーズでタラップに飛びのった。

岡山で乗った美貌の女は、入口に近い寝台のあたりで、しきりに切符の番号を見ていた。

「何番ですか」

「一〇二番です」

「ああ、じゃ、ここですよ。岡山からですね、ちょっとお待ち下さい、後で台帳と照合しますから」

ボーイはそう云っておいて、車の中央、一一〇番の寝台に近づいた。

「もしもし、お茶を買って来ました」

声をかけたが返事がなかった。

「一一〇番さん」

もう一度呼んだが依然として声がなかった。ぐっすり眠っているのかも知れない。

ボーイはカーテンを少しばかりめくった。

小さなランプをつけたまま、女は向うむきに寝ていた。

「もしもし」

ボーイが毛布にくるまった女の肩のあたりを軽く叩いた瞬間、女の顔がぐらりとこちらを向いた。

同時にだらりと、あらわな腕が寝台から下に落ちた。

「あっ、どうしました」

顔をのぞき込んでボーイは、

「アーッ」

と絶叫した。

女は薄く目を開き、口を苦しそうにあけたまま、冷たくなっていたのだった。

蒼白な顔、首にはナイロンのストッキングが、ぐるぐるとまきつけられていた。

ボーイは、茶ビンをその場に落すと、一目散に車掌室へ走り込んだ。

悲鳴に驚いて、眠っていた客が、めいめいカーテンをあけてのぞいた。

列車が衝突でもしたかと、あわててステテコ姿のまま、通路に飛び出した紳士もいた。

車掌と、折から乗り込んでいた鉄道公安官が飛んで来た。

「静かにして下さい」

公安官は落ちついた態度で客のざわめきを制止すると、車掌に手伝わせて一一〇番の寝台のカーテンを取りはずした。毛布をめくると、ピンクのネグリジェをまとった死体が現われた。

豊かな胸の隆起が薄い絹のネグリジェを通して堅くしまり、力なく伸ばされた素足の二本の脚も青ざめて、ただ、足の指にほどこされたマニキュアの紅だけが鮮やかだった。

「この人の身許は」

公安官が尋ねると、ボーイは台帳を取り出して、

「広島から乗った池田文江さん――あッ、お連れが一〇九番に……」

だが一〇九番の寝台はカーテンが閉され、人の気配はなかった。

「もしや……」

ボーイは不吉な予感に手をふるわせながら、そっとカーテンをめくった。

だが、その寝台には誰もいなかった。

4

探す間もなく一〇九番の池田英夫が、ほろ酔い気分で現場に帰って来た。

彼は一瞬立止まって、公安官や車掌や、物好きな客が自分のベッドの際に立っているのを見て、小首をかしげたが、ただならぬ気配を察して、小走りに近づいて来た。

「アッ、文江、どうした」

英夫は新妻の無残な死顔を見て、呆然と立ちつくした。

「池田英夫さん、御主人ですね」

公安官が聞いた。

「そうです」

「今まで、どこにいらしたのですか」

「食堂車にいました」

「食堂車に」

「ええ、喉がかわいたので、ビール一本だけと思って行ったのですが、つい好きなものですから……それに、

私はどうも、寝台車じゃ眠れないタチだもんですから」

「奥さんがこんなことになったのは、全然知らなかったのですか」

「もちろんです。私が食堂車へ行く時、覗いたら、眠っていました……」

「いつ頃、食堂車へ行ったのです」

「広島を出て三〇分ぐらいでしたか——食堂車の給仕さんに聞いたら分ります」

「なるほど、ところで妙なことをお尋ねしますが、何か心当りはありませんか」

「心当り？　妻が殺されたですか、ありません。金がほしかったのでしょうか」

「調べたところでは、財布や宝石類は全部そのままです」

「じゃあ」

「何か怨みでも買うようなことは」

「ないと思いますが——」

英夫はそこでちょっとためらった。

「遺体は姫路で臨時に降ろそうと思いますが——」

「そうして下さい。私も降ります、そして広島へ帰ります、とんだ新婚旅行でした。さぞこれの父や母が嘆くことでしょう」


英夫は、そっとハンカチで泪をふいた。

そして寝台の横に膝まずいて、乱れた妻の髪をやさしく撫でてやった。

列車は姫路に臨時停車した。

午前二時三〇分。

文江の死体は毛布に包まれ、英夫に抱かれて駅に降りた。

公安官は車掌とボーイを、ここで参考人として下車させた。

文江の死体は大学病院で解剖に付されることになった。

姫路警察では当直の内川警部が主任となって取調べを開始した。

背は低いがよく太った警部は、一言喋るたびに汗が出るらしく、しきりにハンカチで首筋のあたりを拭いていた。

「ふーん、すると何んだね、岡山へ着く前、〇時半頃、被害者と話しとるんだね」

ボーイに尋ねたのだった。

「はい」

ボーイは神妙だった。

「間違いはないじゃろうな、人違いということもあるが」

「番号を確かめておきましたから、間違いありません」

「すると犯行はそれから岡山駅につくまで、わずか四〇分足らずの間に起こったんじゃな。それで君は、岡山で寝台車から降りた者を知らんかね、駅につくまでに殺して、岡山駅で犯人は下車したのかも知れん」

「いいえ、見ませんでした。岡山ではお茶を買いに降りましたが――殺された女の人に頼まれたんです――岡山からは女が一人乗っただけでした」

「女?」

「映画女優のように美しい人でした」

「その女が何か関係あるんかね」

「いいえ、あわてて降りようとして、ぶつかりそうになったもんで覚えているんです」

「事件に関係のないことは喋らんでもよろしい」

警部はボーイのニヤケた態度が気に入らなかった。

「すんません」

ボーイはオールバックにてかてか光らせた頭をかいた。それがまた、妙にカンにさわる仕種だった。

殺された女の夫、池田英夫とは対象的だった。白皙の顔に憂いの翳を宿しながらも、正然として椅子に腰かけている青年紳士の全身からは、自然とにじみ出る教養の豊かさがうかがえた。

だが、それが、ひょっとしたはずみに、冷たい感じになるのを内川警部は気にした。美貌であるだけに、よけい、そんな感じがしたのかも知れなかった。

5

文江の死体解剖の所見によれば、死因は、ナイロンストッキングによる絞殺、そして死の前に、強力な麻酔薬を嗅がされた形跡がある――とのことだった。

死亡推定時刻は午前〇時から一時までの一時間とされた。

すると犯人は特急「さくら」の乗客に間違いなかった。なぜなら、その一時間は糸崎から岡山まで、列車は進行中で、どこの駅にも停車していなかったからである。

「その間に乗っていた者を全部洗いますか、どっちみち、特急ですから指定席だし、調べれば分かります――その中に、被害者と何んらかの関係がある奴がいるかも知れません」

部下の諸岡刑事に言われても、内川警部は黙念として腕組みを解かなかった。

夫が食堂車に行っている間に――これは給仕も証言し

たから間違いない——新妻を殺したのは一体誰なのだろう。

怨恨——

わざわざ新婚旅行の寝台車を舞台に選んだところなど、底知れない不気味さだった。

「実は、先刻からお話ししようか、どうしようかと迷っていたのですが——」

そう云いながら、池田英夫は内川警部に一枚の紙切れを示した。

「坂田文江と結婚するとは、何という破廉恥な男だ——」

そう書かれてあった。

「何んのことですか」

「さあ、分かりません」

「いつ、こんな物があなたのところに」

「もう、ずっと前、私が文江と結婚することになった時、差出人の名前のない手紙を受取りました。中にこれが入っていたのです」

「破廉恥とは何んですか」

「大方、私達の結婚に反対する者の悪戯だろうと思いますが、気になりますので、こうしてとっておいたのです」

「どんな人ですか、あなたがたの結婚に反対するのは」

「こんなことを申上げてよいかどうか——実は以前に文江と仲のよかった男がいました。私の会社で私の部下である足立進二という青年……」

「その青年は結局フラレた訳ですな、あなたの奥さんに」

警部はメモを取った。

「そして、その青年は『さくら』に乗っていたのですか」

「まさか、そんなことはありません。ただ、そちらの御参考までに申上げただけです」英夫は静かにそう言った。

間もなく大阪から長距離の電話がかかった。姫路から「さくら」に乗り込んだ公安官が、進行中に、寝台車を中心にして、乗客の身許を調査したのだった。

「岡山で降りたのは、どうやら十人内外らしいです——二等寝台車からは誰も降りておりません——関係ないかも知れませんが、岡山では女の人が一人乗っています」

「美しい女でしょう」

「あれ、警部は御存じなんで」

向うの電話の公安官は驚いたらしかった。

「いや何に、ちょっとね」警部はボーイを睨んだ。

「それがですね、実は前に、坂田建設に勤めていたらしいんです」

「何に坂田建設」思わず警部の声が高くなった。

「はい、全員名前を確かめて職業を聞いたのですが、その女——成瀬恵美というんですがね、つい二、三ケ月前まで勤めていたが、事情があって、岡山の実家に帰っているんだそうで」

「池田さん、成瀬恵美という女を御存じですか」

池田はちょっと意外そうに、だが大きく頷いた。

「それでその女、成瀬恵美ですが——池田さんの奥さんが殺されたと聞いてひどく驚いておりました——そして妙なことを云うんです。あの二人の結婚に対して、奥さんを怨んでいた者がいたって」

「その者の名前は?」

「はい、始めはなかなか、言わなかったんですが——同じ会社にいた足立と云う男だそうです」

「何に、足立?」

警部の声が大きかったので、池田英夫が、ハッとしたように見つめた。

「御苦労さまでした」警部は受話器をガチャンと置いた。

そして、くしゃくしゃのハンカチで、首筋をごしごしとこすった。

6

夜が明けると文江の父の長右衛門がかけつけ、遺体は広島へはこばれた。

それと共に、事件の中心も広島に移った。

広島県警では、長右衛門が有力者であるだけに、直ちに捜査本部をもうけて捜査を開始した。

姫路の内川警部から引きつぎを受けた広島側では、まず、被害者に対する怨恨関係から調べることにした。

特に池田英夫と、成瀬恵美の二人が名前を挙げた足立進二に焦点をしぼった。

「足立が——そんな馬鹿な、あいつは、そんな奴じゃない」

警察から聞かれて、坂田長右衛門は頭から否定した。

「あいつは立派な男だ、わしが目をかけている」

「でも、なくなられたお嬢さんを好きだったと——」

「その通り、今でも、娘を好きじゃろう。好きな訳じゃ……じゃが、嫁にはやれん、池田君に決めたんじゃから、本人も、そのことはよう分っておるはずじゃ、とにかく近頃には珍らしいよく出来た男じゃよ」

長右衛門は足立にベタ惚れの様子だった。

「将来、わが坂田建設を背負って立つのは、池田君と足立じゃとわしは期待しておる。そりゃ、池田君と違って足立は、育ちがよいとは云えん、いや貧乏人じゃろう、苦学して大学を出たと云っとったから、しかし人間は立派なもんじゃ」

自分が裸一貫から事業を興こして今日の富と名声を得ているので、長右衛門は、同じような境遇の足立に対しては極めて好意的だった。

警察も、多くの人を使いなれている長右衛門の人物評だけに、やはり尊重しない訳にはいかなかった。

悲しみのうちに文江の葬儀が、しめやかに行われた。

その頃、たんねんに広島駅で、あの日の〝さくら〟の乗車券を買った者を調べていた一人の刑事は、二等車の指定券を〝足立〟と云う名で申込んだ者がいることをつきとめた。

寝台車ではなく、普通の二等車だった。

その刑事――岡本と云う古参の刑事だったが、駅の係に、

「この足立という名で申込んだ男が切符を取りに来たのを覚えているかい」

と、勢い込んで尋ねたが、係りの者は気の毒そうに、

「覚えていませんな、何しろ数が多いですからね」

と言うだけだった。

岡本刑事の嗅ぎ出した指定券の予約を中心にして、いま一度「さくら」の乗客を調べなおす必要があった。

しかし、それは並大抵のことではなかった。

「どうですか、足立をしょっぴいて、少々いためつけて自白させたら、その方が手っ取り早いですよ」気の短かい刑事もいた。

「池田夫妻を送りに来て、そのまま汽車に乗ったとも考えられるね、何しろ、あの夜の足立のアリバイがないんだからね。彼は、あれから一人で飲み屋を飲んで廻り、下宿に帰ったのは朝だというんだ――しかし誰も知らないしね、奴の行った飲み屋というのを五、六軒廻ったが、店の名もよく覚えていないんだな」

「すると何んですな、『さくら』に乗り込んで、寝台車に忍び込み、麻酔薬をかがしておいて絞め殺す、岡山で降りる、そうですかな」

そう云いながら岡本刑事は、汽車の時刻表をめくった。

「なるほど、上りの『さくら』が岡山に着くのが一時二四分、そうか、その時既に下りの佐世保行きの一時二

九分発の急行〝西海〟が別のホームについている。こいつは指定券がなくても乗れる、広島には朝の四時三九分に着くか。何くわぬ顔で下宿に帰る、なるほどうまく行くな」

瘦せて小さな岡本刑事は、しきりに額にしわを寄せて感心していた。もう五十近い万年刑事だった。袖口のあたりが脂でてかてかに光り、ところどころ、しみのついた背広を着ていた。風采はすこぶる上らない。その時、捜査本部に電話がかかった。

坂田長右衛門からだった。

「けしからん、脅迫状じゃ、娘の次に、菊江、わしの妻じゃ、妻を殺すというのじゃ」

その声は怒りにふるえていた。

「もう、かんべんならぬ、警察は何をしとるのじゃ、早う犯人を挙げんか」そしてガチャリと切った。

7

「わしには何がなんだか、さっぱり分らん、こりゃ気狂いのしわざだ」

長右衛門は急拠、かけつけた刑事に向かってこうどなった。

「なぜ、娘だけでは満足せずに、妻まで殺そうというのだ」

長右衛門は小さな紙切れを示した。

朝起きてみると、私室のテーブルの上においてあったのだという。

そこへ、池田英夫があわただしく入って来た。手に紙切れを持っていた。

「お父さん、これを」

「何に、脅迫状が君のところにも」

「はい、怨み重なる坂田家を皆殺しにしてやる。まず娘、次に妻、最後に長右衛門——と書いてあります」

英夫は、わなわなと紙切れを持つ手を小刻みにふるわせていた。

「何にか、お父さん、怨みを買うような」

「そんなものがあるか」

「文江と結婚出来なかったので、それを怨みに……」

「英夫君、そりゃ違うぞ、足立はそんな人間じゃない——そんなことが第一出来る訳はないんじゃ」

「でも……」

「君は考え違いをしておるぞ。そのことはいずれ、ゆっくり話そうと思っておったが、文江が死んだ今となっては、はっきりさせた方がいいじゃろう」

長右衛門は一人でうなずいた。そして刑事に目くばせをした。

刑事は隣りの部屋へ去った。

「英夫君、今からわしが話すことを、よく聞いてくれ、いいな……」

「はい」

「文江は、わしの本当の子供じゃない」

「何んですって、そんな馬鹿な」

「いや、本当じゃ、今の妻の菊江には、子供が生めないんじゃ、始めからそうだったのだ。それで、わし等は相談して、あるところから文江をもらったのだ。わしが中学の頃、親友だった奴がひどく貧乏していてな、そいつに小さな二人の子供がいた。わしは二人とも引取るつもりじゃったが、友達は、どうしても男の子だけは育てると云うのだ。それで、生まれたばかりの文江をもらって来た。そして届けには菊江の子として出したのだ。その友達というのが足立、つまり足立進二のおやじだったのだ」

「えッ、じゃ文江は足立の……」

「そう、本当は血をわけた妹なんじゃ、兄がなんで妹の幸福をぶちこわすようなことをするもんか」

「でも結婚したいと……」

「そう足立は死んだ両親から聞いていなかったのだ。だから、わしはその辺のところをよく説明してやった——足立の奴、驚きおってのう——そういえば確かに小さい時、女の子が産まれたのは記憶しているというのじゃ——まあ、足立がわしの会社に入ったというのも、何んかの因縁なんじゃ」

「文江はそのことを知っていたのですか」

「知らん、云ってない。足立も今さら、妹に、坂田家の本当の娘でないということを知らせる必要はないと云うのじゃ——どうだ英夫——いくら、わしを憎む奴がいてもかまわんが、文江は関係がないのじゃ。いいかな英夫、文江が本当の娘でないからこそ、お前との結婚を許したんじゃよ」

「何んですって」

「お前は、お前のお母さん、恵子から聞いていなかったのか、お前は池田弥兵の子じゃない、本当はわしの子なんじゃ」

思いがけない長右衛門の言葉だった。

「嘘だ、でたらめだ、あなたは何んてことを云うのだ。私は池田弥兵の息子だ。そんな馬鹿な……」

「まあいい、そう興奮しなくてもよろしい。これもいずれ分かることだ。それに、たとえ、お前がわしの本当の子じゃないと主張しても、文江と結婚したことによって、結局は、わしの子になったのじゃから同じことだ」

「では、私の母に恋慕して無理に犯かし、その結果、母を自殺に追いやったという、あなたの責任はどうなるのだ」

英夫は蒼白な顔を硬張らせて鋭く聞いた。

「弥兵が言ったか、なるほど、彼の言いそうなことじゃが、事実は違うぞ。いいか、わしの会社に勤めていた恵子、つまりお前のお母さんを、それこそ強引に口説いて結婚したのはお前の父、弥兵なんだ。だが、その時、既に恵子はお前をみごもっていたのだよ、やがてお前が生まれる、弥兵は知ったのだよ、その時、お前が自分の子でないことをな。しかし世間態もあるので真実の子として届けたが、それから恵子に対する虐待が始まったのだ。些細なことを口実に、なぐる、蹴る、はては馬に使う鞭で、柱にくくった恵子を打ち据えたということだ。正気の沙汰ではなかった。とうとう恵子は神経衰弱になって自殺してしまったのだ」

「じゃ父の云ったことは……」

「嘘だ、だが恐ろしい話だ、年端もいかないお前に向かって、わし等への報復の心を刻みつけたとは」

長右衛門はそう云って深い溜息をついた。

「そうだったのか、お父さん、分かりました」

何を思ったのか英夫は、いきなり立ち上ると部屋を出て行った。

「英夫、どこへ行くのだ、おい、英夫」

長右衛門の声には、我が子を案ずる父親の慈愛が、真実こもっているようだった。

8

英夫はその日の夕方、急行〝筑紫〟で岡山駅に降りた。後楽園から軽便鉄道で西大寺市へ向かった。

吉井川の美しい流れを一望の下に眺められる町はずれの高台に、一軒の瀟洒な洋館があった。英夫はいかにも勝手を知ったように、その中へスタスタと入って行った。

「あら、池田さんじゃないの」

顔を出したのは特急「さくら」に岡山から乗った美しい女――成瀬恵美だった。

そういえば、この女は、かつて坂田建設に勤めていたということだったが――。

「どうしたの、恐い顔をして」

「恵美」英夫は女の体をぐっと抱きしめた。

強いヘリオトロープの香り。

ひどく官能的である。女は抱かれたまま首を後にそらせた。

長い髪がだらりと垂れる。

狂わしいような接吻の後で、英夫はぼそりと言った。

「恵美、俺はマズイことをした」

一瞬、女の目がきらりと光った。

「ゆっくり聞かせていただくわ、ウイスキーでも飲みながら」

するりと身をかわすと、女は次の部屋へ行き、ウイスキーを持って来た。ホワイトホース、上等品である。

女は静かに笑った。妖しいまでに美しい笑顔だった。

「なあ恵美、一緒に旅行しよう」

「なぜですの、ああ、改めて新婚旅行、私と」

女に言われて、英夫の秀麗な顔が一瞬醜くゆがんだ。

「俺は、間違っていた。母親を自殺させた憎い坂田一家に復讐してやろうと心に誓い、文江と結婚にまで漕ぎつけたが――」

「そして望み通り文江さんは死んだんでしょう」

「ところが、俺は、池田の父から呪われていたのだ。

父は俺が自分の子でない坂田長右衛門の子だと知っていたのだ。父は母を自殺させると――いや本当は責め殺したんだそうだが――今度は、俺に対して母の復讐を誓わせたんだ。全く恐ろしいことだ。俺には知らさないで、実の親達に復讐させようとしたんだ。何という邪悪な演出だったんだろう――なあ恵美、俺が文江を殺したのは無意味だった」

「それで、どうしようというの」

「俺は坂田の家から出る、会社もやめる。恵美と一緒に東京へでも行って新らしい出発をしよう、なあ、いいだろう」

「そして私と結婚してくれる」

「もちろん、そういう約束だった」

英夫はウイスキーグラスを一気にあけた。

「しかし、あなたが考えた完全犯罪が、ちっとも効果がなかったなんて、フッフッ、傑作ね。わざわざ足立と云う名で指定券を取ったりして、彼に嫌疑をかけようとしたり。あなたが文江さんを殺しておいて食堂車へ行き、その後で私がベッドに死体と一緒にもぐり込んで、岡山の前で、ボーイにお茶を頼んだり――〇時三〇分にはまだ文江さんが生きていたと思わせるためにね。その前後、あなたは食堂車にいてアリバイを作っておく。私は岡山につく前に隣りの車輛に行き、駅につくと同時に、如何にもそこから乗ったような顔をして寝台車に入って行く。予め予約していた寝台に寝るために。でも広島駅でこっそり乗る時、文江さんに見つかったような気がしてハッとした。もっとも足立の名でとった二等の指定券は先頭の一号車だったから、うまいこと、人目につかずに乗れたけどね——フッフッ、とっても面白かった。スリル万点といったところね」

「恵美、そんな言い方はよしてくれ」英夫がけわしい目で睨んだ。

「どうして、いいじゃないの、たとえ、間違っていたとしても、あなたの考えたトリックはすばらしかったわ、それに私という有能な助手がいましたからね、あのボーイ、小生意気な坊やなんか、だますの平ちゃらですもの」

「よさないか、もうその話は」

「フン、後悔しているのね、可哀そうに」

「何に」

「どうやら私が勝ったらしいわね、池田さん」

「何んだって」

「あなたは、まさか私が、結婚してやるからというあなたの甘言にだまされて、人殺しを手伝ったとでも思っていたのではないでしょうね」女はヒステリックに高々と笑った。

「勝手過ぎやしませんか、何んにも知らない私をだまして、犯してポイと紙屑のように捨てたのは誰れ」

「だから、文江が死んだら恵美と結婚すると」

「嘘をおっしゃい。あなたは復讐の鬼だったのよ。坂田建設へ入社したのも、すばらしい設計をして社長に認められようとしたのも、そして文江さんと結婚したのも——すべて、坂田長右衛門氏への復讐のためよ。そのためには、私なんかどうなってもよかったのね。それを知らずに私は、心からあなたを愛した。そのお返しは何んだったの、人殺しの共犯者にすること——しかも最後には私を殺して罪を私におしつけるためよ」

「恵美、お前は」

英夫は思わず手にしたグラスを床にたたきつけた。

「私が何んにも知らないと思っていたのね、おかしな人、私はちゃんとある人から聞いたわ」

「畜生」英夫はいきなり女に飛びかかった。

「アッ」女の体は椅子と共に床に転がった。

裾がめくれて白い太腿が宙に悶えた。

ドレスの胸のあたりは破れ、むっちりした乳房が、恐怖におののいて激しく息づいていた。

英夫の強い腕は、がっちりと女の首を絞めて放さなかった。

女は苦悶に美しい顔をゆがめて身悶えたが、何としたことか、クックックッと喉を鳴らした。笑ったらしかった。

英夫は愕然として女の顔を凝視した。

「……私、が、勝、つ、た」

そんな言葉が女の口からもれた。

英夫は一段と腕に力をいれた。

ビクビクと全身を痙攣させて、女の首はだらりと横にゆれた。窓には既に黄昏が迫っていた。

黄色い陽の光に、死んだ女の顔が鮮やかに浮かび上った——と見るまに、黒い蔭が射し込み、いつの間にか、死のシルエットを描き出していた。

英夫は、ふらりと立上った。目まいがする。

急に目の前が真っ暗になった。英夫はどっと崩れるように床に倒れた。口からどす黒い血が一筋、床に線を引いた。

9

「ああ遅かったか」

英夫と恵美の死体を見て、小さな太っちょの男がくやしそうに叫んだ。姫路警察の内川警部だった。

その後には、坂田長右衛門と足立進二がいた。

内川警部は事件が広島へ移ってから、気持がどうも判然としないまま、一人でコツコツと資料を集めていたのだった。

警部は取調べ室で会った池田英夫の冷たい美貌に、不吉なものを感じていた。

直感的に、英夫がくさいとにらんだのだった。だが、英夫は食堂車にいて寝台にはいなかった。

女は○時半頃、ボーイにお茶を頼んでいる。つまり、それまでは生きていた——その時、警部は何気なく喋ったボーイの、映画女優のような女のことを思い出していた。

岡山から一人乗ったというが、一体何の用でどこへ行くのか——駅に問合せると、東京まで予約したという。早速、警視庁に照会して調べてもらうと、女——成瀬恵美は、学校時代の友人に会ってすぐに岡山へ帰っている。

特別な用事ではなさそうだった。

しかも鉄道公安官は、恵美がかつて、池田英夫と深い仲だったことを嗅ぎ出してくれた。

どうやら岡山の西大寺に建てた新らしい家も、英夫が金を出したらしい——警部は英夫と恵美を結びつけない訳にはいかなくなった。

警部は大胆な仮説を立ててみた。

恵美が芝居をしたのじゃないか、文江に化けてボーイにわざとお茶を頼む、実はもうその時、文江は殺されていた。

内川警部は、矢も楯もたまらず上司に休暇願いを出すと、広島へ下り、坂田家を訪ねたところ、今しも英夫はどこともなく家を出て行ったとのことだった。

警部は調べあげた西大寺市の住所をたよりに、坂田長右衛門と足立進二を伴なって、やって来たのだった。

「畜生、惜しかったな」もう一度、警部がうなった。

「いや、これでいいんだ」

長右衛門は、いたましそうに二人の死体を見下した。だが決して取乱してはいなかった。女は仰向けに床に倒れ、大きく目を開き、脚をくねらせて死んでいた。男はドアのそばで、うずくまるように丸くなって死んでいた。

「このウイスキーの中に毒が入っていたのですな」

警部が言った。

「可愛いい娘を殺しおって、畜生、憎んでも憎んでも、憎みたりん奴じゃ」長右衛門は噛んで捨てるように言った。

「足立君、君のいう通りじゃった。君の忠告を聞いておれば、娘を殺さないですんだ――だが、わしは、池田の才能に惚れていた。娘と結婚させることで、わしは池田の才能を独占出来ると思った。魔が射したのじゃ、しかも、あの男は復讐鬼じゃった。いや復讐鬼にしこまれたのだ。あいつの父の池田弥兵を失脚させたのはこのわしだからな。もちろん、仕事の上のことだが――その時、池田の妻君、つまり英夫の母親は泣いてわしのところに頼みに来た、融資してくれとな。わしは交換に女の体を求めた。女は与えた。だが、家に帰ると自殺してしまった。悪いことをしたと思ったが、その頃は、わしも若かった。力と栄光にあこがれていた。女一人の死など問題じゃなかったよ」

長右衛門はひとり言のように話した。

「坂田さん、さあ帰りましょう」内川警部は憮然として言った。

彼には、もう、すべて事件の全貌がつかめていた。

しかし、英夫と恵美の死によって、それ以上は探索しまいと心に誓った。

娘が殺されたことを知り、犯人を探し当てた父親が、犯人をして自ら死を招かしめるようなトリックに追い込んだことも、許せると思った。長右衛門が、英夫に自らの子供であると告げたのは、復讐の鬼と化した英夫を一瞬にして空虚な失意のどん底にたたき込むのに充分な効果があった。英夫は立派に池田弥兵の息子だったのである。

それから、同じく妹が殺された怒りに燃える兄が、わざわざ恵美に英夫の愛が真実ではなく、いずれは英夫から殺されるのだと告げたことも――英夫は、恐らく恵美を真実、愛していただろうに――

だが、その兄足立進二のトリックも許さるべきかも知れない。

何より彼は、妹が池田英夫と結婚することに極力反対したのだったから。彼には英夫の邪悪な計画が分っていたのであろう。

そして結局、坂田長右衛門と足立進二の二人は、見事に犯人共に復讐出来たのだった。

ふと警部は、この二人こそ最後に笑う、最も悪辣な人間じゃないのかと思った。

警部は黙々として長右衛門と足立の後について夜の町を歩いた。

「あすの入札は、是が非でもわしのところじゃ」

「はい、しゃにむに落しましょう。あそこには大学の時の友人が経理の方をやっていますから、大丈夫です」

二人のそんな会話が一層、警部の心を暗くした。

そこに大豆が生えていた

（一）

島根県出雲市警察署青山巡査部長の陳述。

ええ、あれは確か八月一日の午前九時のことでありま
す。山陰特有の、じめじめと湿気の多い暑い日でありま
した。

私は、開襟シャツの襟をはだけて見っともいい姿じゃ
ありませんが、扇風機の風をふところに送りこんでおり
ました。

署の前の大通りは、塵埃がまいあがり、トラックが通
るたびに、私は、慌てて、自分の鼻をハンカチでおさえ
る始末でした。

そこへ、ほこりまみれになった一人の老婆が、おずお
ずと入ってきたのであります。

安物のワンピースに、ゴムの草履、手には色のあせた
日傘を持っておりました。

これが本事件の被害者石倉市郎の妻ミツ（五八才）で
ありました。

「ごめんくださいませ、実はお願いがありまして、う
ちの亭主が帰らんもんで！」

ひどい出雲弁でありました。

御承知かと思いますが、この出雲地方は、東北と同じ、
ズウズウ弁であります。

私は老婆に椅子をすすめ、話を聞くことにしました。

それによると、老婆の夫、石倉市郎（五九才）は、先
月の二十四日、家を出て集金に廻ったまま、帰ってこな
いというのであります。

いつものように自転車に乗り、黒い鞄と、コーモリ傘
を持っておりました。

何しろこのあたりは雨の多い地方でして、「弁当忘れ
ても傘忘れるな」――こんなことわざがあるほどですか
ら、石倉は、いつも、コーモリ傘を自転車に、くくりつ
けていたものであります。

そのとき、私と石倉ミツの交わした会話は、左の通り
であります。

「あんたの主人が帰らんということだが、家出かね」

「へえ、こんなこと、始めてでございます、実は私の亭主は高利貸しをしております。いいえ、元々は大工をしておりましたが、戦後、いくらか小金がたまったので、この出雲市で、金貸しを始めました。お蔭さんで、商売は繁昌しております」

「そりゃ結構だね、それで——あんたの主人は出かける時、何んと云っていたのかね」

「何も申しませんでした。いいえ、それが亭主の癖でございます。とにかく変り者で、商売のことは一切、私に知らせてくれません。本当にどこに出かけたのか、困ってしまいます」

「困るのは、こっちの方だ——なあ、お婆さん、いくら石倉さんが商売のことを喋らんからといって、なんかの時には、金を貸したのに返さん奴がおるとか、おらんとか、くらいは話すでしょうが——また、金を借りに来て、あんたも顔なじみの人もいるはずだ。誰でもいい、名前をいってごらん」

「そういわれると、いくらかは知っとります。同じ金貸しの竹内さん、電気屋の西川さん、簸川（ひかわ）郡××村の古川さんと青木さん、それに山田さん……あッ一つ思い出したことがあります。二十四日の午後の一時頃でした。亭主から電話がありました」

「電話があった？　あんたのところにか？」

「へえ、へえ、すっかり忘れちょりました。こんな電話でした。今、山田さんから、二十万円返してもろうたが、今夜は戻らんかも知れん。松江に用がある——でも、今までに、こんなこと、電話で云ってきたの始めてでございます。電話賃がもったいない、と口ぐせにいっておったくらいですから」

「松江の用というのは」

「わかりません——亭主は、金貸しのほかに、木材のブローカーみたいなこともやっており、その金で、松江に女を囲っておるんだと、他人様の噂ですが、私には信じられません。あのケチな亭主に、そんな甲斐性があるはずがございません」

私が署長に報告しますと、一応、「家出人保護願い」の扱いではあるが、失踪人が、金貸し業であること、及び大金を持ったままの失踪であることから、「家出」「殺人」の両面から捜査せよとの命令を受けたのであります。

（二）

同じく出雲市警察署甲村巡査（刑事）の陳述。

石倉市郎の失踪事件についての、私の捜査経過を申上げます。

私は青山部長の指揮の下に、石倉の姿が消えた七月二十四日の同人の足取りを追うことにいたしました。

石倉は出雲市の自宅を朝の十時頃、出かけております。妻のミツの証言によりますと、その時の模様は左の通りであります。

古風な云い方ですが、ミツは、その日に限り何か胸騒ぎがしたと申します。

「今日はどちらへ」

「どちらでもいい」

「でも……」

「放っとけそんなの、いいか、ミツ、おれの商売はな、秘密が第一だ。誰しも金を借りるというのは名誉なことじゃない」

「そりゃそうだけど、あたしゃ、女房だよ、それに万一のことがあったら……」

「馬鹿なことを云うな。万一のこととは何んだ」

「交通事故かなんか——そうなりゃ、貸した金の取立ても、あたしには出来ないじゃないか」

「心配するな、お得意様の名前も金額も利息も、支払い予定日まで、ちゃんと手帳にかいて鞄に入れてあるわい、あッ、それから今日の昼飯はいらん、御馳走してくれるそうだ」

「そうですか、で、晩飯は？」

「家でたべる、晩酌に焼酎二合——20度の奴でいい。さかなはかまぼこ一本だ」

「御飯のおかずは？」

「めざしでいい、ええっと、そうすると……」

「百三十六円になりますけど」

「よし、じゃ百四十円あずけとく。おつりは帰ってからもらうからな」

「ハイ、ハイ、いつものことだから——まったくお前さんは変っているよ」

こんな、やりとりがあって、石倉は、行先も告げず、黒い鞄をもって、コーモリ傘をくくりつけた自転車で出かけたのであります。

私の調査によりますと、その自転車は、二十六インチ〇〇号普通車、車体番号Mの四八七〇、鑑札番号三三〇九、登録番号二九一二であります。

石倉は同日午前十一時半頃、簸川郡の宍道（しんじ）湖畔にある山田昭夫方を訪れ、貸し金二十一万六千円を受けとり、昼食をたべて、午後一時半頃これから出雲市の電気屋へ行く、それから松江にも行くかも知れない、と云い残して、同家を辞去しております。

　そして、そのまま行方が知れないのであります。と申しますのは、石倉が口にしたという電気屋は、西川電気店なのでありまして、同店には同日の午後二時半頃、石倉から電話があったのであります。

　石倉はその時、出雲市駅の前の赤電話からかけているが、すぐ、そちらに集金に行くから金を用意しておいてくれと申したそうであります。しかし、石倉は西川電気店に、とうとう姿を見せなかったのであります。

　私は、西川に来なかったというのが、真実であるかどうか不安でありましたが、その日の午後一杯同店には松江からメーカーの外交員が来ており、これも石倉らしい男が来たのは見ていないと証言いたしました。

　私は更に、石倉の妻ミツのとぼしい記憶を頼りに、石倉の立ち寄りそうな家、お得意先とか、松江の妾といわれる女の家など、徹底的に調べたのでありますが、全然立ち寄った形跡がありません。それに同人の乗って出た自転車が、どこからも発見出来なかったのであります。

　八月四日の夜、捜査会議が開かれ、
　一、金銭にからむ強殺事件か
　二、他府県へ何んらかの理由で出かけたものか――
と考えられ、捜査は全国的に行う必要あり、となったのであります。

　そして翌八月五日、青山部長が、松江にある島根警察本部へ出向いて指揮伺いをされ、その結果、本事件は、本部長の指揮事件となって、全国の警察に、照会、並びに手配を依頼したのであります。

　所轄署に職を奉ずる私たちが、一層の努力を誓い合ったのは勿論でありました。

（三）

出雲署捜査本部の記録から――。

失踪人石倉市郎が七月二十四日、何んらかの形で交渉を持ったのは、妻のミツをのぞいて、山田昭夫と西川電気店だけであった。

　山田からは貸した金を返してもらい、西川へは電話をしている。

　当然、捜査は、この線に沿って進められた。

　山田昭夫は村の農協に勤め、会計係をやっている。

　家は村でも旧家に属する大きな構えで、見事な築地松（ついじまつ）に囲まれていた。築地松というのは出雲平野独得のもので、冷たい北からの風雪をよけるために、松をついたてのように植えこみ、上部を水平に刈り取って、家屋をすっぽりと覆っていた。

築地松が大きく立派であればあるほど、その家の格が高いという封建時代そのままの名残りをとどめていた。

山田には、まだ若い妻があり、妻は妊娠していた。妻の愛子もまた、隣村のおやかたの家からとついできた。おやかたというのは、この地方で裕富な家を指し、今でも結婚の際、なによりその家柄が、一番尊ばれる習慣があった。

愛子は結婚前から、小学校の教員をしており、その職業を今も続けていた。

山田の人柄、評判を農協の同僚に聞いてみると、口を揃えて、気さくで明るく、面白い人だという。

面白いというのは、よく冗談をとばし、酒の席では、真っ先に歌を歌ったり、物真似をしたりして、なくてならない人物といった程度の表現だった。

おしゃれで気前もよく、出雲市や松江のバーやキャバレーに、同僚を連れて飲みに行くこともしばしばだった。

家計も、山田の農協からもらう給料と妻の給料を合わせて、決して苦しくはないはずだった。こうして、ことさら不審の点はなかったが、反面、それならなぜ、山田は、高利貸しから二十万という金を借りたのであろうか。

しかも石倉といえば、高利貸しの中でも、血も涙もないやり手だと評判の高い男だ。

年はとっても柔道三段とかの頑健な体の持主で、こわいものなし、約束の期日が来れば、いかなる手段、例えば暴力を振るってでも、金をとりたてて行くという憎まれ者だ。

七月二十四日の午後、山田家には主人の昭夫しかおらず、妻は、小学校のPTA主催の海水浴で、出雲大社に近い稲佐浜（いなさのはま）に出かけて留守だった。

刑事たちが山田の身辺を洗っているうちに、一人の刑事が耳よりな情報を捜査本部にもたらした。

七月二十四日の午後二時から三時まで、出雲市駅前の赤電話は故障して通話出来なかったというのだ。

これはその電話を置いてある煙草屋も、電報電話局も認めている。すると石倉が、二時半に駅前から西川電気店に電話するということは不可能なのだ。

ということは、石倉が、山田の家を出てから、少なくとも午後二時半までは出雲市にいた、という今までの仮定を、まず疑がう必要に迫られた訳だ。

さらに疑えば、一時半頃、ミツにした石倉の電話もくさい。

――山田は物真似がうまい――まさかとは思うが、山田が石倉の声を真似たとしたら。

この場合にも、事実は小説よりも奇なり、のことわざは当てはまるのであろうか。

にわかに捜査の焦点は山田昭夫に絞られたのだった。捜査本部には、数々の情況証拠が集められた。多くの証人も喚問された。

山田の家の近くにある仕出し屋の出前は、こう証言した。

「私は出前でございますが、二十四日には、十二時すぎと一時すぎの二回、料理を持って山田さんの家へ行きました。ハイ、始めは酒のさかなです。そうしたら一時すぎに、今度は、御飯をもって来てくれとの話でした。ええ、お客さんがいらっしゃいました。姿は見えませんでしたが、初めの時は、えらく御機嫌で歌を歌っていたようですが、二度目の時は、しきりに山田さんが酒をすすめても、もういいといった生返事をしておりました。声色だったかどうかは分かりません」

同じく畳屋はこういった。

「七月の二十四日ですか――そうそう、昼すぎに、山田さんが来られました。ええ御主人の方です。上敷を買っていかれたのです――しかしあたしは、その時、変だなと思ったことをおぼえております。というのは、山田さんのお宅の上敷は、奥さんに頼まれて、わたしがその二ケ月くらい前に、とりかえたばかりでしたので。えッ、その時の山田さんの態度ですか――へえ、そういえば、ひどく真面目でした。いつもは軽口の面白いお方ですが……」

さらに、酒屋の主人は、決定的とも思える、次のような証言を行った。

「私のところでは酒や醤油を売っております……ええ、山田さんは、古くからの、おとくい様でございます。山田さんですか――そうですね、量の方はあまり召し上りませんが、酒はお好きで、すぐ陽気になって歌ったり騒いだりする方でございます。七月二十四日ですね……えーっと、そうそう朝方、山田さんがお見えになって、焼酎を一升かしてくれとおっしゃいました。それまでに三千円ばかり、貸しがありましたので、私は、お断りしたのですが、山田さんは、今日中に、借金は全部払うと、確信ありそうに申されます。そこで、私は現品をお渡ししました。えッ？　お金ですか――へえ、その日の晩に、山田さんがお見えになり、借金は全部、お払いになりました。それからは、酒はみな現金でお買いになります。金まわりはよろしいようで、近頃では一日おきに一升ずつお買いになります。こんなことはついぞなかったことで……へえ、私共にとっちゃあ、有難い話なんでございますが……」

これらの証言で力を得た捜査本部は、出雲市や松江市の、山田の行きつけのバーや飲み屋を調査した結果、溜っていた借金も、全部支払われていることが判明した。

ホシは山田だ——青山部長はそう断定した。

（四）

再び青山巡査部長の陳述。

集まった情況証拠のすべては、山田が黒であることを示していましたが、残念ながら、きめ手になる物的証拠が何もありません。

まず第一に、石倉の死体を、どう処理したのでしょうか——自転車は——黒いカバンは——私たちは、以来、ずっと、山田の村に張り込みを続けていたのですが、これといった成果が上りません。

みんな、じりじりとしてきました。

山陰のしめった真夏の暑さが一層、私たちの気持をいらだたせるのでした。

宍道湖に近い、この附近では、一年を通じて、晴天の日は数えるほどしかありません。

温度自体はそれほどでなくても、湿度が高いので、暑さがよほど、きびしく感じられるのです。

私たちは、夜も休みなく血に飢えた蚊の羽音を気にしながら、山田の家の張り込みを続けました。

そして昼になると、きまって私が山田の家を訪ねるのです。

山田は愛想よく私を迎え、質問にも、そつなく応じておりましたが、それが度重なると、明らかに迷惑そうな態度をとるようになりました。

そこが私のつけ目でした。

「もういい加減で勘忍して下さいよ、毎日々々来て、同じようなことを聞かれるもんだから、頭が変になりそうだ」

遂に山田は、こういって私に、食ってかかるようになりました。

「どうやら夜、ゆっくりと眠れないようですな、目が充血している」

私がいうと、山田の妻の愛子が、心配そうに夫の顔をのぞき込んで、

「本当よ、毎晩々々、寝苦しそうで、わたしも心配しているのよ」

こういうのです。

その時の山田の不機嫌な顔といったら——私は、ますます、山田の犯行であることに確信を持ったのです。

「この灰皿の煙草、もったいないね、ほんの一服か二服で棄てていますな。心配事で、いらいらしているんですな、可哀想にね、心配事なんか、人に話してしまえば、もう安心、夜はぐっすり眠れるし、煙草も酒も、味がぐっとよくなるんだがなあ……」

「あなたはおれを、強迫する気か」

「とんでもない」

「じゃ、何の用で来たんだ」

山田は今にも、摑みかからんばかりの剣幕です。そこで私は、何食わぬ顔で、こういったもんです。

「いや別に用はないが——暑くて、気がくしゃくしゃするし、一つ気晴らしに、あんたのすばらしい声色でも聞かせてもらおうと思ってね」

「な、なんだって!!」

見る見る山田の顔から血の気が失せていきました。

私の心理作戦は意外と効きめがあったようです。

その夜中の一時頃でした。

私は中村、乙川両刑事と共に、山田の家の裏庭に身をひそめておりました。

そこは一面に茶畠で、隅の方には、豆が生えていました。

ふと私は聞き耳を立てました。

確かに山田の家の裏戸が、しのびやかに開けられたのです。

あたりを見廻すと誰か丘を下って行きます。

山田昭夫です。私たちは後を追いました。

幸い月の明るい晩でした。

山田の前かがみに丸めた後姿が、はっきりと認められます。

やがて宍道湖畔に立った山田は、手にした物を、遠くに投げ込みました。何んであるか分りません。だが私たち三人は本能的に、山田に襲いかかりました。

「山田ッ!」

私は山田の手首に、カチッと手錠をはめました。

山田は観念したように、深く首をうなだれました。

「済みません、おさわがせしました」

ひからびたような声で山田は云いました。

山田の投げ込んだのは、石倉の自転車の部品の一部分でした。

物的証拠があがりました。

後はトントン拍子です。山田の家の畳からルミノール反応検査の結果、血痕発光が現われ、血液型は石倉と同一でした。

バラバラになった自転車の部品の大半は、便所の溜りつぼから出て来ました。

だが肝心の石倉の死体は容易に発見されません。

これだけは、山田昭夫の自白によらなければ駄目だったのです。

(五)

犯人山田昭夫の自白。


確かに石倉市郎を殺したのは、このわたしであります。

動機は、借金の返済に窮したからであります。四月にわたしは石倉から十九万円を借りました。わたしは農協の会計をやっておりましたので、ちょいちょい小遣に困ると、公金を無断で借用しておりました。いいえ、始めのうちは、月給日毎に自分の金でちゃんと返しておきました。

しかし、これが誰にも分らず、うまくいくうちに、わたしも大胆になり、いつの間にか十九万円、帳簿に穴をあけてしまったのです。

四月に入り、前年度の決算を命じられたわたしは、窮余の一策として、高い利子を承知で石倉から金を借りたのです。お蔭で、農協の帳簿の方はうまく行きましたが、喜びも束の間、今度は、石倉のすさまじい返済要求にねをあげることになったのです。

石倉は容赦のない男でした。わたしは、幾度も手形を書きかえ、その都度、目玉のとび出るほどの利子を払わされましたが、七月に入ると、石倉は、もうこれ以上、待てないから、抵当に入っている、わたしの家を差押えると云い出したのです。

金額は利子が積り積って二十一万七千百円となっています——とても、わたしには払えません。でもこの家が差押えになったら——わたしは、妻や、親類や村人に合わせる顔がありません。

わたしの家は、自分の口から云うのも何んですが、村でも一、二を争う家柄なのです——それを借金の抵当に入れたと判っただけで、わたしは、勤め先をくびになるでしょうし、妻も離縁すると云い出すでしょう。妻は、わたしには過ぎた女で、わたしは、あれを愛しております。妻に、バレるくらいなら、わたしは死んだ方がましだ——そう思った時、わたしは極く自然に、あの厚かましい高利貸しを殺そうと心に誓ったのであります。

あいつがいなくなれば、助かるのはわたしばかりではありません。あいつは、まるで、ゲジゲジみたいな野郎です。

犯行の場所は、人気のない——たとえば、山の奥だとか、湖の中が望ましいのですが、そんなところへ、金を返すからといっても、石倉がついてくるはずがありません。

どうしても石倉の家かわたしの家でないといけません。ところが、案ずるよりは生むが易しです。チャンスはひとりでにおとずれました。

七月二十四日、妻は勤めている小学校のＰＴＡ主催の海水浴に出かけ、一日家を明けることになったのです。願ってもないチャンスです。

わたしは、石倉に電話し、二十四日の昼、必ず借金を返すから取りにくるように申しました。

殺人の方法は麻縄で首を絞めるのが一番いいと思いましたが、万一に備えて新らしい手斧を買って机の引出しにしのばせました。

わたしの計画はこうでした。

※　酒好きの石倉を酔っぱらわせて絞殺する。

※　持ってきたものは、すぐ焼いて処分する。

※　死体は裏の茶畑にうめて、人目につかぬように細工する。

※　石倉が来たことは堂々と人に知らせ、しかも帰っていったように見せかける。

問題の日、七月二十四日は、すぐにやって来ました。

石倉は約束どおり自転車を押し、額の汗を拭き拭き、坂道を登ってきました。

午前十一時三十分頃でした。

座敷に上り込んだ石倉は、黒い鞄から手帳を出して、すぐに金を受取る気配を示しました。

わたしは、すかさずこう申しました。

「女房が里に金を受けとりにいってまだ帰っておりません。すぐ帰りますから、それまでどうです、一杯キューッと——」

酒好きの石倉の前に、焼酎の一升ビンを、でんと据えました。

石倉の顔がほころびました。

石倉は、コップで、ぐいぐいと飲み始め、陽気に歌を歌い始めました。

正午、前もって頼んでおいた仕出し屋の出前がさかなを持って来ました。わたしが受取りに出ました。

「陽気なお客さんですね」

出前持ちには奥の座敷は見えません。

「うん、石倉さんといってね、出雲市の人だ。酒好きでね、そうそう君、すまないが、あと一時間くらいしたら、飯をもって来てくれんか」

そんなやり取りの間も、石倉は、さかんに歌を歌っておりました。

出前持ちが帰ると、わたしは、用意の麻縄を手にしのばせて、石倉の後から、襲いかかりました。だが手もとが狂い、縄は、石倉の顎にかかりました。

「な、なにをしやがるんだ」

酔っていても、石倉は、柔道三段です。

わたしは、忽ち、組みしかれてしまいました。

鍾馗のように真っ赤に怒った石倉の顔がのしかかります。

わたしは、かろうじて、石倉をはねのけると、机の引出しから手斧をとり出していました。

あとは何をどうしたのか、無我夢中でした。

気がつくとわたしは、頭をわられて横たわっている石倉の死体の側に、茫然と立ちすくんでいました。

誰かが坂道を登ってきます。仕出し屋の出前です。

時計を見ると午後の一時です。計画は、崩れながらも進んでいるのです。

わたしは、かねて練習しておいた石倉の、しゃがれ声を真似しなければならないのです。石倉はこの時間に生きていなければならないのでした。

「さあ石倉さん、もっと飲んで下さいよ」

「充分にいただきました」

「そうおっしゃらずに」

「もうけっこうですよ」

「じきに、女房も帰りますから、どうぞ」

「十分酔っぱらいましたよ」

こんなやりとりを一人でやりました。

出前持ちが帰ると、わたしは、外へ出て見ました。

じりじりする太陽に照らされて、あたりには、人の姿がありません。裏山で、蟬がうるさく鳴いているだけです。

わたしは、押入れから古い毛布を引っぱり出し、石倉の死体をつつみました。

茶畠にはこぶと、隅の方に穴をほり、死体を埋めると、その上と、まわりに大豆の種をまいておきました。

それから石倉の自転車で近くの町へ行き、公衆電話で石倉の妻を呼び出しました。

別にわたしの声帯模写を疑がっている様子はありませんでした。わたしは急いで家に引きかえしました。

これからやる仕事は山とあります。いずれも細心の注意を払ってやらなければなりません。

わたしは、コップに残った焼酎を一息に飲みほしました。

(六)

同じく山田の自白から——。

血まみれになった上敷をはいで見ると、畳も汚れていました。雑巾でふき、上敷は風呂の釜で焼きました。

黒い鞄を開くと、現金、五万円のほかに、証書類が、ぎっしりつまっていました。

薄いすすけた手帳には、今日の予定が書き込まれています。

わたしの次には出雲市の西川電気店へ集金に行くことになっていました。

現金とわたしの公正証書、手形、登記書類を別にして、あとは全部、風呂の釜に投げ込みました。

なにもかも、綺麗に灰になってしまいました。

わたしは再び石倉の自転車で町へ出て、新らしい上敷を買い、西川電気店に電話しました。

「ああ西川さんですな、石倉ですじゃ、今日は間違いなくいただけますな? ええ、そりゃありがたい。今、出雲市駅の前の赤電話からかけていますじゃ、すぐそちらへ参りますよ、では失礼」

計画は一つ一つ進んでいくようでした。

わたしは、その夜、なにくわぬ顔で妻を迎えました。

上敷をかえたことにも、別に文句は云いませんでした。

だが、その後、警察の方々がお見えになるようになって、妻もうすうす、わたしの犯行を感づいていたようでした。

妻は小学校の教員をしております、今度の事件は、妻には全く無関係でございます。

しかも妻は妊娠中でございます。

わたしみたいな、ぐうたらな亭主のところへさえ嫁いでこなければ、殺人者の妻という忌わしい汚名も受けずに済んだでしょうに。

わたしは今、妻に対して、済まないという気持で一杯でございます。

わたしは、ここに犯行の一切を自白し、かえって心の重荷がとれた感じでございます。

死体を埋めた土の上にまいた大豆は、もう二十センチものびております。

まさか、こんなところに、死体があろうとは、警察の方々もお考えにならなかったそうでございますね。

でも、人を殺すということは、どんなに巧妙に仕組んでも、算盤に合わないものだと、つくづく考えさせられました。

お縄を頂戴するまでの昼夜を問わず襲いかかる不安と恐怖——全く馬鹿なことをしたもんだと、今は憑きものが落ちたような、すがすがしい気持すらするのでございます。

御機嫌な夜

（一）

スピード・メーターは一〇〇キロを指している。

ハンドルのぶれなど、みじんもない。

全くすばらしい車だ。

ピシッ、ピシッと風が防塵眼鏡に束になってぶつかってくる。

ヘルメットに厚い皮のジャンパー、手袋、半長靴と、完全武装していても、体は、こごえそうに冷たい。

だが、おれにとっては、とてつもなく、御機嫌な夜なんだ。

いつもなら、この竜王バイパスは、命知らずのダンプ・カーが、総重量六トンの巨体をゆすり、戦車のような地響きをたてて、一往復二千円のゼニのために、すっとばしている。

もともと、この道は、浜名湖の北を廻り竜王湖を経て岡崎に通ずる観光道路として、道路公団が作ったものだが、豊川上流で、ダム工事がはじまったので、あっというまにものすごいダンプ・カーの群れに蹂躪（じゅうりん）されてしまったのだ。

だが、今夜ばかりは、ダンプ・カーはおろか、猫の仔一匹だって通りやしない。

何しろ年の始め、一月元旦の夜なんだ。

おれはハンドルのグリップをぐっとひねる。

小気味のいい爆発音をたて、スピード・メーターはぐんぐん上る。

一一〇——一二〇——

ホンダ・スーパースポーツ、ＣＢ72、二五〇cc、六一年型。

最高時速、一六〇キロ、全く御機嫌な車だ。

と、おれは、はるか前方に二つの赤いテール・ランプを見つけた。四つ車だ。

見る見る、距離はちぢまって行く。

ガードレールの支柱の一つ一つが、横にさっと長い一本の線となって消えていく。

風の抵抗を少しでもへらすために、おれは、シートの上に腹ばいになった。フライング・フォームと云うやつだ。

おれのライトの中に、前の車が、くっきりと浮かび上った。

思ったより小粒な乗用車だ。

クーペ（二人乗り）らしいが、あまり見かけない車だ。

おれは、さっとその右側をすり抜けた。

ちらっと横目で睨んだがよく分らない。

おれはわざとスピードを落して、そいつを追い越させた。そして、今度こそ、はっきりと見てやった。

イーグル自動車がイタリヤの有力メーカー、チアノにデザインを頼んだニュー・モデルで一二〇〇cc、ペット・ネームはたしかロビン。

車中には男と女が二人——窓ガラスには白いペンキで、ジャスト・マリッドと書かれていた。とぼけた奴もいるもんだ。

元日、早々、結婚して、スポーツカーで、深夜のハネムーンもないもんだ。

おれは、ひどく奴等に親近感て奴を抱いた。

おれは再びグリップをひねって、あっと云うまに、奴の車を追い越した。

そして奴のライトの中で、車体を左右にバンクした。

するとどうだ。奴はライトを二回三回と点滅して応えてくれる。

おれのバックミラーがその度に、きらっきらっと反射するんだ。

そして、幾度かカーブをすぎて、奴のライトが、バックミラーでおこらなくなった。

また、おれ一人の世界に戻ったわけだ。

間もなく竜王湖だ。

ぼーっと料金徴集所のゲートの灯が見えた。そこから有料道路となるんだ。

ふとおれは、後方にエンジンの音を聞いた。

と同時に、バックミラーに、小さな黄色い光が一つとびこんできた。

オートバイだ。

「おや」

おれは口の中で呟いた。

見る見る大きくなる光の点が、もう一つふえたのだ。

そして、二つの光が、まるで生き物のように、からみ合ったり放れたりしている。

二台だ。しかも猛烈なスピードだ。

「畜生、まけてなるか」

おれがそう決意した時、既に後方から、重いエンジンの音が、耳にガーガー響いてきた。

妙に威圧するような、いらだたしい音だ。

バックミラーをのぞきながら、おれは、畜生、と叫びつづけた。

キューッ！　タイヤをきしませて、おれは、ゲートの横に急停車した。ほとんど同時に奴等も滑り込んできた。

まるで巡査のような制服を着た中年の係員が、眠むそうな目をこすりながら、あらかじめ領収書を手にして出て来た。

おれは素早く五十円玉を渡すと、変速ペダルを、踏みこんだ。

すばらしい出足だ。

おれは、あの二人の乗っている車は何だろうと思った。

排気量は大きいらしい。

三五〇ccか五〇〇cc。

前に乗ったことのある国産のオリンパスキング三五〇ccに似ていた。

あいつは、物凄いロングストロークで、スピードこそ出なかったが、低速のトルクの強い田舎むきの車だった。

最高速度はせいぜい気張って、一〇〇キロも出たろうか。

そんな奴に、このおれの新車が抜かれるはずがなかった。だが奴等はしつこく追っかけてくる。

このあたりは昼間なら、すばらしい景色の処だ。

右手に竜王湖が真っ青に澄みわたり、左手には、峻しい山がせまって、紅葉の季節が特に美しい。

だが今はそんなのんきな事を云っている暇はない。

おれはとうとう小癪な二台のオートバイに追い越されてしまったのだ。

背の高い車だ。エンジンは直立で、単気筒、いや二気筒かも知れんが、とにかくゴツい。

ハンドルもやや欧米好みのアップ気味。

おれの、スーパースポーツとくらべると、あまりにも不恰好な姿だ。

「畜生!!」おれのスピードメーターは、一四〇キロを指しているのに、奴等は依然として、重爆のような排気音を、太い二本のマフラー（排気管）からひびかせながら、さらに道をゆずろうとしないのだった。

おれは、歯ぎしりした。

おれは、二台の車がはき出す白い排気ガスを、もろに、すい込みながら、ペラペラと、世界オートバイ年鑑のページを頭の中でめくっていた。

無論、国産車ではない。

ハーレーダビッドソン一二〇〇cc、世界最大の二輪車

——否——

英国の名車ＢＳＡ、マッチレス、ノートン、いずれも否である。

あんな野暮な姿で、信じられないような、すばらしいスピード、おれは、ハッとした。

なぜ、早く気がつかなかったんだ。

おれが前に乗っていた国産のオリンパスキング——これは、ドイツのホレックス・インペラドール五〇〇ccをそっくりまねして作られたのではなかったか。

ガソリンタンクや、エンジンの型は、云うに及ばず、前輪の支柱につけられたロケット型のアクセサリーまで、そっくり。

ホレックスだ。しかも新車らしい。

日本では珍らしく、よほどのオトキチ（オートバイ気狂い）でないと知らない車だ。

排気量五〇〇cc、オーバー・ヘッドバルブ、出力三九馬力という物凄さ、これなら最高速度は軽く一六〇キロはいけるんだ。

おれは途端に、ファイトをなくした。

ホレックスじゃ相手が悪すぎる。

おれも一度は乗ってみたいと思っていた車なんだが、なかなか手に入り難い代物だ。

しばらく走ると、道が二またにわかれ、標識が立っていた。

これより一方通行、ワン・ウエイだ。

つまり、大阪方面下りは左側の道を、右側は上り専用だ。

なんでも、これからさきの岩質が堅くて、道をひろげられないので、こうした処置がとられたのだと聞く。

お蔭で上り道路の方は平坦な直線コースなんだが、下りはぐっと左にカーブし、小高い丘をぐるりと廻ったところで鋭く右折し、再び上り道路と交わるのだ。

見通しが悪く、随所に、注意せよ、の黄色い道路標識が立てられている。

右側は山、そして左は杉の原始林が密生した深い谷になっていた。

おれは、一種のせんぼうを感じながら、前を行く二台のホレックスをみつめた。

突然!!　危い——おれは一瞬、全身の血が凍りついたかと思った。

キイーッ、キイーッ！

不気味な音をたてて前の二台が急ブレーキをかけたのだ。

ぐっぐっと、左へスリップしていく。

そこへおれの車がおどりこんでいった。

おれは観念した。

目の前を、一条の閃光が稲妻のように横切った。

気がつくと、おれは無事に、二台の車の間をすりぬけていた。

おれは、むらむらと怒りがこみ上げた。

おれはスピードをゆるめて、一思いにUターンした。

奴等はどうしているんだ。

おれのライトの光の中で、奴等二人はしきりに手をふっている。

おれは、ますます、腹が立った。

同時に、おれは、奴等のテクニックに圧倒された。云ってみれば、ガーンとハンマーで頭をなぐられたようなショックだ。

あの重いホレックスをフルスピードから急ブレーキをかけ、スリップしたところで、逆ハンドルを使って、くるりと、向きをかえて停めたあたりは、心憎いばかりだ。

おれは車をとめた。

「危ないね、無茶すんな」

おれは、思わず大声になった。

頬のあたりが、ピクピク痙攣(けいれん)しているのが自分でもわかった。

こうなったら、自分でも手がつけられないほど、カーッとしてくるんだ。

「すばらしい車ですね、ホンダのスーパースポーツですな」

背の高いほうの男が、防塵眼鏡のまま、ニコニコ笑っている。

もう一人の方は、相変らず大きな防塵眼鏡、それもパイロット型の真中から分かれたでかいやつをかけたまま、腕組みをしてつっ立っている。失敬な奴だ。おれは癪にさわったので、もろにライトをあててやった。あわてて奴は、顔をそむけた。眼鏡がひどく不規則に反射した。

なんのことはない、月光仮面だ。

「それに、ベテランでいらっしゃる」

ノッポの方は、やけにお世辞がいい。

おれは拍子抜けした。

「どちらへ」

矢つぎ早に、話しかけてくる。

「大阪まで」

「そうですか、私共も行きたいと思っているんですが、こんな具合に貴方とご一緒じゃ芯がつかれます。まるでレースみたいですからね、私共は、どこかこの近くで泊りたいんですが、適当なところ、ご存知ありませんか」

すると奴等も、おれとの競争に手こずっているのかな。

おれはいくらか機嫌を直した。

「この先、しばらく行くと、竜王湖ぞいに旅館が一軒ある。木賃宿だけどね、そこならどうです」

「そうですか、そりゃ助かります。じゃそうしましょう、どうぞ貴方も、もう私共にはかまわずに先をお急ぎ下さい」

「旅館のところまで一緒に行きましょう」

おれが誘うと、男はあわてて手を横にふった。

「ちょっと、エンジンを冷やして行きますよ、貴方に負けまいと思って無理しましたんでね」

「ホレックスでしょう、その車は」

「ええ――でも使い始めですので、エンジンの調子がつかめなくて苦労ですよ」

男は、そこで会話を打切るように、長い身をかがめると、エンジンのあたりをのぞきこんだ。

おれはライトの中で、腕時計を見た。

もう二日になっていた。

「じゃ」

おれは、車をスタートさせた。

いつの間にか雲が出て、月が姿を消していた。

右側に、ちらほら人家の灯が見えてきた。

もうじき、上り道路と交わる地点のはずだ。

（二）

黒い小さな人影がライトの中で手を振っている。

おれに合図をしているんだ。

そばに寄って車をとめると、小柄な女が一人いた。

ひきずるように長いモヘアのコートを着て、首には真っ赤な毛糸のマフラーを幾重にも巻きつけている。

毒々しい口紅をつけているが、笑うと意外に幼く素直な感じだ。

「お兄さん、飯場へ行くんとちがうか」

「うん？」

「ねえ、連れてってよう」

甘ったるい声だ。

どことなく身のこなしが色っぽい。

「お兄さん、ダムの技師だろう」

「おれがか？」

「ねえ、お願い。ダンプカーが通らないんだもん、いつもは、何台でも通るんやけど」

おかしな言葉を使う女だ。

「飯場につとめているのかい」

「ううん、そうじゃないけど――」

わかった。砂利パンという奴だ。

砂利トラックをつかまえて、運転手と直接交渉で、体を売るんだ。

夏場なら荷台が、冬なら運転席が、そのいとなみの場所となる。

一回、五百円から千円だとも聞いている。

恐らくこの附近の農家の娘でもあろうか。

「駄目だよ、ダムの工事場なんか、遠まわりだね」

おれは、つっけんどんに云った。

女はうらめしそうにじっとおれを見ている。

「じゃあ、あばよ」

おれが云うと、女はあわてて、

「そんなら、この先の旅館までのっけてってよ、ねえ、お願いさん」

云いおわらぬうちに、ダブルシートのうしろに、ちょこんとまるまっちいお尻をのっけてしまった。

おれは、わざと乱暴にスタートさせた。

「キャーッ」

黄色い声をはり上げて、背中にしがみついてきやがる。

「ひどい人」

ぶつぶつ云いながら、両手をまわして、おれの下腹のあたりで、組み合わせている。

「お兄さん、ねえ」

まったくうるさい牝猫だ。

おれは、くしゃくしゃしてきた。

女の手は、厚い革のジャンパーの上から、おれの体を、まさぐろうとしている。

ダンプカーのお兄さんと同じ手合いに見られたらしい。

おれは返事もせずにすっとばし、一軒の木賃宿の前で車をとめた。

「約束どおりだ」

女は、まだおれの体から離れようとしない。

「ねえ、つき合ってよ、朝まででいいから」

「この寒空でか」

「馬鹿ねえ、この旅館でよ、ねえ部屋代はうちがもつから、いいでしょう」

どうやら、この旅館とは特別契約を結んでいるらしい。

「年末からずっと、あぶれているんだから、ねえお願いよ」

しつこい女だ。

おれは、クラクションを鳴らした。

二度、三度、続けて鳴らすと、まもなく、ゴトゴトと戸をあけて、頭の禿げた、おやじが、寝巻のまま出てきた。

「おいでやす」

このあたりはもう関西弁なんだろうか。

「この人だけだぜ」

「まあ」

女はおれをつねる真似をした、オーバーな奴だ。

「おれは急ぐんだよ、あっ、その代りな、間もなく二人づれの男がオートバイで来るからな、それをつかまえな」

「嘘ばっかり」

「嘘なもんか、有料道路のゲートのこっちで話して来たんだ。でっかいドイツのオートバイにのった二人連れさ。おれに宿を聞いたから、ここを教えておいたのさ、絶対に嘘は云わん、おれと、ずっと競争して走ってきた奴等だからな」

「本当にこの宿に来るの」

女は目を輝やかした。

「本当だ、冷え切って来るからな、熱い風呂でも、用意しといてやんな」

おれは、おやじに云うと、さっと車をスタートさせた。

ワーッとか何んとか女がわめいたようだった。

おれは、セカンド、サード、トップと、変速ペタルを踏みこんでいった。

おれはご機嫌だった。

（三）

大阪の友人の家についたのは、朝の六時だった。

東京から大阪まで休みなし、さすがにタフをほこるおれも、いささか疲れた。早速、部屋を借りて夕方まで、ぐっすり眠った。

目を覚ますと友人と妻君がテレビを見ていた。

おれも見るとはなしに、のぞくと、丁度、ニュースをやっていた。

――乗用車、竜王バイパスで崖下に転落二人即死――

そんな見出しだ。

フイルムは間に合わないと見えて、画面には、荒い現像の普通写真がインサートされていた。

まぎれもなく、おれが追い越したあのスポーツカーだ。

ジャスト・マリッドの二人連れなんだ。

原因は、スピードの出しすぎから運転をあやまったらしい。

「危いね、お前も気をつけろよ、職業が職業だからな」

友人は、おれに神妙な顔で云いやがった。

翌朝の新聞には、事件はかなり詳しく出ていた。

それによると、二日午前一時頃、東京都港区のイーグル自動車宣伝課勤務の佐々木久雄（26才）が、新型スポーツ・カーを運転して竜王バイパスの下り道路を疾走中、カーブで運転を誤り、ガードレールをへしおって三十米（メートル）の崖下に転落し、佐々木と同乗のその妻、澄子（18才）は、即死した。

原因は目下調査中だが、佐々木のスピードの出しすぎとみられている。

なお二人は、一日、結婚式をあげ、関西へ新婚旅行のドライブに出かけた途中の奇禍だった。

現場の写真も出ていた。

ガード・レールがあめのようにへし曲り、それをとびこすようにして車は崖下に落ちていったのだ。

そこは道路が急角度で右にカーブしている見通しの悪い処だった。

つまり、スポーツカーは、右に曲ることが出来ずに、真っすぐにガード・レールにぶつかったものらしい。

丁度、おれがあのホレックスの二人組と話を交わした場所で、しかもあれからものの数分とたたないうちの出来事だったらしい。

おれは、夕方までかかって車を整備すると、友人の家をとび出した。

東京まで夜の道をすっとばすのだ。

京都、名古屋と、車の調子は上々だ。

始めの予定では、帰りはずっと東海道を走るつもりだったが、岡崎をすぎて、道が分かれ、一方にこれより竜王バイパスと書かれた標識を見た途端に、おれの考えは変った。

頭のどこかで、新婚早々、昇天した若夫婦のことが、気になっていたのかも知れん。

月夜で明るく、もってこいの晩だった。

風もそれほど冷くはない。

おれは、前を走る車を片っぱしから、追い越していった。

もうダンプカーはお働きだ。

真っ黒な煙をはきながら轟音をたてて走っている。

ふと見ると、前方に一台のダンプカーがテールランプもつけずに停っている。

おれは念のためにクラクションを鳴らして、その右側をすり抜けようとした。

その時だった。

いきなり、ダンプカーの運転台のドアが開いて、女がとび出して来たんだ。

おれはあわててブレーキを踏んだ。

キーイ、厭な音をたてて、おれの身体は前へつんのめり、車体はずっずっと斜めに、スリップしていく。

あっ、真っ正面から、皎々(こうこう)たるライトをつけて大型トラックが驀進(ばくしん)して来るじゃないか。

おれはスリップする反対側に、ハンドルをひいた。

逆ハンドルだ。

一瞬、車はスリップをやめて、立ち直った――と見る間におれは、すれすれのところで、対面の車の左側をすり抜けていた。

「馬鹿野郎」

トラックの運転手君のドスのきいた罵声が流れていった。

おれは車を停めた。

バタバタと転げるように女が走ってくる。

「助けて、お願い」

見上げた顔――

「おっ、君は――」

おれは目を見はった。

竜王湖の木賃宿で、ほっぽり出したあの女だった。

「あの時の」

女もわかったらしい。

「おい、兄さん」

ひどくなまりのあるバスで、ダンプカーの兄さんが肩をいからせた。

「てめえは、その女のヒモか」

やけに高飛車に出てくる。ジャンパーの前をだらしなくひろげている。

そういう奴は、昔からおれは好かん。

「どうしたんかね」おれは、わざとおだやかに聞いた。

「うちをただで抱こうと云うんよ、こいつは」女が目をむいた。

「馬鹿たれ、人の財布盗みやがって、さあ、かえせ」

お兄さんは、怒り心頭に発したかたちだ。

「誰が盗むもんか、正当な代金を、もらっただけじゃないか」

女も負けていない。そして、手にした財布をあけた。

「八百円――まあ、まけとくよ、これで」

女は札を抜くと空の財布をポンとなげた。

「野郎」お兄さんは女にとびかかった。

「キャーッ」女は悲鳴をあげた。

「ギャーッ」奴が絶叫したのと、ほとんど同時だ。

おれのフックが、奴の顎に炸裂したのだ。

「まあ乗れよ」おれは、道路でのたうっている奴には構わず、女を後のシートにのっけると、さっとスタートさせた。こんなチンピラを相手に大人げない、と思ったが、やむを得ない。

砂利パンをだまそうなんて、奴はどうふんでも男の風上におけない野郎なんだ。

(四)

「ひどいわね、この人、うちをだまして」

女はこの前と同じようにおれの体を抱きかかえるように、腕をまわしながら耳もとでわめいた。

「なんだい」おれもどなった。

どならなきゃ、エンジンの音で聞こえないのだ。

「あん時、二人連れの客なんか来なかったよ」

「ふーん、じゃ、泊らずにすっとばしたんだろうよ」

「そんなことないわ、ずっと旅館の入口のところの部屋のこたつで朝まで待ってたんだから——前の道を、そんな二人連れのオートバイなんか通りゃしないよ、あそこのおやじさんだってプリプリだったよ」

「そうか、そりゃ済まなかったな」

「全く、でたらめもいいところだって、うちは腹がたってさ。でも、もういいよ、今夜は、危いところ、助けてもらったからさ。それで、帳消しにしてあげる——あっ、そこの角で停めてね、今夜はもりもり稼がなくちゃあ」スピードをゆるめると、女は器用にとびおりた。

「どう、まだうちとつき合う気はない、あんただったら半値にまけとくよ」そしてニヤリと笑って手をふってやがる。

おれは、苦笑しながら、スピードをあげた。

女はバックミラーの中で、見えなくなるまで手をふっていた。

それにしても、ホレックス・インペラドールの二人連れはどうしたというんだ。まさか、酔興に朝まで、有料道路でエンジンを冷やす馬鹿もあるまい。

おれが教えた宿に泊らないにしても、その前の道を通らずに大阪方面に抜けるのは不可能なんだ。

たかが砂利パンの云うことだから信用がおけない、と云われれば、それまでだが、おれは、損な性分で、やけに気になり始めた。

おれは車の通りがないのを幸いに、下り道路へ車をのり入れた。

上りの道路――つまり東京方面へ行く車は、左側の道の一方通行なんだから、これは、明らかに違反だ。

おれは、事故のあった急カーブの処で車を降りて、生々しい傷あとの、ガードレールに近よった。

なるほど、相当のスピードでぶつかったものらしい。ガードレールがこんな具合に、くにゃっと曲るなんて、よほどの事だ。

月夜なのがもってこいだ。おれは、自分が、あのスポーツカーを運転しているつもりで、車の進行状況を頭の中で描いてみた。

スピードは、そう、仮に一〇〇キロとしようか。始めての道だったら、ここで急に道が右にカーブするのには気がつかないはずだ。それに、何かの調子で、ちょっと前方の注意をおこたった。

はっとした時、視界には、何もなく、ぽっかりと真っ黒な空間が一杯にとびこんできた。

急ブレーキをかける。ハンドルを右に切る。だが間に合わなかった。車はガードレールにつき当り、もんどりうって谷底に転落していった。こんな筋書きだが、

「おや」おれは、首をひねった。

おれが頭の中で描いた衝突地点は、実際よりはるかに前方なのだ。

云い方をかえれば、スポーツカーは、右折する道を曲らずに直進して、衝突する地点よりも、手前でガードレールにぶつかっているのだ。これじゃ、まるで、気狂い運転だ。

右折する道をまちがって左にハンドルを切ったとしか思えない。

おれは妙な気持になった。道をひきかえすと、上り道路に戻った。

左手には、湖がせまり、小波が月の光で、きらきらと映えていた。

えらくロマンチックな眺めなんだが、今夜のおれにとっては、それどころではなかった。

道路公団の料金徴集所のゲートが見えた。

料金を受け取った係員は、例の眠むそうな中年の男だった。

「一日の夜も、たしか勤務でしたな」

おれが聞くと、係員はうなずいた。

「事故のあった夜ですよ」

念をおしておいてから、

「あの事故の後で、二人連れのオートバイは通らなかったですか」

と聞いた。奴は何の反応も示さずに、しばらく考えて

いたが、

「ああ、事故の前にね、三台のオートバイが通ったよ、カミナリ族だね、ひどいスピードでね」

「そのうちの一台は、おれなんだが」

「なるほど、そうでしたな」

「あとの二台が、引きかえさなかったかと聞いているんだ」

「あ、あのデカイ自動二輪の二人組かね、そうだね、引きかえさなかったようだね」

係員はそう云って、おれに穴のあいた五十円玉のつりをよこした。

「ありがとう」おれはあきらめた。

砂利パン嬢は、通らないと云うし、ゲートの係員は、引きかえさないと云う。一体、あの二台のホレックスは、どうなったんだ。

事故現場の附近で消えてしまったというのか。思えば不思議な晩だった。

（五）

東京のアパートに帰ると早速シャワーをあび、ウイクリーモータースという自動車の雑誌社に電話した。一両日の間に頼まれた原稿を書き上げると断って、ベッドにもぐりこんだ。

疲れているはずなのに、ひどく寝つきが悪い。おれは一匹、二匹と羊を数え始めたが、ついに五万匹でやめてしまった。

あきらめて、起き上ると、世界オートバイ年鑑を取り出し、ホレックス・インペラドールの項を出した。

日本でこの車を入れているのは、麻布の王冠自動車という店が一軒きりだ。

電話をすると、始め女の事務員が出てきたが、おれの名前を告げると、すぐに、やけにペコペコした男に代った。

「先生でございますか、はあ、何んでございましょう。車のことでございますか」

電話口で禿頭を幾度もさげているにちがいない。

おれが車を買うと思ったのかも知れん。

で、おれは最近、ホレックス・インペラドール五〇〇ccを買った人の名前と住所を知らせてくれと頼んだ。

「はあ、どうしてでございましょう」

いささか、がっかりしたらしいが、おれがある記事に使うんだからと云うと、機嫌をなおして、十人ばかりの名前を教えてくれた。

おれはメモをとった。

東京とその近郊の者八人、他に北海道の旭川と九州の福岡に一台ずつ売れていた。

一応、旭川と福岡は除いた。それは地方の新聞社が購入したものだ。

おれは電話帳をひっくりかえして八人の名前を探した。ホレックスを六十万近く出して買うような人間なら、電話くらいあるはずだ。

果して六人まで電話があった。

おれは、ウイクリーモータース社の名前をかたって、それぞれの自宅に電話し、車が一日、二日、三日の間、どんな状態だったかを聞いた。

大半は車庫に入れたまま、中には、乗った人もいたが、いずれも年初廻りに自宅附近を走っただけだ。

残された二台は同一人の名前で買われていた。丸井専造――(京橋に住んでいることになっている)こいつだけがどうしても分らない。

おれは再び王冠自動車に電話して、丸井専造とはいかなる人物かと聞くと、ヘッヘッと笑われた。

「丸専さんですよ、丸専マーケット」

そうか、丸専のおやじが丸井専造――おれは、車を八重洲のホンダの本社にかえしに行こうと思った。

もう少し借りていてもいいんだが、八重洲なら京橋の近くだ。

おれは、丸専マーケットに寄るつもりだった。

相変らず東京の街は車の洪水だ。

だが、こんな状態だとオートバイは、えらく具合がいい。

すーっと車と車の間をぬって、追越していける。しかもおれのは高性能のスーパースポーツだ。

なんだか、ホンダに返すのがおしくなった。少し負けさせて買ってやろうかと思った。

と、その時だった。

天の啓示というのは、こんな事をいうのかも知れん。

そこは田村町の交差点付近だった。

おれはＮＨＫの横に駐車させて、公衆電話のボックスに駈け込んだ。

丸専を電話帳でさがしてかけた。

果して、ホレックスの二台は、店におきっぱなしで、誰もツーリングに使用していなかった。

おれはひとりでに頰がゆるんだ。

そして、再び王冠自動車に電話した。

「年末から三ケ日にかけて、店のホレックスをかさなかったか」

おれの心臓は、どきどきと処女のようにふるえた。

「はい、確かにおかし致しました。商売でおなじみの方に……」

「二台？」

「はい、よくご存じでございますね」

「どこの人だね」

「はい、イーグル自動車の森田さんです」

「イーグル自動車？」

「設計課の技術さんですよ」

「ありがとう」

どうやらまた、おれの悪い趣味が、鎌首をもたげたらしい。

おれは、その森田という極くありふれた名前の男にひどく興味をそそられた。

確か竜王バイパスで死んだ男もイーグル自動車に勤めていたはずだ。

おれは、ホンダに車をかえすのをよして、神田にある、ウイクリーモータース社をたずねた。

すすけた小さなビルの二階に編集室がある。太った赤ら顔の編集長は、おれを見ると、椅子をすすめながら、

「もう原稿いただけるんですか、済みませんね」

ジョークにしても頂けない。

おれは相手にならず話をきりだした。

イーグル自動車の森田技師、それに死んだ佐々木久雄の事など――自動車雑誌の記者ともなると、そんな情報は、お手のもののはずだ。

案の定、編集長は、森田、佐々木両名についてかなりくわしい話をしてくれた。

まず森田という技師は、東京工大を出た三十才を出るか出ないかといった若い技術者で、イーグル自動車設計課のトップクラスだという。

彼の設計した車では、タクシーとして堅牢さと経済性の故に重宝されるオールペットやキャブオーバーの小型トラック、イーグルラインなどが代表的なものだ。

その彼が日本で始めての本格的なスポーツカーをめざして、新らしい設計にとりかかったのが三年前、ようやく青写真も出来、去年の春、試作の段階に入った時、突如として社命で中止になったのだった。

会社は、イタリヤのチアノに、ロビン一二〇〇ccスポーツカーの設計を依頼し、すでに量産の体勢をととのえてしまったのだ。

「その森田のスポーツカーの設計プランというのがね、われわれ雑誌記者の間やメーカーの玄人筋では、非常に

高く評価されていたんだ——独得のトルコン（自動加速装置）をつけたいい車なんだよ」

編集長はペロリと舌で唇をなめてから、

「どうもね、そのロビン一二〇〇ccが製造されるようになったいきさつについちゃあ、口じゃちょっといえないような複雑な、ものがあるんだな」

「複雑ってなんだい」

「政治的なとりひきもあるんじゃないのか。つまりだね、こういう事なんだ、イタリヤとの技術提携を強く主張したのは、イーグル自動車の宣伝課を中心とする連中なんだ。何んといってもスポーツカーはヨーロッパが御本家だからね、特に、竜王バイパスで死んだ佐々木あたりが急先鋒だったんだ——わかるかい、佐々木っていうのはな、佐々木産業の御曹子だぜ」

佐々木産業というのは、大手の外国乗用車の輸入業者なのだ。

そしてイーグル自動車の海外販売の代理店でもあった。

「その佐々木が結婚した相手がね、織井というイーグルの専務の娘なのさ、どうですね、いくらか謎がとけましたかな」

つまり佐々木産業としては、取引先のチアノにスポーツカーの設計を依頼することで、今後の取引を有利にさせたいし、イーグルはイーグルで、佐々木産業の海外販売網を通して、大量に自社の車を外国に売り込もうというんだ。

「だが、スポーツカーは見事に完成したけど、政略結婚の方は、悲劇に終ったたって訳さ、ハネムーンに出かけて、自動車事故で、新郎新婦が一瞬にして昇天というんじゃ、ちょっとかわいそうだね」

「佐々木というのは、相当なキャリアのあるドライバーなのかね」

「でしょうな、何しろ金持の道楽息子で、大学に行ってる時既に、MGを乗りまわしていたというんだからね、だが一体どうしたというんです。佐々木の事故について何か、くさいところでもあるんですか」

編集長が身体を乗り出した時だ。

ドアが勢いよく開いて、ぷーんと強い香水の匂いが部屋一杯にただよった。

「今日は」

やけにハスキーな声だ。

ふりかえると、すらりとした脚が二本、つま先のとんがったハイヒールをはいて立っていた。

「ウーム」

おれは低くうなった。

おれの目は、ぴーんと横に張った腰から、くびれた胴、もり上った胸から、ニンマリ笑った厚目の唇まで、さっと見てとった。

惜しい、——その女は男物のような縁の太い眼鏡をかけている。

おれは眼鏡の女は大きらいなんだ。

「はい、森田さんの原稿です」

女は、茶色のフートーをさしだした。

「ありがとう、毎度、森田さんは原稿が早いので助かりますよ。それにくらべれば——」

「いーよ、わかってるよ」

おれがいうと女は、ちらりとこっちを見た。

眉がきゅっと寄った。

まばたきもせずに、おれをみつめている。いやな奴だ。

「じゃ失礼します」

女はくるりと、むきをかえると、すたすたと帰っていった。

編集長がおれにウィンクしてみせた。

いいスケだろう——そういっているんだ。

助平な野郎だ。

奴は小指を出した。

「死んだ佐々木のレコだったんだ、肉体美だろう、松川芳江というお姐ちゃんでね、イーグルの宣伝課じゃピカ一、もっとも多少オールドミスのきらいはあるがね、二十八才だってさ」

おれは、口笛を吹きたいくらい、ご機嫌になった。

（六）

おれは、アパートに帰ると、早速、さっき松川芳江が持ってきた森田技師の原稿をひろげた。

編集長から無理矢理とり上げてきたんだ。

無論、二、三日したらすぐ返すつもりだ。

内容は、ツーリングレポートだ。

標題は、「雪の奥州路を行く」となっている。

ホレックス・インペラドールで、仙台までツーリングした記録だ。

詳しい地図と所要時間が記載された、なかなかの出来映えだった。

おれは、竜王バイパスで会った男のうちのどっちかが森田じゃないかと思っている。

だがこうやって森田のレポートを読むと、一日、二日の両日にかけて、奥州路を走っていることになっているんだ。

車は同じホレックスなんだが。

もっともレポートでは二人連れとは書いてない。

おれはたん念にメモをとりながら、くり返し読んでいった。

どこかに間違いはないか。おれがかつて走った記憶をたどりながら調べたが、普通なら気がつかないようなガソリンスタンドや、茶店まで刻明に書かれている。

森田は、やはり実際に、一日、二日と奥州路をツーリングしていたんだろうか。

おれは我慢が出来なくなった。

おれは直接イーグル自動車に行って、森田という男に会う気になった。

電話をすると、奴は、重要な会議中で暇がないとのこと。

だが、これで引きさがる手はない。

おれはねばりにねばって、とうとう夕方の五時に新橋の喫茶店にさそい出すことに成功した。

向うさんも、雑誌などで、おれの名前は知っていてくれた。

約束の時間より早く、おれは行った。

週刊誌などめくっていると、カウンターの女の子が案内して来た。

「森田ですが――」

そう名乗った男の横には、昼間雑誌社で会った松川芳江が立っていた。

女としたら大きい方だ。

長身の森田とそう背丈がかわらない。

失礼だけど、おれは二人を黙ってじろじろと見くらべた。

だが残念なことに、あの夜の男が、この森田だと断定するのはむずかしかった。しかし身体つきなど似てるといえばいえるんだ。

「始めまして――もっとも雑誌では、ちょいちょいお名前は拝見しております」

森田は如才がない。

噂によると、ひどく学者肌の一徹な男だと聞いていたのに。

おれは、正月早々大阪にツーリングしたことを告げた。

「大変でございましたでしょう。丁度私も、その頃、仙台の方へ行っておりました。いや寒いの寒くないの、大変なものでした――あんな仕事引きうけるんじゃなかったと後悔しましたが、後の祭りでして、オートバイ屋さんに頼まれましてね、提灯もちの記事を書いたんです」

「実は、竜王バイパスで、ホレックスに乗った二人連れに会いましてね」

「そうですか、これで、最近ではホレックス党も大分、ふえたようですね——まあホレックスに限らず、単車はいいもんです。気分がいらいらした時なんぞ、さっとすっとばしますと、たちまち爽快になりましてね。私なんぞ、設計がいきづまった時など、単車でとばすことにしているんですよ。しかしホレックスはいい車です」

「何の会議でした——おさしつかえなければ……」

「いいえね、御存じかと思いますが、うちがこれから大々的に売り出そうというロビン——あれで佐々木君が事故を起したもんですから、もう一度、細部にわたって慎重に考え直そうということになったんです——今、大破した車を、あらゆる角度から調査しているんですが——どうも足廻りが弱いという意見もあり、市販するのをちょっと、のばそうということなんですよ」

「するといよいよ貴方のスポーツカーが陽の目を見るんですね」

「いえいえそれとこれとは別の問題なんですが——」

そこで森田はちょっと、警戒したように、

「一体今日のご用というのは何でございましょう」

ときり込んできた。

「いや実は、来月号に、〝スポーツカーのすべて〟というレポートを書くことになりましてね。是非、貴方のプランをお聞かせ頂きたいと思って——」

おれは、口から出まかせをいった。

おれは森田の視線からのがれて、連れの松川芳江をちらりと見た。話題を変えるに限る。

「ひどい近眼ですか」

芳江は紫色のマニキュアをした肉づきの豊かな長い指を、眼鏡の縁にあてた。

凸レンズの厚さから見ても、相当な近眼だった。

「車の免許をとるたびに往生しましたわ」

「ほう、そんなに幾種類もお持ちで」

「いいえ……」

芳江は口ごもった。

おれは内心、ほくそえんだ。

コーヒーをすすりながら、とりとめもないことを喋って、二人と別れた。あまり、見っともない別れ際じゃなかった。

新橋一帯は、既にネオンがともされていた。

未だ松の内で、正月気分も抜けないのに、もうちゃっかりとバーや飲み屋は営業を始めているんだ。

（七）

おれは暇人だから、別にどうとも感じないが、正月も十日を過ぎると、また、例によって例の如き騒々しい街のたたずまいとなる。

せかせかと前かがみになって通勤する連中を見ていると、なんと日本人というのは勤勉な人種かとつくづく頭が下がる思いがする。

おれは退屈しのぎに、以来ずっと竜王バイパスで出会った二人のライダーをつきとめることに腐心していた。おれは警視庁に出むいて森田と松川芳江の運転免許の謄本も見せてもらった。

森田は大型免許と自動二輪免許、そして芳江は大型、普通免許のほかに、改正前の法令による自動三輪、自動二輪、側車（そくしゃ）つき自動二輪と、五種類の免許をもっていた。なお芳江には、眼鏡をかけることが附帯条件となっていた。

ふと、おれは、もし芳江がオートバイに乗るとしたら、えらく不便だなと思った。

眼鏡の上に、さらに防塵眼鏡をかけるというのでは、何んともわずらわしい限りじゃないか。

早速、眼鏡をかけている友人に問い合わせると、奴はオートバイに乗る時、邪魔だから防塵眼鏡なんぞかけないと答えたが、雑誌の広告で、防塵眼鏡の玉が凸レンズになっているのを見た記憶があるというんだ。

なるほどそれなら防塵眼鏡が近眼鏡の代りをする訳だ。おれは竜王バイパスでライトをうけて、不思議な反射をしたライダーの眼鏡を思い出した。

もしも、あの時の一人が男ではなくて松川芳江だったら——とっぴょうしもない考えだろうか。

芳江なら男勝りの体格だし、革のジャンパー、ズボン、半長靴（はんちょうか）に身をかため、顔半分をおおう防塵眼鏡をしていたら、女であることはちょっと目にはわからんはずだ。

しかも、会ったのはおあつらえむきに夜だ。

そうすれば、もう一人はどうしても森田技師といきたいところだ。

でも森田は、しゃあしゃあと、竜王バイパスとは方向違いの、仙台へ行っていたというんだ。

これ見よがしに詳細なツーリングレポートまで書いている。

おれは顔見知りの田中刑事に話そうと思った。

アパートが一緒なんだ。

懇意にしている訳ではないが、会えば挨拶くらい交わす仲だ。

敏腕なのかどうか知らんが、背はちんちくりんのくせに、やけにでかい声を出すのが特徴だ。

おれが訪ねると、刑事は公休だといって、部屋の中に寝こんでいた。

一人者らしく、食器やら本やらが雑居している。刑事は愛想よく薄い座布団をおれにすすめた。だが、ロイド眼鏡の奥の小さな眼は、顔が笑っても、それだけは笑わないといった鋭い光でおれを見ていた。

おれは、ずっとおれの胸の中にわだかまっている事を話した。刑事はふんふんと頷いた。

「すると何んですな——貴方は、佐々木久雄とその妻の死を、単なる事故死ではなく、森田と松川芳江のせいだとおっしゃるんですか」

刑事はおれの顔をしげしげと見つめた。

おれは黙っていた。

「しかしですね、裏づけが全然ありませんな、なるほど、動機としては、自分が苦心して設計した車が陽の目をみず、佐々木らが、外国に設計を依頼した。それに対するうらみといったようなものが考えられないこともない。それに、事故現場の様子も、おかしいといえばいえる。何よりも、二台のオートバイがいなくなったというのが、くさい。だが仮に——森田と松川芳江がオートバイで、佐々木の車を追い越して、バイパスで待伏せたとしても、一体どんな方法で、殺したんですか」

「それが分らないんですよ」

刑事は憐れむようにおれにいいやがった。

「ちょっとばかり推理の興味の方が先走っているようですな、——もっとも、森田が事故発生の時刻に、その場に居合わしたという情況証拠でもあれば——ということは、彼がその時奥州へツーリングしていたというのが嘘だ、という証拠をまずつかむことですが……」

そこで刑事は言葉を切り、ポーズをおいてからいった。

「王冠自動車に借りた二台のオートバイのメーターを調べたらどうです。貸した時のメーターは分かっているでしょうから、仙台と竜王バイパスの距離が……」

「刑事さん、駄目なんですよ。両方とも四〇〇キロ前後、似たりよったりなんですよ」

答えながら、おれは田中刑事が、次第に、おれのペースにひきこまれていくのがよく判った。

「そのツーリングレポートはありませんか、もう雑誌社じゃ印刷にまわしていますかな」

「ええ、でもメモをとりましたから、それなら、こっちにあります」

刑事はおれのメモをうけとり、

「しばらく貸して下さい。研究してみましょう」

といった。

おれは、翌日、今度は自分の車、ルノー・ドルフィンを運転して竜王バイパスに出かけた。

同じルノーでも、日本で組立てている4CVにくらべると、型もスマートだし、馬力も強い。ドイツのフォルクスワーゲンと共に、アメリカでもっとも売れている欧州車だ。

日本ではあまり走っていないから、少々くたびれていても、結構人がふりかえって見てくれる。

おれは、バイパスの料金徴集所で、あの時の係員を聞くと、今日は休みで自宅にいるという。

自宅は、バイパスを抜けた三叉路の自転車屋のそばだという。

おれはそこへ訪ねて行った。

自転車屋というのは、かなり大きな店で、二、三人の小僧がオートバイを解体して修理していた。最近は自転車屋でもモーターバイクをおいて多少の修理も出来ないと、やっていけないのだ。

そこで、係員の家を聞くと、小僧たちは、すぐ教えてくれたが、おれの車をジロジロと物珍らしそうに眺めている。

その中の一人が自慢そうに、鼻をひくひくさせていいやがった。

「これがドルフィンだぜ、ルノーのよ」

「へえ、日本のルノーと似てねえな」

「日本？　馬鹿、ありゃもともとフランスのだ」

「おれ、はじめてだ、見たの、ついてんなこの頃――この前は、ホレックス直したしな」

「なに？」

おれは目をむいた。

「ホレックスだって、いつの事だ」

「元日の夜だっけな」

「よしその話を聞かせてくれ」

おれは、兄貴分の油で汚れた手に聖徳太子を一枚つかませた。

奴等の話というのはこうだ。

元日の夜というよりは、二日の朝といった方がいいだろう。

電話がかかって、竜王バイパスの下り道路に、オートバイが故障したので置いてある、済まないけど、朝になったら引取りに来て直してくれ。

あとで取りに行くから――そんな電話だった。

そこで朝になってから小僧が、引取りにいったら、東京ナンバーの新らしい外国製のオートバイが一台置いてあった。そしてその時崖下に落ちたスポーツカーのことを知ったという。オートバイを持って帰って調べると、バッテリーがいかれているだけで、新しく蒸溜水を保給するとすぐに直ったという。

「いつ、その車、受取りに来たかい」

「つい二、三日前だな」

おれは、そいつの名前と人相を聞いた。谷口という背の高い眼鏡の男だという。

ふん――おれは鼻のさきで笑った。偽名を使い、変装して来たに違いない。

いずれにしてもホレックスをとりに来たのは、おれが森田と松川芳江に会ってからだ。

おれは、自動車をそこにあずけて、裏の長屋に係員をたずねた。

おれの服装がこの前と変っているので、始めは分らなかったらしいが、ようやく思い出してくれた。

おれは執拗に事故発生の前後を問いただした。

「そうですな、ありゃ一日の夜、いやもう二日になっていましたかな、貴方と、別の二人がオートバイで下り道路の方へ行った。そのあと、すぐに、例の事故を起したスポーツカーが後を追って行った。ええ男が運転し、女の方は、シートで眠っているようでしたな。それっ切り、大阪方面に行く車は夜明けまでありませんでした
――えっ、上りですか。オートバイで?」

係員は首をひねっていたが、ポンと膝を打った。

「そうそう二人乗りのアベックが、物凄いスピードで東京方面にいきましたよ」

「アベックだって」

「そう、女の方は、後のシートにまたがり、長い髪を風になびかせてね」

「眼鏡は?」

「かけていません――美人でしたな、年は、あれでも二十五、六ですかな、その時、わたしゃあ、こんな晩にオートバイに乗って、何という物好きな女だろうと思いましてね」

「そのオートバイは、その前に、下り道路へ行った二台の中のオートバイと同じじゃなかったでしょうか」

「さあ、そこまで注意しませんでしたが、かなり大きな車でしたな」

これだけ聞けばまあまあだ。

いつの間にか夕方になっていた。

係員は、今夜、泊り勤務だというので、おれは車で料金徴集所まで送ってやった。

途中、道ばたで、手をふっている女がいた。

「この頃、このバイパスにも、ああいった種類の女が多くて困りますよ」

係員は眉をひそめていった。

おれが、くすりと笑ったので、奴は、けげんそうな顔をし、そして少しばかり機嫌を悪くした。

（八）

東京に戻ると、田中刑事が待っていた。

「森田のツーリングレポート、ありゃ確かにくさい」

開口一番、でかい声でかみつくようにいった。

「警視庁管内は勿論、千葉、茨城、福島、宮城の県警の機動隊、パトカーに連絡して調べたところ、年末からずっと、植田─田部間の国道6号線は、鋪装工事のため、通行止めになっているんですね。レポートによると森田はそのあたりを快適に八〇キロで飛ばしたと書いている。とんでもないでたらめですよ」

「そうですか、するとあのレポートは、それより前に行った時のですな」

「そうでしょう、気象なんかうまく合わせているので、ひっかかるところでした。これであと、竜王バイパスに彼等が居合わせたという証拠があれば、警察としても捜査にふみ切るんだけど……それとなく、これは個人的にやったんですが、イーグル自動車にさぐりを入れてみましたらね、松川芳江という女は、どうやら死んだ佐々木とは、ただならぬ関係があったらしいんですよ」

おれもそうじゃないかと考えていたんだ。

森田の犯行の動機は容易に察しがつくが、何故、松川芳江が森田に加担したのか分らなかったのだ。

あの犯行には、絶対に二人という数が必要だったからだ。

おれは、竜王バイパスの自転車屋と、係員に会って来たことを刑事に告げた。

刑事は緊張し、しきりにメモをとった。

刑事が引揚げた後、おれは机に向って、原稿用紙をひろげた。

おれは、自動車雑誌の寄稿家としては名の通った方だ。

三十万円の乗用車が出たりして、レジャーブームというのか、最近はちょっとしたサラリーマンも車を持つようになった。

そうしたオーナードライバー相手の自動車雑誌も、どっとふえて来た。

必然的に、ここでもタレント不足だ。

いい執筆者が少ないのだ。

お蔭で、おれはいろいろと雑文を頼まれ、どうにか、もうけさせてもらっている。

新車のロードテストやツーリングレポートなど、おれの書いたのは、おおむね評判がいい。

まあ、そんなことはどうでもいいが、今からおれが書こうというのは、レポートではない。

推理小説を書くつもりなんだ。笑っちゃいけない。

佐々木久雄は若くて美男子だ。

学生の頃からの自動車狂で、自らのぞんでイーグル自動車に入って、宣伝の仕事をしている。

佐々木の父は佐々木産業の社長だ。

金に不自由はない。女にもてて、しようがない。

その佐々木は、松川芳江を恋人に選んだ。

芳江は頭の切れる女だ。

眼鏡はかけていたが、なかなかの美人で、すばらしい肉体をしている。

利巧すぎるから、男の方が、おそれをなして近よらない。

そんな女に、佐々木は、ちょっとした悪戯で誘いかけた。

色事師として、いっぱしの腕を誇りたくもある。

愛に飢えたオールドミスは、たちまち、佐々木の腕の中に身をまかせた。

芳江は、佐々木の愛の告白が偽りであるのを知っていた。

知っていながら、強引に、その恋を成就させようとした。

だが、それは失敗だった。しかも男は、自慢気に、女との情事を公言してはばからなかった。

それまでが誇り高かっただけに、人々の、芳江にそそぐ目は冷たく、底意地の悪いものに変った。

更に、悪いことに、佐々木は勧められて専務の娘である織井澄子と結婚してしまった。

十八才というジャズと車の好きな他愛のない娘だった。

容姿もさほどすぐれていた訳ではない。

こうして佐々木に痛手を受けたのは、実は松川芳江だけではなかった。

設計技術の森田好夫がいた。

彼の人生最高の傑作だと自らも認めた苦心のスポーツカーの青写真は、佐々木の反対をうけて、うやむやのうちに葬り去られた。佐々木は根からの欧州車ファンだったので、外国の一流デザイナーに設計を依頼した方がいいと主張したのだ。

会社としても、佐々木産業とのコネで、イタリヤの自動車工場にわたりをつけることを望んだ。

そして出来上ったスポーツカー・ロビン一二〇〇は、確かに日本ばなれしたすばらしいものだった。

佐々木は得意だった。

わざわざ森田の目の前で、得々と、ロビンの優秀性をのべたてた。

森田はしかし、ロビンが日本の道路の特殊事情を考える時、足廻りがキャシャな点を上司に主張したが、容れられなかった。

佐々木は、派手好きな男だ。

一月の元旦に結婚式をあげ、その足で、ロビンの新車で関西にハネムーンを決行するという。

そして新郎新婦が出発すると、森田と松川芳江は、王冠自動車から借りたホレックス・インペラドールに乗って後を追った。

たまたま、ウイクリーモータースから新春奥州ツーリングのレポートを頼まれていたので、アリバイを作るにはもってこいだった。

二台のホレックスは竜王バイパスで、スポーツカーを抜き、有料道路のカーブで、まちかまえていた。

だが、そこで思わぬ邪魔者が入った。

おれだった。まさか元旦の夜、オートバイでこの道をつっ走る物好きな奴など想像もしなかったろう。

そこで奴等は、おれの行先をたしかめ、エンジンがオーバーヒートしたようによそおって、おれを先に行かせた。

もっとも、この時、おれになまじ、先の宿に泊るから、などと、でたらめをいったのがまずかった。

おれは砂利パンを拾い、彼女は一晩中、二人を待ちかまえていたんだ。

そして二人が有料道路を通り抜けなかったことをおれに告げた。

それはともかく、奴等は、ライトを消した二台のオートバイを下り道路が右折して、視界の盲点になるところに、ある一定の間隔をおいて並べた。

それは丁度、下り道路を走ってくる車と相対するように置かれた。

間もなく佐々木の運転する車のライトを認めた。

佐々木は道路が右折しているのを知った。

その時だ。

急に斜め前方、佐々木の車のヘッドライトの死角のあたりから、強烈な二条のライトがフロントガラス一杯にとびこみ、佐々木の目をくらませた。車がくる。

「あっ危い」

そんなはずはない。ここは一方通行だから対面する車はあり得ないのだ。

——だがそんなことを考える余裕はなかった。

佐々木はあわててハンドルを左に切った。

途端に、車は猛スピードのまま、ガードレールにぶつつかり、支柱をへしおって、崖下へ転落して行ったのだ。ガードレールの衝突個所が、左によっていたのはこのためだった。

森田と芳江は、犯罪が見事に成功したのを認めると、一台のバッテリーの液をわざと流して、その場に向きをかえて放置し、あとの一台に二人がのって、下り道路をそのまま、ひきかえしたのだ。

上り道路と交わる点までライトを消し、エンジンの音も静かにして来て、そこから何くわぬ顔で、料金徴集所にすべり込んだのだ。

その時、わざと芳江は、ヘルメットも防塵眼鏡もはずして、女であることを係員に印象づけるという芸のこまかいところを見せもした。

そして二人は、そのまま東京にひき返したのだが、途中のガソリンスタンドで電話をかりて、かねて見おぼえの自転車屋に頼んで、有料道路に放置したオートバイを引きとらせたのだ。

すべてはうまくいった。

雑誌社でも、森田のにせのツーリングレポートを信用したし、警察でも佐々木の死を単なるスピードの出しすぎが原因だと片づけようとしていた。

だが、世の中には物好きな第三者がいるもんだ。そしてそのために予期しない結末がおとずれるのだ。

元旦早々、オートバイで大阪まで出かけようという、その男が、たまたま途中であったスポーツカーとホレックスに興味を示したのが、奴等にとっては誤算だった。

それに、このおれが、オートバイや自動車のレポーターでなかったら、二台のオートバイのライトを使ったトリックも見抜けなかったろう。

おれは、一晩で一気にこんなストーリーを書き上げてしまった。

どうやら、頭の切れそうな田中刑事が動き出したので、森田と松川芳江の犯行が、あばかれるのも時間の問題だろう。

このおれの推理には、多少の飛躍があるかも知れん。

何しろこっちはずぶの素人なんだから、思っていることもなかなか書けやせん。

だが今夜は、おれは始めての推理小説を書きあげたことで、すごくご機嫌だ。

こいつが売れたら、おれはしがない自動車雑誌のレポーターから足をあらって、推理作家になろうと思っている。

いや、冗談じゃないんだ、本気である。

推理小説ブームでえらく稼ぎがいいと聞いている。

それで金でもたまったら、今乗っているルノー・ドルフィンを売りとばして、森田の設計したスポーツカーでも買うとしよう。

あれは悪い奴だったかも知れんが、奴の設計した車はすごいって評判だ。

じゃあ、奴のためにチャオといこうか。

警報機が鳴っている!!

一

太田仙介がこの踏切りを渡るのは、二度目であった。多摩川の上流にある景勝地に通ずる郊外電車が走っている。

東京と云っても、このあたりはもう西のはずれで、森や田圃もあって、昔の武蔵野の面影を残している。この踏切りは小さなトンネルを抜けて線路がぐっとカーブしたところにあり、見通しは極めて悪い。

警報機が取りつけられるまでは、よく事故が起り、今でも踏切りの片隅に、犠牲者の霊を慰める小さな石の地蔵さんが立てられている。

太田仙介がウエスト観光の大型バスを運転してこの踏切りにさしかかったのは、半年前の春の行楽シーズンだった。関西のある高校の修学旅行で、一日を多摩川上流で過し、その帰りだった。

大型バス五台をつらねて、東京駅に向ったのだが、途中で太田仙介の車だけパンクし、スペアのタイヤと交換するのに手間どり、一行よりは大分遅れていた。

東京駅を夜の八時に出る専用列車に間に合わせるためには、よほどスピードアップする必要があった。都心に入ったら、車のラッシュで、ゴーストップの度に待たされて、いらいらしてしまう。そうした時間のロスを見込んで、太田仙介はぐんぐんスピードをあげた。

前を走るオートバイやトラックは勿論、乗用車でも容赦なく追い越していった。一六〇馬力のエンジンは定員八三名をのせ一、二トンの巨体をゆすってうなりをあげて疾走した。

そしてこの踏切りにかかったのである。

黄昏であった。靄が立ち込めていた。けたたましく警報機が鳴り出した。

踏切りは、急な傾斜の上にあった。

車掌が乗車口のドアを開けて降りようとした。踏切りでは車掌が降りて誘導することになっていた。だが太田仙介は片手をあげて車掌を制した。

警報機は鳴り始めたばかりだ。電車が来るまでに余裕があるはずだ。太田仙介はアクセルをふかして一気に線路を横断しようとした。

エンジンは轟然たる響きを立て、車体は、傾斜を登り切った。電車は未だ来ない。ニッと太田仙介は笑った。

プスッ――その瞬間、奇妙な音を立ててエンジンがストップした。太田仙介はあわてた。セルモーターのボタンを強く押した。

ガッガッ――プスッ!! 駄目だ!! エンジンがかからない。

太田仙介は真っ青になった。目の前で警報機が赤く点滅しながらベルを鳴らし続けた。左から電車が近づいてくる。

バスに気がついた電車は、けたたましく、警笛を鳴らしながら急ブレーキをかけた。キーッ!! ブレーキと車輪とレールがすれ合って青白い火花を飛ばしながら、電車はバスの側面にのしかかった。

凄まじい大音響と共に電車の頭部がバスのボディにめり込んだ――と見る間に、バスは横倒し、そのまま十メートルばかり引きずられ、パッと火をふいた。

高校生たちは、こわれた窓から逃げ出そうと先を争った。女生徒の悲鳴が紅蓮の炎の中でうずまいた。死者五名、重軽傷者六十名、無傷の者は殆んどないという惨事となった。

太田仙介は車体が二回、三回、大きく廻ったのを覚えているだけだった。気がついたのは病院のベッドだった。頭に裂傷を負っていたが生命に別条はなかった。

「助かった」太田仙介は正直にこう思ったが、後になって考えれば何故死んでしまわなかったのだろうと情なくなる。

厳重な警察の取調べ、無暴運転を怒るごうごうたる世論、運転手個人の責任だとつっぱねるバス会社、電車の運転士には落ち度がない、すべてはバス会社の責任だと声明する電鉄会社――太田仙介は運転経験十年のベテランだったが、こうなったら何の抗弁も許されない。会社は馘首になった。

退職金も支払われなかった。何百万円という見舞金を遺族や負傷者に払わされた会社としては、当然の仕打ちだったかも知れない。

太田仙介は新らしく職を求めなければならなかったが、こんな大事故を起した運転手を傭ってくれる物好きはいない。日傭い労務者の列に並びもした。だが、それとて毎日、仕事があるとは限らない。

太田仙介は、始めて焼酎の味を覚えた。そして僅かな収入は、忽ち、焼酎代に変ってしまった。太田仙介には帰るべき故郷もなかったし、頼るべき親類もなかった。

太田仙介は極く自然に、自らの命を断とうと決意した。死んでしまえばいいのだ。それが一番、今の自分にはふさわしいと思えた。

太田仙介は死神に招かれたようにふらりと半年前、事故を起したこの踏切りにやって来たのだ。

どうせ死ぬのなら、この踏切りで、この前と同じ下り電車に飛び込んでやろうというのだ。夕食時だろうか。人通りが少ない。絶好だ。

太田仙介はゆっくりと踏切りを渡った。警報機が鳴り始めた。厭な音だ。トンネルの大きな穴を見つめた。

下りの電車が、あそこから飛び出してくるのだ。ふとその時、太田仙介は、一人の子供が、よちよちと下りの線路をこっちに向いて歩いて来るのを見つけた。五つか六つくらいの男の子だ。

トンネルの中から電車の警笛が聞こえた。だが男の子は一向に気がつかないのか、依然として二本のレールの中を、真っ直ぐ歩いて来る。うつむき加減だ。一心に何か考えごとでもしているのだろうか。母親に怒られて、しょげているのかも知れない。

「危い!!」太田仙介は大声でどなった。

電車がトンネルから姿を現わした。太田仙介は無意識に駈け出していた。

線路の枕木と石ころが邪魔で走り難い。

電車も男の子を見つけた。警笛を鳴らしている。あと五メートル、太田仙介は怪物のようにのしかかる電車に向って突進した。仰天した運転士の顔がはっきり見えた。

「あっ!!」男の子に手がかかった時、太田仙介の体は宙で一転し、線路わきの草むらにたたきつけられた。

電車はなお百メートルくらい進んで停った。近所の人々が飛んで来た。

太田仙介は血まみれになって、俯伏せていた。男の子は泣きもせずもそもそと起き上ると、きょとんとした顔で、太田仙介を見下していた。何の感情も示さない虚ろな目であった。

「水内さんの坊ちゃんだ」そんな囁きが聞かれた。

太田仙介は附近の病院に担ぎ込まれた。人だかりのした踏切りから、男の子は若い母親に手を引かれて去って行った。二人とも無表情だった。

あたりはもうすっかり暗くなり、母親の白い顔だけがほのかに闇に浮いていた。

二

　太田仙介は不死身だった。腰と背中にひどい打撲傷と擦傷を負っていたが、大した事はなかった。そして医者があきれるくらいの回復力を示した。

　警官が来て事情を聴取した。太田仙介は、この前の警察の態度と比べて、手の裏をかえしたような鄭重さがおかしかった。

　自殺しようとする直前、男の子を見つけ、はからずも人命救助したということだけなのに、年配の警官は、しきりに太田仙介の犠牲的な勇気をほめたたえた。くすぐったい話だ。

　一週間で退院した。治療費は助けられた子供の家で負担したと聞かされた。金一封も届けられていた。開くと一万円入っていた。

　有難く頂戴したが、考えれば、ふに落ちない話だ。大事な子供の生命を救ってくれた恩人が入院しているというのに、一度も見舞いに来ないというのは、どうしたことだ。

　治療費は払った。お礼は一万円。それで済まそうというのだろうか。

　太田仙介はむかっときた。自分が自殺しようとしていたことなど、けろりと忘れていた。太田仙介はその足で、子供の親だという、水内宗親の家へ乗り込んでいった。

　水内宗親は元伯爵である。戦前、フランスに遊び、酒と女と博打にあけくれる淫蕩な生活を送っていた。既に年は六十を越していたが、今でも、親譲りの巨万の財産があると噂され、夜にはきまって銀座や赤坂の高級ナイトクラブに姿を現わしていた。ミス・ユニバースの栄冠をかちとった、若くて美しいファッションモデルを何度目かの妻に迎え、世間の話題をさらったものである。

　水内家は線路ぞいの、うっそったる森の向う側に、豪荘な構えを見せて建っていた。太田仙介はいささか気遅れしたが、勇を鼓して呼びリンを押した。

　女中は始め押売りかなんかと勘違いしたが、坊ちゃんの命を助けた男だと知ると、にわかに態度をやわらげた。

　太田仙介は応接室に通された。しばらくして若い女が姿を見せた。黒いスーツに、白い顔が冷たく美しい。

　ぷーんとただようのは高価な香水の匂いだった。すらりと真っ直ぐ伸びた脚が、まぶしいくらいに白くしなやかだった。太田仙介はかってこんな、美しい女を見たことがなかった。

「水内のワイフです」

低い声だ。ぞくぞくとする官能的な響きがあった。

「ハッ」太田仙介は意味もなく幾度も頭をさげた。

「何か御用？」

「いいえ、それが……」

「見舞金が不足ですか」

「という訳では……」

「あなたにはあれで充分だと思ったのですが」

この言葉が太田仙介の胸にぐっと来た。元々、怒りっぽい性質だ。

「見舞金のことじゃねえや」

太田仙介はわざと乱暴な言葉を吐いた。タンカを切るには強面（こわもて）の方が都合がいい。

「大事な息子の命を助けたおれだぜ」

「知っております」

相変らず冷たい表情を崩さない。

「それなのに、一度も挨拶にこないじゃないか、それが、命の恩人に対する態度か、ええ、どうなんだ」

太田仙介は芯から怒っていた。ぴくぴくと額の青筋がひきつった。

「本当は、あなたにお礼なんか必要ないんですよ」

「何に!!」

太田仙介は目をむいた。

「かえって余計なことをしてくれたと、責めたいくらいなんです」

女の目が妖しく光った。青みがかった瞳が、じっと太田仙介の血走った目にそそがれた。

「何んだって！　子供の命を助けてやったのが迷惑だったというのか」

「フッフッ」女は含み笑いをした。

「でも世間態もあるし、治療費と見舞金をさしあげたのよ、それにこれを御覧になっているんでしょう」

女はポンと手にした新聞をテーブルの上に置いた。一週間前の日付けだ。

――事故運転手の美挙――そんな見出しで太田仙介の行為を好意的に書いてあった。

「半年前の大事故もこれで帳消しよ。情け深い人が傭ってくれるわ、有難いやね」

女は太田仙介に体をすり寄せてきた。

「いい体格しているのね」溜息まじりに惚れ惚れと言った。そして柔かな掌で太田仙介の太い腕をかかえこむように上下に軽くさすった。

「奥さん」我になくひきつった声になった。

「令子と呼んで」

女は上目使いに見た。溢れるばかりの媚があった。

「本当におれを使ってくれる人がいるだろうか」

「いますとも、美談の好きな情け深い人が——」

「奥さん」

「令子と呼んで頂戴」

いつの間にか女の顔は、幅広い男の胸の中にあった。軽く目を閉じていた。

太田仙介は令子の白い頸から、あわてて目をそらした。大きな黒子(ほくろ)がなまめかしかった。

「令子さんは情け深いのか」

「わたし?」

令子はクックッと喉の奥で笑った。

「いいわ、備ってあげる」

そして顔を上に向けた。うっすらと瞼を開き、形の良い唇が心持ちひらいて、白い清潔な歯並みが覗いていた。太田仙介はしなやかな令子の体を、ぎゅっと強く抱いた。甘い香水の匂いが男の本能をくすぐった。

「アーッ……」

なやましいうめきが紅い唇からもれた。太田仙介の厚い唇がぴたりとそれをおおうと、激しくふるえた。濃い髭が、令子のやわらかな肌を刺戟した。

しばらくはそのままにして、太田仙介は、唇をはなした。肩が大きく波打っていた。

令子は乱れた髪を長い指先でなおした。二重瞼の大きな目がうるんで軽く男を睨んだ。

「野蛮人ね」囁くように云った。

「アッ!」太田仙介の視線はドアを背にして立っている、あの男の子の姿をとらえた。青白い顔をしたその子は、澄んだ目で、まばたきもせずに、母親と太田仙介の行為を見つめていた。

「こっちへおいで」

いくら相手が子供でも、ラブシーンを見られたのではバツが悪い。太田仙介は無理に笑顔を作って言った。

「駄目よ、あの子は、つんぼなんだから」

令子が冷やかに言った。

「つんぼ?」

「そう、それに知能も遅れてるの」

憎しみのこもった言葉だ。愛情の一かけらもなかった。

令子は男の子の方を向いて、手でシッシッと、犬でも追っぱらうような恰好をした。

男の子は澄み切ったうつろな目で、太田仙介をふりかえっては見ながら廊下に消えていった。

警笛を鳴らしながら疾走して来る電車の前を、そしらぬ顔で、よちよちと歩いていたあの子の姿が脳裡にまざまざと甦った。太田仙介は奇妙な感情にとらわれた。

三

水内宗親は太田仙介を運転手として傭うという令子の申出に反対しなかった。太田仙介の運転免許の停止処分も解かれたので、彼は初めてベンツ二二〇Sという高級車を運転することになった。

宗親は、ぶよぶよに太った紳士で、しまりのない唇がいつも赤く濡れていた。漁色家によくあるタイプだった。

一人息子の宗太郎は、この老人の多年にわたる淫らな悪業のむくいからか、生まれつき、耳が聞こえず、そのせいで知能の発達も遅く、白痴に近い有様だった。だが老人にとっては初めての子供であるところから、その盲愛ぶりは常規を逸していた。

令子は元々、宗親を愛して結婚した訳ではない。自分の美しさに引き合う取引きとして、元伯爵水内宗親の地位と財産を選んだに過ぎなかった。よもや、宗太郎が生まれるなどとは、考えたこともなかったし、生まれれば生まれたで、つんぼと来ている。哀れさよりも腹立たしさが先だった。

令子は今や、この呪われた子供と、豚のように肥えた老人に生理的な嫌悪を感じていた。だが、あわてて別れる気はさらさらなかった。一日も早く老人がこの世を去り、片輪の子供が何かの事故で死んでくれるのをひそかに願うばかりだった。

だから、宗太郎が、遊んでくれる近所の子供もないまま、時々庭を抜け出して、線路で一人で遊んでいるのをとめる手はなかった。女中が青くなって連れ戻したことも何べんかあった。何しろつんぼなのだから、危険この上もないのだ。あの日、令子は宗太郎がまた、線路に出かけたのを知っていた。

高鳴る胸を押えて電車が来るのを待っていた。宗太郎の幼ない命はそこで断たれるはずだった。その方が当人のためでもある――そんな勝手な理窟を令子はつけていた。

だが間一髪、見知らぬ男が飛び込み、身をもって宗太郎を助けたのだった。このとんちきな男の出現は令子を大いに怒らせたが、どなり込んで来た太田仙介を見て触手が動いた。云いなりになる男だと思った。

それに何よりも宗親とは違って鋼鉄のような筋肉と、幅広いたくましい胸の持主だった。令子は太田仙介に抱かれ、熱い息をはずませて耳許で囁いた。

「豚を殺すのよ、そしたら貴方と一緒になるわ」

太田仙介はこの美しい魔女に囁かれ、金しばりにあったように身動き出来なかった。ずるずると反省する間もなく、泥沼に自ら身を沈めて行くだけだった。それに充分価する、すばらしい女だとも云えた。

元いたお抱えの運転手には暇が出た。

その男は太田仙介にこんな言葉を、はなむけにして、

「気をつけねえと危いぜ」

しかし多少未練気に去っていった。

その夜も、赤坂のナイトクラブの横にベンツを横づけにして、宗親は遊んでいた。なじみの店だ。太田仙介は運転席でオートラジオを聞きながら、うとうとしていた。トントンと外からウインドウガラスをノックされた。白い顔が笑っていた。見知らぬ女だ。

太田仙介がガラスをおろすと女は、白い紙切れを渡してウインクした。そして、ひらりと身をひるがえして暗い横丁に消えていった。車内燈にすかして見ると、

——連絡を楽しみにしています、栄子——

そして電話番号が記されていた。太田仙介は苦笑した。オーナードライバー目当てに稼ぎまくっているコールガールに違いなかった。

一晩つき合えば軽く一万円はかかるという。その代りかなりデラックスな女性がお相手だと聞いている。太田仙介はそのメモをポケットにねじこんでしまった。運転手風情では無理な話だ。そのままメモのことはすっかり忘れていたが、二、三日たって、思わぬ時に、それが、役立つこととなった。

太田仙介は、電話で栄子という女を呼び出した。栄子はエキゾチックな美貌の持主だった。豪華なドレスを着込み、とてもコールガールには見えなかった。アクセサリーもイミテーションとは思えなかった。映画スターかスチュワーデスか、そんな華やかな雰囲気をただよわせていた。

栄子は太田仙介の乗ったベンツを見て、ニッコリ頷いた。カモだと踏んだのかも知れない。

するりと助手席におさまった。ジャスミンの官能的な香りが、太田仙介を浮き浮きした気分にした。だがそれを太田仙介はぐっと押しこらえた。

深い魂胆があるのだ。

ベンツは宵の街を、車の波にもまれて、のろのろと走っていった。

その夜の十一時過ぎ、銀座のキャバレーから電話があり、酔い潰れた宗親を迎えに来いといってきた。太田仙介は宗親を乗せると、物凄いスピードでつっ走った。

なるほど宗親は正体のないほど酔っぱらっていた。バックミラーでちらりと覗いて、太田仙介はニヤリと笑った。好都合だ。

こんなに物事がうまく行くとは、ついている証拠だ。太田仙介は大好きな「夜霧の第二国道」のメロディを口笛で吹きながら御機嫌だった。根っからの悪人になったような奇妙な優越感があった。

屋敷に帰ると宗親は、よろよろと自分の部屋に入っていった。どうした訳か女中も出迎えなかった。若い妻の希望で、夫婦の寝室は別々になっていた。宗親は、若い頃からの荒淫がたたったのか、宗太郎が生まれてからは、とんと男性の用をなさなかった。

宗親は上衣を脱ぎ、ワイシャツを取ろうとして、ふとベッドの向う側に何かがあるのに気がついた。酔った眼を手の甲でこすりながら近づいた。

「アッ」

宗親は息をのんだ。しばらくは呆けたようにそれを見下していた。ベッドの向うの床には、素裸の女が転がっていた。目玉がとび出るように大きく見開いたその両眼には、ありありと死の影がさしていた。喉には細紐が幾重にも巻きつけられていた。そして、誇らし気にもり上った乳房も、思い切り派手にひろげた長い脚も、透き通るように青白い肌に変っている。

宗親はふるえる手をさしのべて女の顔の頬のあたりに触れた。すっと引き込まれるように冷たかった。宗親のぶよぶよした顎の筋肉が、ぴくぴくと痙攣（けいれん）した。

「おかえりなさい」

いつの間にか令子が太田仙介と並んでドアの処に姿を現わしていた。黒いネグリジェですらりと立っていた。

「これはまた何の真似だね」

太った老人は真っ青になって、どもりどもり叫んだ。

「貴方が殺した女よ。コールガールだわ」

令子の手には小口径のコルトが握られていた。

「コールガールだって……」

酔いもすっかりさめた宗親が、上目使いに、令子の顔色を探った。

「この女を知っていたのか」

「ふん」令子は鼻の先で笑った。

「知るもんですか。どこの馬の骨だか分かりゃしない。とにかくあなたはコールガールを引っぱり込んで殺してしまった」

「何をいうんだ令子、わしは殺しはせん」

「それであなたは自殺するのよ」

「何んだって」令子の言葉は宗親の意表をついた。

「そうなのよ」

小さく呟くと、令子は無表情のままコルトの引金を引いた。轟然たる銃声が一発、二発、三発。

宗親は両手で射たれた胸を抱きかかえるような恰好をして、もんどり打って倒れた。

令子は静かに近づくと、宗親の手を開かせてコルトを握らせ、白い紙切れを側の床に置いた。

連絡を楽しみにしています、栄子。そして電話番号の書かれた紙切れだ。

宗親はうっすらと目を開けて白い紙切れを見た。令子と太田仙介がギクリとして身構えると、宗親の血の気のない頬がニュッとゆがんだ。

唇がかすかに動いた。

「誤解じゃ、栄子は……栄子は……」

笑おうとしたらしかったが、喉が、ぐっぐっと大きく鳴って、どっと真っ黒な血を吐き出した。それっきりである。

「うまく行った」太田仙介は、目を血走らせながらほっとしたように言った。だが令子はむずかしい顔をして首をひねった。宗親は何故、笑おうとしたのだろうか。手ぬかりはないはずだった。

四

令子は一一〇番に電話した。

名前を告げると、ほどなくパトカーがサイレンを鳴らしながらやって来た。制服の警官が型どおり、令子と太田仙介に死体発見の模様など聞いていると、その後から一団の私服が、あたふたと駈けつけて来た。ひどくあわてていた。パトカーの警官の説明もろくに聞かず、彼らはひそひそと相談を交し、栄子という女の死体を担架に乗せて車にはこんだ。

頭の禿げた年配の私服が警官に何事か囁いた。警官は驚いたように私服を見つめ、さっと敬礼した。

そこへ新聞記者の連中が飛び込んできた。だが警官は現場を見せようとしなかった。令子と太田仙介には予期したよりは、はるかに警察の取調べが甘いのが意外だった。

翌日の新聞には、元伯爵でオリエント商事社長の水内宗親が死亡したということだけが小さく出ていた。

自殺したとも何んとも書かれていないし、栄子というコールガールが殺されたことなど、これっぽちも出ていいなかった。だがそれは令子にとっては好都合だった。令子は顧問弁護士を呼んで早速、財産の処分を依頼した。

遺書により数千万円という遺産が令子の懐にころげ込んで来た。いや正確にいうと宗太郎の名儀で、しかも宗太郎が生きている間だけで、もしも宗太郎が死んだら、残った金は聾唖者の施設に献金しなければならないのだ。こうしたら令子がよく宗太郎の面倒を見てくれるだろうという老人の心使いだった。

一方、太田仙介は露骨にどん慾な牙をむき出して来た。令子を脅迫し始めたのである。いい金蔓を見つけたとばかり、金をねだり、惜し気もなく使い果した。生れて初めての豪遊だ。令子が嫌な顔をすると太田仙介はきまってこう毒づいた。

「栄子を殺し、亭主を殺したとサツに届けてやろうか」

「お前だって共犯じゃないか」

「そうとも、だがおれはもう二度も死にそこなった男だ。命なんてこれっぽちも惜しくはねえ。同じ死ぬんなら綺麗なお前さんと一緒の方がいいや。何んていったって、おれを誘いこんだのはお前だ——お前が主犯なんだからな」

自分でも感心するくらい、悪党ぶりが板についてきた。悪知慧がよく廻るのだ。

太田仙介は警察の態度をいぶかしく思った。

太田仙介はコールガールの栄子の身許を洗ってみることにした。

紙切れの電話番号は覚えていた。この前電話した時は栄子が直接出たが、恐らくコールガールを斡旋するクラブの電話に違いなかった。

そこで栄子のことを聞くのだ。

場合によっては一人コールガールを呼んでもいい。

そいつの口から聞き出す手もある。太田仙介はダイヤルを廻した。

「ハイ××署です」

間違ったらしい。もう一度ダイヤルを廻した。

「ハイ××署ですが、もしもし……」

野太い男の声だ。太田仙介は黙って切った。

部厚い電話帳で、念のため、××署を調べると、やっぱり栄子が書いた番号は××署の直通電話のに間違いなかった。

思いもかけない事態となった。

太田仙介はこの謎をどうやって解くのか、困惑するばかりだった。

コールガールと警察。

この対角線にある両者をどう結びつければいいのだ。

太田仙介はこのことを令子に告げなかった。

翌朝、令子はゆうべ泥棒に入られたと太田仙介に言った。

宗親の部屋が荒されていた。書類や本がバラバラに散らされていたが、不思議なことに、純金のメダルや洋服類など、金めになりそうなものは何も盗られていなかった。

泥棒はガレージの高い窓をのりこえて侵入し、そこから母屋に忍び込んだものだ。

一応警察に届けようと近くの交番に知らせたが、やって来た巡査は全然、気乗りせず、義務的にメモをとっていた。

「ガレージから母屋に入れるなんて、誰も知らないはずなんですが……」

令子は不審そうに呟いた。

「前に馘首にした運転手がいるんですよ」

令子が云っても巡査は一向に興味を示そうとしなかった。

太田仙介は漠然と警察の罠（わな）のようなものを感じていた。

太田仙介は巡査が帰ると、こっそりその後をつけた。

巡査は交番で、電話をかけた。

太田仙介はボックスの窓の下にうずくまってきき耳を立てた。

「ああ、もしもし、××署の麻薬特別捜査班ですか……」

巡査はそこで声を落してヒソヒソ話を始めた。

太田仙介には聞きとれなかった。

だが、今度の事件に、××署の麻薬取締りのGメンがからんでいることだけは分った。

コールガールの栄子も一役かっていたのだろうか。

太田仙介は栄子の最後を思い浮かべた。

栄子は何の不審もいだかないで水内家に連れてこられた。

太田仙介は、栄子を宗親の部屋に入れて、令子と殺害方法を再確認し合った。

宗親が酔っぱらってコールガールを引っぱり込み、さんざん弄んだ挙句、誤って殺してしまったという筋書きだ。宗親が、今や正常の営みでは満足せず、女をしいたげ、打ちのめすことによってのみ性の喜びを得るサディストだ、というのは広く世間に知れ渡っていた。

そして歓喜の絶頂に達し、気がついて見ると女は死んでいる。驚いた宗親は自ら拳銃で命を絶ってしまったということになるのだ。

太田仙介は豊満な栄子の肢体を思うがままに犯し、その首を絞めるという役割りを、異常な情熱をもって演じた。

太田仙介が宗親の部屋に入った時、栄子はぎっしり並んだ本棚から本を抜いてペラペラめくっていた。何かメモしている様子でもあった。太田仙介を認めるとあわてて本を元通りに直し、作り笑いをした。その時、何か口にほうり込んだようだったが、太田仙介は気にとめなかった。

いきなり飛びかかっていった。栄子は悲鳴をあげて、太田仙介の腕からのがれようとしたが駄目だった。

「あんたが用があったの……ボスじゃないのね」

栄子の声には絶望的な響きがあった。

太田仙介は反抗する栄子から衣類をひきちぎった。白い裸身がまぶしく映えた、女はそこで抵抗をやめた。太田仙介は欲望をとげ、細紐で女の首を締めた。あっけなく女は死んだ。

太田仙介は異常な昂奮からなかなか覚めなかった。カッカッと血ののぼった頭の片隅で、女が処女であった驚きがちらりとひらめいた。

「何をしてるんだい。交番焼打ちなんて悪い量見を起こすんじゃねえぞ」

ポンと背中を叩かれて太田仙介は飛び上った。ボックスの中では未だ巡査が電話していた。

ふりかえると、そこには瘠せた男がニヤニヤ笑って立っていた。

「やっ！　お前は？」

「あんたの前任者さ。馘になったね」

その男は元の水内家の運転手だった。

「殿様が死んだそうだね。お可哀想に……じゃ、アバヨ」

男はふりむきもせずに立去っていった。

五

令子は掌を返したように宗太郎に気を使い出した。この子が生きている限りは、水内家の財産が自由になるのだ。宗太郎が一人でふらふらと庭に出て線路の方に行こうとすると、令子は激しく叱った。宗太郎は悲しそうに首をうなだれた。決して泣かない子だった。だがなんといっても子供だ。それに知能も遅れている。女中や令子の目を盗んでは線路に出ようとする。

その日もそうだった。ちょっと宗太郎の姿が見えないので、令子は気になって庭に出て見た。「アッ!!」令子は気狂いのように走り出した。宗太郎は、線路に上って、無心に石ころをいじっているのだった。

「宗太郎!!」

令子は庭下駄を捨てて裸足で走った。警報機が赤く点滅して鳴り出した。

「危い、坊や」トンネルの入口で工事していた線路工夫たちも、宗太郎の姿を認めた。大声で叫んだが、宗太郎は一向に気づかない。何をするつもりなのか、石ころを一つずつ積み上げては崩している。

ふっと宗太郎は顔を上げた。母親が髪をふり乱して走ってくるのを見た。電車はトンネルを抜けダークグリーンの車体を大きく現わして轟然と向ってくる。宗太郎はすっくと立ち上り、電車に向って両手を高くあげた。

電車を停めようとするかのようだった。無論、運転士は警笛を鳴らし、急ブレーキをかけた。だが間に合わない。

あっという間に宗太郎の小さな体は鉄の車輪にまきこまれていた。

「アーッ」令子は立ちすくみ、両手で顔をおおったまま、へなへなとその場に崩れ落ちた。屋敷から太田仙介が飛んで来て、線路の横に、はね飛ばされて丸くなっている宗太郎を抱き上げた。

附近の人々が集まって人垣を作った。

太田仙介は正体のない宗太郎の体をしっかりと抱いて屋敷に戻った。

宗太郎は死んでいた。つぶらな目を一杯に開いていた。唇から細く血をたらしているだけで、苦しそうな表情は少しもなかった。呼ばれた医者は、何故か宗太郎の傷は大したことはない。軽い脳震盪を起しただけだと警察に届けた。

翌日の新聞にはだからその件については何も書かれなかった。その日の紙面で変ったものと言えば、精薄児の保護施設から、六才の男の子が行方不明になった、という小さな記事がのっていたが、誰も注意しなかった。

恐らく大多数の読者は三面のトップにでかでかと書かれた麻薬の一斉取締りの記事に興味を引かれただろう。コールガールを使ってばらまかれていた覚醒剤の密輪の一味は、警察が手に入れたメモによって一網打尽に捕えられたのだ。そして人々は、その秘密組織のボスが元伯爵で、粋人の誉れ高い水内宗親であったと知ってあぜんとした。

宗親は数十人というコールガールを蔭であやつって、禁じられた覚醒剤を高く売りつけていた。その覚醒剤は宗親の自宅のぎっしりつまった本の頁の間から多数、押収された。

　かねて水内宗親がくさいと睨んだ××署では麻薬特別捜査班を結成し、班員の某巡査の妹をコールガールの組織にもぐり込ませ、宗親に近づけて情報を得ようとした。だが栄子と変名して宗親に近づこうとした彼女は、無残な死体となって発見された。

　ところが解剖の結果、胃の中から消化されない紙切れが現われ、麻薬は水内家の本棚の本の頁をくりぬいて隠されていることが分った。彼女が危険を感じてのみ込んだものであった。

　特別捜査班では、馘首された水内家の元運転手の協力を得て深夜、水内家に潜入し、証拠物件を押収すると共に、一味の名前を書いたノートを手に入れることに成功したのだ。

　警察では、宗親の妻が太田仙介と共謀して栄子と宗親を殺したことは知らない。栄子は正体がバレて宗親に殺され、宗親は捜査が身辺に近づいたのを知って自殺したと信じていた。だから令子も太田仙介もその限りにおいては危険はなかったのだ。

　だが、あくまでも貪欲な二人は宗太郎の死をひた隠しに隠し、身代りに似たような精薄の子供を保護施設からさらって来た。

　宗太郎の死が公（おおやけ）になれば、即座に遺産は、弁護士の手によって薄幸な子供達の施設に献金されてしまうのだ。もう令子と太田仙介は離れようにも離れられない、くされ縁で結ばれていた。女中も解雇し、機会を見て広大な屋敷も売り払って高飛びする気である。

　しかし、そううまく物事ははこばない。

　麻薬でもうけた宗親の財産はあらかた国に没収される運命にあるのだ。そうなったら薄馬鹿な見知らぬ他人の子供をかかえこんで、二人はどうしようというのだ。

　宗太郎の命を救った美挙を認めてウエスト観光では太田仙介に復職するよう申出たが、太田仙介は鼻にもひっかけなかった。

　踏切りで一時停車を怠ったばかりに、人の運命はこうも変るのである。

　太田仙介は坂を転がる雪ダルマのように、悪徳に身を太らせながら、地獄に向って落下していくばかりだった。その行手にはもう踏切りも警報機もなにもないのである。

愛　妻

　わたしが交通事故で下半身不随となった時、父は加害者に向って、

「嫁入り前の娘をかたわにして、この責任は一生取ってもらいますぞ」

と激怒した。

するると相手の男は、

「そのつもりでおります。ぼくにお嬢さんをください」

と物静かに云って深々と頭をさげたのだった。

この男が、わたしの夫である。

一日中、ベッドに寝たっきりのわたしを夫はよく面倒をみてくれる。

　血の気の失せた青白いわたしの二本の脚を、回復を早めるためだ、と云って一生懸命、マッサージしてくれ、そっと接吻までしてくれるのである。

　この夫の献身的な努力に、わたしの父も母も、すっかり感激し、父などは、

「お前は、いい人の車にひかれて幸せだよ」

と無責任な冗談を云うほどだった。

だがわたしは心の底から夫を信じるわけにはいかなかった。

　いくら自分が車をぶつけた責任感からとは云え、そのために下半身がまるっきりいうことをきかなくなった女を一生、妻として迎えるほどのお人好しが、この世の中にいるだろうか。

　ひょっとすると膨大な賠償金をのがれるために結婚したのかも知れないのだ。

　夫には、およそ係累と名のつく者がいないので、病身の身内を一人かかえたつもりになれば、あとは、どこで何をしようと自由だと考えたのではないか。

　夫は有名会社の課長をしており風采も立派である。

　強いて欠点を云えば、口数が少なく、めったに笑顔を見せないことだが、これも見方によれば、思索的で頼り甲斐がありそうにも思える。

　夫は自分の過去について語りたがらなかったが、わた

しがひそかに探偵社に調べさせたところによると、籍こそ入れてなかったが、れっきとした妻がいたことが判明した。

だがその女は若くして癌で死んでいた。

近所の人の話では夫は、その病人に、つきっきりで看病し、死んでしまうと、その遺体を引きとって三日三晩、部屋にこもって外に出ず、火葬場でも、いつまでも柩にすがって泣いていたそうである。

この話には、さすがのわたしも涙をさそわれた。夫は真底から心の優しい人だったのである。わたしは夫を疑っていたことを深く恥じた。

わたしはいつか夫を愛するようになっていた。

父や母や友達も、わたしが幸せだと知ると、あまりよりつかなくなった。

わたしは夫を愛するようになると同時に、夫に対して申訳ない気持で一杯だった。

女としてはまるっきり用をなさないわたしなのである。

「こっそり浮気なすってもよくてよ」

わたしが云うと、夫はきまって、

「何を云うのだ。ぼくの愛しているのは君だけだよ」

怒ったように云うだけだった。

「そんなつまらないこと考えるくらいなら、これを飲んで、ぐっすり眠ることだね」

わたしは、夫が作ってくれる特製の睡眠薬を飲んで眠ることになっていた。

交通事故の後遺症では、まず心の安静が第一だと云われていたからである。

ある日、ふとわたしは、いたずら心をおこし、夫がわたしを眠らせておいて何をしているのかと考え、薬を飲む真似をして眠ったふりをしたことがあった。

その時、夫がわたしに何をしたか、とうてい、わたしは恥かしくて話をすることが出来ない。

ただ、おぼろげに分ったことは、夫は、確かにわたしを愛していた。

いや正確に云えば、意識のない、わたしの体、特に神経が麻痺して死んでいるのも同然な下半身を狂愛していたということであった。

わたしには夫が以前に癌で死んだ妻の体と三日三晩、過したという謎が解けたのだった。

夫は、わたしの体が健康になることなど、これっぽちも望んでいなかったのである。

いや恐らくは心待ちに、わたしが死ぬことを望んでいるのである。

そのための手も、着々と打っているのかも知れないのだ。

そして悲しいことには、わたしが物云わぬ死体となった時にこそ、より夫を喜ばせることが出来ることが分ったのである。

わたしは念のために、もう一度、探偵社に頼んで夫の前の妻の死因について調査させたところ、たしかに癌ではあったが、病人が自分を癌だと知ったショックが、死を早めたものであることが分った。

誰がそのことを知らせたのか――わたしの黒い疑いが拡がり始めた時、夫は悲痛な顔でこう云ったのだった。

「君の病気は必ず直るんだからね。誰が何んと云おうと直るんだよ。けっして不治の病ではないんだ。気を落さずに、生きる望みをもって頑張るんだよ」

それから、わたしの体は、自分でもはっきり分るくらい急激に衰えていった。

そして夫の看病ぶりは、ますます手厚く、不自由なわたしの体を文字通り一日中、やさしく撫でさすってくれるのだった。

もはや、夫の作ってくれる睡眠薬のお世話にならなくても、一日中、意識の定まらないもうろうとした状態であった。

そんな状態の中での夫のやさしい愛撫と、愛の言葉が、わたしを云い知れぬ甘美な世界へさそい込んでくれるのも事実だった。

それは、吸血鬼に魅せられた乙女の、自分ではどうすることも出来ない妖しい心のときめきと悪魔が囁く、黒い陶酔に似ていた。

その夜、遅く帰って来た夫は、いつになく浮々した気分で、しかもそれを無理に押し殺したような奇妙な表情で、

「ねえ君、ぼくは、これから重大な用があって出かけなければならない。この薬を飲んでゆっくりやすみたまえ。病気の君にはショックすぎる話なのでね。詳しいことは、もう少し君の病気がよくなってから話してあげようね」

そう云うと、いつもより色の濃い飲み薬をわたしの枕もとにおいて、そそくさと出かけて行ったのだった。

その薬を一気に飲んだわたしは、自分の体が、ぐるぐると深い海の底に引きずり込まれていくのを感じた。

その白濁した意識の中で、耳もとのトランジスタラジオが夫の名前を云っているのに気がついた。

それは夫の運転していた車が若い女をはねて重傷を負わせたというニュースであった。

わたしは、結婚してから始めて、その見知らぬ女に激しい嫉妬を感じた。

だが、もうすべては終りであることを、わたし自身が一番よく知っていたのだった。

公開放送殺人事件―一枚の写真―

（一）

わたしは天月啓（あまづきけい）をゲストに呼ぶのは反対だった。なるほど天月はバイオレンス作家として著名ではあるが、とかく問題の多い人物である。クレー射撃の名手で、世界各地に狩猟に出かけるのはいいとして、各種の拳銃をコレクションしているらしい。今世間で騒がれているモデルガンについても、所持しているだけではなく秘かに改造しているらしいとの噂もある。それに最近では彼の小説のあるものがアメリカの作家のものの剽窃であると叩かれたりした。

その天月啓をわたしが担当している「覚えていますか」と云うテレビクイズ番組のゲストに出そうと若宮君が提案したのである。

若宮君はわたしのアシスタントディレクターで、数年前、この「世界テレビ」に入社し仕事が面白くてしょうがないという時期である。

見るからに溌剌とした好青年で、時々わたし達古い者には考えつかないような斬新なプランを立て、わたしは割合とその才能を買っているのだが事天月啓に関する限り素直に賛成出来なかった。

「覚えていますか」と云う夜のゴールデンタイムの番組は著名人をゲストに迎え、その人に何んらかのつながりがある人と対面させてその人を思い出させようというクイズショーである。一目見て直ぐに当る場合もあるし最後までもたつき司会者に説明されて始めて思い出しアッと驚くような場面もあったりしてけっこう視聴率も高く世界テレビの人気番組の一つになっている。

内輪話をいえばゲストに内緒で、なるべく当人が忘れているような、それでいて種を明かされれば感銘もひとしおといった、そんなつながりを持つ人を探すのが骨であった。

「天月啓が不適当だと云う理由はなんですか」若宮君はわたしが賛成しなかったのが不満らしく強い言葉で反問してきた。

「問題のある人だからとおっしゃるんでしょうが、ぼくの提案するのは十年前、彼がA文学賞を受けた〝哀愁の湖〟のモデルと会わせようと云うのです。御承知だと思いますが、彼は元々は純文学志望でした。抒情あふるる〝哀愁の湖〟で文壇にデヴューしたのです。そのヒロインのモデルが見つかったのです。島根県の人で青木公子と云うんですが、あれからずっと天月とは会っていないんですから面白いと思います。今の天月のバイオレンス小説しか知らない人々は、天月がかつては、こんなにも美しい恋を語った事があったのかとびっくりすると思うんです」

若宮君はそれが癖のちょっと唇をつき出して駄々っ子が不平を云うような喋り方で云った。

わたしはこんな若宮君を見る度に三十年前のわたし自身の姿を思い出さずにはいられない。わたしが放送の世界に飛び込んだのは昭和二十年代の後半、テレビは実験放送の段階でラジオの全盛時代だった。

わたしはラジオドラマの演出、バラエティ番組の構成演出などを担当、その後テレビが普及すると、テレビドラマ、クイズ番組など幅広く担当して今日に至っている。

そして、その頃の仲間の多くは全国ネットを張る地方局の主脳として重きをなしている。放送の現場にとどまっているのは、わたしぐらいのものである。

わたしとても世間が考えるような出世はしたい。だがあまりにも仕事に執着しラジオからテレビと目まぐるしく変って行く放送の進歩に負けまいと現場にしがみついていた結果、わたしは到頭、現場から足を洗いそこねてしまったのだ。勿論、髪の毛のほとんどが白くなった今でも、若いプロデューサー諸君には負けない仕事に対する情熱だけは持っているつもりだが、時々わたしの子供のように若い連中から前世紀の遺物扱いされるので情けなくなる。

「面白そうじゃないですか」

文芸部長が若宮君の提案を聞いてわたしに云った。四十才になったかならないか若い部長である。一昔前にはわたしのドラマのアシスタントをしていたが才気煥発、今では優秀な文芸部長である。わたしが黙っていると部長は更に言葉をついで、

「たまにはそんなゲテものを扱ってもいいんじゃないですか。それにモデルガン問題をからませたらどうです。賛成派・反対派の人達も集めるんです。取締当局の人にも来てもらいましょう。改造モデルガンの威力のほどを実際に試してもらってもいい。おもちゃを改造して、それで人を殺せるような威力があるのなら、もっともっと批判されて当然でしょう。天月啓への非難があって当然

でしょう。その意味でも天月啓を出すのは話題にもなるし、いいんじゃないでしょうか」

言葉は丁寧だが、それはわたしに対する命令と同じだ。常に若いプロデューサーの発言をなるべく取り上げて番組を若がえらせると云うのがこの人の主張だ。わたしは渋々と同意せざるを得なかった。そこで出演交渉はすべて若宮君にまかせる事にした。

（二）

若宮君がどう話をつけたかは知らないが天月啓は「覚えていますか」に出演する事を承諾した。芸能週刊誌は恰好の話題だとばかり飛びついて盛んに書きたててくれお蔭でいいPRになった。

公開放送の当日、天月啓は真黒な背広に真黒なシャツ、ソフトも黒というキザなスタイルで現われた。およそわたしの考えている小説家という概念にはほど遠いいでたちだった。

殺し屋を気取ったのだろうがバタくさい天月の容貌に不思議にぴたりとマッチしていたのでわたしは感心した。

天月はまだ三十の半ばのはずだ。

わたしは第一スタジオの副調に位置した。

ガラス越しにスタジオの様子は手にとるように見える。ここからすべてのキュー（合図）を送るのだ。若宮君はレシーバーを耳にはめて舞台の端に立っていた。フロアーディレクターと云って、わたしの指示をカメラマンや出場者に伝える役目だ。

午後七時三〇分ジャスト。

本番スタートである。軽快なテーマ音楽にのって、人気者の司会者が登場する。

若宮君の右手が上る。一斉に拍手が起る。

そして天月啓の出番になるのだ。司会者は天月が日本のバイオレンス小説の第一人者であるともちあげ、だがそもそもは純文学の作家としてデビューしたのだと紹介した。そして司会者がスマートに手をさしのべると、一人の女性がステージに向って左の下手（しもて）から姿を現わした。

この女性が天月とどんな関係があるのかを当てるのだが、会場の観客にはポスターでテレビを見ている人にはパターンが挿入されてあらかじめ知らされることになっている。この女性が十年前に島根県の松江、宍道湖のほとりにある旅館の従業員をしており、たまたまそこを訪ずれた天月啓と愛し合うようになり、その二人の秘められた恋をテーマに天月が〝哀愁の湖〟を書き上げたと云うのだった。

そしてその信憑性を証明するために一枚の写真が写し出された。和服姿の彼女が天月啓と並んで湖を背景にして立っている。二人は恋人らしくぴったりと肩をよせ合っていた。

その彼女が舞台に現われると、天月は瞬間とまどったような驚きを示した。知っている人に不意に逢ったためか、あるいはまったく見知らぬ人だったので当惑したのかは分らなかった。

とその時、バタバタと足音がして突然一人の男の子が舞台の袖から飛び出してきて天月の前に向い合うような恰好で立った。

天月は女と子供を交互に見較べてしきりに首をひねった。女は三十になるかならないか色白のととのった顔立ちで清楚な身なりをしていたが、どこか華やかな雰囲気があった。

男の子は十才前後だろうか。年令の割りには背がひょろりと高かった。西部劇のカウボーイそっくりのいでたちで腰のベルトにホルスターをつけそれには小型のピストルが納っていた。長い顎紐のついたつば広の帽子をあみだにかぶったあたり、こましゃくれた感じだがけっこうさまになっていた。今子供達の間でこうした西部劇スタイルがはやっているかどうかは知らない。

「おいあの子は何んだ」

わたしは思わずどなった。

青木公子の事は知っていたが、彼女が男の子を連れてくるなどとは、若宮君はわたしに云わなかったはずだ。舞台でも若宮君が慌てて手まねきして男の子をそでに呼び戻そうとしていた。どうやら彼にとっても予定外の出来事だったらしい。若宮君は少年のそばに駈け寄り、耳許に口を寄せて舞台から去らせようとしたらしかった。

すると男の子は、いきなり腰のホルスターからピストルを抜き、子供にしては長い指で、くるくるっと器用に銃身を廻して見せた。

お客は喜んで一斉に拍手を送った。

「ほう」天月啓が感心したように呟いた。

「ベレッタ三八口径だな。モデルガンでも君には重過ぎやせんかな」

天月は長い腕をさしのべて云った。

「おじさんが本格的な射ち方教えてあげようね」

天月はガンマニアだ。たとえおもちゃでも拳銃を見るとじっとしておれないらしい。

「ぼく、巧いんだ」

少年は昂然と胸を張って、幼い敵意をむき出しにした。

「いいから、さあ貸してごらん」

天月の語勢が強くなった。一歩近づこうとすると、男の子はさっと腰を落して拳銃の引金を引いた。

轟然たる銃声が一発二発三発連続してスタジオに谺した。

「アッ」

天月啓は脇腹をおさえて前にのめった。

そしてがくりと膝を折ると、そのままの角度で大げさに床に倒れた。

一瞬の間をおいて客席からは盛大な拍手と喝采が起った。

バイオレンス作家にふさわしいしゃれた趣向だと受けとめたのだろう。

舞台は完全に、この飛入りの小さな西部の英雄にさらわれた感じだった。

だがすぐに少年は若宮君に抱きかかえられて舞台から連れ去られた。

わたしは突嗟に天月啓の上半身のクローズアップを命じた。

ぐっとカメラがズームインする。

瞬間わたしはしっかりと脇腹をおさえた天月の手の指の間から、じわっと、黒ずんだ血がふき出し真赤なカーペットにすい込まれていくのを見たのだった。

お芝居じゃない。わたしはふーっと気が遠くなるのを感じた。

(三)

天月啓はまぎれもなく実弾を三発、脇腹に深々と撃ち込まれていた。直ちに医務室にはこばれたが出血多量のため、間もなく息を引きとった。一言も喋らず昏睡したままの最後だった。スタジオ内の混乱はおさまったが生放送はめちゃめちゃだった。すべてはチーフプロデューサーであるわたしの責任だ。わたしは上司に事態を報告すると共に警察に連絡した。

急行した係官によりわたし達スタッフはスタジオの脇の休憩室に集められた。

その間、刑事達は手分けをして入場していた観客の住所と氏名を控えて一まず帰宅を許した。休憩室にはわたし達と一緒に、青木公子とその子の昭一がしょんぼりと坐っていた。小さなカウボーイはピストルを警察に押収され、手で空のホルスターを無意識におさえていた。

太った主任の警部補に若宮君が要領よく事件の一部始

終を語った。警部補は押収した拳銃を示しながら、

「どうして君はこんなあぶないものを持っていたんだね。これはモデルガンを改造して実弾が出るようにしたものだよ」と不思議そうに尋ねた。

「いいえ昭ちゃん――いえ昭一に以前与えましたのはおもちゃでございます。非常に精巧に出来ていて形はこれとそっくりですがプラスチックの弾が入ったおもちゃでした。ねえ昭ちゃん？」

青木公子が云うと少年は大きく幾度も頷いた。

「ぼく……ぼく知らなかったんだ、本物のピストルだなんて……ぼく本当に知らなかったんだよ……ねえそうでしょう……」

少年はちらりと若宮君の方を盗み見して、すぐに目を伏せた。

「するとそのモデルガンと改造ガンがいつの間にかすり代っていたと云うんですな」

警部補は拳銃をハンカチにくるんで鑑識課員に渡した。指紋の検出とその出処を調べるためである。そして青木公子に事件前後の行動について質問した。公子の話によると彼女は昭一を連れて午後一時に世界テレビに入っている。

休憩室で若宮君が会い色々と放送上の打合せをした。その間、昭一は退屈だったらしくソファーに寝そべったり廊下を走ったり本番前の準備に忙がしい第一スタジオをのぞいたりしていたと云う。

天月啓もその頃来社していたが、本番まで青木公子に会わせる訳にいかないので、別の控室を使った。

青木公子と昭一は五時に美粧室に案内され、公子だけが簡単なメーキャップをほどこされた。その間昭一は一度もガンベルトをはずさなかった。ただいつもよりはひんぱんにベルトがずり落るのを気にしてはいた。警部補はまた、青木公子と被害者の関係を執拗に問いただした。

その結果、公子の口ぶりから彼女は天月啓との対面には積極的ではなかった事が判った。

青木公子は七年前に島根県から上京し現在は新東映画の大部屋住いの女優である。もし会う気があれば、いつでも天月に会えるのだ。それをしなかったのは天月に対する彼女の山陰育ちらしい古風な遠慮からだったのだろうか。

かつて宍道湖畔の旅館に天月が遊び、そこの従業員をしていた公子との間に愛情の交流があったが、それも公子にとっては負担であり、人目をはばかってひっそりと天月と別れて田舎に帰ってしまったほどだった。いつ晴れるともない陰鬱な山陰の空が彼女の心を引っこみ思案

にさせたのかも知れない。

そして数年後、松江市内の新東映画の常設館の主人の紹介がきいて彼女は新東映画撮影所に職を得たのだった。

一方、天月啓は東京に戻ると、彼女とのせつなく淡い恋をテーマにして「哀愁の湖」を書き上げ、純文学誌「A文学」の懸賞に応募して入選、文壇への足がかりを摑んだのだった。

青木公子はひそかに天月の成功を知ってはいたが姿を見せようとせず、従って天月は彼女が上京して大部屋の映画女優をしている事など知る由もなかったという。その彼女を若宮君が強引に口説いてテレビに引っぱり出したというのが真相らしかった。

わたしは警部補の態度から、嫌疑は青木公子にかけられているように思えた。母親であれば昭一のモデルガンを改造ガンにすりかえるのは容易だし、異常ではあるが場合によっては子供を教唆して天月を殺させる事も不可能ではなかった。

「何故あなたは坊やを連れてきたのです。こちらでは予定していなかったそうですな」

警部補はわたしと若宮君を等分に見ながらその点を追求してきた。

「実は、それについては……」

青木公子は面を伏せて言いよどんだ。

若宮君が助け船を出した。

「それはぼくがいいましょう。この人は昭一君をかつての恋人天月さんに見せたかったんですよ」

「どうしてですかな」

「一目だけでも会わせたかったんですよ」

「すると、この坊やは天月氏の……」

警部補は苦労人らしく幾度も大きく頷いた。

「で、その事を天月氏は知っていたのですかな」

「いいえ」青木公子は消え入るような声で云うと深々と首をたれた。

その青くすき通るように繊細なうなじに、わたしは今なお古めかしい忍従の世界に生きている女を感じて哀れであった。

(四)

天月啓の死体から摘出された弾丸は、押収した改造ガンから発射されたものに間違いなかったが銃把、銃身から昭一以外の指紋は検出されず、その出処は全く不明であった。

警察では青木公子の証言により、この母子に殺意はないものと判断したらしく、捜査は一体誰が昭一に改造ガンを渡したかという点にしぼられた。

「天月が生きていれば、改造ガンの出どころも分ったかも知れません。天月は暴力団とのつながりもあり、彼等にモデルガンの改造方法を教えていたと云う情報もあったくらいですからね。それにしてもイタリヤ製のベレッタの改造ガンというのは珍らしいのですよ、本物は日本では一時、出入国管理官が使っていたことがありますが、それほど一般的ではありませんからね」

若宮君はわたし達にそんな話をしてくれた。

「詳しいんだね君も」

わたしが感心していると若宮君の仲間のプロデューサーが口を出した。

「若宮君ときたら何しろアメリカのハードボイルド小説についちゃあ相当なもんですからね。実は去年の秋だったかな、ドラマでハードボイルド特集をやろうと思って天月啓の新作〝汚れた拳銃〟と云うのを選んだんですが、その時、若宮君が、あの小説はアメリカのこれこれと云う作家がペーパーバック（廉価版）に書いたものにそっくりだと教えてくれましてね。早速原書を取りよせて読んでみたら、驚くべし、何から何までそっくりそのままま、ただ人の名前と地名を日本に置きかえただけなんですよ――勿論、放送は取止めましたが、そのあと、すぐに週刊誌や新聞も盗作だと叩きましてね。こっちは危いところを助かった訳ですよ」

「そんな事があったのかい」

わたしは始めて聞くエピソードだった。

「その天月啓が、若宮君の番組に出て殺されるなんざあ、何かの因縁ですかねえ」

石田と云う中堅クラスのプロデューサーがそういって笑った。若宮君はそれが気に入らないらしく不快そうに顔をしかめた。

若宮君が席をはずすと石田君がわたしにそっと耳打ちした。

「事件の起った日の午後ですがね、ぼくは出演者控室の前の廊下で天月啓があのカウボーイ姿の少年と喧嘩しているのを見たんですよ」

「少年と喧嘩だって？」

「喧嘩と云う表現は当らないかも知れないけどとにかく天月啓は少年の腕をつかまえ烈しい句調で何か詰問している風でした。そこへぼくが通りかかったので天月啓は少年を放し、少年はバタバタと逃げて行きました。ぼくはその二人が天月と青木公子の子供だとは知りませんでしたが今思い出すとそうなんですよ」

「何を怒っていたのかな天月は」

「しかもその時、天月はぼくに〝若宮君はどこにいる〟って聞いたんです。ぼくは彼が別の出演者控室にいると答えたんですが、天月の句調はやはり非常に立腹しているような感じでしたね」

わたしは手帳にメモした。

何か役に立つかも知れない。その手帳には、テレビで大きく引のばして使った天月啓と青木公子が一緒に写っている元の写真がはさんであった。

「やあ」わたしは後から肩を叩かれた。

ふりかえると吉岡がいた。古い仲間で全国各地の放送局長を歴任し間もなく停年になる。

その挨拶に来たのだ。

若い頃からダンディでしかもアナウンサー出身というせいもあり女性にもてたものだが、めっきり白髪も皺もふえていた。

こうした放送屋の古手が次々と歯の抜けるように消えて行くのは寂しい限りだ。そしてその代りに今の文芸部長のようにどこの職場でも一流のお偉方になれる能吏タイプの人間が幅をきかせるようになるのだ。テキパキと仕事は片づけるが、わたしなどに云わせると、どうも人間味が薄くうまみがない。

「いよいよこれだよ」吉岡はおどけて手で自分の首を切る真似をして笑った。

ふとわたしは、つい先年まで彼が世界テレビのネット局である松江の放送局長を長い間していたのを思い出した。

わたしは手帳にはさんだ写真を示した。

「この写真見覚えがあるかね」

「どれどれ、ふーん、この女仲々いいじゃないか、清楚だが、一度燃えると手がつけられんタイプだ」

女には目のない男だ。

「すぐこれだからな――この二人、本当に知らないかね」

「知らんね」

「そんなはずはない。背景は宍道湖なんだがね」

「松江か――さてね」

「男は天月啓」

「作家のか、うん思い出した」

「女をか」

「そうだ、こりゃ確か八雲旅館の娘だな」

「八雲旅館？」

「そう、宍道湖のな、大橋のたもとにあるんだがね、古い旅館だ」

「そこの従業員なんだがね」

「従業員じゃない、娘だといっているんだ」

どうやら吉岡の勘違いらしかったが彼はあくまでも娘だと主張して譲らなかった。

「文学少女でね。地元の放送劇団で芝居もやっていたはずだ。名前は忘れたが、あそこの娘だぜ——何だったら松江の局に聞いてみろよ、誰だって知っているさ。そういえば、小説家といい仲になったとか、小説のモデルになったとか、そんな噂もあったね。とにかく美人だったからな。もっとも山陰はそうじて美人の産地でね……」

わたしはこの辺で会話を打切ろうと思った。女の話になるとうるさくて際限のない男だ。

「だがその娘は、確か東京に出てきたはずだ」

「そうなんだよ」

「そして何でも死んだらしいな、そんな噂を聞いた」

「死んだって」わたしは驚いた。

「と思ったがね。あるいはおれの記憶違いかな、だがそれよりも何んだね。この写真……」

わたしは簡単にいきさつを話した。

「そうかい。今でも新東映画の大部屋にね。じゃおれが聞いたのは思い違いかね」

そういいながら吉岡はなお釈然としないらしく首をひねった。

(五)

天月啓は一人住いだったので遺骨は北海道に住む唯一の身寄である母親が引き取りに来た。

道楽者でさぞ皆様に御迷惑かけたでしょうが、何分親子の縁を切っていたような次第でと、働き者らしい素朴な母親はぶつぶつ云いながら、それでも丁重に頭をさげて帰っていった。

わたしは何故か旧友の吉岡の言葉にひっかかるものを感じ、わたしなりに事件の裏面を探るために、青木公子とその子供に会う必要を感じていた。だがその前にやっておくことがあった。

わたしは松江の放送局に電話を入れた。今年の春の異動で本社から転勤していった藤原と云うプロデューサーが出てきた。

「チーフこの前の放送は大変でしたね」早速おくやみを云われてしまった。

「その件で頼みたい事があるんだが、誰かその辺に地元の人いないかね」

藤原君は制作部の事務をやっているという出雲弁の人と代った。

その人はかなりの年輩らしかったが、天月啓が松江に来た頃の様子を親切に教えてくれた。小説〝哀愁の湖〟のモデルについては、

「……彼女はですね。八雲と云う旅館の娘ですが、今の八雲旅館とは違うんです、つまり今の主人はその頃番頭をしていたんです」

「やっぱり女中さんではなくて娘さんだったのですね」

「そうですお嬢さんでしたよ。それで天月啓と仲よくなったんですな――天月はその頃、原稿はさっぱり売れず失意のどん底だったらしいんです。昔から小泉八雲に憧れていてそれでふらりと松江にやってきたらしいんですが、うちの放送局にも原稿を買ってくれと云って来ました。ええ確か二、三本ドラマを頼んでローカル放送で出したはずです。それでわたしもよく覚えているんですよ、そのドラマに彼女も出演していましたからね」

「つまり青木公子ですね」わたしが念を押すと相手は、

「青木……公子ですって、そりゃ誰ですか」

聞き返してきた。

「天月啓とねんごろになった旅館の娘の青木公子ですよ」

「青木……公子、ああこの前のテレビに出た女の人ですか。あの人が〝哀愁の湖〟のモデルなんですかねえ、こちらで噂していたのとは違うんでおかしいなとは思っていましたが」

「違うんですか」わたしは思わず叫んだ。

「八雲旅館の娘は百合――若宮百合さんって云うんですがね、うちの劇団にいた美しい娘でした、確かその弟がそちらの本社に入社しているとか聞きましたが……」

「じゃ若宮五郎君の姉さんが天月と……」

わたしは話の意外さにしばらくは言葉も出なかった。

「でその若宮君の姉さんと云う人は今、どこにいるんです」

「東京に出たんですが、死んだとか聞きましたが――とにかくもう八雲旅館も番頭の手に渡っているような訳で、その後のいきさつはこちらでは分りません。むしろ百合さんの弟さんがそちらにいるのなら、弟さんに聞くのが早いんじゃないですか」

云われるまでもなかった。わたしは青木公子よりも何よりもまず若宮君に色々と聞く必要を認めた。わたしは彼とここ二、三年一緒に仕事をしながら、彼について殆

んど何も知っていない事に気がついた。出身地もそうだが、家庭の事情も一向に知らず姉がいたなど無論初耳であった。

わたし達の職場では昔と違って、そんな個人的な話を親身になってする習慣は失われていた。必要以外には飲みに行くこともないのだ。

わたしは若宮君をそっと呼んで聞くと、彼は何のわだかまりもなくこう説明した。

若宮君には確かに百合と云う二つ年上の姉がいた。松江の放送劇団で芝居していたのも事実だ。ただ違うのは姉は天月啓とは何の関係もなかったと云う。

天月が十年前、八雲旅館に泊った頃は若宮君一家は経済的なピンチに見舞われていた。

母親が急性肺炎で死に、父親も中風で寝込んでいて、既に東京の高校に行っていた若宮君の学費もとだえがちだった。それはともかく天月啓はある晩、住込みの従業員をしていた当時十九才の青木公子を部屋に引っぱり込んで無理矢理に犯してしまった。青木公子は中国山脈の奥にある木次(きすき)と云う町から出て来たばかりの娘で色白の美しい娘だった。公子から事情を聞いた百合は天月を責めたが一向に埒があかず青木公子は泣く泣く田舎へ帰ってしまった。

それから間もなくだった。天月啓は〝哀愁の湖〟を書き上げてA文学賞を受けたのだった。松江の人々は、小説の美しいヒロインを百合だと誤解した。確かに百合は天月と親しく、彼の書いたラジオドラマに出演したりしたので人々が誤解したのも無理はなかった。

たまたまその時百合には地元の資産家の息子との縁談がもち上っていたが、そうした無責任な噂のお蔭で破談となった。

その間に父親もこの世を去り旅館を経営していく上の必要もあって百合はその縁談に乗気だったので受けたショックも大きかった。百合は旅館を番頭夫婦に譲り単身上京してしまった。それをまた、天月の後を追ったかのように古風な城下町の人々は噂し合ったのだった。

「それから姉は〝プランタン〟に勤めながら僕の高校、大学の学資をかせいでくれたんです」

若宮君はしんみりした調子で云った。

「〝プランタン〟ってあの有名な銀座のバーかい」

「そうです」

〝プランタン〟なら一流中の一流だ。そこのホステスなら弟の学資も出せたであろう。

「でも姉は四年前僕がここへ入社する直前に交通事故で死んでしまいました」

「交通事故で死んだ?」

わたしはおうむ返しに云って後の言葉につまった。わたしがじっと若宮君の顔を見つめると、

「青木公子ですが……」

若宮君は話の先を急いだ。自分達の不幸な過去にはあまり触れられたくないという気持だろうか。

「田舎へ帰ったっきり音信不通だったんですが、ついこの間、全く偶然に彼女が新東映画の大部屋にいる事を知ったのです。彼女こそ天月啓とは深い関係にあったのですし、世間には内緒にしているらしいのですが、天月の子供もいるんです。この子のせいで彼女の天月に対する憎しみもいつか消えていた訳です。それどころか、一目でいい本当の父親である天月にその子を見せてやりたいと思うようになっていたのです。

そこでぼくはこの際、彼女と子供をクイズショー〝覚えていますか〟の舞台で天月に会わせてやろうとしたのです。僕の姉にふりかかった不当なスキャンダルをこれで清算してやりたいという個人的な気持もありましたが――あんな結果になって番組はめちゃめちゃ、チーフには申訳ないと思っています」

なるほど、これで若宮君が天月啓を番組に出したがった理由がのみ込めた。

この番組はかつてある有名な女優と行方が分らなかった実の父を対面させて評判になった事がある。その父親は女優が幼い頃、母と彼女を捨てて他の女に走ったのだが、やはり娘の事は忘れられず、彼女が成長して映画に出るようになると、その映画を一本もかかさずに見ていたと云うのだ。わたし達はその父親を九州の片田舎に探し出して女優と対面させたのだ。

若宮君はそのときの成功を再び夢見たらしいのだ。こうしてわたしには天月啓をめぐる幾つかの人間関係――若宮君とその姉の百合、青木公子とその子の昭一――のあらましは飲みこめたがそれは事件の解決にはならなかった。この中の人間のいずれにも天月に対する殺意はなさそうだし何よりも改造ガンの出処が不明だった。現実に天月啓を射殺したのは昭一少年だが、十才の少年には刑事責任はなく、かつ殺意も認められない以上、少年のモデルガンを改造ガンにすりかえたものが真犯人ということになる。

太っちょの警部補はその後もちょくちょくテレビ会社に姿を現わし、わたしや若宮君と雑談して帰っていった。警部補は昭一の玩具の拳銃を改造ガンとすりかえたのは世界テレビの建物の内部で行われたとふんでいた。わたしは雑談のあいまに、ふと石田プロデューサーが事件

の当日、廊下で見かけた天月と昭一の件を持ち出した。

「本番が始まる前ですな」警部補の眠むそうな細い目がきらりと光った。

「すると、こうは考えられませんかな。その時、二人――天月氏と昭一君が交換した」威圧するような低い声で云った。

「エッ」わたしは意表をつかれたかたちだった。

「実はね、押収した天月氏の拳銃のコレクションをもう一度詳細に調べたんです。目録が作ってあったのでそれといちいち照合しましてね。その結果、物騒な事に、どの拳銃もどの拳銃もすぐに使用出来るように奇麗に手入れしてあるんですな。ところがその中でベレッタ三八口径オートマチックと云うのだけが玩具なんです。プラスチックの弾が出る精巧なモデルガンの銃身をさらに本物そっくりに加工したもので、一見すれば本物なんですが、あれじゃ人は殺せません」

「すると……こうなりませんか」若宮君が口をさしはさんだ。

「昭一君と天月が廊下でバッタリ出合った。天月はカウボーイ姿で本物そっくりのモデルガンをぶらさげている昭一君に興味を引かれて自分が持ってきた改造ガンのベレッタを見せた。昭一君も天月が持っているのが自分のと同じ型である事を認めた。でも天月のベレッタには銃把に象牙がしこんであって豪華だったので急に、それが欲しくなった。少年はいきなり天月の手からそれを奪った。天月は取り戻そうとした。そこへ石田プロデューサーが通りかかった。少年はこれ幸いと逃げてしまった。天月は困惑した。本番は迫っている。一応僕に知らせるつもりだったかも知れませんがその時僕は別の部屋で青木公子に会っていた。天月は美粧係に連れられてメーキャップをされたりしてとうとうそのまま本番にのぞんだ。ところがナマ中継中、昭一少年を舞台で発見した。願ってもないチャンスです、天月は拳銃を取り返そうとした。少年は嫌だ。思わず引金に手がかかった。拳銃は弾丸が出る改造ガンだった……」

「少年は、本物の弾が出るとは知らなかったと云うんですね」

警部補が聞くと若宮君は自分の推理に確信があるらしく若々しい頰を紅潮させて、

「勿論ですよ――つまり僕の推理によれば、あの事件はこうした偶然の積み重ねから生れたんです、誰が悪いのでもない――いや強いて云えば天月啓が頼まれもしないのに改造ガンを持ってきたのが悪いのです、銃豪作家だなどとおだてられていい気にのぼせ上っていたのが悪いのですよ」

苦々しく云うのだった。

「なるほど、興味ある推理ですな、それで改造ガンのベレッタが少年の手に渡ったのは分ったが、じゃあ少年の持っていたモデルガンは一体どうなったんですかな。まさか、それが天月氏のコレクションの中に紛ぎれ込むわけはないでしょう、時間的に云ってね。全く分らないことばかりですな、この事件は」

太った警部補はぶ然とした面持で、まばらな不精髭ののびた丸っこい顎をさすった。

(六)

若宮君の事件の推理は一応人を納得させるものがあった。警部補も強いて反対しなかった。そして警部補が引き上げると若宮君は直ちに行動にうつった。自分の推理の裏づけをすると意気込んで出ていったが、程なく悄然として帰ってきた。青木公子のアパートを訪ねたのだが彼女は昭一を連れて島根県の田舎に帰ってしまったと云うのだ。

もともと年よりは知能が遅れている上に、人を殺したというショックが強すぎたのか少年は以来すっかり精神不安定の状態となりひとときも母親の側を放れようとしないので、これでは彼女の仕事にさしつかえると云うので、島根県の木次町にある実家に托ける事にしたらしいのだ。ところが何が幸いするか分らぬもので青木公子は事件のお蔭で、大部屋俳優では異例の抜擢を受けて主演の映画を一本とる事になったという。

死んだ天月啓の「哀愁の湖」を映画化すると云うのだ。

このあたり抜け目のない活動屋さんらしいが、その原作料を手にした天月の母親は大喜びで、息子はこんな大金を稼いでいたのかと驚いていたそうだ。

恐らく天月にとっては死んで始めての親孝行だったのだろう。

新東映画ではすでに脚本が完成し、公子が子供を実家に托けて帰るのを待って直ちにクランクインすると宣伝に大わらわである。ジャーナリズムもちょっとした青木公子ブームを煽りたてた。どうして世間は、こうした犯罪にからむ女性をせんさくするのが好きなのだろうか。

だがわたしは反対に、事件に対する興味を失っていった。ネタがわれて見れば案外、つまらない事件に思えた。

刑事責任のない少年が誤って改造ガンを発射して人を殺した——その拳銃は被害者が非合法に改造してもって

いたものでこうなると犯人は不在といってもいい。

わたしは再び忙しい自分の仕事に戻った。

そんなある日、わたし達古い連中ばかりが集って停年退職する吉岡のための宴会を開いた。吉岡は長年に渉る地方局長時代の道楽が身を助け、郊外のあるゴルフクラブの支配人という職につく事になった。そのせいかとかくしめっぽくなりがちの、こうした会とは違ってはなはだ陽気なものになった。

盛んに気勢をあげてバーをはしごした。

そして何軒目かのバー〝プランタン〟になだれ込んだのはもう深夜に近かった。

ふと、わたしはテーブルについた女の子に若宮百合を知っているかと尋ねてみたが無駄だった。こうした処の女は入れ代りが激しい。

わたしはそれ以上追求しなかったが、その子が告げたと見えて和服のよく似合う美しいマダムがやって来て、

「世界テレビの方々ですね」

マダムはわたし達の上着のバッヂを見て云った。

「百合さんの事で何かお尋ねだそうですが、あの子は本当に気立てもよくて申分のない子でした。うちのナンバーワンだとよく云われたものでした」

「何、ナンバーワンだと」

酔い潰れてテーブルに顔を伏せていた吉岡がむくむくと鎌首をもたげた。酔っていても女の話になると気がめるらしい。

「天月啓が死んだので百合さんもやっと浮かばれる事でしょう」マダムは誰にいうともなく呟くと、帯の間から一枚の写真をとり出した。

「これがわたしと二人でとった百合さんの写真なんですよ」

すると吉岡が顔を近づけ
「おお、こりゃ松江の旅館の娘だ——確かにそうだ」

「これが百合さんの写真?」わたしにはちょっとこだわるところがあったがマダムは意に介さず話を続けた。

「一ぺん誰かに聞いて頂こうと思っていたのです……」

マダムの話によると、若宮百合は、九年前にこの店に入ったが、そこでちょいちょい文学雑誌に書くようになった天月啓にしつこく、つきまとわれる破目になった。

百合は美貌であったから他にも彼女お目当ての客は多かったがその中でとりわけ天月啓はずうずうしく強引に口説いていたと云う。

「おれは百合の、松江時代から知っているんだ」

それが天月の口ぐせだった。しかし百合は
「あんな男、死んでも嫌だわ」と云っていたという。

だが不思議な事に、それほど嫌った天月なのに、百合は何故か、天月の云いなりになっていたという。

「哀愁の湖」でデビューした天月だったが、その後はこれと云ったきめての作品もなく、そんなあせりもあったのか、支払いに苦労しながらも〝プランタン〟に現われては百合を相手におだをあげていたらしい。そしていつ頃からだろうか。天月啓は突然、彼のホームグラウンドである純文学とはがらりと変ったアメリカ風のハードボイルド小説を引っさげてジャーナリズムを席捲し始めた。そしてあっと云う間に流行作家の列にのし上ったのだった。元々態度が大きいのが流行作家になるとそれが鼻につき、大勢のとりまきを連れて〝プランタン〟に現われ勝手なふるまいをするようになった。

「あんな嫌な奴とは別れてしまいなさいよ」

マダムや同僚が忠告すると、百合は、よく分っているんだけどちょっと事情があるのでと言葉を濁した。

そんな関係が数年続いた。百合は天月から情婦のような扱いを受けそれに甘んじていた。そして百合が自動車事故で死ぬ数日前、百合が珍らしく天月に面と向って激しい怒りをぶちまけたことがあった。

カンバンになる前で客は少なかったが、百合のヒステリックな声が皆んなを驚かせた。

「裁判してでも話をつけてやるこの泥棒め」

「ふん馬鹿を云うな、誰れが相手にするもんか。それにそんなことをしてみろ、こっちだって、洗いざらいぶちまけてやる、お前と弟のことをな」

マダムはそんなやりとりを遠くから聞いたと云うが、それから数日後、百合は自宅附近で自動車にはねられて死んだのだった。引き逃げしたのはどこの誰れとも分らず、事件はうやむやの中に葬り去られた。深夜の事で目撃者が一人もいなかったのが不幸だったが、マダムは、どうも天月がくさいと云うのだった。何故なら、いつもは、どんなに酔っても天月が自分で車を運転して百合を送るのに、その日に限って送っていないと証言し、事故当時のアリバイも用意していたが、そんなものとりまきの連中に口裏を合わせさせれば造作もないことだというのだった。

わたしは酔った頭でマダムの話を整理しながら、ふと若宮君は何故、この事をわたし達に黙っていたのだろうと疑問をもった。「哀愁の湖」のモデルはともかく、百合は天月啓と目に見えぬ複雑な絆で結ばれていたのではないか。それを弟の若宮君は知らなかったのだろうか。裁判沙汰にしても話をつけると云うのは何んだろう。わたしは否応なしにまた、事件の渦中に引き戻されてしまった。

「百合さんは弟さんを大変可愛がっていましてね。こんなところで働くのも弟のためだっていっていました。ハンサムな弟さんで、ある日街で会った時は、まるで恋人かなんかのように仲よく肩をよせ合って歩いていました。わたしは何んだか胸がジーンとしたのを覚えていますよ」

そういったマダムの言葉がわたしの胸にいつまでも残った。

（七）

わたしは翌日、二日酔でズキズキする頭をかかえて神田の「ウェスト」と云う出版社にいる友人を訪ねた。天月啓のバイオレンス小説を数多く出版している会社だ。わたしは百合が裁判沙汰云々と云ったのを天月の小説の盗作問題と関連があると睨んだのだった。それなら泥棒呼ばわりしたのも頷けるのだ。

百合の弟である若宮君は大学では英文学が専攻で外国の小説には詳しいはずだ。しかも天月の「汚れた拳銃」を即座に盗作だと見抜いているではないか。あの時も若宮君は天月の盗作の事実を知り、百合がそれを口実に持ち出したのではないか。つまり盗作云々を公表しないという条件と引きかえに天月と別れたかったのではないか。そのために百合は天月により交通事故に見せかけて殺された、わたしはこんな推理をめぐらした。

だがわたしの秘かな期待はその出版社の友人によって無残にも打ちくだかれてしまった。

「昨年の春頃は、まだ天月啓の小説について盗作だと云うような噂は一向になかった。事実、盗作なんかじゃないレッキとした創作だよ。その後だね、そうだ、昨年の夏に、うちから出した『汚れた拳銃』こいつが徹底した盗作だったのだ。それからだね、書く奴が皆んな問題になったのは。暇な奴がいて天月の小説を一ち一ち調べているらしいが、まあ『汚れた拳銃』以後はオール盗作だそうだ。だけどそれでも結構、彼のものは売れるんだよ、読者にとっては盗作だろうが、何んだろうが面白けりゃあいいんだね。全く不思議な現象さ」友人も首をひねっている。

とにかく、百合が死ぬ頃の天月の作品は外国の盗作でない事は分かった。わたしの失望には構わず友人は更に言葉を続けた。

「死んだから云うんじゃないが、天月って男は変っていたね。実を云うと盗作呼ばわりされる前から、おれ達編集者の仲間じゃ、奴の小説は、アメリカのハードボイルド小説の焼き直しに違いないって評判だったよ。それにまた、一部の編集者の間では天月の語学力は怪しいという噂があってね」

「それじゃ盗作もなにも……」

「彼自身には出来ないと云うんだ。何んでもあるパーティで天月は外人に英語で話しかけられたが、しどろもどろ、中学生だってまだあれよりはましだと云うんだな。第一天月は小学校しか出ていないらしいんだ。本人はW大学を中途退学したと云ってるらしいがね」

「するとどういう事になるんだね」わたしは友人の話につり込まれていた。

「優秀なブレーンがいるんだろうという事になったのさ。つまり蔭武者だ。それ専門に古本屋をあさって駐留軍の兵隊が読み捨てていったようなパルプ雑誌を見つけあんまり有名でなさそうな作家のものを片っぱしから翻訳して行く。それを天月が日本向けに筋をちょこちょこと直していくという手順じゃないかな。ところが売れっ子になって注文が殺到するとついに書き直すのも面倒になり人物の名前と地名だけ変えただけで発表するようになった。その第一作が『汚れた拳銃』だったという訳さ」

「でも最初に、それが盗作だと見破ったのも誰か知らんが炯眼の士だね」

「投書だったよ、おれの社にも来たが、その他、天月の小説を連載している新聞社や週刊誌にもそれぞれ、盗作であると云って原著のタイトルと作者名をそえて投書したらしいんだ」

「それで騒ぎが大きくなったんだね」

「そうなんだ、一時はこれっ切り天月も文壇から抹殺されたかと思ったがね、何しろ昔からどんな人気作家でも盗作呼ばわりされて末を全うしたものがいないものね」

「だが天月だけは例外だったんだね」

「世の中が変ったのさ、何しろすべて偽者が幅をきかせる時代だからね」

「それで投書した者の名前は」

「無名だよ」そう云いながら友人は机の引出しから一通の手紙を取り出した。

「これが問題の投書だがね、何かの時に役立つと思ってとっておいたんだ」

わたしはそれを受け取り、まずその特徴のある筆体に目がとまった。右肩をすべて落した書き易すそうだが癖の強い字である。その瞬間わたしの脳裡に閃くものがあった。この字は、紛れもなく若宮君のものである。かねがね、はたから妙な字を書くなと見ていたのだ。驚いた事に投書の主は若宮君だった。そしてひょっとすると天月啓の蔭武者も若宮君ではなかったのか。天月と姉の百合との関係から見て、まずこの想像は当っているように思えた。

　こうして突破口が一つあくと後は面白いように推理の糸がほぐれていくものだ。わたしは若宮君がかつては作家を志した事もあると笑いながら云った事を思い出していた。百合もそれを知っているので天月に弟の事を頼んだのに違いなかった。天月は若宮君の語学力を買って、低級なアメリカのパルプ雑誌の小説を翻訳させ、それに手を加えて自分の名で発表した。それがうけたので、天月はやがては若宮君を文壇に出すという約束のもとに専門的に翻訳させては、いくばくかの金を渡した。百合が毛嫌いしながらも天月から放れられなかった理由もそこにあったのではないか。だが一向に天月は若宮君の希望をかなえてはくれず、それに反して天月の文名は日ましに高まって行くばかりだった。

　遂に業を煮やした百合は天月を責め、場合によっては裁判に持ち込んでもいいと強い決意を示した。だがそれが仇となって百合は天月の車にひかれて死ぬ破目になった。

　若宮君はその直後、世界テレビに職を得て天月とは一応縁を切ったが、天月はすかさず若宮君の代りを見つけ忙しさにおわれて、遂には地名と人名を変えただけの完全なる盗作を次々に発表するようになった。

　若宮君にはそのネタ本が分っている。忿懣やる方ない若宮君は関係方面に投書してその秘密をあばいたが案に相違して天月啓に致命的な打撃を与えるには至らなかった。

（八）

　わたしは未だ宵のうちに〝プランタン〟に行ってマダムに会った。この前見せてもらった百合の写真を素面でもう一度見たかった。

「確かにこれは百合さんですね」

　わたしはくどいように念を押した。何故なら写真の女はあの青木公子とよく似ていたからだ。

「確かですよ、何んなら他のもお見せしますわ」マダムは奥に引きかえすと別の写真を持ってきた。

「アッこれは」わたしは思わず叫んだ。それはテレビでも使った湖を背景にして天月啓と青木公子が並んでいる写真だった。

「宍道湖だ」

わたしが呟くとマダムは、けげんそうに、

「宍道湖ですって――嫌ですわ、これ奥多摩湖ですわ。裏を御覧下さい」と云って写真を裏がえした。

――奥多摩湖にて　愛しき百合と　啓――

「天月がお店で自慢気に、わたしに見せて忘れて行ってしまったのよ」

と云った。

なるほどこの写真は、天月啓と若宮百合にまちがいない。

すると若宮君が「哀愁の湖」のモデルだと云って連れて来た青木公子とは一体何者なのだ。本当に天月と何んらかの関係があったのか。死んだ百合とよく似た美しい女である事が余計にわたしに疑念を起させた。

吉岡を始め松江の放送局の人も「哀愁の湖」のモデルは八雲旅館の娘である若宮百合だと云ったではないか。

青木公子と云う名は一度も彼等の口から出ていない。本人と若宮君だけが小説のモデルだと主張しているだけで、その証拠と云えばこの写真と同じ一枚の写真だけではないか。

そしてこの写真の女が実は百合だったと云うのだから頭がこんがらがってくる。

わたしは島根県の木次町の役場に電話して戸籍係の老人と話す事が出来た。

老人はひどい出雲弁で愛想が悪るかったが東京からはるばる電話したのだと分ると、掌を返すように恐縮して丁寧に教えてくれた。

青木公子の名前は、ちゃんと戸籍簿に記載されていた。青木松吉とトシの長女で昭一と云う名の子供もちゃんと入籍してあった。父親の名のない私生児だったが老人は知っていた。

「十年ばかり前でしょうかね。松江の旅館に奉公に出ましたんじゃが、そこの息子で東京の高校から休暇で帰っていたのと仲が良うなりましてな。息子の方が年下だということだったが、その息子の子をはらんで帰ってきましたよ、何んでもいずれは正式に籍を入れるという話でしたがそれっ切りですわ。娘は、はたの口がうるさいので子供を生むと東京へ出て行きました。何んでも活動の役者をやっとるとか聞きましたが、大層な出世をしたそうで、今、こっちに子供を連れて戻ってますが、町中の大評判ですて」

受話器をもつわたしの手が小刻にふるえるのをわたしはどうしようもなかった。わたしは電話を切ると大きくため息をついた。わたしには一切の謎がとけたのである。

若宮君は「覚えていますか」に姉を死に追いやった天月啓を引っぱり出し本番中に大胆にも彼を射殺しようと計画したのである。

世界テレビのプロデューサーとなった若宮君は天月啓に半ば強制的に出場を承諾させた。天月にしてもテレビのショーに出るのは嫌いではなかったし、モデルガン弾圧について一席ブッてやろうという気持もあったろう。

若宮君はかつての恋人——と云うにはあまりにもみじめな関係であったが——青木公子とよりをもどして策を練り、彼が天月の家に交渉に行った時、巧みにコレクションの中からすりかえて来たベレッタ三八口径を昭一に持たせ、それで天月を撃つように命じたのだった。

本番の前、昭一を偶然廊下で見つけた天月は自分のベレッタを取り戻そうとしたが果たせなかった。天月にとっては昭一もまた、青木公子も文字通り見知らぬ人であった。何故自分のピストルを少年が持っているのかいぶかしく思ったに違いない。舞台で二人を見てけげんそうな顔をしたのも、もっともな話だった。ただ死んだ百合によく似た女だという思いはあったろう。誰だろうと考える暇もなく、あやつり人形のように若宮君と公子の意志のままに昭一が拳銃の引金を引き天月は射殺されてしまったのだ。

筋書きは若宮君の思い通りにはこんだ。

彼はその後も警察の動きにたえず注意し、捜査の手が昭一に及ぶのを恐れて木次町に母子を帰したのである。

それのみか天月啓が昭一と偶然なきっかけで拳銃を交換したという自説を述べて警察の捜査のポイントをずらそうと計っていた。

このわたしの推理は、何よりもわたし自身を苦しめた。

さらにわたしの心を暗くしたのは若宮君の姉に対する異常なまでの思慕の情であった。

若宮君は小さい時から美しい二つ違いの姉を姉弟を越えた異性として見ていたようだ。

百合もまた若宮君を溺愛した。

この二人のただならぬ気配を知った両親は若宮君を東京の高校に進学させたが、若宮君の姉に対する思慕の情は深まるばかりだった。たまたま休暇で帰った若宮君は姉とよく似た青木公子が従業員として働きに来ているのを見て興味を持った。

若宮君は公子を誘い、公子もハンサムな若宮君に好意を持ち、二人はたちまち一線を越えて、公子は身ごもった。

　そして旅館が潰れて一家は離散、東京に出てきた百合は天月啓と再会し、ベストセラー作家になっていた天月に弟である若宮君を作家にするために協力してほしいと頼み、天月に身をまかせたのだった。

　だが、さすがに天月は作家の勘と云うか、百合と若宮君の姉弟を越えた異様な愛情を感じていたようだ。

　そして若宮君は姉を奪った天月に対する殺意を抱くようになったのだろう。

　そう思うと、わたしは、もう若宮君の顔をまともに見られなくなった。

　だが若宮君は、わたしの気持など、どこ吹く風と何の屈託もなく、忙し気にスタジオを飛び廻っている。

　幸せが一杯といった明るい表情である。

　不思議な事だが天月啓の死は、実の母親も含めて、誰をも悲します事なく、誰にも公平に幸運と希望をもたらしたように思える。

　たった一人わたしという例外をのぞけばの話である。

　事件から三ケ月たち、青木公子の主演する映画も完成間近かだと聞く。封切前から大変な評判で、これで彼女も新東映画のトップスターの座が約束されたと云ってもいいだろう。


「チーフ」

　わたしは若宮君に呼ばれてぎくりとした。

「相談があるんですが」

　深刻な表情だ。わたしの胸は早鐘のように動悸を打ちはじめた。

　ついに来るべき時がきたのだ。わたしは覚悟をきめた。唾をのみ込むと、

「どこかよそへ行って聞こうか」

　喉がひからびて我ながら奇妙なうわずった声なのが分った。若宮君は一瞬、驚いたようにわたしを見たが、すぐにニコニコと笑い出した。

「いいですよ、ここで」

「でも君……」

「いいですよ、いずれ皆さんにも知れる事だし、実は僕、結婚しようと思うんですが」

「何んだって！」

　わたしは、わが耳を疑った。

「そう驚かないで下さいよ、弱っちゃうな」

「結婚って……」

「ええ、相手は青木公子ですが」

「だって君、彼女は既に……」

「こぶつきでしかも、ちょっとばかり年上ですがそん

なの構いません、映画が完成すると同時に発表しようと思うんです」

「うーん」わたしは、張りつめた気持が一時に崩れてしまった。

「それでチーフに仲人をお願いしたいんです。チーフは彼女も御存知だし、丁度いいと思うんです、ねえいいでしょう」

　わたしが言葉につまってどぎまぎしていると部屋の連中が一斉に拍手をした。さすがにてれ臭いのか若宮君はしきりと頭をかいていた。

　わたしには、もうさっぱり若宮君という人間が分らなくなった。

　若宮君は自分の子である昭一少年に天月啓を殺させた犯人ではなかったのか。

　わたしにはもう何がなんだか分らなくなってしまった。

　わたしの推理はすべて間違っていたのだろうか。

　若宮君のけろりとした明るい表情を見て、わたしは仕方なく弱々しい笑顔を返したのだが、その時、あの太っちょの警部補が、部屋入口からじっと若宮君を見ているのに気がついた。

　警部補はわたしの方を向いて自らの両手首を合わせ手錠（ワッパ）をかけられたようなジェスチャーをして、片目をつぶって見せた。

オシドリ綺談

昔々のお話。

ある大国にＳＩＳＯと謂う王様がいた。ＳＩＳＯなどと謂うからには大方、支那かチベット辺りの男だろうが、とにかく権力並ぶ者なき王者振りであった。

ある日、家来のＫＡＮＢＡＫＵと謂う者を召した時、ふと王様は、ＫＡＮＢＡＫＵの懐に白い紙がのぞいているのを見附けた。

それは何んだと尋ねると、彼は、これは、妻からの手紙であり、自分が忙がしい宮仕えのため、滅多に家に帰って慰めてやれないので、こうやって妻が手紙で、かわりに慰めてくれるのだと、鼻の下を長くして答えた。

さぞ面白かろう、退屈しのぎには、もってこいと、王様は、厭がるＫＡＮＢＡＫＵから無理に手紙を取り上げて読むと、真に艶やかな水茎の跡、こもるは、綿々たる夫恋しの妻の思情、見ている王様の方が興奮して、どんな女か、連れてこいと命令する。

やがて参上した件の女は、明眸にして皓歯類稀な美女だったので、王様は思わず舌なめずりをする。

三千の美姫と豪語する己の後宮にも、かかる清艶な美女は居ないと、感嘆おくあたわざる王様は、こう考える。こんな美しい女をＫＡＮＢＡＫＵの如き、ヘボ役人が独占しているなどとは、フラチ千万と。そこで女を王宮に留めて帰さなかった。

あわれＫＡＮＢＡＫＵは、気が気ではなく、どうにかして、女房を取戻そうとするが結局は泣寝入。

一方、女の方も、毎日夫の事を想って泣くばかり。一向にナビかない。

業を煮した王様は、しかしそこは王様家業で、手練手管の妙など心得がないから、もうおろおろするばかりである。女などと謂うものは、皆んな思うままになるものと信じていた王様は、これは不思議と関白のＲＹＯＨＡＫＵにそっと相談した。

女心のデリカシイを御承知ないこの男、早速に「さればかの男のKANBAKUを不具になして見せ給え。思は去りぬべし」などとんでもない事を答える。

王様は、女の見ている前で、KANBAKUを引っとらえ、男の一物を、さっと切り取らした。

いかに女の操が堅くとも、かんじんの道具がなくなったのでは、いかんともなるまい。

王様は、ほくそ笑んで、その晩女の部屋に忍んでいった。

ところが女は、自分の故に、夫が、あのような憂目を見ると、悲しみ、ますます王様を嫌う仕末。

一ふんばり、きばって、ここで女を馬にする度量に乏しい王様は未練気に、女の香のしみた部屋の空気にふれただけで、退去した。

あげくは、関白が、きつい小言を買う事になる。

「お前の言うようにはならぬではないか」

可愛相に王様は、げっそりやせてしまった。

今度こそはと、王様は、女の前でKANBAKUを、ばっさり殺して、沼の中に投げ込んでしまった。

一部始終を、じっと見ていた女は、ニッコリ笑って王様を見た。

さては決心したなと、好色な王様は、我を忘れて、女に抱きついた。

しっかと抱いた女の体が急にフニャフニャになったーーと思ったのは、まとった衣服がするりと女の体を抜けたのであった。

白い、なめらかな肌の色が、雪よりも白く王様の目を、まぶしく射た。

女は、さっと身をおどらせると夫が投げ込まれた沼に、とび込んでしまった。

まだ温い肌着を、両の腕にしっかと抱いて王様は「貞女遂に両夫にまみえずか」ともっともらしく呟いていた。

その後、いつとはなしに、王様は、女の事を忘れていたが、沼の中に、近頃、赤い二つの岩が出来て堅く抱合っているという噂で、忽然として、過ぎし日の恋情が甦がえってきた。

かわいそうな事をした。王様は沼のふちに歩をはこんで悲運の夫婦の霊を慰めようと思った。沼には風にゆらぐ水面を分けて、なるほど大小二つの岩が、相擁しており、その上にまた、二匹の鴛鴦が、さも睦ましげに相戯れている。

相寄り、相擁して夫婦愛の妙技のほどを見せるので、せっかく神妙な気持でやって来た王様は、すっかりアテられ、小石をひろって投げつけたというからアサマしい。するど「鴛鴦飛び上り、羽にて王の首を搔落し淵に飛入り失せにけり」という具合に王様は、もろくも命を落してしまった。

以来、相慕う夫婦を鴛鴦と言いその羽を剣羽（つるぎば）と称するに至ったと古（いにしえ）の本に出ている。

天に昇った姫君

世の中に何も屈託する事がなく、美しい天女の話を、そのまま、そっくり受入れる善良な人々が未だ大勢いた頃の話である。

千葉城の若殿は、京で見付けた傾城の美姫を伴って御帰国になった。

東男（あづまおとこ）に京女を地で行く、似合の二人を、途々の人は、心から祝福し、お伴の家来達の明るい笑顔に守られて、今しも行列は懐かしの城下に差掛っていた。

その時、城内より数人の侍が馬を飛ばして駈けつけて来た。

大殿からの言付けで見知らぬ他国の女を城内に入れる事は出来ないと言う厳しい命令であった。

血気の若殿は歯軋りして口惜しがり美姫はさめざめと、泣き崩れ、家来達は、不粋な大殿の仕打を恨むのであった。消沈し切った二人の様を見て使者に来た侍が、一計を案じ、密（ひそか）に若殿の耳に囁くと、急いで城内に引返して行った。

「大殿様に申上げます。若殿様がお連れになった美姫と申しますのは、真は根も葉もない噂ばかりでございました。若殿様は、お一人でございます」

使者は、こう報告した。

「何、若は一人じゃと。では、なぜすぐ城に入らないのじゃ。女がいないのなら、何の遠慮が要ろう。そのように申伝えよ」

大殿は半信半疑の面持である。

「はっ。実は、若殿様には、あそこで御見物になるのだそうで」

「何をじゃ」

「天女だとか申す者でございます。城下のはずれに御座います一本松の処でございます」

「ほう、天女がな。さぞ美しい事であろう」

好色な大殿は、早速馬を引かせ、自ら出掛けると言い出した。

（※）

肥満した体を窮屈そうに馬の上に乗せて、大殿が来て見ると、今しも、天女が地上に降り立ったところらしかった。

「おお」

大殿は、その余りの美しさに、思わず馬から落ちそうになり、慌てて手綱を引締めたので馬は大きく首を振って、いなないた。

その様子を見て天女はニッコリと微笑んだ。

またしても大殿の心臓はギクリとさせられるのである。艶めかしい笑顔の下には一枚の羅衣、豊かな体の線を薄っすらと透かして見せていた。

衣はと目を上げると、一本松の枝にかけられ、得もいわぬ馥郁たる香りが辺り一面に立込めていた。

側で若殿がニヤニヤと笑っていた。おかしいほど、取りのぼせた大殿は、ぎこちなく馬から降り、羅衣の天女を伏拝み、ぜひ城内にお越し下さるようにと哀願するのだった。

天女は満足そうにうなずくと若殿を従えて城の奥座敷へとお入りになった。

やがて若殿と二人きりになると天女はしっかりと男の腕に抱かれて、首尾よく行った芝居の成果を喜び合った。

夜も更けて来た。美しい満月の夜である。大殿は、そろそろ心配になって来た。こんな夜、天女が突然、天界へ帰ってしまうのではないかと恐れた。

大殿は、そわそわと天女の部屋の外にやって来た。

その時中では若殿と姫君の世にも艶ましいお楽しみが続けられていた。

そんな事とは知らぬ大殿は、おずおずと声をかけるのだった。

「未だ天にはお昇りにならぬので」

すると、すかさず美女の声が、すごく昂奮した色っぽい響きで返って来た。

「もう、さっきから、私は天にも昇る気持です」

眉唾だなどと言う勿れ。とにかく、今もなお千葉市に羽衣松と呼ばれる老松があるのである。

奴隷加虐

(一)

一七世紀から一八世紀に渉る一世紀こそ人道上、許すべからざる、暗黒の時代であった。アメリカ植民地へ、所謂〝奴隷商人〟の鞭に追われて多くの奴隷達が輸出されたのである。

新興の植民地は、開墾や鉱山に多くの労働力を必要としていた。

頑健な黒い肉体を持つアフリカ土人に目をつけたのも、こうした理由からであった。

奴隷商人達は、アフリカの沿岸に基地を設けて、文字通り土人達を狩り獲って輸び去った。

アフリカの奥地から暴力でつかまった奴隷は鎖で繋がれて、海岸まで連れてこられ、小さな船に、押し込められて、アメリカやその他の植民地へ輸出されたのである。

この忌わしい事業に、一番熱意を示したのがイギリスであった。

一七七五年、奴隷制度に対する反対の声が北アメリカを中心として起った時、イギリスの拓務大臣ダートマスは「政府は、全国民にとって、かくも利益のある商業に干渉せんとする企てを植民地側になさしめることを許すわけにはいかない」と宣告した。

これで見る通り、イギリスは真に文明国にふさわしからぬ行為を、自ら認めていたのである。

政府においてすら然りとすれば、実際に、奴隷をあつかった商人達が、いかに非道な暴虐の限りを無力な奴隷達に加えたか、察して余りあるものがあろう。

これだけの予備知識を提供しておいて、〝奴隷加虐〟の恐るべき二、三の実例について語りたいと思う。

(二)

ある時は、彼等奴隷商人の残虐と猟奇の興味は、アフリカの食人種族に向けられた。

自ら手を下す事なくして、奴隷を得るために彼等は、食人種族を味方に引き入れて、奴隷狩りをさせたのである。

食人種の土人達は、温和な土人を容赦なく狩り立て、いくばくかの謝礼を商人達から受取った。

塩、ガラス製品、武器と引きかえに、彼等は同じ肌の色をした黒人達を奴隷商人に売ったのである。

のみならず彼等は報酬の一つとして、商人達から、一定数の奴隷を割当てられ、これを貪り喰うのであった。

白人の商人達の目の前で惨殺し、その肉を喰ったのだと謂う。かくてしばしば食人種の土人は、眠っている平和な村落を急襲し女や子供まで、さらって来て、商人達の奴隷船を満たし、残った同胞を、喰べてしまったのであった。

奴隷商人の中には、この無残な光景に、猟奇の眼を見はると共に、自ら進んで罪のない土人に、殺略の刃を向ける者すらあった。

こうして集められた奴隷達は、海岸で、小さな船に押し込まれ、手足を鎖でつながれた上、首には鉄の首枷がはめられ、それも各々に鎖でつながれ、身動き一つ出来ない状態にされるのが普通だった。

狭まくるしい船底には空気の流通が悪く、その上、大小便はたれ流しと言った具合なので、鼻をつく地獄の悪臭に覆われていた。

しかも看守の鞭は処嫌わず振り下され、皮の靴が、横腹を蹴上げるのである。

食物は殆んど与えられず、代りに看守達の罵倒と私刑(リンチ)が与えられるだけであった。

こうした奴隷船の一つ、ロバート号では遂に奴隷の暴動が起った。

死にかけた奴隷に、非道な看守が鞭を振って、責殺した事から奴隷達は憤激し自由のきかない腕で、彼をひきずり込むと、よってたかって、撲殺してしまったのである。

止めに来た二人の人夫も同じようになぶり殺しにされ、船長自ら短銃を発射して、ようやく暴動は鎮圧された。

怒り心頭に発した船長は恐るべき復讐をもって報いた。

まず若い女奴隷が引き出された。彼女は暴動に参加しなかったにもかかわらず、他への見せしめと、船長の嗜虐的な興味から非業の最期を要求されたのであった。

黒人特有の、のびのびと均勢のとれた美しい肢体を持つこの女奴隷は、素裸にされて、奴隷達の前に出された。

船員達が、麻綱で彼女を縛り上げると、天井から吊した。

長い脚が二本、しきりに空をけったが、その度に太腿の筋肉が、リズミカルに動くのを、船員達は好色の目で眺めた。

くびれた胴体には、麻綱が喰い込み、女は顔を歪めて苦しがった。

「ナイフを持ってこい」

船長が薄い唇を歪めて言った。

船員達の好奇の眼。奴隷達の不安に満ちた眼、その中で、船長は、手にしたナイフを女の腹部へさし込んで、ぐいとえぐった。

「ギャー」

恐ろしい悲鳴と共に、女奴隷の脚が、船長の巨大な体をつきとばした。

さすが気の荒い船乗り達もこの船長の無道振りには、しばらく口もきけない位驚かされた。

内腿をつたって流れる真赤な血が、床に落ち、女は苦痛で身悶えた。

次いで船長は二、三の船員にナイフで女の体を刺すように命じた。

不安定につるされた女の体が、彼等の目の前で、ぶらりとゆれる。

挑発するように、苦痛で引きつった腰が大きく左右に動くと、今や、淫虐の鬼と化した船員達は、めいめい手にしたナイフで、処かまわず女奴隷の肉を刺し貫くのだった。

「オーッ」

獣の吠えるようなうめき声が奴隷達の口をついて出た。

だが、彼等には、どうする事も出来ないのである。

誰かのナイフが、つるした綱にふれたのであろう。

女の体は一転し、どすんと床に落ちた。全身から血をふき出して、彼女の息は絶えていた。

船長は不様（ぶざま）に投げ出された屍体の胸を、ナイフで一文字に引裂いた。

未だ微かに鼓動を続ける心臓と、くすんだ色をした肝臓を、引っぱり出した。

側に縛られていた二人の謀反人。逞しい肉体を持つ暴動の主唱者達であるが、船長は、今、屍体から取出した臓腑を、彼等に喰うように命令した。

勇敢な二人の奴隷は、ただ強く首を横に振るばかりだった。

だが船長は、無理にそれを彼等の口に押込んだ。生温い血のしたたる肉塊をはき出した彼等は何か土人語で絶叫した。

船長のナイフが一人の奴隷の胸に飛んで、ブルブルと柄がふるえた。

どさりと倒れた男の上に、続いて、もう一人の哀れな犠牲者が同じく胸を刺されて、崩れ落ちた。

三人の死骸は、無造作に、海中深くほうり込まれた。

そして、何事もなかったように、死の奴隷船は一路アメリカへと大西洋を西に向けて走って行った。

（三）

こうしたエピソードは、何もロバート号に限ったものではない。

総ての奴隷船が多かれ少なかれ、こうした非人間的な取扱をしていたのである。

そして、この非道、残虐は、ただに輸送中のみならず、自由を失った奴隷達の一生涯につきまとったのであった。

歴史学者であるジェームス・A・フロイド氏の著書や、有名な著述家エドマンド・D・モレル氏の書物に現われた、奴隷加虐のエピソードを拾って見よう。
①バルバドーでは六万人の奴隷が酷使されていた。
彼等はちょっとでも命令に叛くと、容赦なく殺された。木に縛られた土人が生きながら、焼き殺されるのも珍しくなかった。

鉄で作った籠に入れられ日干になるまで、水も飲物も与えない、という残酷な刑罰もあった。女奴隷達は、狂暴な白人のサディスティックな玩具であった。彼女等は、白人に犯されると必ずその後で、虫けらのように無意味に殺されるのが常であった。

フランス領やスペイン領では、これらの奴隷に対しても、種々の救済がほどこされ、キリスト教の洗礼も許されていた。だが、生来の奴隷商人たるイギリス人は、彼等にキリスト教の洗礼を授けなければ救済の手もさしのべなかった。黒人であれ何んであれ、一度キリスト教徒にしたからには、彼等を奴隷の状態にしておく事はジョンブルの社会正義が許さなかったのである。

あくまでも奴隷を、人間以下の単なる働く動物と見做そうとしていたのであった。
②一般に、英国を除く他の国々の許にある奴隷は、良い待遇を受けていたと信じられている。そして一番ひどい虐待を加えたのが、英領西印度における英人達であると言われている。
ここの奴隷達は、今まで述べてきた、ありとあらゆる暴虐を受けたが、D・モレル氏の言う次の刑罰の如き、その最たるものであったろう。

即ち、沸騰した砂糖の釜の中へ投げ込むのであった。

一人の若い奴隷が、主人に反抗したという理由で、いい加減鞭でたたかれた後、煮えたぎった砂糖の釜に抛り込まれたのがそれである。

その他、手足を切られた死骸、飢え死んだ死骸が、路に投げ出されているのを、この地方ではちょいちょい見られたと云うから物凄い。

(四)

こうしてアフリカの黒人に対する虐待が続けられたのと、ほぼ同じ頃、太平洋の端ではオーストラリヤ土人に対する、言語に絶する圧迫が行われていた。

一七七〇年、キャプテンクックがオーストラリヤ東海岸を発見して以来、濠州は英国の罪人を流刑させる大陸になった。

それと共に、開拓精神に燃えた自由移民も渡って来た。これら英人と土人との最初の出会は極めて和やかに平和的に行われたが、やがて土人達は彼等の狩猟地から追い出されるに至った。

羊毛生産のために必要な広大な牧地を英人達は要求したのである。だが、その土地は遊牧民たるオーストラリヤ土人にとっては、命以上に大切なものであった。

こうして白人対土人の血なまぐさい闘争がくりかえされたが、いずれも、土人達のみじめな敗北に終った。

ポンウイック氏の著書「タスマニヤ人の最後」を見れば分かるが、英人は十九世紀に至って、なお暴虐の限りをつくし、遂にタスマニヤ地方の土人を一人残らず根絶してしまっている。

ここで、私は、奴隷への加虐の続きとして、オーストラリヤの残虐を、二、三の実例について語りたいと思う。
①白人移民の間では女の数が極めて少なかったので、彼等は土人の女達を争って鹵獲(ろかく)した。彼女等が娘であれ、妻であれ、容赦なくこれを犯して、邪魔立てする土人達を片端から射殺した。
偶に土人の一人が犯された妻の復讐をしたからと云うのに、その全種族が絶滅されたという例すらあった。

ヴィクトリヤ地方の土人保護官をしたロビンソン氏の報告に依れば、白人と土人との間の闘争の九割までは、白人の男と土人の女達との不法な関係が惹起したものだとされている。
②ヴィクトリヤ州のヂプンランドでは、白人の女が土人に襲われたが、その嫌疑者一人を捜査するために、五十人もの土人が射殺された事もある。
③ジョージ・ヂップス卿の報告に依れば、ヘンリー・ダンガー氏の家の附近に、約五十名の土人が全く平和的

に住んでいた。これを附近の白人達は、理由もなく殺戮する事を共謀した。ある日曜日の午後、彼等は一団となって土人部落を襲い、三十数人の土人を綱で縛り、刑場で撲殺した。土人の女達は、その時、想像を絶する凌辱を受けて後、殺されたものである。政府の当事者は、この白人暴徒の中、七人に対して婦女子殺害の責任を問い、法廷は、これに死刑を宣した。

だが、この判決が白人達の間で猛烈な物議をかもしたので、残りの暴徒に対しては何んらの手段もとられなかった。

④ドレッヂ保護官は次のように話している。

或る白人が、土人に一片の肉を与え、喜んで食事をする彼を、いきなり射殺し、その妻を撲殺した。

土人の死肉は、白人の犬の餌にされた。

⑤屯所に駐在している英国士官達は、日曜日になると銃をもって土人狩に出かけ、女子供の見境なく、殺戮して引きあげるのが常であった。

（五）

エドワード・カー氏の「濠州民族」に書かれている「種族分散」について紹介しよう。

白人の所有になる家畜が、土人に襲撃されたり、或は単に土人の姿を見て家畜が逃げ出したりしても、所有者は直ちに警官を呼びにやる。急報を受けた警部は部下を率いて急行するが、まず附近で最初に出会った土人達にむかって軍用犬を放つのである。そして土人達の槍がとどかぬだけの距離を保っておいて、できるだけ多くの土人を射殺してしまう。

その中に犯人がおろうと、おるまいと一切かまわない。

かくて虐殺が終ると、指揮者は、部下の情慾を満足させるために、逃げおくれた土人の女達を鹵獲する。男たちは直ちにその場で獣慾を満たすか、或は本部まで連行するか、或は面白半分に殺してしまうのである。

中に、美しい女がいた場合には、競争者が多くなり、あげくの果は、獲物にありつけなかった男の嫉妬から、女は射殺されてしまうのであった。

この大量殺戮の後で、それを管理した指揮者は、その地方を荒した狂暴な種族を〝分散させた〟と報告して、事件はそれで決着するのであった。

参考（E・オルバート「英国、奴隷商人、奴隷所有者」）

ベンガルの黄昏

神の摂理によって、他国から分離せる国の領有を指定される国があるとすれば、それは海洋を国境とし、国内には、偉大なる商業国民を生むに必要なる凡ゆる鉱物、植物の資源を豊富に有する吾が国（英国）である。

然るに吾々には、この天恵に満足することなく、吾が国の自然の国境をも軽視して破廉恥にも吾が力を誇り、羨望せる敵の攻撃を待つこともなく、征服、掠奪を擅に して、地球の至る所に流血の惨事を捲き起したのである。

——リチャード・コブデン
（英国植民政策史より）

（一）

植民地に対して苛酷な政策を強くしたのは何もイギリスだけではなく、殆んどの列強が本国の利益のみを考えて、不幸な植民地住民には全くの無関心さであった。

過重な税金と云う具体的な形を取るのが普通だが、印度においては、最もひどく、イングランドの二倍、スコットランドの三倍に相当する額であった。

税の中で、最高を占めるのが、塩に対するそれであったと言うから、いかにイギリスが印度人を虐待したかが分ろう。

文化生活に欠く事の出来ないのみか、保健上、絶対に必要とされる塩に高率の税が課せられたから、印度人の死亡率が目に見えて高くなり、同じ地域に住みながら、白人と印度人の死亡率は一対四となっていた。

今でこそ、印度は独立し、極めて特異な地位を東西両陣営の間に保つ大国であるが、イギリスの圧政に服従する事、三世紀に渉り、その間、絶えず反抗の歴史を繰り返して来ている。

それらの大部分が、飢餓に原因していると言われ、旱魃のためであるとイギリス当局は説明して、自らの責任を回避するのが常であった。

だがアメリカ人チャールス・ホール博士によれば、いかなる年でも、生産物が生産地に止め置かれるなら、印度に食料の欠乏など起らないという事である。

印度は常に充分な穀物を生産しているのであるが、イギリス政府が、これに五〇%の税を課し、農民は実収の三倍にも上る金を、しばしば搾取されるので、彼等には食物を買う金がないのであった。

十九世紀には、千八百万の印度人が餓死したと伝えられている。

ある地方では二年間の内に、全人口の四分の一が餓死した事もある。

路上に、幾千という死体が積重ねられていた。

大方は、やせ細った老人の死体であったが、中には若い男女や子供のもあった。

骨と皮ばかりになった妊婦が、腹だけを異常にふくらませて死んでいたが、やがて、その腹も、禿鷹に喰われてしまうのだった。

飢えた野犬の群が、死骸に、むらがって、屍肉をむさぼり喰う様は、正にこの世の地獄とでも言うべき光景であった。

白人達は、鼻をつく腐臭に顔をしかめながらも、次々と路上に投げ出される新らしい死骸に猟奇の眼を走らせるのである。

一八五七年。

史上に名高いベンガルの叛乱が、こうした背景を以って、自然発生的に起った。

祖国を飢と病から救い、英国の圧政を覆そうと、土民兵は革命旗を先頭に、蜂起したのである。

（二）

武器もなく、訓練もないベンガルの土民兵は、最新鋭の装備をほどこしたイギリス軍隊に、所詮勝てるはずがなく、翌年の一八五八年に至って遂に鎮圧されてしまった。

この戦争で英国のとった行為は、鬼畜にも等しいものであった。

土民兵であろうが、なかろうが、印度人でさえあれば、片端から虐殺して行った。

村落を住民共々、焼き払い、火を逃れて、飛び出した者は、待ちかまえた兵士の一斉射撃を浴びせられた。

ある土人達は、英軍の兵士と出会い、顔を背けたという理由だけで殺された。

女達は、あくなき兵士達の凌辱を受けた後で、思い思いの殺され方をした。

ある街の通りには、絞殺された女の屍体が恥ずかしい恰好のまま、ずらりと並べられてあった。

英軍兵士と白人市民が刑事裁判を執行したが、殆んど名目に過ぎず、実際には何ら裁判の形式を踏まずに、処刑された。

ケイスという人の報告によれば、こうである。

「……老人や子供でも暴動責任者と同一に虐殺せられている。絞殺されない場合は、村落で無雑作に焼き棄てられる。時には一人、二人が射殺せられたこともあった。英国人は憚ることなく誇らし気に言うのである。吾々は一人も免さなかったと、また、有色人を苦しめる事は非常に面白く、愉快な時間潰しであったと」

鎮定後、捕えられた印度人の行列は、ウムバラからデリーまで達したと云われ、彼等はろくな裁判も受けず、絞殺か銃殺される。

ある時、二、三人の子供が、捨ててあった革命旗を弄んでいたところ、官憲に捕えられ、死刑になった。

こうして六千人という男女が、無意味に殺されたと報告されている。

このベンガルの叛乱については、色々な読物もあり、映画にもなったりしたが、いずれも英国軍隊の活躍をたたえた武勇譚でしかなく、その真相は歪められている。

デンマークのある雑誌は、一九一六年にこう書いている。

「英国はこと一度、冒険、権力、利益に関することであれば自己の身体、その他のあらゆるものを賭しても恐るることのない国民である。……インドの叛乱では、印度人を砲口の前に縛りつけて、微塵に粉砕せしめた。……英国人は敵を敗ることだけでは満足しない。敵を粉砕しなければ止まぬのである。敵兵を戦場に倒すばかりでは満足しない。好んで婦女、子供、非戦闘員を倒し、飢えかつ衰弱せしめねば止まない……」

このように、イギリスの植民政策を非難したのは他の国にもあり、これから見ても、ベンガルの叛乱に際して取ったイギリスの残虐さが想像出来よう。

こうして、暁を夢みて兵を挙げたベンガルの住民は、一年とたたない内に、以前にも増して暗黒に包まるべき、死の黄昏をむかえたのであった。

（三）

ベンガルの叛乱鎮圧は、英国に対する反抗を表面上、阻止したかに見えたが、一時的なものであり、抵抗運動は、随所で爆発した。

一九〇八年のマニクトラ事件もそうであるが、翌年の一九〇九年には、イギリス印度省の大臣秘書が、白昼ロンドンで印度人に惨殺されるという事件が起った。

その他、現地では、英国官吏や軍人が頻々として襲われ、生命をおびやかされた。

そして、その度に植民地政府は、大がかりな検挙をして投獄されたり殺されたりする印度人は数限りなくあったが、印度人の独立への意欲は死より強固であった。

第一次世界大戦後、英国はローラット法という法律を制定、施行した。

警察官が危険だと認めた人物は、逮捕状はおろか、何んらの裁判手続を経ずとも、監禁投獄されると規定するこの法律は、明らかに革命運動者を目標としたものであった。

反対を叫ぶ群集が、一丸となって反抗するのを恐れて政府は、印度国民運動の主唱者、ガンジーを逮捕してしまった。

消極的な抵抗を説いて、納税拒否等、自ら率先して実行したガンジーであるから、この時も、群集をアジって武力闘争を指導するはずはなかったが、植民地政府は、不穏な大衆の動きに、事よせて、この機会に、ガンジーを葬り去ろうとかかったもののようである。

数千の群集は、ガンジー釈放を要求して、英国官憲の役所にデモンストレーションをした。

英人警官は、すみやかに退去するよう命じたが、人々は、口々に指導者の釈放を叫んで退かない。

警官は、無法にも武器を持たぬ群集に向けて実弾を発砲し二十名余りを倒した。

血を見て猛り狂った人々は、同胞の屍体を踏み越えて、殺倒したので、警官隊は、軍隊の応援を求めた。

間もなく到着した英軍は、一斉射撃をして数千名を死傷させ、ようやく群集を追いはらう事が出来た。

累々たる死屍が後に残され、暴動は鎮圧されたが、英軍の飛行機は、罪のない婦人、子供達の上に爆弾を投下して虐殺したりした。

これがアムリッツァル事件と呼ばれるものである。

（四）

アムリッツァル事件の目撃者であるオコナー夫人は次のように言っている。

「……群集は激昂していた。ひょろひょろとやせた男達。――どうして印度人の男は、どれもこれも、やせているのか不思議である。かって支那人やマレー人の如く、太っていた時期もあったのだろうか――彼等は素手であったが、仲間が警官の手にかかったのを知ると摑みかからんばかりの勢で、突進していった。

あちこちで警官と、悶着が起ったが拳銃を持った警官は、発砲しながら徐々に退却していった。

そのため、死傷者の数は更に増加した。一人の男は頭蓋骨を砕かれた。ある若い印度人の女は、警官に摑まり楯にされた。

一瞬群集はひるんだが、再びせまって来たので、警官は、女の頭に後から弾を打ち込んだ。

ぐったりとした女の体を、長い脚で、蹴ると、更に彼は数発の弾を無意味に撃ち込んで走り去った。

全身から血をふいた女の屍体が、いつまでも忘れられない……、云々」

同じく目撃者のカーター氏（アメリカ人）は、次のように語っている。

「……私が来た時、既に暴徒は去った後だった。だが、路上に横たわる男女の死骸の数を見て、いかに凄惨な光景が、くりひろげられたのか想像する事が出来た。

思ったより女の死骸の多いのは、後方に控えていた彼女等に、兵士達は面白半分で、一斉射撃を浴せたものだという事だった。

逃げ惑い、泣き叫ぶ有色人種の女達を、彼等はスポーツの代りに虐殺したのである。

イギリスの兵士達が土地の女達を、弄んで人間扱いをしないのを聞いていたが、累々と横たわっている女達の屍体を見ていると、泌々（しみじみ）と、この国の民族の悲哀を感じさせられる……」

事件が決着した後では、例によって厳しい捜査が開始され、暴動に関係のあった者は、片端から逮捕された。

処刑の模様については、K・フランク氏の記述がある。

「……軍事裁判所は、あまりにも多数の容疑者が逮捕されて来たので、満足に調査する暇もなく、その殆んどに絞首刑を宣告した。

一般に印度人は狂信的であったから、死を怖れるという事はないと信じられているが、実際には、そうでない。死刑を宣告されると彼等は大声をあげて泣き叫んだ。裁判官は、好んで女を処刑する傾向にあるようだった。女が逮捕されたのは極めて少数だったが、大部分がもれなく、絞殺されているからである。

カーマスートラの国の豊艶な女性が、断末魔の表情もいたましく、吊される姿に、嗜虐的な興味があったのだろう。

英軍の兵士の中には禁止されているにもかかわらず秘かに、写真機で、処刑の様子を写す者もあった。

処刑された死体には、いずれも生々しい、傷があったが、これは、監禁中に、狂暴な白人達から受けた苛虐の跡であるという。

私が見ている間に、三十人余りの男と十数名の女が処刑されたが、死骸は、無雑作に、抛り出されたままであった。……」

（五）

以上、植民地住民に対する支配者の暴虐を綴ってきたが、参考としたのは主として、レエッツフ原著の「英国植民政策史」並びに、オルバート原著の「英国——奴隷所有者及び奴隷商人」であるから、ことさらに英国を悪く書いたと思われる向きもあるかも知れない。

多少誇大に記述された個所もあるやも分らないが、最後に、今度は、印度にとって少々迷惑な話で、すこぶる猟奇的な宗教について、英国官憲の報告をお知らせしよう。

古来より印度には「シャクティ教」という狂的な宗教があり、カーリーなる女妖神を信奉するのである。

信者をヨニーチタスと呼ぶが、これは一種の露骨な性崇拝の怪教である。

信者達の団結は堅く、しばしば一致して、植民地政府に反抗するので、政府は、まず、「シャクティ教」を邪教だとして弾圧した。

この取締は当然であった。

ヨニーチタスは月一回、人里はなれた寺院に集り、彼等の言う聖なる儀式を挙行するのである。

信者の内で、けがれのない処女が、カーリー女神の代りとして信者に接するのである。

水々しい肢体をもつ処女が聖壇に坐ると、僧侶は、供物を直接、女の体に触れさせて、これを信者に分ち与える。

それから、灯を消して、男女それぞれに、「愛の歓び」を分ち合って神に捧げるというのだから、当局が神経をいらだたせたのも当り前であろう。

だが厳重な取締りにもかかわらず、「シャクティ教」は根強い勢力を持ち、偶々それが、民族的な意識に結びつくと、驚くべき力を発揮するのであった。

頻々として起るイギリス要官の暗殺や、白人婦女子への凌辱は、いずれもカーリーを奉ずる狂信者共の仕業だと見られた。

「シャクティ教」としては、その内容の淫猥さの故にあまり知られていないが、印度の怪教に関連して、カーリー女神の名は、知っている人も多いだろう。

今日の印度に、果して、かかる宗教が存続しているかどうか知らぬが、こうした狂信者達も十六世紀に始まる印度の黄昏を、栄ある黎明に導いた偉大な功績者の一員であるというのは、考えれば面白い事である。

生活の歌

（一）

ラジオ広島の社会番組「世相あれこれ」は仲々の人気がある。時折々の問題を裏から見る、その狙いが当った。担当プロジューサーの笹川とアナウンサーの井川は、今度は、

「人生に学歴は必要かどうか」というテーマで構成したいと思った。

「学歴の通用しない社会と云うとどんな処があるかな」

笹川が聞いた。

「そうですね、どんな社会でも、学歴は、どうしても必要でしょうが――ニコヨンなんか別ですがね」

井川が云うと笹川は、

「そうだ、そいつでいこう。面白い話が聞かれるかも知れん」と、もう立上っていた。

デン助と称するミニテープ録音機をかつぐと、二人はぶらりと街へ出かけた。

平和都市建設の工事の一環とか、だだっ広い百米（メートル）道路が間もなく完成しようとしていた。

もうすぐ十月だというのに、日蔭のない道路には、真夏のような太陽が容赦なくてりつけていた。あちこちに一団となって、ニコヨン達が、土をトラックに積んだり、石を輸んだりしていた。

主に中年の女達だったが、だらりだらりと何の意思もなさそうに、与えられた仕事をしていた。

「誰に聞きましょうか」

童顔の井川アナウンサーがキョロキョロとあたりを見廻した。

「男の人がいいね」眼鏡の底で、笹川の鋭い目がキラリと光った。

――誰か見つけたな――井川はそう感じた。笹川の視線をたどると、一人の若い男が、モッコにシャベルで土を入れていた。

「あれですか」

「うん」

「未だ若いようですね」

「若い、高校をやっと出たばっかりだろう」

「ねえ、笹川さん、可愛そうじゃないですか、あの男に学歴の事なんか聞くのは。いずれ上級の学校へ行けない人でしょうから、ニコヨンをしているんじゃ」

「聞いてみよう」

笹川は容赦なかった。ずかずかと近づいて行った。

「ちょっと、お聞きしたいんですが――」

笹川に云われて、ハッと顔を上げたその男は、未だ幼さの抜け切らない十七、八だった。

単調な仕事にあきあきしている他のニコヨン達が、ゾロゾロと集って来た。物珍らしそうに、笹川の肩にしたデン助を見ていた。

「ラジオ広島だ」

そんな囁きもした。

「貴男(あなた)は今年学校を出たばかりですね」

笹川が聞くと男は素直にうなずいた。

「どうしてニコヨンをしているのですか」

代って井川が尋ねた。テープは廻り始めていた。この二人のコンビは、もうあらかじめ細かい打合せをする必要はなかった。笹川の考えている事は井川アナウンサーには判かっていた。

「どうしてって？――」

男は云い渋った。

「大学にはいかないんですか」

「ええ」

「どうしてですか、経済的な理由からですか――」

「待って下さい。この人にそんな質問をするなんて、あんまりです」

思いがけない女の声がした。三〇過ぎの、顔立ちの整った女だった。陽に焼けて肌は浅黒かったが、ニコヨンには珍らしい美しい女だった。

「この人には、身寄りがないんです、今年の始めに、お母さんが死んでしまって」

その声には、何か若い男に対する愛情が感じられた。

「では代って貴女におうかがいしましょう」

すかさず井川はその女にマイクを向けた。

（二）

若い男は、茅良夫と云った。父は戦争で亡くなり、その後は母の良江が、ミシンを踏み続けて良夫を高校までいかせた。良夫は学校の成績は良かったが、元来、体は丈夫でなく、文学好きの物静かな青年だったので、とてもアルバイトは出来なかった。

「良っちゃんは全然、アルバイトなんか心配しなくてもいいのよ、私がうんと働いて、大学はきっと出しますから。その代り良っちゃんは一生懸命に勉強してね」

そう云っていた母は彼が三年の年の二月に心臓まひでポックリ死んでしまった。身寄りはなかった。どうにか高校だけは卒業したが、大学に行く学資はなかった。学校に頼んで就職しようとしたが、両親のない子はどこからも断わられた。良夫はすっかりいじけてしまった。

自暴自棄になった良夫は、その日その日の食をうるために、ニコヨンの列に並ぶようになった。荷物のようにトラックにつめ込まれて、何の目的もなく仕事場へ輸ばれた。そうして、時間まで、なるべくゆっくりと、力をつかわずに、無意味に手を動かすだけの日々が続いた。

ある日、良夫は昼食をする金すらなかった。ぼんやりと他の人達が、べんとうを開くのを、遠くから見ていた。

ちょっと先きを市内電車や、バスが砂煙をあげて走って行った。角帽が、恐らくは授業をサボって映画にでもいくのだろう、大声で喋りながら良夫の前を通り過ぎた。

「ね、これ一緒に食べましょう」

優しい声がした。目の前に、ズックをはいた形の良い女の脚があった。見上げると田中澄子が自分の弁当を手にして立っていた。こうして二人は口をきくようになった。澄子は戦争未亡人で、小学校六年の女の子が一人いた。澄子の美貌を見こんで、すすめる人があって、心ならずも、バー勤めを数年した事があったが、どうしても、そうした空気になじめず、以来、ずっとニコヨンをしていた。

彼女は良夫を見ていると気の毒で仕方がなかった。いつか事情をよく聞いて、力になってやりたいと考えていた。

良夫は、むさぼるように澄子のさし出した貧しいが、色々のおかずを取り合わせた弁当を食べながら、自分の境遇を話した。

「そうだったの、私の死んだ主人は、貴方の行っていた高校が旧制中学の頃の卒業生よ」

その日の夕食は、比治山（ひじやま）の下にある澄子の家で食べた。澄子の娘潔子は、母親似の目のパッチリした可愛い子だった。

ひさしぶりに良夫はハシャイだ。そんな良夫を見ていると、何故か澄子はじんと胸がしめつけられるような感じがした。そうして、そうした自分の気持に、彼女はハッとした。

良夫はその後も、しばしば澄子の家に来た。「お兄ちゃんお兄ちゃん」と潔子はなついて来た。

（三）

ラジオ広島の笹川は、澄子の言葉を録音したのを主要部分にしたセミドキュメンタリイドラマ〝生活の歌〟を制作した。ある貧しい若い男と中年のニコヨンの女との愛情を通して、現代の断層を鋭くエグったものだった。勿論笹川は澄子と良夫との深い交渉は知らない。プロジューサーのカンでピンとくるものがあったからである。

その放送は全市に大きな反響を呼んだ。

かつて良夫と同級生であった女の子の父で広島切っての金持である吉川が、良夫の学資を出そうと申出て来た。

高校の担任の先生も大にすすめたが、良夫は喜ばなかった。

「どうして良夫さん、吉川さんの御厚意を受けないの」

澄子が云うと、良夫は、

「だけど――」

と渋るのだった。良夫は、吉川の援助を素直に受け入れられなかった。吉川の娘、涼子にかつて良夫は愛情を感じていたからである。どうも涼子の差金のような気がした。だが、何よりも澄子と別れたくなかった。

「ね、澄子さん」

始めて名前で呼ばれて澄子はハッとした。

いきなり良夫は澄子をしっかりと抱きしめた。

「好きだ、好きなんだ」

「私もよ、良夫さん」澄子は、良夫のなすがままに抱かれたが、つっと身を引いた。

「駄目よ良夫さん、潔子が帰って来るわ」

「ね、澄子さん、僕は貴女を思い切れない」

「いけない、貴方は前途ある人です。吉川さんからお金を出してもらって東京で勉強して偉くなれる人です、そうして――」

そして吉川の娘と結婚して幸福になれる人だ――澄子は心の中でそう呟いた。

「澄子さんは僕を嫌いなんだね、ね、そうだろう」血走った目で良夫は叫んだ。

「ええ、私は貴男が可愛相だっただけ。それだけよ」

澄子はバタバタと良夫が血相をかえて家をとび出して行くのを虚な目で見送った。

そうして思切り泣いた。

× × ×

翌年の三月になった。吉川家の理解と涼子のはげましで、良夫は見事にT大学に合格した。新聞の合格者発表で良夫の名前を見た澄子は、娘の潔子を抱きながら云った。

「よかったわね、兄ちゃんが大学にうかって。今夜は赤飯にしましょうね」

「あれ、お母ちゃん、どうしたの、泣いたりして――あっ喜し泪と云うのね」

潔子がオマセな口をきいた。

「そうよ、そうよ」

いぶかる潔子を突然ぎゅっと力一杯抱きしめるのであった。

フェニックスの街

狭い広島の放送界の事です。多少似たような事件や人が出て来るかも知れませんが、フィクションとしてお読み下さい。

（一）

毎年八月が近づくと、そろそろラジオ西日本は忙しくなる。

八月六日の原爆記念日がやってくるからである。

平和広場の記念式典の実況や、原爆関係の特集プロが全国ネットを通じてラジオ西日本から放送されるので、番組編成の担当者達は頭を悩まされる。

ここ広島の地に原爆が落されてもう十数年、今更、原爆々々と騒ぎ立てるのはおかしいと云う意見もあれば、いや、列強が原水爆の実験に余念がない今こそ、一層強く原爆禁止を訴えなければならないのだと主張する向きもあって、特別番組のプランは仲々、決定しなかった。

編成会議の席では、原爆の被爆者の訪問や原爆症の治療などの講演などが議題に上り、そのいくつかは決定したが、かんじんの表看板にもなろうというものにかけていた。

文芸番組では、原爆を主題にした放送劇を出す事になった。音楽番組でも、どうにか特集プロらしいものが決った。

だが、まだ編成部長は満足しなかった。

一日の放送時間の中、自主番組の組めるわずかな朝と夕の時間で、一番聴取率の良い午後六時から七時までの内に、うち出すプロにふさわしい提案がないのである。

編成部長は愛用のパイプに煙草をつめ、火をつけずに口にくわえて、ペラペラと他の番組の提案用紙をめくっていた。

「フェニックスの街、米川栄三作詩、中田修作曲」

……あの村この町……という番組の提案だった。

米川栄三は広島在住の中央でもかなり名の通った詩人で、原爆を主題にした作品が多かった。彼自身が原爆の被害者で家族を失っていた。

提案者は荒川という若いプロデューサーだった。入社して未だ一年に足らなかった。

提案の説明を読んでいる内に、部長は、これ以外にないと思った。

原爆への憤り……でも、それは既に十年の歳月を経て露骨な憤りではない、だから正面切った絶叫の番組ではいけない。詩がなくてはならない。

「よし、これでいこう」

部長の一声で会議は終った。

だが、果して、若い荒川に、特別番組がこなせるかどうか。

とかくの評判のあるプロデューサーだった。

若いくせに鼻っぱしらが強く、そのくせ、腕は大した事はないと、非難する者も多かった。

地方の民放では、プロデューサーの講習には手を焼いていた。限られた人数で、番組を消化して行かねばならぬので、時間をかけてみっちり演出技術を講習する事は不可能であった。

習うより練れろで、数をこなして自然と自分でマスターして行くより他に術がない。

だが荒川はその優しそうな風貌に似ず始めから自分で思い通りにやろうとしていた。技術が伴わず、頭ばかりでとり組もうとして無理がいく場合もあった。

そんな彼を好意で見てくれる先輩もいたが大半は、積極的な忠告もしないで、そのくせあれは人の言う事を聞かないと悪口を言った。

部長はそんな噂をよく知っていた。すべてを知っていて部長は特別番組「フェニックスの街」を荒川に担当させる事にした。荒川に一生懸命させて、この機会に彼の人間と腕を試したいと思ったのである。

（二）

先輩達から見ればおかしい位、荒川は感激して特別番組「フェニックスの街」にとり組んだ。三十年間草木も生えないと云われた広島の地が、甦えるフェニックスのように力強く息をふきかえした姿を、詩と音楽と効果音で表現しようというのが狙いだった。

まず彼は米川栄三に会った。白髪のおだやかな表情をしたその詩人は、しかし時々、射すような眼で荒川を見ながら、大きく頷いた。

いたましい過去から新らしい未来へと前進を続ける広島の姿と、広島の人々の平和への祈りを数編の詩にまとめて、期日通りに作品を荒川に渡してくれた。

格調の高い、憤りの詩、七つの川の底に眠る亡霊の祈り、強烈な閃光に赤く焼けた浜辺の砂で、呼び合う魂と魂の詩。だが、それぞれに何の連絡もない独立した数編の詩であった。

荒川は無暴にもその構成を自分でやる事にした。すばらしい詩を生かすも殺すも構成一つだと思うと、自分でも驚くばかりのファイトが湧いて来た。音楽、効果にとらわれず、自由に思うまま構成した。その結果不必要だと思われる詩は削除したが、寛大な詩人は心よく許してくれた。

効果はヴェテランの五島に担当してもらい、ミキサーは千田、作曲は中田に依頼した。千田は同じ技術でも放送機械の方の仕事が長くミキサーは不練れであった。彼がかねてミキサーをやりたいと言っているのを荒川は知っていたので特に彼に頼んだのだった。

作曲の中田は文字通りこの仕事が始めての若い作曲家だった。

新らしい力を合わせて、たとえぎこちなくても力のこもった作品こそ、原爆特集プロにふさわしいと荒川は考えたのである。

中田の作曲がどんなものになるのか見当がつかなかった。だが荒川は中田の才能を信じていた。

詩の朗読はラジオ西日本放送劇団の加瀬五郎と築地芳子がする事になった。

加瀬はどちらかと言うと時代物のドラマが多く、得意でもあった。演技が太いという評判だった。

築地芳子は、もうこの劇団でもヴェテランの方で何んでも、こなしたが、冷静な、すき通るような芝居をした。荒川は、加瀬から男の力強さを、そして築地からは女の静けさと祈りを引っぱり出したかった。

原爆物につきまとう大上段のポーズと絶叫を嫌ったからである。

第一回の読み合わせをした。

朗読について荒川だけでなくスタッフのみんなが、めいめいに意見をのべた。荒川のプロデュースの時、みんなは、どんな事でも遠慮なく云えた。

自我の強い荒川だったが、事、放送に関してはスタッフの意見をよく聞いた。

効果担当の五島は、荒川の構成した台本を渡された時、二つの効果音で頭を悩ました。七つの川の底に眠る亡霊の囁きを音で表わせと云うのである。

「SE　青い亡霊の囁き」

五島は、わざわざ原爆の被害者の亡霊を青いと表現した荒川の気持がよく分かった。

にくしみでもない、あきらめでもない、祈りの亡霊達——一体、どんな音を作ればよいのか。そしてもう一つ、原爆炸烈の後の焼野ケ原にふる忌わしい雨——黒い雨の要求だった。勿論、普通の雨の音ではいけない。

五島の徹夜が始まった。

深夜のスタジオに頑張って、ああでもないこうでもないと考え続けた。

同じスタジオで中田修はピアノに向かって作曲に予念がなかった。

荒川の要求する曲、その表現が彼を悩ました。「原爆の炸烈、そして死の静寂、やがて安らぎへ」

「灼熱の砂の憤り」そんな極めて象徴的な要求を音楽で表わせと云うのだった。

作詩の米川栄三も顔を出した。

スタッフが自分の詩に対して異常なまでの熱意を示してとり組んでくれているのを見て、この詩人は感激した。

ふと彼は、以前に荒川プロデューサーを罵倒した事を思い出した。

飲屋で酔うほどに、この詩人は、ジャーナリズムと詩は根本的に合入れないものだと論じ、ラジオ西日本で詩の時間を担当している荒川を「詩の分らぬ奴」だと目の前でこきおろした。

「フェニックスの街」の台本を渡されて、彼は純粋な自分の詩としての姿よりも、ある一つの明らかな意図、それは荒川の、詩と音楽と音を一体にしようとするものだったが、その大きな流れの中に没してしまった詩を発見して、自己の主張が弱くなっていると感じていた。

だが、副調でテストを聴く内に、自分の詩が自分の手を放れて、音と音楽に有機的に結びついて、別個の新らしい生命が脈打っているのに気付いた。

それは米川の放送に対する新らしい発見であった。

彼は、八月六日の放送を楽しみに待った。

(三)

八月六日の夕方「フェニックスの街」は、スタッフの手を放れて翔いて行った。

冒頭のすさまじい原爆の炸烈を表わす音楽が聞く人々に十年前の忌わしい思い出を甦えらせた。明らかに眉をひそめた人々もいた。だが音楽はすぐに、安らぎに変調して行き、その中から澄み切った築地芳子の詩の朗読が聞えて来た。

川の流れとの中から青い亡霊の囁きが、やがてクローズアップされると、人々はその静かな敬虔な祈りを感じない訳にはいかなかった。廃虚からフェニックスのように甦えった広島が力強く前進するのを加瀬五郎が力強く表現した。

そして最後は、コーラスで広島の祈りと喜びを歌い上げた。十五分間があっと云う間に過ぎてしまった。

荒川プロデューサーは頰を紅潮させて副調から出て来た。

不安と自信――そして、やるだけはやったというあきらめにも似た安堵。

部屋に帰ると米川から電話がかかって来た。

「よかったじゃないですか、音楽も効果も朗読もみんなよかった。僕は今、詩人の仲間と一緒に聞いていたんだけど、好評でした。おかげ様でした」

老いた詩人は心から嬉しそうに言った。

翌日、早くも荒川宛に聴取者からの便りが来た。「思わず身が引きしまった」「涙が出てやり切れなかった」

でも、そんな絶讃とは別に、荒川を喜ばせたのは編成部長の言葉だった。

「よくやった、しかしあまりにも力み過ぎたのじゃないか。朗読も音楽も演出も、張り切り過ぎて、息を抜く処がない、力作だけれども極めて初歩の段階の作品だったのじゃないか」

初歩の段階というのは入局一年の荒川にとっていささかも恥になる処ではない。部長から力作だったと云われただけで、満足だった。

ラジオ西日本では、その年の秋の民放祭にベテランのプロデューサーによる「詩と音楽と効果による試作」を提出し出色の出来映えだと各方面から好評だった。

これは、部長が荒川の実験的な番組の成果を認めたものに外ならなかったし、引つづいて音楽を担当した中田修が新進の作曲家として一躍クローズアップされる動機ともなった。

常に新らしいものの創造と新らしいタレントの発掘こそ、放送ジャーナリストの使命だと身をもって感じた荒川であった。

若いラジオプロデューサーの誰もが、こうして生長して行くのであった。

迷信の村

（一）

机の上に、うず高く重ねられた台本の山を見て笹川はゆううつになった。

ラジオ瀬戸内海が募集したラジオドラマの懸賞に応募して来た作品だった。

今年は各地方の民間放送や、新聞社に依頼して、ラジオ瀬戸内海開局五周年記念の催として発表したので、応募者は全国的で、五百になんなんとする作品が集まった。

審査は高名な劇作家数名に依頼する事になっていたが、第一次の予選はラジオ瀬戸内海の製作部でやる事になった。

ドラマの演出を担当している笹川ら三人のプロデューサーがその選に当った。

手分けして、読む事にしたが、仕事の合間を見ては、一人平均百五十篇は読まなければならないのだから大変だった。

最近は、あちこちの放送局や雑誌でラジオドラマの募集をやっているので、応募者の質も向上し、箸にも棒にもかからないというような作品は姿を消したが、何んといっても、大半はずぶの素人だけに、読むのに骨がおれる。

下手は下手なりに、綺麗な字で、書いてあれば好感が持てるが、判読にも困るようなまずい字で、しかも、原稿用紙のマス目など無視してだらだらと書かれてあった日には全く泣きたくなる。

途中で投げ出したくなるが、それは応募者の誠意を冒とくするようで出来ず、また反面、もっと後の方で面白くなるのではないかという善意の期待もあって無理して全部目を通す。

A、B、Cの順をつけ、簡単な評を書いておく。

毎年、秋の始めになると笹川達には、この予選の仕事が増えるのだった。

だが今年ほど多くの応募作品が集まったのは始めてだった。

うんざりしながらも、上から順番に作品を取って読み始めた。

　どれもこれも、似たような筋で、特に今年の傾向は男女の三角関係を描いたものが多いようだった。

　ベストセラーズの影響かも知れない。

　ラジオドラマに限らず懸賞募集のこつは既成作家の物真似はよほどうまくとも魅力がない。

　新鮮な題材で、新人らしい真剣な創作態度がうかがえる物でなくては駄目である。

　十篇近く読んだろうか。

　笹川はその全部にCをつけた。

「お互に大変だな、どうだい、いいのあったかい」

　先輩の岡沢プロデューサーが声をかけた。

「駄目ですね、さっぱりですよ」

　一服つけながら、笹川は次の作品を手にした。まずペラペラと頁をめくって見る。

　女の人らしい几帳面な字で、ギッシリ書いてあった。

「迷信の村」　中村近子
　表紙にはそう書いてあった。

　大して気もなさそうに読み始めたが、いつの間にか笹川は、その作品にすっかり魅せられていた。火のついた煙草は灰皿の上で燃え切っていた。そのドラマには文学的な巧さではない、生の、じかに身に迫ってくるようなリアリティ感があった。

（二）

　笹川はためらう事なく、その「迷信の村」にAをつけた。

　――ただし、放送の折は脚色する必要がある――と書きくわえた。

　ラジオドラマとしては整理されておらず、無駄な説明的なセリフが多く見られたからである。

　内容は、広島県の北部の山岳地方のある村を舞台に若い男女の恋愛を描いたものだった。

　二人はそれぞれ住んでいる村は違ったが、近くの町の役場に一緒に勤めていた。そしてお互が愛するようになり、結婚を誓い合ったのだった。

　だが、青年の方の家で調べたところ、娘の家は代々、犬神の血統、つまり犬神筋だと云われている事が分かった。

　男の両親は猛烈に反対した。

　しかし、そんな事でお互の愛情はさめなかった。青年は、犬神などと云うのは迷信だと極力両親に説いたが、相手にされなかった。

　青年は思いあまって村の青年学級の会合で事情を訴えた。

　新らしい村造りに懸命で、常に村人達の先頭に立って進歩的な意見を吐く青年達だったから、自分の気持を分かってくれ、二人を援助してくれるものと思ったのだったが、結果は無惨だった。

　村の若者達は、冷淡だった。

「犬神筋の者を嫁にもらうと、お前も犬神になって、わしらを嚙むようになる」とか、

「犬神になったら村八分にされるぞ」

と真面目な顔で云うのだった。

　青年は今更のように農村における迷信の根強さを感じさせられた。

　いつの間にか、青年も、友達や村人達から仲間はずれにされてしまった。

　娘は自分の不幸な生い立ちを考え、青年にこれ以上迷惑をかけるのを恐れあきらめてほしいと頼む。

　だが、その反面、二人の愛情はもうどうする事も出来ない限界に達していた。

　ドラマはそこで終っていた。この二人はどうなるのだろうか。笹川プロデューサーは、その後がほしいと思った。

　しかしドラマとしては、その後がないので一層、犬神の悲劇が浮彫されていると思った。

　笹川は「迷信の村」が入選する事を願ったが、審査員の作家達には受け入れられなかった。

　せめて佳作にでもと思ったが、それも駄目だった。

　残念だったが仕方がなかった。

　そして、いつの間にか忙しさに追われて、笹川は、「迷信の村」も、ラジオドラマの懸賞の事も忘れていた。

（三）

　九月の編成会議では、広島市で起ったある事件が話題になった。

　某新興宗教の祈禱師が重病の信者を医師に見せず、狐がついていると云って体中を殴りつけて殺した事件だった。

　ニュースの記者が取材に行くと、その女の祈禱師は平然と眉一つ動かさず
「悪い狐を追い出すためにやったのだ」

と言ったという。

被害者は中年の女だったが、その事件は今更のように迷信の恐ろしさを市民の胸に刻み込ませたのだった。

「どうだい、一つ、社会番組で、迷信の問題をとり上げてみたらどうだい」

製作部長が云った。皆んな賛成だった。

「この際、徹底的に、ああした迷信をやっつけてやろうじゃないか。ところで、広島にはその他、どんな迷信があるんだい」

部長に云われて、ふと笹川は「迷信の村」を思い出して、口を開いた。

「部長、県の北部では犬神というのがあるんです」

「犬神か、うん、ありゃ、九州や四国ではさかんに云われているな、犬神がつくと、人に噛みつくという奴だろう」

「そうです、犬神筋の嫁をもらうと婿まで犬神となって他人にたたると云われていて、北部の農村では大きな社会問題です」

笹川が云うと、もうベテランのあるプロデューサーが

「犬神は農村ではタブーですよ、皆んな犬神について語るのを嫌がりますね」と云った。

「よし、その犬神をやろうじゃないか、笹川君、云い出しっぺで君がやれ」

部長の鶴の一声で、その特集番組は笹川が担当する事になった。

笹川は早速、机の引出しから懸賞放送劇応募者の氏名簿を取り出して「迷信の村」の作者、中村近子の住所を調べた。

三次（みよし）市から、ずっと奥へ入った処だった。

笹川は彼女に手紙して「犬神」について色々とおうかがいしたいと云うと、折返して、いつでも、家にいるからと云う返事だった。そして、あの物語はフィクションではなく、自分の体験だと書いてあった。

（四）

笹川が中村近子の家を訪ねると、連絡したと見えて、作中の青年と思える若者も一緒だった。

近子は思ったより若くて未だ少女のように清潔な感じ、男も好感の持てる青年だった。

青年は熱心に放送で村の迷信を打破してほしいとのべたが、近子の方は、そっとしておいてくれと頼んだ。

笹川は、近子の家に泊めてもらい近子や、その両親と膝を交えて語り合った。それによると、近子の祖父の代、

中村家は、どうした訳か、農作物が非常によく取れ、しかもその持山の麓から温泉が湧いたりして一代で財をなしてしまった。

その時から村人達の中村家に対するねたみが露骨に現われ、ある事ない事を云いふらすようになった。

偶々そうした時、祖母が狂犬に噛まれて発狂して死ぬに及んで、村人達は、中村家を犬神筋だと云い出し、すっかり、つき合うのを止めてしまったのだった。

それのみか、村人達は勝手に中村家の田や畠を使い出したのだった。

終戦となり、さすがに露骨に中村家の人達に対する迫害はなくなったが、村の行事や催の時など、いつも仲間はずれにされるのだった。

笹川は話を聞いて義憤を感じない訳にはいかなかった。

笹川は近子とその両親、そして近子を愛する青年の声を録音して帰った。

そして大学の社会学者に頼んで、徹底的に犬神の迷信をついて話してもらった。

社会学者は、およそ農村のそうした迷信はお互が貧しいために、他人の裕富をねたみのけ者にする悪辣な手段の場合が多いときめつけた。

笹川は、まず、広島市内の狐つきから始めて、今日なお残る前近代的な暗黒の姿をリアルに描き出した。

「現在の暗黒迷信」というその録音構成は、聴取者に多大の感銘を与えた。

特に近子達の村では青年学級が立上って、古い人達を説いて廻った。

放送を聴かなかった人には、村のスピーカーでもう一度放送するからテープを貸してくれと申込んで来た。

笹川は自分の作った番組の反響が大きかった事をうれしく思ったが、何よりも、これであの若い二人の悲劇も終りを告げ、明るい将来が開けるのではないかと、心が温くなるのだった。

子守地蔵

（一）

聴取者からの便りが来たのは久し振りだった。

ラジオ瀬戸内海のプロデューサー川崎は、朝、出勤して机の上に数枚のハガキが置いてあるのを見つけた。

以前に少年向けの探偵ドラマを出していた頃には、よく、主人公の少年を殺さないでくれとか、犯人を早く捕まえてくれとか云った少年達の便りが来たものだったが、最近ではとんと反響がなく、子供の時間の担当者として、いささか寂しい気持だった。

早速、ハガキの裏をかえして読んで見ると中学一年の男の子からで、三日前に放送したドラマ「子守地蔵」を子供らしい筆で賞めてあった。

馬鹿の仁六と云う男は、子供達から、どんなに軽蔑されても、ニコニコと笑っている清らかな心の持主だった。寺の住職に引き取られていたがその住職と町の一人の少女だけが、仁六を馬鹿にせず、友達になってやるのだった。

ある日の事、一匹の狂犬が少女に噛みつこうとしたが、その時、仁六が飛び出し、少女を助けた。

だが、そのために馬鹿の仁六は狂犬に噛まれて死んでしまった。子供達は、仁六の好きだった夕焼けこやけの唄を歌いながら丘の上に建てられた仁六の墓に参るのだった。

そして人々は仁六を子供を守る地蔵さんの化身だったと噂する、という素朴な感動的なドラマだった。

川崎は、他のハガキの、いずれもが、「子守地蔵」の素朴な美しい物語りと、声優の熱演を賞めているのを見て、あの放送が、多くの人々に感銘を与えた事を知った。

実のところを云えば川崎は、この十五分のドラマにはさほどの期待をかけていなかった。

作者の吉岡富江は、まだまだ新人だったし始めは気に入らなくて、一度、書直してもらった台本でもあった。

吉岡富江は、四十年配の、恐らく本当の年よりは、ずっと老けて見える感じの痩せた婦人だった。

詳しい経歴は知らなかったが、前から熱心にラジオドラマを書いて川崎の処へ送って来ていた。その折の便りによると若い頃、満洲に住んでいて終戦後着のみ着のまま引揚げて今は広島市の郊外に住んでいるらしかった。二、三度直接ラジオ瀬戸内海に訪ねて来た事もあった。ラジオドラマを勉強しようとする近頃の若い人達と違って気取ったポーズが全然感じられず、ただ好きで書きたいという気持がそのまま態度に現われているようで川崎は好ましいと思った。

最近つとにラジオドラマの需要が多くなり、ラジオ作家と呼ばれる人達が、いかにかせぐかといった類の話が流布され、ラジオドラマを書こうと云う若い人達が急激にふえて来た。

小説の修業に較べて、とっつき易い感じを与えるせいだった。

会話だけで筋をはこび、場面の転換は音楽で簡単にブリッジと書けば、どうにかなるような気になるのだった。

吉岡富江が最初に見せたドラマも、書いた動機は純粋だったが、やはり、こうした誤まったラジオドラマの観念で充分な準備もなく書かれていた。

だが他の人のと違って内容が非常に倫理的で、すがすがしい善意に満ちているのに気がついた川崎は、新人と云うには年をとり過ぎていたが、吉岡富江は、必ず、良い作品が書けるようになると信じた。

どんなに達者な腕をもっていても、作者のモラルが非健康的で、善意がなければ、その作品はラジオドラマとして不適格だと川崎は常に主張していた。

（二）

川崎から批評のついた原稿を幾度か返されている内に、やっぱり自分にはドラマなど書けないんだと失望する反面、ラジオドラマと云うものの正体が、おぼろ気に分かりかけて来た。

第一に気がついた事は、ラジオは小説と違って家庭のすべての人々に聞かれるという事実だった。そのために内容は、あくまでも健全でなければならない。仮令、不倫の内容を扱ったとしても、それを肯定するような態度はいけない。

次に会話のむずかしさだった。ごまかしが全然効かなかった。不必要な無駄なセリフはどんどん取りのぞかなければならない。小説のように一人に長々と喋らせる訳にはいかなかった。

説明文がないラジオドラマの会話にはどうしても時間

や人物の位置関係の説明めいた言葉が出てくるが、これも効果や音楽で現わして、退屈な会話をさける技術も、分かりかけて来た。

川崎は、次第に富江の脚本が、すっきりまとまって行くのが楽しみだった。

彼女の身につけた良識と、未だ失われない水々しい童心への憧れは、子供の時間のドラマにふさわしいのではないかと気がついた川崎は、試験的に十五分の短かいドラマを頼んでみた。

出来てきたのは、魚の世界をファンタスティックに描いたものだったが、会話の調子が古くさく、どことなく明治、大正時代の童話を思わせた。やはり四十という年令が生のまま出ていた。

だがお話は面白く、けっこう楽しいドラマとなった。

川崎は新人発掘には自信があった。

物になりそうだと思ったら、どしどし書いてもらったが、未だ、満足のいく作家を得なかった。

既成の作家に頼めば、ソツはないし、事実川崎も仕事の大半は、所謂、職業作家に頼んでいたが、自分が見つけ、自分と一緒に勉強してくれる有能な新人と組んで、すばらしい放送を出したいと念じていた。

彼は吉岡富江の才能を信じた。

だが体のあまり丈夫でない富江には無理な注文を出さず、じっくりと気がむいた時に書くように云っていた。

富江には自分の子供ほど年令の違う川崎の云う事をそのまま聞いてくれる素直さがあった。

彼女は過去に幾多の苦しい思い出をもっていたが、これからは、子供達の気持になって子供のために美しいそして面白いラジオドラマを書き続けようと思った。子供に恵まれなかった彼女の切ない願いでもあった。

ラジオドラマでもうけようと云うのではなく、自分の心に感じた事を、どうしたら、人々によりはっきりと分かってもらえるか、それを勉強しようとしていたのだった。

年よりの冷水だなどと、好意的ではあるが冷やかされもしたが、彼女は創作する事が楽しみになっていた。

(三)

吉岡富江は自分の住んでいる町の裏山に一つの地蔵さんがぽつんと立っているのを見つけた。

秋の夕だった。澄んだ空に夕焼けが綺麗だった。彼女は幼い頃の思い出にひたっていた。

赤とんぼを追って、いつの間にか夕方になり、夕焼けこやけの唄を歌いながら帰った懐かしい思い出だった。苔の生えた石の地蔵さんは、彼女が小さい時も、今のままの姿だった。

彼女は、この地蔵さんを主人公にして、一つの物語が出来そうだと思った。

それも昔咄ではなく、現代の子供達と地蔵さんを結びつけ、しかも、昔の人々が地蔵さんを信じた純粋で素朴な気持を織り込みたいと思った。

足もとでは、もう秋の虫が鳴き始めていた。そして、ふっと彼女は「子守地蔵」の物語が自然に頭に浮んで来た。

こうして出来上った原稿を彼女は祈るような気持で川崎に送った。

間もなく原稿は返って来た。音楽や効果の指定の間違いや、語り手の言葉の注文などが書いてあり最後にこの「子守地蔵」は放送する予定だと書いてあった。

云われた通りに直して再度送った。

川崎は細部に手を入れて、作曲をベテランの作曲家に頼んだ。

その作曲家は、リリックなものが得意で、出来た曲は、夕焼けこやけの美しいメロディを基にした、すばらしいものだった。

語り手は、いつも川崎の子供の時間の語り手をやる坂田真弓だった。

主人公の馬鹿の仁六には阪健一をキャストしたが、それが成功だった。

馬鹿だけど天真爛漫な仁六を特長のある声の演技でよく表現した。

吉岡富江は放送を聞いて、これが自分の作ったドラマだとは信じられない位、感動した。

美しい音楽と適確な効果が出演者の熱演と相まって、しっとりと馬鹿の仁六の汚れのない心を浮彫にしていた。いつも遊びに来る近所の腕白小僧が、いつの間にか放送に引ずり込まれて、クシュンクシュンと鼻をすすっている様子を見て、富江は、ほのぼのと心が暖まる思いがした。

子供達は、それから、よく富江の家に遊びに来た。別にお話をねだる訳でもなかった。

ただ、富江が安心して話の出来る大人だと見極めたせいらしかった。

それほど〝子守地蔵〟は子供達に深い感銘を与えたらしかった。

探偵物やマンガ物ばかりに熱狂するのかと思っていた

子供達が、仮令、題材は、ありふれた童話の世界であっても、内容さえよければ聞いてくれるのだと分かったのが、富江にはうれしかった。

それは川崎プロデューサーにとっても全く同じ事だった。

ネットで流れてくる痛快な、だが、とかくその内容のでたらめさが指摘される連続の少年物でなければ子供達は満足しないのではないかと思っていた矢先、〝子守地蔵〟は一つのヒットとなった。

何よりも子供の時間にふさわしい教訓が、厭味なく、随所に盛り込んであるのが強みだった。川崎は、これで吉岡富江と云う新らしい一人の作家をデヴューさせる事が出来たと信じた。

そして結局、ラジオドラマを勉強しようとする者にとって一番必要なのは、何んの修業でもそうであろうが、悪達者な筆ではなくてじっと人間をみつめ、人間本来の善意を信じて、素直に自分を表現する事だと今更の様に思えるのだった。

四〇歳の新人ライターが、ジャーナリズムの塵に染まず、いつ迄もナイーブな筆で子供の世界を描いてくれる様にと子供達から寄せられた多くの賞賛の便りを見ながら、川崎は願うのだった。

放送の窓口

★女医の常安田鶴子さんが心臓病で死去された。（十月二十日）常安さんは、「女医の診察室」で一躍有名になり、その後も、「平凡」や婦人雑誌の性問題の解答者として、また「物を書ける女医さん」として各方面で引っ張りだこだった。

常安さんは特にティーンエージャーの性教育には熱意を入れて、それを主題にした著書も多かった。

若い女の人達も、相手が女医さんだという親しさから、色々な問題（大人が考えればわかり切った馬鹿気たものもあったが）の解答を求めたのだろう。そして常安さんは、いつも律気に、丁寧に教えてやっていた。

常安さんは、どんな因縁かは知らないが、日本探偵作家クラブに入会されていた。恐らく自分で探偵小説を書くというよりは、探偵小説のファンとして作家達との交際を通じて楽しまれるためだったろうと想像されるが、このように、出版ジャーナリズムに縁の深かった常安さんが実はラジオをほとんど聞いていないと云うのは驚きだった。

女医として忙がしいという理由なら分るがそうではなく、ラジオが聞けないノイローゼにかかっていたのである。

奇妙な話だが本当らしく、現に「放送文芸」の第三号昭和三一年四月一日発行に、寄せられた常安さんの便りにも、その事が書いてあった。探偵小説やラジオ・ＴＶについての便りだったがその一部を書いてみよう。〝御返事おくれちゃってごめんなさい――私たびたび発表致しましたようにノイローゼ（ラジオのきけない）にてラジオをききません――中略――クリスティのものはドラマになったものもありますし、なり得ると思いますが、なかなか探偵小説をドラマにするのは難かしいと思います。特に本格ものは難かしいでしょう。スリラーものとか心理的なのは割合にやさしくできると思いますが――〟

こんな便りだった。

常安さんの場合は病気だから仕方がないが今頃は普通の人でも、めったにしかラジオを聞かない人が多くなった。

その人達は、ラジオでは音楽しか聞かない、ＴＶのある家ではラジオを聞こうとはしない。

「最悪のＴＶ番組ですら最良のラジオ番組に優る」と云われる由縁である。

ラジオ、特にドラマの顧客は急速に減って行く——私達は、新らしいＴＶドラマの研究をやらなければならない。

と同時に、私は、ラジオのみが表現し得るドラマというものを考えてみた。

例えば詩劇、空想劇等々。

だがラジオドラマの運命は黄昏に近いのを思わせる。ラジオそのものがＴＶにれい属する宿命にあるのではないか——私達の悩みはつきない。

「放送文芸」でもＴＶドラマの特集をやり皆さんと一緒に、とりくもうと思う。

常安さんの死を聞いて、ふと思い浮べた事だった。
★ラジオドラマと舞台劇や映画の文法が自ら異るように、ラジオのための短詩型文芸も、目で読むものとは異っていなければならないというのが私の持論である。

ラジオでも、短歌、俳句、川柳などの募集をやってその優秀作を発表しているが、選者がいちいち字句の説明をしなければ分らないようではいけないと思う。

勿論、短歌や俳句には約束事と云うか習慣的にある文字を一定に読ませるものなどがあるが、耳だけで聞いた場合には、意味がとりにくい事が多い。

夫も妻も、ツマと読ませる類で、そんなまぎらわしい言葉を用い、選者が「これはオットの方のツマです」などと、注釈をいれるのは、情けないと思っている。

その点、詩の方は、選者の方々も放送詩という新らしいジャンルを意識されて、そうした線で選評をされるので徐々に投稿される人達も耳で聞く言葉に留意されるようになったと思う。

漢字という文字面から視覚に訴えるような詩や、行や言葉の配列で微妙なニュアンスを出そうとするような詩は、放送にはむかない。

誰が聞いても、同じ意味にとれる言葉、分り易い、流動感のある言葉、そうした言葉で放送詩は作られなければならない。そんなところから案外新らしい日本語の美しさが発見されるかも知れないと思っている。

短歌や俳句がその抒情性の故に、いつまでも文字のニュアンスを追い廻しているのではますます狭い殻の中にり下さい。

とじこもらざるを得ないと思われる。

★商売柄、生の原稿を読む機会が多い。

いつも思う事だが、原稿は綺麗に書いてあるに越した事はない。

しかし字のうまい人もあれば、どんなに偉い人でもまるで幼児のような字をかく人もあるのだから、綺麗と云うのは読み易いという意味である。

特に、初めての原稿を読んでもらおうという時には、丁寧に、書いた人の誠意が紙面にあふれたような書き方が望ましい。

懸賞なんかの場合、汚ないとそれだけで読んでもらえない事もあるだろう。

もっとも私など、それが商売だから、どんな原稿でも全部、読ませてもらっており、書き直せば放送出来そうなものは、その旨を書いて送りかえしているが、一番困るのは、とじてない原稿と、鉛筆で書かれた原稿である。

とじてない原稿を見ると、制服のボタンを全部はずしている不良学生を見るようで感じが悪い、第一整理に困ってしまう。

新らしいタレントが不足の折から、優秀な方がいらっしゃるのではないかと投稿の原稿を全部読ませて頂いている私のためにも、原稿だけは丁寧に書いてとじてお送

悲願八丈島

（一）

関ケ原の合戦に敗れた浮田中納言秀家は、慶長六年六月、島津義弘を頼って薩摩に下った。

島津では、厚くもてなし、共に秀家の再興を計るのだったが、義弘の後目を継いだ家久とは既に家康と和睦し、戦意を失っていたので秀家も容易に軍を挙げ得なかった。のみならず家久は、秀家に勧めて、家康に赦免を乞うよう、その節は、自分の命にかえても助言すると伝えた。

秀家は、冷静に天下の趨勢を見て、今や主家再興の望みも絶えたと悟ったので、家久の勧めに従って伏見に上り、家康に面謁して助命を乞うた。

家康は、島津家の面子も考えて一応、表面的には、秀家を許し、駿河の久能に留めたがその後、改めて、八丈島へ流す事にした。

慶長九年八月。

秀家と幼い二人の子、更にその乳母の愛と十人の家臣は、伊豆の下田を立って海上五日で八丈島に着いた。

島の領主、島左近は一行を粗末な庵に住わせた。竹で編んだ戸、苫葺の屋根、荒けずりの柱が流人の心を一層哀れにした。

こうしてかっては中国三国を領した秀家も自ら海藻を拾わなければならぬ境遇となり果てたのであった。

秀家は、吉野の忠臣、児島高徳の子孫であったが幼くして父を失ったので豊臣秀吉に引きとられ、十三才で左近衛少将、十五才で左中将、十六才で参議と上り、二十二才の折には権中納言に任じられ三位に叙されていた。

容貌の秀れた才子で、徳川家康、前田利家、毛利輝元等と共に、秀吉傘下の重鎮として仕え、妻は利家の妹であった。

その秀家が夫人、備前殿は、夫と共に島に渡ろうとしたが許されず、泣く泣く加賀に帰って利家の許に身を寄せたが、空飛ぶ雁、雲の流れを見てさえ孤島の夫がしのばれて胸掻きむしる思いがするのだった。

備前殿は、島に随って乳母の愛が残して行った、沢橋兵太夫と言う息子を引取って、我が子の如く可愛がったが、成人するのを待って加賀藩に仕官させた。

兵太夫は若いが気性の秀れた侍だったので備前殿の切なる心を察すると居ても立ってもいられず色々と秀家の様子を知ろうと苦心するのだった。

島の領主左近は時たま所用で江戸に出てくる事になっていた。

兵太夫は、その度に左近を尋ね、秀家や母の愛の近況を聞き、備前殿からことづかった多くの金銀や衣服を左近に託すのだった。

左近は、秀家からと称する手紙を持参したが、備前殿は夫の筆跡ではないと怪しく思った。

兵太夫は一計を案じて、左近の部下を買収して聞いたところ、手紙は左近が書いた偽ものであるばかりか、秀家に送る金品は皆、左近に横領されているのを知った。

秀家は、備前殿からの便りがないのを恨めしく思い、もはや妻は自分の事を忘れてしまったのではないかと日夜悩み悶えていると言う。

兵太夫は卑劣な左近の行為に烈火の如く憤り、ある年の夏左近の下田の港に着くのを待伏せた。

直々左近に会ってその非をなじり、場合によっては切って捨てるつもりだった。

兵太夫は下田の港に約一ケ月留まったが、どうした訳か、予定の日左近はやってこなかった。

諦めて一旦、加賀へ帰ろうとしたが、その折、八丈島から船が帰ってきたとの報があった。

だが、それは左近の船ではなく、安芸（あき）広島の城主福島正則の持船であった。

伊倉清兵衛と云う者の采配で、米を載んで江戸表に向う途中、遠州灘で荒天に会い漂流した挙句、八丈島に着いたのであった。

ようやくの思いで一同、上陸したが、そこで計らずもうらぶれた浮田秀家に会ったのである。

清兵衛は心ある者だったから、秀家の前に出ると平伏し、あらたまって自分の身分を語った。

「ほお、正則の手の者か」

髭ぼうぼうで頬のこけた秀家は、それでも、懐かしそうにかっての同僚の近況などについて次々に尋ねた。

（二）

しばらく歓談する中に、嵐も止んだので船は再び出帆する事になった。

清兵衛は、米俵と酒を贈ろうとした。秀家は刑人の身にかような贈物をした正則に幕府の責が及ぶのを恐れて堅く辞退した。

しかし、清兵衛にしてみれば楽しみも希望も失せた、秀家の境遇を見るに忍びず、何んとか慰めたいという一心から、無理に贈って帰ったのであった。

兵太夫は、船の乗組員から、こんな話を聞き出した。同時に、母の愛も未だ達者でいるらしいのを知り、矢もたても耐らず、一日も早く島に渡りたいと願うのだった。

それにつけても憎いのは左近であった。

翌日。

左近が港に到着し宿をとった。

兵太夫は、その夜、宿に忍び込んだ。

左近の寝室には未だ灯がついていた。

兵太夫はガラリと障子を開けた。

ハッと身構えた左近は兵太夫だと知るとニヤリとした。

「こんなに遅く何用だ。浮田殿の手紙なら明日にでも渡してくれようものを」

「黙れ。偽の手紙などいらぬわ」

「えっ。偽の手紙、何を根拠にさようなたわけた事を」

「ううん。言わしておけば、これ左近、よく聞くが良い。貴様は、備前様が心をこめてお送りする金品を皆己れの懐にねじ込んでいるのだ。貴様には備前様のお悲しみなど分かりもすまいが、それにしても卑劣な奴だ。儂が天にかわって征伐してくれる」

兵太夫はいきなり腰の大刀を抜いた。

思わず後に退った左近は、当抵、この若者に太刀打ち出来ぬと悟った。

「まあ、そう興奮するな。儂を切ったところで何んにもならぬ。何んにもならぬどころか、返って浮田殿にとっては面白からぬ事態になると言うものだ。第一いいか。お上の罪人に対して秘かに金品を送るのは重い罪だぞ。儂が一口それを喋っていれば、貴様は勿論の事、加賀の備前様にとっても、ただでは済まされぬ事態ともなっていたはずだ。その辺りの事情をよく考えるが良い。どうだ分かるかな」

兵太夫は、全身から力が抜けて行くのを感じた。

「畜生。奸物め」

彼はいきなり足をあげて左近を倒すと脱兎の如く走り去った。

「馬鹿な奴め」左近は転がったまま、嘲り笑った。懐から、いつもと同じような偽の秀家の手紙を出すと、ビリビリと破った。

兵太夫は無念だった。

若さの一徹から単純に左近を葬ってしまえと思ったのだが、そんな事をしたら、自分はともかく主君や奥方にどんな迷惑を及ぼすか。考えると慄然とした。

だが、備前殿の夫恋しの一途な心情を思うと是が非でも、島に渡りたかった。考えあぐんだ末、髪を剃って僧形となった。

名前も僧らしく常珍と改めた。

(三)

常珍は江戸に上り、あらゆる手蔓を求めて八丈島へ渡る許可を得るべく幕府に運動してもらったが、仲々おもわしくなかった。

遂に常珍は意を決して、時の老中、土井利勝に直々訴状を提出しようとした。

利勝が出城の途中、いきなり一人の僧が飛び出して行列に入ろうとした。

「アッ狼藉者」

バラバラと警固の武士達が集まり忽ち僧は取押えられてしまった。

「お願いでございます。お願いでございます。御一読下さいませ」

血の出るような叫び声と共に、手には高々と一通の訴状を握っていた。

利勝は、駕籠の中からチラリと僧を見た。尋常な顔付で、乱心者とも見えず、誠心が面に溢れているのを認めて利勝は、気軽につと駕籠から降りた。

手を伸ばして僧からの訴状を受取った。

「愚僧こと浮田秀家八丈島遠流の砌り、その幼児に附きそいて渡島したる乳母の一子に候なり。母は義により我れを捨て候いぬ。我れ孝を思えば、いかで母を忘られ候べきや。禽獣すら親子相したしみ候。一度かの島に渡りて母子今世（こんぜ）の対面をとげさせ給わばまことに生々（しょうじょう）世々（せぜ）の御高徳にこそ候え。あわれ御慈悲をもって出船の儀を御免しあらせたまえ」

筆跡も見事に、こうしたためてあった。

利勝は、平伏したままじっとこちらを見上げている僧を優しく見返した。

母に会いたいと云うのは子の心情として当然だが、それ以上に秀家への忠誠から島へ渡ろうとしている常珍の決意を一早く見抜いた彼は、大きく頷いて見せた。

「神妙な志、追って沙汰致すであろう」

彼としても、これだけしか言えなかった。

常珍は、利勝の言葉から、にわかに前途が明かるくなったように感じた。

「ありがたき幸せに存じます」

彼はハラハラと泪を落とし、利勝の行列が見えなくなるまで、伏し拝んでいた。

直ちに加賀に帰り備前殿に、この旨を告げた。

備前殿は夢かとばかりに喜び、許されて常珍が島に渡る際、夫に渡す心を込めた品々を色々と取整えるのだった。悲しみと憂いにとざされた備前殿の顔に久し振りに希望の華やかさが美しい笑顔を見せていた。

常珍は、そんな備前殿を見て、もう心は遥か八丈島に飛んでいた。

「そなたも生みの母に会えるのだから、いかばかりか嬉しかろうの」

夫人は優しく言った。

「ハイ」

答えはしたものの常珍にとっては主人である備前殿に対して生みの親と同様な、いやむしろそれ以上の懐かしい気持を捧げていた。

彼にとっては備前殿の一喜一憂がすべてであった。いかなる困難をも克服する積りだったのである。ただ訴状には、明らさまに、秀家の事を云々出来なかったので母に会うために渡島を許してほしいと書いたのであった。

だが土井利勝からはその後何の沙汰もなかった。

三月、半年と過ぎ一年を経たが依然として駄目だった。

常珍は再度江戸に上り、利勝の行列に直訴した。利勝は、気の毒そうに言った。

「御僧の訴状を忘れた訳ではない。再三上意を伺ってみたのだが御沙汰がないのじゃ。かくなる上は、御僧も、思いとどまるよう」

老中から直々こうまで言われては、常珍は言葉を返す事が出来なかった。

備前殿の嘆きがしのばれて、断腸の思いであった。

「御迷惑をかえり見ませず無礼申しました」

常珍は力なく呟いた。

「力を落されるではない。いずれ浮田殿にも陽日(ようじつ)が廻り来るほどに……。御僧の変らぬ忠心、利勝ほとほと感じ入っておるのじゃ」

さり気なく言って利勝は駕籠の簾を落してしまった。

常珍は、程なく幕府においても秀家を赦免する意向であると感じた。この事を手紙にしたためて加賀に送ると同時に、彼は八丈島へ密航を企てた。

秀家に会って備前殿の近況を知らせると共に、幕府の赦免のあるまで、力を落さず待つようくれぐれも伝えたかった。

下田の漁夫に頼んで舟を出してもらおうとしたが、誰もお上の禁令を冒してまで八丈島へ渡ろうとする者はなかった。

遂に常珍は、ある夜、一隻の橋舟を盗んでなれぬ手で櫂を握り沖へ漕ぎ出した。潮の流れに乗って行けば、いずれは八丈島にたどりつくと考えた。

荒天で漂流した船が必ずと云って良い位八丈島の附近を通るのを彼は知っていた。

陸を放れた時は、月夜であったのに程なく雲行が怪しくなり夜半には、激しい風が吹き始めた。

風にのって、橋舟は、矢のように走った。その中に雨も加わり、完全な暴風雨になってしまった。

常珍は、舟底に身を伏せて、神仏を祈念した。

山をなす大浪に翻弄されて、橋舟は木の葉のように浮き沈みした。

幾度身体が宙に抛り出されたか知れない。だが、常珍の異常な精神力が、橋舟をつかんで放さなかった。

一晩中もまれて、くたくたとなり、さすがの気丈夫な常珍も船底に伏したまま失神してしまった。

だが天も彼の忠誠を嘉(よみ)されたものか、夜明けと共に嵐は止んでいた。

朝の大きな太陽が、嘘のように静まりかえった海面を金色に照らしていた。

（四）

常珍が我に返った時、橋舟は既に二日漂っていた。

喉が渇いてヒリヒリした。

用意した水は用器共々、流されてしまってなかった。

食料品は水びたしになって食えなかった。

あまりの渇に、海水をすくって飲んだが、喉は前にも増して焼けつき、気も狂わんばかりであった。

真赤に焼けた鏝(こて)で喉をかき廻されるような感じだった。

彼は渇と空腹を忘れようとして、孤島に呻吟する主君の苦悩と、国にあって悲運に泣く備前殿の嘆きを想った。

夜になると、幾分しのぎ良かった。

ウトウトとする内に遥か彼方に赤い灯を認めた。

必死の力をふりしぼって櫂を取ると、その方角にむけて漕ぎ始めた。

疲労でともすれば目の先がくらみ、崩れ落ちそうになる身を叱咤して、橋舟は徐々に、近づいていった。

ザッザッと、砂を噛む音に、ふらりと汀に降り立った常珍は、次の瞬間、ばったりと前にのめってしまった。

翌朝。

その島の住人の一人が死んだようになった常珍を発見し役人に届けた。

看護受けて意識を取り戻した常珍は、間近に島左近の姿を見た。

「八丈島だったのだ」

常珍の黒くくまの出来た目から、とめどもなく熱い泪が流れた。

「中納言様は御達者ですか」

喰い入るような目で見て、左近はハッと思い出した。

「ウム。お前は兵太夫ではないか」

「左近殿。ここまで、凡てを捨てて参った愚僧を憐んで中納言様に一目」

「ならぬ、シブトイ奴め。幸い早く儂が知って良かった。不運にも浮田殿をこの島より連れ去る積りだったのだな」

「違う。愚僧はただ中納言様にお目にかかりたいだけだ」

「嘘を言え。ともあれ体が回復したら、直ちに江戸へ護送するまでだ」

左近は憎くにくし気に言うとガラリと奥へ入ってしまった。

「ウウウウム」

常珍は、悲情で全身を痙攣させながら起上ろうとしたが身体の自由が効かなかった。

役人達の厳重な監視の中に三日経った。

いよいよ彼は江戸へ送り帰される事になった。

だが役人の中にも情を解する者がいて、常珍の心情を憐み、島を立つ前に一目、秀家に会わせようと左近を説いた。

渋々、左近が承知したので、常珍は縄を受けたまま秀家の前に引き出された。

秀家は、僧が、乳母の子であるのを聞いて大に驚くと共に、その忠心に、いたく感動した。

「かように殺伐な地で、心の荒むばかりであった余に、そちのような家来があったとは。余は嬉しいぞ」

百才の老人かと疑われるばかりに衰え切った秀家が、身体中をワナワナとふるわせて喜ぶ様子を見て常珍も感極ってただむせび泣くだけだった。

備前殿の事どもを細々と語った後で、土井利勝に直訴した模様ものべ、程なく許されるだろうから、くれぐれも御養生あそばすようにと伝えた。

「そちの母にも一目見せてやりたいが、愛は昨年死んだよ」

常珍は最後に、言い難そうに告げた。

「死ぬまで、殿のお側で忠勤をはげめた母は幸せ者でした」

常珍は低く呟くと、役人に引き立てられて船に乗った。船が下田に着く前、隙を見つけた常珍は、身を躍らせて海に飛込んだ。

慌てた左近は、船を止めて捜索したが無駄だった。

その後秀家も備前殿も常珍の言葉を信じ、幕府の赦免を一日千秋の思いで待ったが、遂にその望みはかなえられなかった。

野反湖悲歌（のぞりこエレジー）

1

東京から、準急「草津」で、約三時間。終点の長野原駅で、国鉄バスに乗換え、山道を一時間半ばかり揺られて、ようやく到着する、静かな高原の湖、野反湖。しかし、その静かな野反湖も、この近年、夏の間は、観光ブームとやらで、都会の喧噪が、そっくりそのまま持ち込まれるようになった。

だが、夏も終りに近づいた今は、空のビールビンや、雨で色ざめた包装紙が、そこここに散らばり、狂熱の踊りの後の虚脱した疲れのように、むなしく、ほうりっぱなしになっているだけであった。

上信越高原国立公園野反湖は、馳足（かけあし）で、秋に向おうとしていた。

石崎英夫は、今日も湖畔にカンバスを据え、画筆をふるっている。この村の農家に生れ、この村で育ち、この村の分教場の代用教員を勤める石崎は、野反湖を愛していた。絵の好きな石崎にとって、野反湖は、時に、無二の親友であり、時に、気まぐれな恋人だった。石崎は、この夏休み一杯を費して、野反湖の画を、完成させようとしていた。

高原の山脈が、夏から秋に移ろうとする微妙な変化をとらえようと、湖の彼方の八間山（はちけんさん）を見つめている石崎の背後に、晴れやかな歓声が湧いた。

それは、まるで、夏の野反湖を飾る最後の打上げ花火のような、男二人女三人の一行だった。ナイロン・ストッキングなど、キョクトー・レーヨンの名で知られた、極東繊維株式会社の企画部、主任の小林昭二郎をリーダーとする一団だった。テレビやラジオなどに、番組を提供したり、自社製品によるファッション・ショーを主催したりするのが、企画部の仕事だった。

いつも、時間に追いまくられているような仕事だったが、丁度、忙しい企画が、一段落したので、主任の小林は、アシスタントの中村恭介を誘って、極東繊維専属のファッション・モデル、久保あや子、小川浅子、それに杉山恵子の三人を引きつれて、レクリエーションにやって来たのだ。

　バンガローを占領すると、女性たちは、早速、炊事の仕度にとりかかった。

　丁度、仕事を終えた石崎が、画筆（えふで）を洗っている小川に、杉山恵子たち三人が、飯盒をもってやって来た。

「お邪魔をして、すみません」

　そう石崎に声をかけたのは、恵子だった。

「どういたしまして……」

　と、言葉を返そうとして、石崎は思わず、息をのんだ。田舎育ちの石崎には、ファッション・モデルの三人が、まるで、真紅の大輪のダリヤが咲いたように、まぶしく感じられたのだった。慌てて、また画筆を洗いはじめたが、すっかり、どぎまぎしていた。

　夜、キャンプ・ファイヤーの火が、皆の顔を、紅く染めた。山の歌を、ひとしきり合唱すると、中村が、ポータブル・プレイヤーを持ち出して、久保あや子を相手に、ツイストを、踊りはじめた。すると、みんなが立上り、それぞれのポーズで、リズムにのった。

　暗い夜空に、火の粉が高くのぼり、やがて、闇の中に、名残り惜しそうに消えていった。

　その夜、キャンプ・ファイヤーを消したのは、十二時をまわっていた。皆んなは、疲れたらしく、すぐに寝息をたてはじめたが、恵子は、何故か、寝つかれなかった。

　一人、そっとバンガローを抜け出し、湖のほとりに立った。暗い水面を、みつめている時、突然、人の気配がしたので、ふり向くと、主任の小林が、いつのまにか、そこにいた。

「やあ、君も寝つかれないの？」

「ええ、私、なんですか……」

「じゃ、どう。ボートで湖に出てみないかい？」

　恵子が、うなずくと、小林は、船着場からボートを漕いで来た。

「靴が邪魔だな。すべるとまずいから、脱いで行くとするか。恵子ちゃん、済まないけど、こいつを、そこら辺にやっといてくれよ」

　そういって、履いていた靴を、恵子に放って寄こした。恵子は、それを自分の脱いだサンダルと並べて、船着場の板の上に、揃えて置いた。

　恵子が、とび乗るとボートは、一揺れして、波打際を離れた。瘠せた月が、雲のない空にかかり、湖は、蒼く冴えていた。

　小林は、ボートを湖の沖に漕ぎ出すと、フとオールの手を休め、

「恵子ちゃん……」

と、あらたまった声で云った。

「えっ?」

「笑わないでくれ、君を好きになったんだ」

「え?」

「僕あ、君を愛してるんだ」

「……」

「お願いだ、僕と結婚してくれ給え」

あまりにも、とっぴな言葉に、恵子は驚いて、じっと小林の顔をみつめた。小林には、妻子があるのだ。妻は、元ファッション・モデルで、評判の美貌の持主。——しかも、小林との熱烈なラブ・ロマンスは、当時のジャーナリズムを湧かせたものである。その小林が、こともあろうに、自分と結婚してくれ、というのだ。恵子が、咄嗟に返事ができなかったのも無理はなかった。

しかし、小林は、真剣な面持ちだった。極東繊維のエレベーター・ガールをしていた恵子を、ファッション・モデルに抜擢し、しかも自社の専属にしたのは、他ならぬ自分だったのだ、と告げる。

驚いて答える術を失っている恵子に、小林は更に、元ファッション・モデルをしていた現在の妻が、いかに悪妻であるか、吐き捨てるように語った。

「僕あ、あいつと一緒にいると、息がつまりそうなんだ」

彼の声は、微かに、ふるえていた。

「ね、恵子ちゃん、頼む。僕を救けると思って、一緒になってくれ。もちろん、あんな魔女みたいな女とは、すぐ別れる。だから……」

「……でも——」

「いやなのか」

「だって……」

「どうしても、ね、お願いだ。結婚してくれ。ね……」

ボートは湖の真中で静かにゆれていた。

「恵子ちゃん、君、厭なのか。僕が、この僕が嫌いなのか?」

「……」

「いやか。恵子ちゃん、いやなら、いっそ、一緒に、死、死んでくれ!」月の光の中で、小林の眼が、蒼く燃えた。そして、いきなりボートの中に立上ると、恵子を抱きすくめようとした。恵子は、必死で抗った。不安定なボートの中で、二つの黒い影がもつれ、激しく揺れた。小林の熱い息が、恵子の頬にかかり、唇が、ねばっこく迫って来た。

「あッ」

恵子が叫んだ時、グラリとボートが傾き、二人は、そのまま、冷い湖の中に、もんどりうって落ち込んでいった。

恵子は、夢中で、泳いだ。

しかし、小林は、泳ぎを知らなかった。一生懸命、手足をばたつかせるのだが、踠(もが)けば踠くほど、余計、湖の底の方へと、沈んでいく。

水面に、波紋が、幾つも起り、やがて広がって消えた。

2

翌る朝、野反湖は、いつに変らぬすがすがしい朝日を迎えた。水面は、昨夜の事件など知らぬ気に、静まりかえっていた。

石崎は、アトリエ代りに使っている、湖畔の小屋へ、カンバスをかついで、やって来た。ふと何気なく、波打際の葦の繁みを、のぞいた彼は、仰天した。ずぶ濡れの女性がたおれているのだ。慌てて、彼の小屋へ、はこび込んだ。顔をみると、名前は知らぬが、昨日、バンガローに遊びに来た、大輪のダリヤの女性の一人に、間違いなかった。

濡れた洋服を脱がせ、石崎は、毛布で、彼女の身体を、マッサージしてやった。

やがて、恵子は、意識をとり戻した。びっくりして起きあがろうとする恵子を、石崎は、安心するようにと肩に手をかけ、もう一度、彼女を、横にしてやった。

どうして、こんな所にいるのか、一時は判断に迷った恵子だが、間もなく、昨夜(ゆうべ)のことが、まるで悪夢のように甦えってきた。

湖。

ボート。

小林の告白。

そして、小林の……。

ああ、夢ならば――そんな思いが一瞬、頭をかすめたが、今、現にここへ横たわっている自分の姿は、まぎれもなく夢ではなかった。

「一体、どうなさったんです?」

遠慮がちに尋ねる石崎に、恵子は、頑くなに口をつぐんだ。石崎が、みつめていると、恵子の瞳に、涙があふれ、やがて、こめかみを伝わって、毛布へ落ちた。

その頃、対岸のバンガローでは、中村達が、大騒ぎをしていた。恵子と、小林の姿がみえないのだ。

そして、湖の中ほどに、腹をかえして、不様な恰好で浮いているボートが発見された。中村は、ふもとの駐在所に、知らせるため、慌てて、山を降りて行った。

間もなく、田舎の駐在にしては、年の若い巡査が、村の若者を、四、五人引きつれて、やって来た。

彼等は船着場で、小林の靴と、恵子のサンダルが、きちんと並べて置かれてあるのを見つけると、

「なるほど、こりゃ心中です。間違いありませんな」

と、互いに頷きあった。そんな駐在を、中村達は、複雑な表情で見つめるのだった。

やがて、大がかり捜索が始められ、ほどなく、湖底の藻にひっかかっていた小林の変り果てた遺体が、引き上げられた。

一方、石崎の小屋では、ようやく、頬に血の気を取り戻した恵子をみて、石崎が、

「それじゃ、ちょっと……」

「どこへ、いらっしゃるんです?」

「いや、皆さんが、貴女のことを心配してらっしゃると思うんです。だから、ともかく、ここでこうして、貴女が無事だってことを、一っ走り知らせて来ようと、思いまして」

「待って！　それだけは、止して！」

思わぬ強い言葉に、石崎は、不審気に恵子をみた。

恵子は、実は、一行のある男に、無理心中を迫られ、ボートが転覆したのだ、と話し、ショックを受けた今、皆んなに会いたくないし、一緒に帰りたくもない、と言い張った。石崎も、無理にとは言い難ねて、恵子のために、コーヒーを沸かしてやるのだった。

久保あや子や、小川浅子は、ただ、泣くだけだった。

しかし、悲嘆にくれている場合ではなかった。とにかく、東京の本社や、家族へも至急、連絡をとらねばならなかった。後仕末には、一応、中村恭介が残ることにして、モデル嬢二人は、急いで、山を降って行った。

彼女らの派手な服装が、悲しい出来事と、妙にチグハグで、それが一層、事件のむなしさを、印象づけていた。

石崎は、捜索の状況などを聞いて、恵子の休んでいる小屋へ、戻って来た。そして、言い難そうに、小林の溺死体が、あがったことを告げた。

半ば、予期していたとはいえ、恵子の心の傷は、また耐え難いほどに、彼女を嘖んだ。自分を愛し、愛するが故に、ついに生命を絶った男、その男は、極東繊維のモデルたる自分を、今日あらしめてくれた男なのだ。恵子は、その場に、再び泣き崩れてしまった。

石崎は、泣き伏した恵子をみて、昨日、彼が、小川で画筆を洗っていた時、彼女が、声をかけてくれたのに、恵子の美しさに、ついどぎまぎして、返事が出来なかっ

たことを、ぼんやり考えていた。

　そして、今、見てきた船着場へ並べられたままになっている、小林の靴と、鮮やかな水色の恵子のサンダルを、思い浮べたりしていた。

「御迷惑を、かけました」

　恵子は、顔をあげ、

「すみませんでした。もう大丈夫ですから、私、帰らせてもらいます」

「し、しかし、洋服が……」

　洋服は、まだ濡れていた。

「そうだ。一まず、僕の着換えを着て、裏道づたいに、家まで行きましょう。家に行きゃ、妹の富江の奴の着る物が、何かあるでしょう……」

　辞退する恵子に、いや応なしに、彼の洋服を着せ、小屋を出た。

　湖では、恵子の捜索が、まだ続けられていた。

3

　恵子は、抱えこまれるようにして、石崎の家へ連れられて来た。

　一通りの事情を話すと、兄に似た美しい瞳の富江は、すっかり恵子に同情して、何くれとなく、気を使ってくれた。

　しかし、昔気質（かたぎ）の父や母は、恵子のあいさつにも、冷たく答えるだけだった。

「英夫、考えてみい。心中の片われで、しかも、自分だけ生きのこって、のうのうとしてるような女じゃ。そんな女に、どうして親切になんかしてやるんじゃ」

「しかし、お父さん。そんな、心中の片割れなんて……、あの人は、何にも知らずに、無理心中を迫られたんです」

「黙んなさい！　何にも知らんのに、心中を迫られた？　そんな、馬鹿なことがあると思うか、えっ、英夫」

「だけどね……」

「第一、英夫。船着場に、履物が、ちゃんと、揃えて置いてあったというじゃないか」

　石崎は、それ以上、何も言わなかった。言ったところで、この父に判ってもらえるとは、思えなかったし、判ってもらう必要もないと、思った。

　母も言った。

「富江も、富江だよ。一番、大切にしている洋服を出して、あんな女に、貸してやるんだからね。兄妹そろいもそろって、どうして、こうなんだろうねえ」

恵子は、その日の最終のバスに、間に合うように、石崎家を辞した。石崎は、自転車で、バスの停留所まで、恵子を送った。

バスが出るまで、二人は、ただ、黙っていた。石崎は、恵子を、何とか慰めてやりたいと、それらしい言葉を探したが、なんとなく言い出しかねていた。恵子は恵子で、ひたすら、湖底に沈んだ小林昭二郎の気持ちを、あれこれと、思い続けていた。

いよいよ、バスが出る時、石崎は、思わず窓に近づき、

「杉山さん。僕、あまりうまくは言えませんけど、今度のことは、闇夜で、石につまずいたようなもんだと思うんです。こんなことに負けないで、強く、生きて下さい。そうなさるよう、心から祈っています」

石崎の言葉に、恵子は、何も答えず、ただ、うなずくだけだった。バスは、山間（やまあい）の道を、大きく揺れながら、石崎の前から姿を消した。

恵子が、太子（たいし）駅で、汽車に乗り換えた時は、夏の陽も、すっかり暮れていた。

車窓を過ぎる、藁葺屋根の農家の灯が、にじんで、恵子の心に、言い知れぬ思いを、かきたてた。昨日の今頃は、ファイヤーを囲み、中村とあや子のツイストにつられて、我を忘れて、つい踊りだしていた――それに、ひき比べ、今夜は、汽車の固い椅子に、まるで罪人のように、肩身のせまい思いをして坐っている。そして、またしても、小林昭二郎のことを、思い迷うのだった。

汽車は、下りの勾配を、滑るように走っていた。

4

東京に戻った恵子は、翌日、モデル・グループの事務所に顔を出した。既に中村から、連絡もあり、久保や小川も出て来ていたので、恵子の出現は、人々を驚かした。てっきり恵子は、死んだものと、思い込まれていたのだ。早速、マネージャーによばれ、身に覚えのないあれこれまで、しつこく尋ねられた。

やがて、出頭した警察の取調べは、更にひどく、質問も無遠慮だった。

心中と決めている警察は、自分だけ助かって、それを丸一日も届けなかったことで、何かを疑っているらしかった。

恵子は、ありのままを述べた。ところが、恵子の行為

が、自殺幇助か、場合によっては、他殺の疑いがあると言われ、呆然とした。

「いつでも、召喚に応じられるように、しとって下さい」

取調べの係官に、冷たく、そう言われて、恵子は、目の前が、真暗になった。

事務所にかえっても、みんなの態度は、何となく、よそよそしかった。この事件で、モデル・グループと、極東繊維との関係が、まずくなるのを心配しているからだった。大スポンサーである極東繊維を失うことは、このモデル・グループにとって、大変な痛手なのだ。特に、専属を解かれるかも知れない、久保あや子、小川浅子の二人は、恵子と一番の仲良しだったのに、今日は、恵子をみる眼が違っていた。恵子の美貌と、今までの売れっ子ぶりが、あるいは、かねてから、彼女らの妬みを買っていたのかも知れない。

誰れもが、恵子の云うことを聞いては、くれなかった。心中の生き残りという好奇の目でしか見てくれないのだった。恵子は、力なく、事務所を後にした。

5

今日は、小林昭二郎の告別式があるというので、恵子は、思い迷っていた。しかし、結局、行くことに決めた。それにしても、衆人環視の中で、葬儀に参列することは、恵子にとって、耐え難い苦痛だった。しかし、たとえ、辛くとも、せめてその苦しみに耐えて、小林の葬儀に参列することが、故人の冥福を祈る、唯一の道だと、思ったからだった。それに、ある意味では、欠席すれば、かえって、世間の疑惑を深めることになる、とも考えたのだった。

恵子が、告別式の受付に姿を現わした時、小林の妻が、蒼白な顔で、近づいて来た。

「杉山恵子さん、ですね」

「はい――。この度は……」

「小林の、弔問に、いらしたのですか」

「は、はい」

「お帰り下さい。私の立場を少しでも判ったら、貴女は、ここへいらっしゃれないはずじゃありませんか、主人を殺したのは、貴女ですよ」

「そ、そんな……」

「貴女の弔問を、故人も、決っして喜びますまい。さ、お帰り下さい」

恵子は、泣きながら、式場を逃げるしかなかった。

極東繊維の中村恭介が、参列していて、そんな恵子の後を追おうとすると、皆んなが、それを制した。あんな女に構うな、という冷ややかな態度だった。

数日後、マネージャーは、恵子を夕食に、誘った。席につき、料理が出そろうと、マネージャーは、極東繊維から、電話があったことを告げた。恵子が、内容を聞くと、言い渋っていたが、極東繊維が、杉山恵子との専属モデル契約を解消したい、と申し入れてきたと、いうのである。企画部の社員と、ふしだらを起すようなモデルは、もう使えないと云い出したらしい。

かねて、予期していたとはいえ、恵子は、顔色を変えた。

「杉山君。キミは、お母さんとの、二人暮しだったねえ」

「……ええ」

「じゃ、キミの収入が、一家を支えているという訳なんだね」

「──はい」

「そうか。二十そこそこで、お母さんを養ってるなんて、当節、めずらしい美談じゃないか。キミ、何とかせにゃいかんね」

いかにも親切そうに言ってくれるマネージャーだった。この様子に力を得て、恵子は、何とか今のままの契約で、置いてもらえるよう、マネージャーに、頼んだ。

「そうだね。ま、とにかく、お母さんと二人切りのキミが、モデルをやめたら、困るだろう。だから、僕も何とか、今までどおりの契約になるように、やってみよう」

「ありがとうございます。よろしく、お願い致します」

「うん、まあ、どうだね、一杯」

恵子にも酒をすすめ、マネージャーは、すっかり御機嫌になると、狎れ狎れしく、こんなことを言い出した。

「真面目で清純そうな顔をしていて、案外やるんだね、キミって人は」

「何のことでしょうか?」

「白っぱくれるなよ、小林さんとのことだよ」

そういって、好色な目を光らすと、恵子の体を、ひきよせようとした。

「何をなさるんです」

「どうせ、小林さんと、よろしくやったんだろう。え、おれにだっていいじゃないか」

「何ですって――」

また、抱きついてくるマネージャーの横面を、恵子は、思わず力一杯、打った。眼鏡が、床の間の方にとんだので、近眼のマネージャーは、慌てて手さぐりで、眼鏡を探しはじめた。そのすきに、恵子は、外へとび出して行った。

マネージャーは、まだ眼鏡を探しながら、

「分らん奴だ。ええい、クソッ、クビだ」

と、憎々し気に叫ぶのだった。

6

悄然と、家に帰る恵子の足は、重かった。マネージャーを拒絶した今は、ファッション・モデルを止めるしかなかった。モデルを止めれば、明日からの生活をどうすれば良いのか、やり切れない思いで、我家の玄関を開けた。

待ちかねていた母が、出迎えてくれた。親一人子一人の生活。恵子は、優しい母には、今日の出来事は、隠しておこうと決心した。

母は、石崎英夫からの速達を手渡してくれた。自分の画が、美術展に初入選して、上野の美術館に出品されることになった。よかったら、一度、みにきて欲しい、との文面だった。

翌日、恵子は、事務所へ行くと、マネージャーに辞表を渡した。マネージャーは、白々しい表情で、それを受取ると、

「御苦労さん」

といった。恵子が立去ろうとすると、わざわざ呼び止めて、丁寧に、こう云った。

「多分、御承知だろうと思いますけれど、当事務所を、お止めになったことは、直ちに各社へ連絡いたします。従って、申し合せによりまして、貴女は、どこの事務所へいらっしゃっても、ファッション・モデルとして契約できないことになっております。つまり、これで、モデル界から、完全にシャット・アウトという訳ですな」

そういってから、また、

「イヤ、どうも。長い間、御苦労さん」

人を小馬鹿にしたように、こう付加えた。

恵子は、何にも云わず、頭を下げ、事務所を出ていった。

どこへ行くあてもない恵子の足は、自然と、上野の美

術館へ向っていた。

野反湖を描いた、石崎英夫の画は、すぐに判った。

恵子が、その画の前に立つと、そっと後から、肩を叩く者がいる。ふり向くと、石崎の清潔な笑顔が、そこにあった。

「事件を思い出させて、かえって悪かったですか。この画?」

心配そうに、のぞき込む石崎の目は、優しかった。恵子が、先日の礼をいうと、真赤になって照れる石崎だった。

「素晴しい絵ですこと!」

恵子は、賛辞を惜しまなかった。石崎は、初めて出品した画が入選し、我ながら、びっくりしていますと、無邪気に喜んでいた。

「石崎さんは、東京へは、よくいらっしゃるんですか」

「お恥しいながら、実は、中学生の時、修学旅行で上京したっきりで、今度が、二度目の上京って訳なんですよ」

石崎は、笑って頭をかいた。恵子は、東京を案内することにした。いくらか、気晴しになるかも知れない、そう思ったからだった。

石崎は、喜んで、あなたのような美しい人と、東京の街を、連れ立って歩けるとは、夢にも思わなかった、と云った。

しかし、石崎が、連れて行ってくれと頼むのは、ブリジストン美術館や、銀座のギャラリイや、デパートの展覧会場ばかりだった。恵子は、いささか退屈した。

すると、石崎は、恵子に「オリジナル」と云う処へ連れていってくれと頼んだ。そこには、田舎の中学、高校と一緒だった友人の近藤が、音楽家として成功して、毎日、ステージに立っているという噂だと、いうのだった。

「オリジナル」は、場末のジャズ喫茶だった。案内すると、初めての石崎は、その強烈な雰囲気に目を丸くした。田舎で成功してると評判の近藤は、ひどい舞台で、ピアノを弾いていた。案に相違した近藤の様子に、石崎は、すっかり、とまどった。しかし、当の近藤は、一向に、そんなことに、心を留める風はなかった。

舞台から石崎を見つけると、ニッと白い歯を出して笑った。そして、あい間に、舞台からおりて来て、石崎と握手した。石崎が、恵子に近藤昭一を紹介すると、近藤は、ニヤニヤしながら、恵子のことを尋ねた。慌てた石崎は、友人だと、強調すると、

「石崎も、暫く見ない間に、すみに置けなくなったなあ」

と、大きな声で笑った。

だが、恵子は、一向に気持ちが、はずまなかった。そんな、浮かぬ顔の恵子をみて、近藤は、一体、どうした訳かと聞くのだが、石崎は、何でもないと、ごまかそうとした。

するとと、恵子は、何故か捨て鉢な気持ちになったように、わざと、一部始終を、近藤に話してしまったのだった。しかし、恵子の話を聞いた近藤は、

「何んだ。いつまでも、死んだ奴のこと、クヨクヨ思ったたって始まらんじゃないですか。それよりも、生き残っている自分自身を、大切にすることですよ。故郷では、どう思われているか知らんが、僕なんか、しがないジャズ喫茶のピアノ弾きですけどね。自分を大切にすることだけは、知ってるつもりです」

そういって、また、磊落に笑うのだった。

「私は、相手の方が、私を死ぬほど愛して下さったのに、それを、少しも気がつかなかったということが、一番辛いのです」

「しかし、そいつは、あなたの責任じゃなさそうだな」

「私の責任とか、責任じゃないという問題ではありませんわ。一人の人間が、生を終るって、大変なことじゃないかしら。それだのに、この私は、私自身が、さっぱり訳のわからない中に、とても重たい荷物を背負い込まされたような気がしてならないのです。せめて、もう一日、小林さんと、お話し出来る時間があったらと……」

「ふーむ。でも、しかし、なんだな。相手に恋こがれて、湖に沈んじゃうなんて、今時、めずらしく純情な男が、いたもんだな」

そういって、近藤は、また一人で笑い出した。

その後で、近藤は、自分のオンボロ・カーで、恵子を家まで送ってくれた。石崎は、結局、その夜は、近藤のアパートに、ころがり込んだ。

「近藤よ」

「なんだ、石崎」

「杉山恵子さんのことだけどな」

「うむ」

「明日から職がないんだが、何とかならんか。え？何とかしてくれよ」

「おい、おい、無茶いうなよ」

「駄目か」

「駄目って訳じゃないけどな」

「何とか、恵子さんの職を探してあげたいんだ」

「そうだ。そういえば、僕のよく行くガソリン・スタンドで、一人欲しいっていってたがなあ。しかし、前

身が、ファッション・モデルだとすると、つとまるかな」

「なあーに、大丈夫だ。ガソリン・スタンドか。そいつは良い。じゃ、早速、明日にでも頼んでくれ給え」

そんなことで、翌日、ガソリン・スタンドに話をすると、トントン拍子に話がすすみ、石崎は安心して、野反湖へ帰っていった。

7

近藤の世話で、ガソリン・スタンドにつとめることになった恵子は、白いスラックス姿が良く似あった。そして、その表情は、日に日に明るさを取戻して行った。きびきびした動作、客の応待も上手い、美人給油係、恵子の評判は、上々だった。

恵子は、仕事熱心だった。注油の時など、車を出し入れするのに、運転を、習っておかなくてはならないとなると、昼間遊んでいる近藤に、店へ内緒で運転の手ほどきを受け、間もなく、見事に免許を取った。

恵子は、洗車、グリースアップの車を、鮮やかに移動させて、店の連中をおどろかせた。恵子は、スタンドの人気者となり、過去の暗い影は、すっかりとれていった。

そんなある日、どこかドライブに行く途中なのか、極東繊維の中村が、モデルの久保あや子と、小川浅子を乗せて、スタンドに立寄り、恵子の姿をみて驚いた。

かつては、小林におべんちゃらを使っていた二人は、今度は、小林の後に、企画部の主任になった中村へ、さかんに色目をつかっているのだった。

恵子は、三人をみて、別に心を動かさなかった。全ては、過去のことだった。注油を終ると、恵子は、元気よく手をあげて、かつての仲間を見送った。

さり気なく、走り出した車の中では、久保あや子が、中村に、

「小林さんとの賭けは、結局、小林さんが亡くなったのだから、小林さんの負けね」

と言い出した。すると、小川浅子は、こう云った。

「でも、わたし、例の賭の勝負、まだ、ついてないと思うわ。だって、中村さんだって、恵子ちゃんのこと、全然、確かめていないんでしょ」

中村は、唇をゆがめて苦笑した。

実は、中村と小林は、恵子が、処女であるかどうか、どっちが先に確かめるかという賭けを、冗談半分にしていたのだ。

それを、久保と小川が、片棒かついで、何も知らぬ恵子を、野反湖に、ひっぱり出したのだった。だから、小林が、恵子を愛しているから、妻と離婚しても、恵子と結婚したい、などといったのは、この賭けに勝つための、でたらめであったのだ。

恵子を、口先で騙し、中村との間に交わされたこの賭けのために、恵子を、ボートに誘い込み、結局、あやまって、自分で溺れ死んだ、というのが、事の真相だった。それを知っているのは、この三人だけだった。そして、その結果が、予想外の〝小林の死〟という重大な破目になったので、三人が三人とも、今日まで、何も、もらさずにきたのだった。

中村は、さっきの小川の言葉を、思い出して、また、苦笑した。そして自分は、小林のようなヘマはしないと思った。中村は、せっかく、かちとった今の地位を変なスキャンダルで失いたくなかった。

彼は、思い切りアクセルを踏んで、スピードをあげていった。

その夜、恵子が家に帰ると、田舎に帰った石崎から便りがあった。

近藤から、貴女の近況を聞いて、嬉しく思っています。秋になったことだし、また、一度、野反湖へ来て頂きたい。あまり、良い思い出は、ないかも知れないが――

こんな内容の手紙だった。

近藤に話すと、故郷は久しぶりだし、ポンコツとはいえ、車もある。是非、自動車で行こうとすぐ相談がまとまった。恵子にとって、たとえ、野反湖の思い出は、良くなくとも、何となく、石崎に会ってみたい気持ちになっていた。

次の公休日は、日曜日だった。素晴しい天気で、ポンコツ・カーとはいえ、ドライブは快適だった。

石崎の家では、妹の富江が、大歓迎だった。恵子は、あらためて、洋服を借りたお礼などを述べた。

石崎は、スケッチ・ブックに、恵子のクロッキイを沢山書いていた。あれこれと、思い出して、スケッチ・ブックに書きとめていたものらしい。石崎は、思い切ったように、肖像画を描かしてくれと、恵子に申込んだ。

恵子は、心よく、石崎のモデルになった。

それをみた富江は、恵子に、

「杉山さん。兄は、貴女の肖像画を描くのを、まるで、秘密書類を作るように、こそこそ、やっていますのよ」

と囁くのだった。

だが、木炭を片手に、じっと恵子を見つめていた石崎は、急に頭をかかえこんだ。そして、しきりに、瞼を、しばたたかせるのだった。

　恵子と近藤が、驚いて、どうしたのかと、尋ねると、石崎は、何でもない、ちょっと、頭痛がするだけだと、ごまかしたが、実は、最近になって、このように急に頭が割れるように痛く、目の先が霞んでくることが、たびたび起っていた。

8

　翌朝、三人は、野反湖から八間山へ登った。標高一九三五米(メートル)、全山が紅葉して、美しかった。わけても、その山ふところには、太古そのままの原始林が、おい繁り、どこまでも、どこまでも、高山植物が、連らなっていた。

　のぼる道々、石崎は、いった。

「恵子さん。また、あの話をむしかえすようで悪いけど、僕あ、死んだ小林という人が、うらやましくて、なりませんよ」

「あら、どうしてですの。亡くなった人が、どうして、うらやましいんですの」

「つまり、死んでも悔いないほど、ひとりの人を愛せたってことがです。勇気のいることですけど、しかし、それだけ純粋になれたら、どんなに幸せだろう」

　そういって、恵子をみる目は、ひどく熱っぽかった。石崎は、恵子を、心から愛するようになっていたのだ。

　山を降りはじめて、夕暮れ近くなると、石崎の目は、急速に視力が衰えるのか、口に出してまで、しきりに、あたりが暗いと言った。

「お前とり目じゃないか。ビタミンAをとらないと駄目だぜ」

　冗談めかして、近藤は云った。石崎は、昼間は授業をやるし、夜はカンバスに向って、いささか、眼を、酷使し過ぎているんだと、答えて、三人は、気にも止めず、笑って山を降った。

　その夜は、石崎の家に泊らず、近藤と恵子は、交替で、車を運転しながら、東京へ帰った。

「恵子さん」

「何あに？」

「石崎の奴、恵子さんに首ったけだって、言いました」

「まあ――」

「ところが、あいつが、恵子さんを好きになると、困ることがあるんです」

「石崎さんが、私を好きになると、困ることがあるって、何ですの」

その時、後から来たスポーツ・カーが、音もなく、ポンコツ・カーを追い抜いていった。

「つまり、そのお。僕も、あなたが好きだってことなんです」

近藤のこんな言葉に、しかし、恵子は、何も言わなかった。答えるのは、小林との忌わしい思い出が、忘れ去られてからでなくてはならなかった。

恵子としては、近藤を嫌いではなかった。

石崎も好きなのである。

恵子は、愛されることの哀しみを、ひしひしと感ずるのだった。

「近藤さん。判って下さいますわね。そのことについては、私、まだ野反湖の事件が、心を離れませんの。あの事件が、心を離れない間は、私、とても、御返事なんて、できません」

近藤は、いつまでも待っていると、恵子に云った。

ポンコツ車が、東京へ着いた時、ネオンがまたたいていて、相変らず東京は、夜を忘れていた。

それから数日後、恵子がスタンドで働いていると、極東繊維の中村恭介が、一人でやって来て、お茶を誘った。

「すみません。勤務時間中は、ここを離れられないんです」

恵子が、断ると、

「じゃ、済まないけど、今夜、もう一度、来るから、是非つきあってくれよ」

「でも……」

「死んだ小林さんのことだよ。重大な話なんだ。是非、頼むよ」

その夜、恵子は、気が進まなかったが、中村と一緒に、とあるバーに入った。

「で、小林さんのお話って、何ですの」

「うむ。まあ、故人の悪口に属する部類でね、あまり、気が進まないんだが……ここだけの話ということで、聞き流して欲しいんだが……」

と云い難くそうに、中村は、小林との間に、とり交わされた、恵子についての賭けの話をした。

恵子は、驚いて、かえす言葉もなかった。今まで、自分を愛するがために、自ら生命を絶ったと思っていた男の死は、むしろ、自業自得と云える種類のものだったのだ。

では、一体、自分は、今まで何を悩み、何を苦しみ、何に罪を感じていたのだろうか。むしろ、自分は加害者ではなくて、被害者だったのだ。恵子は、そう思った時、堰を切ったように、涙が頬を伝った。

「私は、もう、誰れにも遠慮なんかする必要はないんだわ。もう、幽霊に、つきまとわれる心配もないんだわ」

だが、そうはいっても、生命（いのち）をかけて愛してくれたと信じていた人の言葉が、実は、まやかしであったと知ることは、女にとって、これ以上、惨酷なことはなかった。

「済まん。このことをいって、君に謝ろうと思っていたんだ」

そんな弁解がましい中村の言葉は、恵子の耳には、入らなかった。

9

石崎の目は、日ましに悪化していった。村の医者にみせると簡単に、「とり目だ」と、診断され、ビタミンAの不足だからと、もっぱら、ビタミンAの注射をしてくれるのだが、はかばかしく行かなかった。

石崎は、結局、決心して、東京の大学病院で、診断を受けることにした。

通知をうけて、近藤と恵子は、上野まで、出迎えに行った。石崎には、妹の富江が、附添って来たが、上野で、二人の姿をみると、ほっとしたようだった。東京に、不案内な富江は、せっかく、兄の附添いで出ても、どっちが附添いなのか、判らなくなるので、心配していたというのだった。

その、いじらしい富江の様子に、兄弟のない恵子は、ふと、うらやましく感じるくらいだった。

大学病院での診断は、「網膜色素変性症」とのことだった。この病気は、原因も不明だし、従って、これといった決定的な治療法もなかった。ビタミンAや、ストリキニーネを、根気よく注射する以外に方法はなく、その効果も、決定的とは云えなかった。

医師は、富江に、このことは病人や他の人に云わないようにと念をおした。やがて、失明し、殆んど、回復の見込みのない病気だが、病人がそれを気にやむことが、一番いけないからだった。

だが、ストリキニーネや、ビタミンAの投与で、一時的な小康を得た石崎は、

「さすがは、東京の病院だ」

と、明るく笑うのだったが、富江は、涙をこらえるのに、精一杯だった。

恵子も近藤も元気になった石崎をみて、よろこんだ。

こうして、石崎は、また、冬の日の間近い野反湖へと、

帰って行くことになった。石崎は、この冬中に、恵子の肖像画を完成させ、春の展覧会では、特賞をとるのだといって、上野駅まで見送った恵子と近藤に、いつまでも、手をふっていた。

毎日のように、訪ねてくる近藤に、いつか恵子も、ほだされて、近藤と結婚しても良いと、思うようになったある日、突然、田舎から、石崎富江が、上京して来た。

そして、今、家では石崎が、恵子と結婚したいといって、反対する両親を説得していると云った。

兄は、心の底から、恵子さんを愛しています——妹としては、兄の希望をかなえてやりたいので、貴女にお願いしたいが、しかし、お願い出来ない理由がある。

と云うのは、兄の眼は、今は小康を保ち、元気で学校へも出ており画も描いているが、実は、いずれ失明し、回復の見込みのない病気だからだと告げた。

「でも、杉山さん、回復の見込みがないから、結婚をあきらめろ、とは、どうしても云えないのです。ですから、もし、兄から、杉山さんに、結婚のお話しをしましたら、既に、近藤さんとでも婚約しているといつわって、断って頂きたいのです。これが、これが、多分、みんなのためになると思うのです。どうか、よろしく、お願い致します」

それだけ云うと、恵子には何も云わせまいとするように、富江は、そそくさと立上り、帰って行ってしまった。

数日後、石崎が上京して恵子に会った。晴れ晴れとした表情で、ようやく両親を説得したから、是非、結婚してくれと、恵子にいった。

「そうして、自分が結婚すれば、妹の奴も、安心して近藤と結婚できますよ」

「えっ。富江さんと、近藤さん——」

「そうです。あいつら二人は、高校時代からの友達でしてね。ティーン・エイジャーの頃から、将来を誓い合っていたんですよ」

富江と近藤——恵子は驚いて近藤を、よんで来た。近藤は苦しかった。それは、確かに以前は、富江を愛していた。

だが今は……。

「だったら、富江さんは、何故……」

そう言葉に出してつぶやいてみて、恵子は、はじめて、富江が、深く近藤を愛し、愛するが故に、身をひこうとしていることを覚った。富江は、近藤が恵子を愛しはじめたのを知っていたのだ。だからこそ、恵子と近藤を結婚させ、自分は恋をあきらめ、兄の恋も捨てさせて、なお、近藤と恵子の幸せを願ったのだ。

恵子は、石崎の申し込みに即答をさけた。石崎は、子供たちを放りっぱなしにはできないので、そろそろ木枯しが、やってくる高原の分教場へ、帰って行った。

東京の街に、肌寒い風が吹きぬける夜、恵子も悩み、近藤も、苦しんだ。だが、結局、二人が結婚することを石崎に知らせたのだった。

その日、石崎は、恵子の肖像画に、最後の筆を入れていた。

近藤と恵子の連署で来た手紙を繙くと、彼の恋が破れたことを知った。

いつもは微笑んでいる恵子の肖像は、今日は、悲し気だった。

兄への手紙を読んだ、富江の悲しみも、また深かった。

石崎は、独り、外へ出た。

恵子の面影を求めて、夕映えの野反湖畔まで、やって来た。湖畔は、すっかり冬枯れて、華やかな、真紅の大輪のダリヤを思わせる恵子を偲ぶものは、何一つ残されていなかった。

山の黄昏は早い。夕陽が、きらきら湖面の波に反射するのを、あかず石崎は、みつめていた。

まるで、恵子が、

「お邪魔して、すみません」

と飯盒を洗いに、その夕陽の中にやってくるかのように、じっとみつめていた。

突然、石崎の目の奥が刺すように痛くなり、目の前は、暗黒のベールが、かかったように、何も見ることが出来なくなった。

10

近藤は、恵子と結婚すると、石崎に知らせたものの依然として、悩みは消えなかった。親友であり、しかも一生、失明のまま過さなくてはならぬ石崎の身を思うと、いても立ってもいられないのだった。

「恵子さん」

近藤は、思いつめた表情で、恵子をよびだした。

「……」

「恵子さん。僕は、ずっと貴女が好きだった。そして、今も愛しています……」

黙って、うなずく恵子の視線を避けるように、うつむくと、

「でも、今日限り諦めます」

「え？　……」

「このまま結婚しても、僕らの間には、いつでも石崎がいると思うんです。とにかく、石崎が失明すると判った今では、僕は、やはりあなたを諦めます」

それから二人は、肩を並べ、何となく木枯しの吹きすさぶ街を、歩き出した。

「恵子さん。僕のこんな態度って、馬鹿気ていますか」

「いいえ、そうは思いません。ただ……」

「ただ?」

「さあ、どう言ったら良いか。判らないけど……」

「とにかく、恵子さん。石崎は、一生、目が不自由だ。どうか、あいつのことは、よろしくお願いします」

一しきり、風が通り過ぎ、枯葉が、二人を追い越して、遠くの方へ飛んで行った。

春の展覧会では、清純な女性の肖像画が、評判をよんだ。

石崎英夫の画であり、作者が失明直前まで描き続けたというエピソードが、人々の感動をよんだ。そして、そのモデルとの清らかな愛の物語も——

その画の前に立つ黒眼鏡の男と、その手をひく若い女、石崎と、その妻の恵子だった。

たとえ、眼は見えなくても、二人は幸福だった。

しかも、今、大学病院で再度の精密検査を受けた結果、新らしい治療薬が輸入され、その使用で治療の見通しもついた。

眼がよくなったら画家として再出発だ。

石崎と恵子の表情は明るく、上野の森のかげろうが、暖かく二人を包んでいる——。

剃刀(かみそり)と美女(おんな)

(一)

その女の人は未だ若い未亡人でした。端麗な顔と、豊満な体附きをしていました。いつも、すんなりした素脚に、赤いサンダルをはいていました。

私には、その木のサンダルの音だけで、あの人だと分かるのです。

「空いている?」

ちょっと、尻上りの艶(つやめ)かしいアクセントで聞きます。

「どうぞ」

私は、西洋剃刀を、革のバンドで研ぎながら精一杯の愛想で答えるのです。

あの人は、身軽に椅子に腰を掛けます。

私は刷子(はけ)で石鹸をぶくぶく泡立てます。

「今頃が一番空いているわね」

あの人は満足そうに空っぽの左右の椅子を眺めます。

「ええ、これで五時を過ぎると、会社帰りの人が刈りに来ますから。今が床屋の一番暇な時ですよ」

柱時計は、間もなく三時になろうとしていました。

「親方は?」

「今日はちょっと外出で、私が一人です」

私はあの人の後に廻って、襟首に石鹸を塗ります。透き通るような白い肌でした。

青白い脂肪が浮いて見えるようでした。

私は一気に剃り上げてしまいます。

椅子を後に倒します。

あの人は長い美しい、まつげを合わせて、軽く瞼を閉じます。

ツーンと反った鼻と、ちょっとめくれ気味の唇が、日本人放れした感じでした。

真直ぐ伸ばした脚を重ねていました。両手をお腹の辺りに乗せています。

真白に泡立った石鹸の香りが私の鼻をくすぐります。

私には、この臭いが、あの人の体臭のように思えるのです。

剃刀を持つ手が微かにふるえます。剃刀の刃が生毛(うぶげ)の光る頬にふれた時、あの人はピクリと動きます。

喉の辺りが、小刻みに痙攣しています。私は念を入れて、あの人の顔を剃ります。

美しい首を自由自在に動かして、ある時は唇をつまみ上げて、口の周りの生毛を、そして、時によっては、可愛いい耳たぶを持ってそこの柔らかい毛を剃ったりします。

滑らかな、あの人の肌ざわりが、私の手を通じて全身に妖しい感情を起させます。

あの人は、静かに寝息を立てていました。知らぬまに眠ってしまったのです。

軽く開かれた唇の間に、白い歯がチョッピリ覗いていました。

私の目一杯に、それが飛び込んで来たのです。

私は吸い寄せられるように、顔を近づけました。

「殺して」

突然、あの人は、低くつぶやきました。

私はビックリして顔を上げました。

パッチリとあの人は目を覚ましました。

不審そうに私を見つめています。

私は、真赤になって、意味もなく剃刀を革のバンドで、こすりました。

「何かなさったの?」

咎めるような口調でした。

「いいえ。飛んでもない。貴女が変な事を言ったのでビックリしただけです」

「私が何か言いまして」

「ええ、殺して! とか……」

今度は、あの人が赤くなりました。

「マァ」

と言った切り、暫くは両手を胸の上で、組み合せていました。

「きっと恐ろしい夢を見たのね」

あの人は、小さい声で言いました。

秘密めいた不思議な響きがありました。

(二)

私はあの美しい人の秘密を知りたいと思いました。

近所には美容院もあり、顔も剃ってくれるのに、あの人は何故、男ばかりの床屋へやってくるのでしょう。

しかも、その回数が多過ぎるのです。

勿論、商売から見れば、こんなありがたい客はない訳ですが、私は前から変だと思っていました。

それに冷たい剃刀が頬に触れた時の、あのただならぬ緊張ぶりはどうでしょうか。

私は、あの人が、あんなに奇麗で、未だ若いのに再婚しない理由の一端が、その辺にありそうに思えました。

剃刀と美女。

この不思議な組合せが、妙に私の心を刺戟しました。

ある日。

あの人は顔剃りに来た時、一緒に古びた剃刀を持って来ました。

「これ、今度来るまでに研いでおいて頂戴」

随分使っているものと見えて、切れ味は悪くなっていましたが、手入れは良く行きとどいていました。

私は、その日の中に研ぎ上げると、休業の日を待って、直接、あの人の家へ届ける事にしました。

変にわくわくする気持で、私は、月曜日の朝、あの人の家へ行きました。

小じんまりとした平家で、あの人は一人で住んでいました。

「田舎の実家が裕富なので、何もせずにぶらぶらしているのさ」

と、うちのお神さんが世間話で言っているのを聞いた事がありました。

あの人は、寝起きだったらしく、華やかな寝巻のまま顔を出しました。

「まあ、床屋さん。わざわざ持ってこなくても良かったのよ」

そう言いながら、あの人は私を、じろじろと無遠慮に見ていました。

「今日は馬鹿にめかし込んでしまって。私、分からなかったわ。貴方、年は幾つ？」

「十九です」

「そうお、未だ若いのね」

あの人は、美しい素足の指を、くねくねと動かしていました。

ふとあの人の目の色が変ったようでした。

「これ本当に切れるようになった？」

いたずらっぽい調子でした。

「絶対大丈夫です。僕が研いだのですから」

「そうお。じゃ今から剃ってもらおうかな。どう、せっかくの休みだから嫌や？」

半ば期待していたくせに、私は、わざとつまらなさそうな顔をしました。

「ね。やってよ。後で、御馳走するわよ」

私は、御馳走に釣られたような恰好で、無邪気に大きく頷きました。

「じゃ。上って頂戴」

そして、あの人は大きな鏡の前に、ぺたりと坐りました。

私は、洗面器の湯で手をしめすと、石鹸をなすり、襟首に塗りつけました。

「どうしたの、手がふるえているわね、大丈夫？　切らないようにね」

あの人は鏡の中から、私をじっと見つめていたのです。鏡の中で目と目が合って、私は思わず横を向いてしまいました。

襖の向うのなまめかしく敷き放された布団の枕許に、見覚えのある一冊の雑誌が置いてありました。

私は、はっきりと、あの人の被虐の性癖を見抜いてしまいました。

剃刀にまつわる謎が解けたような気がしました。

私は、射すような目で鏡の中を見ました。あの人が、ドキッとした表情で、頰を硬張らせました。

(三)

「驚いたでしょう？　あんな雑誌、読んでいるなんて」

やや暫くして、あの人は、少しうつむき加減で言いました。

「だけど、貴方が考えているほど、変な雑誌じゃないわ。れっきとした風俗文献誌よ」

聞きもしないのに、あの人は、言いわけじみた言葉を続けるのでした。

「色々、知らない心の秘密といったものが判って面白いのよ」

「さあ、顔を剃りましょう」

私は、あの人に催促しました。何を思ったのか、あの人はニッコリと笑いました。

「そうお、じゃお願いするわ」

そう言いながら、いきなり、畳の上に仰向けに寝てしまいました。

そして、私の顔を見上げいたずら気に微笑むのでした。

女の人が無抵抗に仰向けに寝ころんでいる姿は、ひどく煽情的なものです。

私はドキッとして暫くは手が出ませんでした。

あの人は、私の心の奥底まで見抜いているかのように相変らず頬を崩したまま、軽く目を閉じてしまいました。私は刷子を取って石鹼の泡を顔中に塗りました。私の膝の間に、あの人の顔をはさみました。

「もっと強く締めて」

あの人がうっとりと言いました。

私は膝に力を入れて顔の動きをとめて乱暴に剃り始めました。

真白な泡の中から、美しい顔が徐々に現われて来ます。

「ね、体中剃って」

潤んだような、あの人の目でした。

手を伸ばして、寝巻の帯を自分から解いてしまいました。

「どうしたの、早く」

暗示にかかったように私は、夢中で、あの人の滑らかな肌一面にシャボンを塗りつけていました。

喉から剃り始めます。

むっちりと盛り上った乳房が、上下に激しくゆれていました。

足の指の先まで、丹念に剃ってしまうまで、たっぷり一時間はかかりました。

ぐったりと身を投げ出して、あの人は疲れきったという風情でした。

私も、生まれて始めての異常な経験で、まるで酒を飲んだ後のような、気だるい、そのくせ妙に熱っぽい疲れを感じていました。

手にした剃刀の刃には、薄っすらと、人肌の脂が浮いていました。

「研ぎが足りないようですが、今度の休みに研ぎ直して持ってきます」

私は、あの人の、しどけない姿に目を走らせながら言いました。

「そうしてもらうわ」

最前とは打って変った親しみのこもった口調でした。

（四）

普通の人が考えれば、およそ馬鹿気た私とあの人の妖美な秘密は、それから始まったのでした。

あの人の死んだ御主人と言うのは、少壮の科学者だったそうですが、自分の研究以外の事には、およそ無頓着で、髭を剃るのも億劫がったという事でした。

そこで、あの人は、毎朝、御主人の髭を剃ってやったのだそうです。

　剛い男の髭の剃る時の感じが、ひどく官能的で楽しくなったと言います。

　剃った後の、すべすべした触覚が好きだったと告白しました。

　つまり、これは、女性本来の男性羨望の結果からだと思えます。

　その男性の象徴である髭を剃る事で、男性欠除、すなわち去勢させたという歓びを感じたのだろうと思います。

　フロイドなら、さしずめ、このように説明した事と思われますが、あの人は、ただ、御主人の体ばかりでなく、自分の体の男性的な体毛を、去勢させようとしたのです。

　頭の毛は流行のボーイッシュスタイルにしました。暇を見ては、体中の毛を剃り落しました。

　出来れば、それを他人からしてもらいたいと念願したのですが、不幸にも御主人が病気でなくなったので、その希望は駄目になりました。

　そこで、あの人は、僅かに床屋へ行く事によって自らのマゾヒスチックな性癖を満足させていたのでした。

　あの人が、他人から無理に、剃られたいというのは、あの人が盲腸で入院して以来だったのです。その時の妖しい亢奮が忘れられなかったというのです。

「私みたいなのは同じ変っているといってもちょっと類がないわね。この雑誌には、ありとあらゆる種類の告白が載っているけど、剃刀なんてのは見ないわ」

　あの人はそう言って、ちょっと得意気な顔をするのでした。

　こうして私達は、一本の冷たい剃刀をめぐって奇妙なプレイを繰り返すのでした。

「切腹したいっていう女の人が近頃多いようだけど、結局は私のと同じなのかしら」

　あの人は、新刊の雑誌をめくりながら私に言うのでした。

　あの人と二人切りの時は、私も一人前の大人でした。むしろ、そう言ったアブの世界については私の方が先輩である時すらありました。

(五)

　私のアブ遍歴は、どちらかと言えば、本から受けた影響で、何事についても全般的な、それ故、底の浅い趣向が優っていて、その一つについて徹底した熱情を注ぐ事がなかったのです。

それに何と言っても幼く、大人の複雑な性の裏面をよく見極める事が出来なかったのでありましょう。

そのくせ一かどの異端者を気取って、あの雑誌にも色々な雑文を投稿していました。

勿論、一度も掲載された事はありません。恥ずかしいので、この事についてはあの人にも喋っておりません。

ですから、あの人と私との剃刀プレイを題材にして、あの雑誌――皆様よく御存知の真面目な風俗文献誌――に投稿したのも黙っていました。

いずれ没になるに決まっていたからです。ところがです。

「剃刀にまつわる幻想」と題した私の文が、載ったのです。

「貴方のね」

あの人は、感心したように私を見ました。

床屋の職人風情に、文章を書く能力があるとは思えなかったのでしょう。

「それに巧いわ。でも何か物たりないわね」

あまり微に入り細に渉っての描写があったので、編集者が適当にアレンジしてくれていたのです。

「この雑誌に載ると、読者の反応がすぐ分かるらしいわ」

という事は、読者がいかに雑誌を自分達のものとしているかの証拠ですが、私は、私達の『剃刀プレー』の反響がどんなものか、半ば、不安がりながらも楽しみに待っているのです。

東京五輪音頭

一

満員の東京都体育館――

舞台では三波春夫が、新らしく制定された東京五輪音頭を歌っていた。

昭和三八年の夏である。

来年、東京で開かれるオリンピックに対し、国民の関心が高まっている折から、NHKが募集した東京オリンピックの歌は、ものすごい反響を呼んだ。

そして、その当選作を歌謡界の大御所、古賀政男が作曲し、レコード各社が、それぞれ人気歌手を総動員してレコードにふき込むという熱の入れようだった。

今、その東京五輪音頭を三波春夫が歌っているのだった。

そのぎっしりすしづめになった観客席に武と清子がいた。

武はソバ屋の出前持ち、清子は昼間は勤め夜、定時制の高校に通っていた。

「やっぱり三波は凄えなあ、おれも早くあんな有名な歌手になりてえよ」

武は東北なまり、まる出しで云うのだった。武も清子も青森県の出身で、共に集団就職で上京してきた仲だった。

やがてフィナーレとなり人の波が、出口をめざしておしよせた。

「あっ、大変、ロケットが……ロケットが落ちたわ」

もみくちゃにされながら清子は叫んだ。

「すみません、ちょっとすみません」

清子は必死になって人の流れに逆らいながら床に落ちたロケットを探した。

安物ながら清子にとっては想い出のロケットなのだ。

そして、人の波がとぎれて、薄よごれた床の隅に、小さなロケットを発見した時、清子は思わず
「富夫さん」

と口の中で呟いてしまった。

このロケットこそ、富夫が、中学の卒業式の後で、そ

っと清子にプレゼントしてくれたものだったのだ。

武と同じように一緒に上京してきた富夫、その富夫は今、行方が知れないのだ。

清子はロケットを大事そうにハンカチにつつむと、武と共に、神宮の外苑へ出た。

その二人の横をさっと通りすぎて行ったのは、アメリカ軍のジープだった。

「あっ」

「どうしたの清子」

「あのジープにね……富夫さんが……」

「富夫が……」

武は不審そうに清子を見た。

「そう、富夫さんが乗っていたわ」

「真逆、あれ米軍のジープだぜ……乗っていたのは黒ん坊の兵隊だったじゃないか」

「その横に坐っていたのが富夫さんよ」

「目の錯覚さ……だってそうだろう。富夫が何故、米軍のジープに乗っているんだよ」

「そうね、そう云われれば、たしかにおかしいわ」

「あんまり富夫のこと心配しているからさ――だけど本当に富夫の奴、どうしているんだろうな、まるっきり行方が判らねえんだからな」

「一昨年(おととし)の四月約束していた上野公園に来なくなって、もう二年以上になるのに……」

清子は富夫のことを考えると、いつも胸が痛むのだった。

二

昭和三五年の三月の末。

ここ青森県の津軽地方、津軽富士のふもとにある小さな中学校で卒業式が行われていた。

清子、武、そして富夫の母校なのだ。

そしてこの三人は十数人の卒業生達と一緒に、東京へ就職することになっていた。

富夫は、台東区のミシン工場。

武は神田のクリーニング屋。

清子は深川の繊維工場の厚生部、つまり、保育所に、勤めることにきまっていた。卒業式が終ると、富夫と清子は自転車で近くの牧場へ行った。

草原の雪もとけ、北国にも遅い春がようやく訪ずれてきてはいたが、津軽富士岩木山(いわきさん)の頂きには、未だ真白な雪が残っていた。

「岩木山ともお別れだな」

富夫は、しんみりした調子で云った。

「フッフッ、富夫さんたら、感傷的になっているわね」

「感傷的にもなるさ、だって生まれて始めての東京で働くんだからな」

「お互に頑張りましょうね、たとえ勤め先はちがっても何かあったら連絡し合って」

「清子……」

「何に……」

「これ、清子にやる」

富夫は小さな箱をさし出した。

清子が開くと、箱の中には、小さなロケットが入っていた。

「まあ、これ、どうしたの」

「お前にやろうと思って、おれが買ったんだ」

富夫はてれくさそうに、そっぽをむいて云った。

「そう、ありがとう、大事にしまっておくわ」

「しまっておくんじゃなくて、いつも持っていてくれよ」

「いいわ、富夫さんの想い出に……」

二人は、そこで顔を見合せ、笑おうとしたが頬が硬張って、ぎこちない笑いになった。

清子は雪国の娘らしく抜けるように白い肌の持主だったが、その頬が見る見る赫くなっていった。

三

四月に入ると、就職列車が続々と東京へ向う。

いや別に就職のための特別列車がある訳ではないが、夜行列車の乗客の大半が東京で就職する人々だった。

清子と富夫は仲良しの武と一緒に列車に乗った。

武の家は富夫や清子の家と違って手広くリンゴ園を経営していたので、東京へ働きに出る必要性はなかったのだが、武は、歌手になるのが望みだった。

歌手になるためには、なによりもまず東京へ出なければ、チャンスだってめぐってこない、彼はそう考えて、自ら望んで東京へ出ることにしたのだった。

そのせいもあるが本来陽気なたちなので、武は座席についても一人ではしゃいでいた。

清子と富夫は、そんな武に合槌はうっていたが、見知らぬ東京のことを考えると、心は重かった。

そんな三人の様子を向いの席にいた青年がじっと見ていた。

二十二、三才のがっちりした体格の青年だったが、言葉をかけてきた。
「君達、就職に行くんだね」

「ええ」

早速、武が膝をのり出した。

「あなたもですか」

「うん、就職ではないけど、……しかし就職するようなもんだな。自衛隊に入るんだ」

「へーえ、兵隊さんか」

「そう、だが、ぼくの行く処は、自衛隊でも体育学校なんだ……そこへ行って今年のローマオリンピックにそなえての合宿に参加するんだ」

「あっするとあなたは青森大学の吉田さんですね、マラソンの」

吉田三郎は今年、青森大学を卒業した陸上競技の選手だった。

地方大学の選手なので存在は地味だったが、その実力は中央でも高く評価されていた。

「すると吉田さんは、マラソンをやるために自衛隊に入るんですか」

富夫が聞いた。

「うん、実はね、二、三の会社から口がかかっているんだ、しかしね、ぼくは、いわゆるスポーツ社員になりたくなかったんだ。そうだろう会社の宣伝のために、スポーツ社員として入社したら、もし競技が出来なくなったらみじめだよ、だから、ぼくは自衛隊を選んだんだ、自衛隊なら、たとえ選手生活は終っても、働き甲斐があるからな」

吉田は、何のこだわりもなくそう云った。

富夫は、何故か、その言葉が気になった。

彼には、スポーツをやるために自衛隊に入ると云うことに、こだわりがあったのだ。

だが、富夫は、吉田のかざり気のない態度に好感をもった。

「ぼくも、陸上競技は好きです。特にマラソンは得意です」

富夫が云うと、吉田は、

「そうか、そりゃ頼もしいな、今年のローマ大会は無理だけど、四年後の東京オリンピックには間に合うかも知れないぜ」

「まさか、いくら富夫がマラソンが得意だからって、オリンピックだなんて、オーバーだよ」

武が云ったので大笑いになったが、富夫は心の中でふと、マラソンでもなんでもいい、スポーツ選手として一流になれたら、どんなにすばらしいだろうと思った。

四

列車が上野駅に到着すると、吉田が、「四人で上野公園に行こう」と富夫達を誘った。

そして西郷さんの銅像の前で、

「ぼくに一つの提案があるんだが、どうだろう、こうして同じ郷里の者が、一緒に東京へ出てきた。働く場所がちがい、将来の目的はちがっても、お互に力を合わせてやって行こう、それで、今日は、四月の第一日曜日だ、これから毎年、四月の第一日曜日に、この四人が、ここへ集ろうじゃないか、その一年間、たとえお互の消息は分らなくても、必ず、約束の日には、ここへ集って語り合おうじゃないか」

と目を輝やかせて云うのだった。

富夫達にも異論はなかった。

四人は、お互に握手を交して、それぞれの目的地に別れていった。

× × ×

一年経った。

昭和三十六年の四月の第一日曜日。

西郷さんの銅像の前に、四人が顔をそろえた。

武は、神田のクリーニング屋で働いていたが、洗濯物を満載したオートバイでやってきた。

「おれん処は、日曜日でも休みでねえからな」

武は配達の途中を、すっぽかして来たのだった。

「大丈夫？　おこられない」

清子が心配そうに聞くと、

「平気平気、もう、旦那なんか、おれのこと半分諦めているらしいよ、何しろ、おれは大飯喰(くら)いだし、歌は歌うし、文句を云えば、すぐ出て行くってさわぐしさ。ハッハッ……何しろ東京じゃ働き手が少ないからな、おれなんか、威張ったもんさ、反対に旦那の方が小さくなっているんだから」

と平然たるものだった。

吉田は吉田で、ローマ大会での失敗談を一くさりやり、今年からは自衛隊体育学校のコーチに変ったことなどを披露した。

その中で、一人、富夫だけが、うかぬか顔をしていた。

「どうしたんだい、体の調子でも悪いのか」武が聞いても、富夫は、

「いや別に……」

そう云うだけだった。

だが、清子には薄々わかっていた。

富夫は今のミシン工場で働くことに一つのわだかまりがあった。

「ミシンの部品を作っているとばかり思っていたのに、あれはね、機関銃の部品だったんだ、おれ、びっくりしちゃった」

そう云って清子に電話をかけてきたことがあったからだった。

清子には、富夫が機関銃にこだわる気持が理解出来た。富夫の父は、太平洋戦争の末期、召集されて機関銃隊に配属された。

そして大陸戦線に送られて戦死したのだが戦死と公表されても、その最後の様子はみじめだった。

命よりも大切な機関銃を担いで渡河した時、機関銃を向う岸に無事はこびあげた代償に、濁流にのまれて溺死したのだった。

その父親の戦死の公報がもたらされた時、戦争は既に終っていた。

母親は、胎内に富夫を宿していたが、そのショックで富夫を早産したと云うのだ。

そして父親だけが働き手だった一家はやがてリンゴ園も畠も手放なし、今は細々と雑貨屋をやっているのだった。

富夫が戦争を憎み、機関銃を憎むのはそのためだった。

「おれが、作っている部品が機関銃になり、世界のどこかで人を殺しているのだと思うとやり切れないんだ」

富夫はそうも云った。

清子はそんな富夫の気持は判るのだったが少し考えすぎではないかと思った。

富夫は楽天家の武と違って、元々、神経質で、そのくせ思いつめると一途なところがあったので清子はそれが心配だった。

五

清子は三人と、別れてからも富夫のことが気がかりだったが、忙しさにまぎれて、いつの間にか、一年が過ぎてしまった。

清子は昼間は、工場の保育所で子供達のめんどうを見て、夜は定時制の高校に通っているのだった。

清子達が上京して二年たった。

三七年の四月の第一日曜日は、相憎くの雨で上野の森もひっそり静まりかえっていた。

まばらな花見客が、それでもうらめしそうに雨やどりしながら、雨空を見上げているだけだった。

この日。

清子、吉田、そして武が揃った。

武は、やきいも屋の手伝いをしていると云って、やきいもの屋台を引っぱって来た。

「今日は上野で一もうけしようと思って引っぱって来たけど、この雨じゃ、さっぱりだ、無料奉仕だ、みんな食べてくれよ」

武は相変らずだった。

「それにしても富夫さん遅いわね」

清子は不吉な予感がした。

富夫は現われないのではないか——そんな気がしたのだった。

そして清子の予感は的中し、富夫は、とうとう姿を見せなかった。

清子は気になったので、それから数日たって、武を誘って、ミシン工場を訪ねた。

だが、富夫はいなかった。

去年の夏からもうそこを辞めていた。


清子はもっと早く訪ねてくればよかったと後悔した。

それと同時に、それほど真剣に悩んでいたのなら、去年、会った時、もっと詳しく話してくれていたら、相談に乗ってあげたのにとそれが残念だった。

富夫にしてみれば、吉田や武は勿論、清子にだって、自分の悩みを打ちあけても、判ってもらえないと思っていたのかも知れない。

それにしても、あんなに仲良しだった富夫が、何故、黙って、工場を辞め、しかも約束の日に、来てくれないのだろうか。

清子にはそれが悲しかった。

念のため青森の富夫の家に手紙を出してみると、母親も富夫が辞めたことは知らなかったが、富夫から一月に一回はかかさず手紙が来るという返事から、富夫が元気でいることだけは判った。

だが、そうだとしても広い東京のことである。

探す当てはなかった。

×　×　×

昭和三八年の四月第一日曜日。

もしやという期待も裏切られ、富夫だけは、西郷さんの銅像前に現われなかった。清子は定時制高校の四年になっていた。

彼女は更に上の学校へ行きたいのだ。

毎日毎日子供達に接しているうちに、彼女は将来、保母として子供達と共にすごしたいと思うようになっていた。

武は、また、職を変え、今度はソバ屋の出前持ちになっていた。

陽気で働き者なのだが、大喰いなのと処かまわず歌を歌い出すので、とかく主人と、そりが合わないのだった。

つい先日も、ソバの出前の途中で、テレビ局ののど自慢に出場、見事、合格したのはいいが、後で、主人と大喧嘩したばかりだと云う。

その夏——

武は五輪音頭発表会のキップを二枚手に入れ一枚を清子に送った。

武は上京以来、めっきり美しくなった清子を、ひそかに恋していた。

だが、相手は高校生である。

自分は、しがないソバ屋の出前持ちでは、勝負にならない。

だからこそ、武は、一日も早く、歌手になりたいのだ。

ソバ屋の主人と喧嘩してでも、ラジオテレビののど自慢には、せっせと赴かざるを得ないのであった。

そして代々木の東京都体育館に来たのだが、その帰りに、清子は、富夫が、アメリカの軍のジープに乗っているのを見たと云い出したのだった。

六

その頃——

富夫は、渋谷のある自動車修理工場に住込みで働いていた。

ミシン工場にいたたまれず、飛び出してみたものの働く当てはなく、思い悩んで職業安定所に行くと、今の仕事を紹介してくれたのだった。

富夫は元々、機械をいじることが好きだったので、仕事は楽しかった。

そして、代々木のキャンプにいるアメリカ軍のジョセフ・ロブスンと云う黒人軍曹と知り合った。

ジョセフは飲んべで、お人好しだったが生まれはニューヨークの貧民窟で、少年時代には幾度も感化院に入れられたことがあると云う。

そのジョセフと富夫を結びつけたのはマラソンだった。

ジョセフは小さい時から走ることが得意だった。

その天分は軍隊にとられてから開花し本格的なコーチを受けることになった。

逆境に育ち、つねに、他人から軽蔑されてきたジョセフにとってスポーツは、この上もない、心のより処になった。

そして、たちまちアメリカ陸軍のジョセフ・ロブスンは長距離ランナーとして世界的に有名になった。

だが、ジョセフは念願のオリンピックローマ大会を目前にして心臓病のために出場を、断念せざるを得なかったのである。

自暴自棄な気持になったジョセフは、酒に親しみ、病気には悪いと知りながら毎晩、あびるように飲むようになった。

富夫の前に始めて現われたジョセフがそれであった。

ジョセフはある時、自分の身上話を富夫に聞かせた。

富夫はジョセフに、自分もマラソンなら得意だと告げた。

ジョセフは面白半分に、米軍キャンプの運動会に富夫を出場させた。

富夫はマラソンの部に出て見事に優勝してしまったのだ。

以来、ジョセフは、富夫に、マラソンのコーチを始めた。

富夫はめきめきと腕をあげた。

ジョセフは好きな酒をやめて、暇を見ては富夫と一緒になって走った。

「トミオ、お前は、おれの代りにオリンピックに出るんだ、今度の東京大会が駄目なら、その次のメキシコ……」

いつかジョセフは、自分が望んで果せなかったオリンピック出場の夢を富夫に託すようになっていた。

そして二人は急速に親しさを増していった。

清子と武が神宮外苑を歩いていた時、通りすぎたジープには、富夫とジョセフが乗っていたのである。

七

ジョセフのキャンプは朝霞(あさか)に移った。

富夫はジョセフと別れるのが厭だった。

ジョセフもまた、同じ気持だったので、彼はキャンプ内の自動車修理班に、富夫をもぐり込ませることに成功した。

朝霞は渋谷と違って、田園である。

広々とした自然の中で、富夫はランニングシャツとパンツで、トレーニングにはげんだ。

ジョセフは自転車に乗って、つきそい細かい指示を与えるのだった。

その同じ朝霞の自衛隊では、体育学校の生徒達が懸命にオリンピック目指して練習していた。

この体育学校では、全国の自衛隊員の中から選抜された者が、午前中は、普通隊員と同じ一般訓練を受けるが、午後は陸上、射撃、近代五種、カヌー、レスリング、ボクシング、重量あげの各班に分かれて専門的なトレーニングを受けるのである。

この陸上班のマラソンのコーチが吉田三郎二等陸尉だった。

吉田二尉のトレーニングの厳しさには定評があった。

吉田は、その日も、生徒達も連れて朝霞の町のはずれの道を走っていた。

その時。

吉田は前方に一人のランナーと、それにつきそう自転車のコーチの姿を認めた。

近づくにつれて、ランナーは日本人だが、コーチが黒人なのに気がついた。

そして、そのランナーの走法も本格的なら、コーチのやり方も堂に入っていることに興味を覚えた。

そして、そのランナーが、富夫であると知った時の吉田の驚きは大きかった。

あれだけ探し求めていた富夫が、意外にも、この朝霞の町にいたのだ。

しかもどんな理由からか知らないが、黒人のコーチを受けている。

吉田は瞬間、富夫を自衛隊に誘おうと思った。

吉田は隊にかえると、すぐに清子に電話した。

「えっ富夫さんが、朝霞に……では、あすの日曜日、武さんと一緒に、そちらへ行きます」

清子の声は、はずんでいた。

翌日。

清子と武は、吉田二尉と共に、富夫に会った。

キャンプの近くにある小さな食堂〝栄養軒〟の二階の座敷だった。

富夫がよく来る食堂で、主人は三田春吉と云う、いなせな男だった。

「富夫君のためなら二階を貸してあげよう……二階と云ったって、普段は、おれと妹の道子が寝る処だから、汚ねえが、料理だけは腕によりをかけて出してやるさ」

こう云って二階を貸してくれたのだった。

四人は久し振りに顔を合わせた。

何んとなく気まずいような、他人行儀した雰囲気だった。

富夫はしばらく見ないうちに、めっきり大人びて美しくなった清子をまぶしそうに見つめた。

まず口を切ったのは吉田だった。

「富夫君……マラソンやるんだったら是非自衛隊に来てくれ。君なら合格間違いなし、合格したら、すぐに体育学校に来てもらって本格的な練習をしてもらう、この前、君の走り方を見ていたけど、すばらしいじゃないか、それに、君のコーチをしているの、かつての名選手、ジョセフ・ロブスンだそうだね……そりゃ、ジョセフと一緒にやるのもいいが、やはり、スポーツだって、組織に入らないとどうしようもないんだ」

吉田に云われて、富夫の心は動いた。

富夫は今や、マラソンだけが自分の生甲斐だと思い始めていた。

「ええ考えさせてもらいます」

富夫がそう云った時、

「駄目よ富夫さん」

強い調子で云ったのは清子だった。

「富夫さん、わたしは反対だわ」

「清子さん、どうしてだね」

吉田も、けげんそうに聞いた。

「富夫さん、あなたのお父さんは戦争でなくなったのよ……だから、あなたは、戦争につながる機関銃の部品を作るのが厭だと云ってミシン工場をやめたんじゃないの……わたしはね、二年前、あなたが武器を作るような工場で働くの厭だと云った時、もっと真剣に、相談にのってあげられなかったこと、物凄く後悔したのよ、そしてあなたの考えていることが正しいと信じるようになったの、戦争は悪いことだわ、その戦争につながる機関銃を作ることも悪いこと……だったら自衛隊はどうなの、いくらスポーツをやるためだといって、あなたが、自衛隊に入るなんて……わたしは反対よ」

清子は自分でもおかしいくらいに興奮し、頬を紅潮させて一気に喋った。

富夫は黙っていた。

清子に云われるまでもない、富夫自身そのことで思い悩んでいるのだ。

だが、富夫のような境遇の者が、スポーツをやろうとすれば、自衛隊に入る以外に方法がないのだ。

大学の有名選手なら、実業団から招かれもしよう……

だが富夫の場合、他にどんな方法があるというのだ。

本格的なコーチを受け、オリンピック出場のチャンスが与えられるというには――。

せっかくの再会は、忽ち、白らけ切った雰囲気に変った。

吉田二尉は、腕組みをして富夫と清子を交互に見るだけだった。

武は、問題が問題だけに口出しも出来ず、これも料理をはこんできたものの、心配そうになりゆきを見守っていた主人の春吉と話し出した。

そして一人で、むしゃむしゃと料理をたべ始めた。

「こりゃうまい」

もりもり平らげる武に、春吉は

「あんたは、実にうまそうに食べるね」

「そりゃそうですよ。おれは、大喰いと歌ばかり歌っているおかげで、一年毎に仕事を変らなくちゃならないんだから」

「ほう、今時、そんなうるさい処があるかね、うちなんか、おれが歌きちがいだから、歌の好きな者なら大歓迎さ、それに飯の方だって、うちは食堂だ、いくら大食いでも平気だね」

「そうか……じゃ旦那、おれをここで傭ってくれないかな、ここなら富夫とも一緒だし」

「そうだな、実は、おれも津軽の生れなんだ、津軽の人間なら間違いはない」

こっちの方は、至極円満に話がついてしまった。

八

清子は、何故、久し振りに富夫に会ったのに、こんな結果になってしまったのだろうと悲しかった。

どうして自分は、あんなに強硬に反対したのだろう。

きっと、これまで、富夫のことを一生懸命心配し、富夫がミシン工場をやめたことについて責任みたいなものを感じていたせいだろう……富夫の気持を理解出来なかった自分は何んて馬鹿だったのだろうと反省していたのだ。

その富夫が、自衛隊に入りたいと云う……自分が考えていたように富夫は戦争を憎んでいたのではなかったのか。

だから腹が立ったのだろうか。

だが、その時、ふと清子は栄養軒の可愛らしい娘、道子のことを思った。

清子が富夫をなじっている時、二階に上ってきた道子は、そのまんまるい目に非難を込めて、清子を睨んでいたのだった。

清子は、富夫が、も早や、自分の手のとどかない処にいってしまったようで無性に悲しかった。

しかし、富夫は富夫で清子が、もう完全に、遠い存在になったことを感じていた。

今の富夫にとって、マラソンを続けることが唯一の生きる目的だったからである。

富夫は、ジョセフに相談した。

ジョセフは、じっと富夫の云うことを聞いていたが、やがて、たどたどしい日本語で次のような意味のことを云うのだった。

「トミオ、戦争で死んだのは、トミオのパパだけではない、いつまでも昔のことに、こだわるのはよくない。オリンピックでは、かつて戦った国の人々が仲良くスポーツを、通じて手を結ぶのではないか。それに自衛隊にこだわっているが、東京オリンピックでは自衛隊の軍楽隊がファンファーレを演奏する他、輸送関係警察関係で支援することになっているではないか、それにトミオにとって、マラソンを続けるためには自衛隊の体育学校に入る以外に方法がないではないか」

ジョセフは、実を云えば富夫を手放したくないのだ。

だが、富夫の将来を考えると、自分がかつてそうであったように、軍隊でしかスポーツが出来ないことを知っていた。

今、かりに、自分が一生懸命、富夫をコーチしても、それは、ただそれだけの話であり、それによって富夫がオリンピックの候補選手になることはあり得ないのだった。

「トミオ、しっかりやるんだ、トミオはすぐに一流のランナーになれるんだ」

ジョセフは部厚い手で、しっかりと富夫の手を握るのだった。

ジョセフの言葉により、富夫の心は決った。

彼は早速自衛隊へ願書を出した。

自衛隊では毎月、隊員を募集している。

義務教育をおえた、満十八才以上、日本人ならば誰でも受けられるのだ。

富夫は無事に合格し、吉田二尉の計らいで直ちに体育学校に廻され、オリンピック強化合宿に参加することになった。

九

富夫が自衛隊に入ったと知って喜んだのは栄養軒の春吉と妹の道子だった。

朝霞は町ぐるみ自衛隊ファンだが、中でも春吉は熱心な支持者であった。

「よし、富夫君がオリンピックに出場出来るよう、たっぷり栄養のある料理を出してやるぞ」

春吉は上機嫌で、新らしく住込みで働くことになった武に云うのだった。

「畜生――清子の奴は、今年から、短大生、富夫の奴は二等陸士でオリンピック選手、おれもうかうか出来ねえぞ」

「まあ、そうあせるな、歌なんて、いくら、あせったって急に巧くなるもんじゃねえ、おれの処にいる間に、みっちり勉強するんだな、おれだって、昔は、民謡で、のど自慢、全国第一位になったことがあるんだ。悪いようにはしねえから、大船にのった気でいるんだな」

春吉は、すっかり武が、気に入っている。

春吉は、富夫の自衛隊入りを祝って、栄養軒の二階で、祝宴を張ってくれた。

吉田二尉、ジョセフも顔を見せたが、清子は姿を見せなかった。

富夫は、清子を心待ちにまったが、清子からは何の連絡もなかった。

清子は富夫が自衛隊に入ったと知って怒っているのではないか。

富夫は、それを思うと寂しかった。

そんな富夫の気持が判るだけに、武は、精一杯のサーヴィスをするのだった。

「富夫、合宿の飯が足りなかったら、この栄養軒へ来いよ、栄養ならまかせておけってもんだから、何んでも、もりもり食べさせてやる」

と余計なことまで口走って吉田二尉にたしなめられるのだった。

「おいおい、うちでは毎日、五千カロリーの栄養食を与えているんだぞ、それ以上は必要なし、いいかい春吉さん、富夫君は、わが体育学校のホープなんだから、くれぐれも注意してくれよ、変なもの食べさせて、体のコンディションを狂わされたのじゃ大変だからな」

「わかってますよ吉田さん、富夫君は、自衛隊だけじゃない日本にとって大事な選手だ。こんな武みたいな新米に、なんで富夫君の食物を作らせますか……はばかりながら、この三田春吉がついているからには大丈夫ですよ」

春吉はどんと胸を叩いて見せるのだった。

× × ×

吉田二尉の厳しいコーチのお蔭で、富夫は着々と自己の記録を更新していった。

そうした富夫達の練習ぶりを、グランドの外から、じっと見ている一人の黒人兵……ジョセフ・ロブスンだった。

ジョセフは富夫の将来を思って手放したのだが、いざ別れてみると寂しく、いつかまた、悪いと知りつつ酒に親しむようになっていた。

そして心臓の病気が悪化し、遂にキャンプ内の病院に入れられてしまったのだった。

それでもジョセフは、毎日のように体育学校のグランドに来て、外からじっと富夫の練習ぶりを見ているのだった。

十

自衛隊体育学校では、いよいよ秋のオリンピックメンバーを決めることになった。

そして、そのための競技会が開かれることになった。

この競技会で規定以上の成績を上げた選手が、一般民間人と共に、オリンピックの予選にのぞむことが許されるのである。

従って隊内のこの競技会でいい成績を修めなければ、オリンピック出場は不可能だった。

初夏の一日。

競技会は朝霞のキャンプを中心にしてくりひろげられた。

その中、マラソンの部では富夫は十九才という最年少者だったが最大の優勝候補と目されていた。

いよいよマラソンのスタート。

スタートラインに立った富夫は、応援にかけつけた朝霞の町の人々の中に、清子の姿を認めた。

清子は富夫に向ってニッコリ笑って見せた。

そして純白なセーターの胸に、あの、四年前、富夫がプレゼントした安物のロケットが輝いていた。

今は清子に対する恋を諦めた武が、清子と富夫の気持を結ぼうと、清子を熱心に説伏(ときふ)させたからだった。

もとより清子も、富夫が今でも自分を深く愛してくれていることを知った以上、富夫の愛を受入れることに異存はなかった。

清子は、想い出のロケットを胸に、晴れの競技会にかけつけたのだった。

競技会にかけつけたのは清子ばかりではない。病床に伏すジョセフもまた、富夫のことが心配で、医者がとめるのもきかず、自転車を持出して、スタートした選手達の後に従った。

富夫は先頭の一団の中にあって懸命に力走した。

朝霞の町を抜け、野原、山道と変化に富んだ道を走り続けるのだ。

折かえし点をすぎて、富夫はついにトップに立った。

「トミオ、頑張れ」

ジョセフが声を限りに応援する。

だが、その青黒い顔には油汗が一杯にじみ、呼吸は乱れて、息も絶え絶えだった。

富夫は走りながらも、ジョセフの身を案じた。

元々心臓が悪い、しかも最近では酒のせいで一段と病状が悪化している。

富夫が心配してふりかえった時、ジョセフの体は自転車もろとも田んぼの中に転落していた。

誰もいない山道である。

富夫は迷った。

競技を続けるべきか、ジョセフを助けるべきか、理由のいかんを問わず、ここで競技を捨てれば、オリンピック出場の夢は消えてしまう。

だが、富夫はジョセフの許へ引かえした。そして最早や、死の影のさしたジョセフの体をかかえて歩き出した。

それでもなお、うわ言のように「トミオ、トミオ」と呟きつづけるジョセフの顔に、富夫の熱い涙がしたたり落ちた。

×　　×　　×

ジョセフは奇蹟的に命をとりとめた。

だがその代償に富夫はオリンピック候補として、出場するチャンスを自ら捨てた。

しかし富夫はそれで満足だった。

自分のことを弟のように可愛がってくれ、病をおして応援にかけつけてくれたジョセフへの友情の方が、オリンピックに出場することよりも尊いことだと覚ったからだった。

そして何よりも嬉しかったのは、そんな富夫の行為を、清子が心から支持してくれたことだった。

×　　×　　×

その夏——

朝霞のキャンプではオリンピック支持部隊結成とオリンピック出場候補選手の決定を祝う盆踊り大会が開かれた。

それには日頃、お世話になっている地元の人々も多数招かれた。

三田春吉と妹の道子も参加した。

会場中央のやぐらでは三波春夫が、得意の東京五輪音頭を歌っている。

そして三波の後方では、武が、同じ浴衣姿で歌っていた。

武はつい先日、レコード会社のオーディションに合格し、歌手としてデヴューすることになったのだ。

それを見上げる観衆の中に、自衛隊二等陸士の制服に身を堅めた富夫と、清子——いきな浴衣姿の三田春吉と道子がいた。

春吉は、やぐらの上の武を見ながら、目に入れても痛くない妹の道子を、武の嫁にしてやってもいいと、ふとそんなことを考えるのだった。

そしてやぐらの上の歌が一くぎりついたところで、突如、春吉がいい声で五輪音頭を歌い始めた。

すかさず伴奏する自衛隊軍楽隊、そして観衆は一勢に手拍子をとって、踊り始めるのだった。

世紀の祭典——東京オリンピックの成功を祈りつつ。

評論・随筆篇

作りたいドラマ

私は始め、ラジオでは本格探偵物は不可能だと信じ、ウールリッチ風のスリラーのみに期待をかけていた。

その事を、去年の夏、探偵作家クラブの会報に書いたが、現在では考えが変っている。

つまり本格探偵物でもトリックの如何では立派にラジオで通用するのだ。ラジオ（超聴覚的な）の特性にマッチした言葉と音のトリックが考えられると思う。今私には一つの腹案がある。法律適用のトリックだが、これならかなりの自信がある。勿論、このトリックは活字でもいいと思うが、ラジオのセリフで言われた時こそ、威力を発揮するだろう。

だが、そのためにはドラマを聴いてくれる人が、あらかじめ、ペンとノートを用意してくれて気のついた事をメモしてほしいと思う。せめて登場人物の名前だけでも。こんなめんどうな手数が嫌いな人はしょうがない。探偵小説の鬼のために、私はそんなドラマが作りたい。

放送劇の空想音

近頃広島でも上映されたM・G・Mの「禁断の惑星」はよく出来た空想科学物で東京や大阪では大当りをとったというが、広島ではどうだったのだろうか。

ちょうど、あのころ、私は広島中央放送局（JOFK）の子供の時間に「地球よ永遠なれ」と言う空想科学ドラマを半年にわたって演出していたので、ひときわ、関心も強く鑑賞した。私より先に、いち早く見たFKの劇団の諸氏が、自分たちのやっているドラマを映画を見ている間中意識したと言ったり、近所の少年がなんと「原子ピストルが出るんだ。ピルピルピルという音だけどラジオの方がもっとすごいや」とほめてくれたりしたせいもあった。

探偵作家の鬼怒川浩（きぬがわひろし）氏をわずらわせて、四月からはじまった「地球よ永遠なれ」は、まず第一回から円盤ロケットやら原子人間製造工場などが飛び出して効果団を仰天させたものだった。そしてダイナマイトの爆発音やら電気掃除器のごみを吸いこむ音などを、ミックスしてようやく円盤ロケットらしい軽やかな金属的な飛行音を作ったが、すぐに今度は大型ロケットが台本に出てくる。円盤ロケットと同じではだめである。さらに夏ごろになると月世界旅行用の月船、月を走る三輪ロケット車などと言うのまで現われ、私たちは文字通り徹夜でごそごそとスタジオをかけ回ったものだった。

「禁断の惑星」でもしきりに電子音楽が使われていたが、私たちも映画の封切りより前にやはりこれに目をつけた。そのころ、黛（まゆずみ）氏の電子音楽が、NHKから放送されたが、私たちはそれを録音し、何度でも聞いてそれに近いものを合成した。周波数のピイピイという音をダブらせたり、33回転でとった録音を78回転で回してさらにそれを録音したりして、効果団の苦心は、ついにあのドラマの毎回冒頭に出て来る「ピイピイ」というなんとも言えない不気味な怪星人の音を作ることに成功した。

少年のファンの中には、ドラマの最初で、あの音とロケットの発射音を聞いただけで、血がたぎるというくらいの人もいた。

そうした少年達の熱心な投書やらサゼスチョンがあの

ドラマを半年間続けさせてくれたのだと思って感謝している。そして「禁断の惑星」の紹介がぼつぼつ映画雑誌に現われるころ、私たちは〝電気ピストル〟と言う怪星人が持つ武器を作り上げたのだった。

その原理については作者だってろくに知らなかったに違いない。あとはスタッフで、もしもそんな不気味なオールマイティなピストルがあったとしたら、こんなものだろうという空想で作らなければならなかったのである。まず第一に不思議な音でしかもスピード感があり、聞いている人の心臓をえぐり出すような音が私の注文だったが、これを千サイクルから始まる各周波数の高い音をいじりまわして作りあげた。怪星ゴールデンスター人の手にしたこの電気ピストルが初めて発射された時、私達は大いに満足したのだった。「地球よ永遠なれ」はその性質上、ラジオドラマとしてまったく新らしい音のジャンルを開いたが、その中での傑作がその電気ピストルだった。

不思議なその音が、映画「禁断の惑星」でそっくりそのまま聞かれたのだから私達スタッフが喜んだのも無理あるまい。

映画の場合は映像が同時に見えるが、ラジオの場合はあくまでも音だけだから不利なわけだが、それだけに音だけなら、私達の作ったピストルの音の方がよかったと秘かにうぬぼれている。

いずれにしても愉快なのは相手が世界第一を誇るメトロ映画だったことである。

今後、こうした空想科学物は映画や、TV、ラジオでもどしどしとり入れられるだろうが、本格的な空想冒険ドラマを目ざした「地球よ永遠なれ」は、その技術的な面ではある程度、パイオニア的な仕事を果したと思っている。

「禁断の惑星」が広島で当ったかどうかは知らないが、あの映画を見た人で、私達のドラマをふと思い出してくれた人があれば、私達の作った、ある人に言わせれば滑稽で奇想天外な子供だましのような効果音でも、ある程度、認めていただいたものと信じたい。

そして今一段の研究と努力で、来るべき宇宙旅行に先がけて、完全な空想音を作り、それで縦横に大宇宙をあばれ廻ってみたいと思っている。

川野さんの事

川野さんとは凄く懇意にして頂いている。大抵は意見も合うが時々は探偵作家と自負する川野さんをやり切れなく思う事もある。学生の頃から「宝石」などに作品を発表している川野さんだが当人は山形三郎さんのような、時代小説を書きたがり、随分とそんな原稿がたまっているらしい。つまり探偵小説と違って、時代物の方は、さっぱり売れないらしいのである。私はそんな川野さんが気の毒なので、昔書いたと云う、この一篇を載せて川野さんにささやかな自己満足を味わってもらおうと思ったのである。（上野）

放送局と私

私が自分の職場である放送局を舞台にして作品にとり上げたのは、「黄金」と云う雑誌に昭和三十年の十一月に発表した「青春放送局」と云うユーモア物だった。この雑誌は、日本週報社が出していた娯楽雑誌だったが半年も続けない内に潰れてしまった。この雑誌には三十一年の新年号にも「第二の誕生日」と云うやはり放送局ものを書いた。二篇とも主人公はアナウンサーで前者はスポーツアナ、後者は社会番組担当アナの話で、特に後者には、モデルがあった。その頃私の勤める放送局の玄関に毎日のように現われて人待顔に、佇んでいる白痴の女を、とり上げて純情な物語にしたてたものであった。

探偵小説と放送局との関係は三十年暮の「宝石」の増刊号に載せた「消えた街」からで、この作品が、二十八年頃から方々の猟奇雑誌に書きなぐっていた私の怪奇探偵物との訣別となった。この作品は、街全体が一晩の内に消失するという思い切ったトリックを使ったもので、今でも気に入った作品の一つである。

その消えた街と云うのは実は映画の永久的なセットを本当の街と誤認した訳だが、これは新らしいトリックだったのではないかと秘かに自負したものであった。そして登場の主人公はある民放のプロデューサーとなっており、ある程度、時間に追われる放送人の悲哀めいたものも入れた積りだった。

三十一年には「宝石」の十一月号に「コールサイン殺人事件」を発表した。題名の示すようにこれは文字通り放送局を舞台にした放送局ならではのトリックを使った積りだった。録音テープとコールサインのトリックだったが、被害者が私の局の某女性アナウンサーに似ているというのでちょっとしたトラブルもあったという因縁つき、しかも、主人公のプロデューサーとまったく同じケースで私自身が、雑誌発行の月に結婚したという、附録がついた。

三十二年には五月「宝石」に「団兵船(だんぺいせん)の聖女達(マドンナ)」を発表、これは、放送記者と云うあまり世間に知られていない放送局のニュース活動をバックに呉(くれ)の高級売春婦のその後を描いてみた。トリックは、民放間の同一番組の放送時間のずれで、先輩の探偵作家、鬼怒川浩氏をくやしがらせた。氏も同じようなトリックを考えておられたのだった。

この年はもう一つ「青い亡霊」と云うのを大衆誌の「オール読切」と云う小型本に発表した。効果マンが主人公でトリックはないが、目新らしい職業を描いた積りだった。

三十三年は新年号の探偵実話に「女性アナウンサー着任せず」を発表、これも放送局を舞台に美貌の女性アナウンサーの悲劇を書いたものだった。それからもう一つ「宝石」の別冊に「狙われた女」を、これは放送記者が主人公で原爆娘を扱ったものである。

そして、今後も私は、せっせと放送局物を書いて行きたいと思う。世間によく、ブンヤ物と称する新聞記者物があるように、ラジオ、TVを舞台にした放送局物と云うジャンルを作り上げたいという野心も持っている。

放送局には、まだまだ私達の気がつかないざん新なトリックが転っているような気がする。

技術さんの中で、ちょいちょい入智慧してくれる人もあって私の職場は大変に楽しい。

放送局を描こうとよく周囲を見廻すと、いじ悪さよりも、まず、住み心地の良さを感じてしまう。最近ラジオやTVの悪徳プロデューサーの無軌道さだけが小説に取上げられるのは不満で、私は、放送局員の善意をバックボーンとして、健康な面白い探偵小説を書き続けたいと思う。

そして、その事が私の職場へ対する、ささやかな恩がえしになる事を願っている。

馬の話

わたしが子供の頃、町の中には荷車を引く馬が一杯いました。その馬がこわくて近くを通る時には息をつめていたものです。中学（旧制）生になり勤労動員されて飛行場作りにかり出され、田舎の小学校に寝泊りした時、深夜下痢で便所に行くと、フラフラと馬がさまよい出ているのにぶつかり胆を潰しました。友人など、便所に入って戸をたたく者がいるので開けると、ぬっと馬の長い首が入ってきたといいます。馬嫌いのわたしだったら失神していたことでしょう。

羊と乙女

昭和六年生まれのヒツジです。子供の頃からヒツジ年が嫌いでした。なんとなく大人しく、ハ気がないようで軍国少年としては肩身の狭い思いがしました。そして生まれ月が乙女座ときているのでますます厭になってしまいます。しかし今ではヒツジ年の乙女座というのは、日頃の小生の言動から見て他人はユーモアととってくれるのでまんざらでもありません。酒席の女性達との他愛のない会話にことかきません。そして落ちはヒツジ年はドエッチなんだってで大笑いです。

かけ出しの頃

二十数年前、ディレクターとしてかけ出しの頃、広島の奥の帝釈峡(たいしゃくきょう)に野猿の取材に行った。群の中のはぐれの若者猿はメス猿に相手にされないので精液が固って、そいつをソーメンのように手で引っぱり出して喰べているという。そんなになったら哀れだとすぐに帰って赤線(その頃はあった)に直行したスタッフがいたが、ソーメンの話どうやら地元の人にだまされたような感じでもあり、今から考えてもおかしい。

推理文壇復帰の夢

「推理ＳＦドラマの六〇年」（六興出版61年2月発行予定）は小生の自伝的ドラマ史で、放送の推理・ＳＦドラマの記録・評論を集めたのは、はじめてではないかと自負しているが、トラ年は小生にとって重大なかかわり合いがあることが分って驚いた。

　昭和一三年小学校入学、二五年大学入学、三七年東京でラジオドラマの演出はじめる（ＮＨＫ入局は二九年）、四九年、一時ドラマの現場をはなれていたがこの年、再び演出畑に戻る、そして六一年なにがあるか、「推理ＳＦドラマの六〇年」で推理作家協会賞を頂いて推理文壇に復帰とならないかと夢想しています、どうぞよろしく。

ＳＦとＳＭ

　この二月「推理ＳＦドラマの六〇年」という小著を上梓した。

　放送の現場にたずさわって三十年、自分の演出の記録と共に、放送開始以来の推理ＳＦドラマの概要を綴ったもので、いささかおこがましい題名になったが、自分のことだけではなく、他局の番組も調べなければならず、それなりの苦労はあった。

　雑誌、週刊誌など数誌のインタビューを受け、おおむね好意的に紹介してくれたが、若い記者に、「推理」と「ＳＦ」を一つにくくったのはどうしてだと聞かれてぎょっとした。

　われわれにとっては、推理（探偵）とＳＦは親類同士というよりは、ＳＦは推理小説の一ジャンルだという認識が強い。

戦前の海野十三の書くＳＦ（その当時は科学小説）はあきらかに探偵小説のジャンルに入れられていた。

戦後、矢野徹氏らの努力により外国のＳＦ小説が大量に紹介され、ＳＦ専門の作家が誕生、やがてＳＦの専門誌が出版されるに及び、現在ではＳＦは推理小説と並ぶ、立派な独立部門として受け入れられている。

若い読者にとってはＳＦはあくまでもＳＦであり、推理小説とは別物だと思っているようだ。特に最近のＳＦは推理的な要素より、冒険ロマンの色彩が強いからなおさらであろう。

若い記者には、わたしが放送にたずさわった昭和二〇年代の後半から三〇年代のはじめにかけては、ＳＦという言葉すら定着しておらず、ＳＦドラマは探偵ドラマと同じように扱われていたと説明した。

そういいながら、わたしはふとＳＦならぬＳＭのことを思った。今時、ＳＭ小説と推理小説を混同する者はいないだろうが、本来は極めて近いもの同士であった。

探偵小説の御大、江戸川乱歩の多くの小説はＳＭ的色彩が濃厚である。

戦後カストリ雑誌の通俗的？　なエロチシズムにあきたらなくなり、変態的な風俗雑誌が誕生しＳＭ小説が定着し、その頂点は「家畜人ヤプー」であり、現在は団鬼六氏のものであろうか。

縛り、鞭、同性愛、フェチシズム、一体これらの異常な世界を扱ったものが風俗というのはいかなる理由か。

「風俗」とは、世のならわしのことだが、変態的な性慾が、世間に古くから行なわれてきた風俗だというのも奇妙だし、それを描けば風俗小説となるが、これはもうニュアンスが全然違う。

風俗営業といえば待合、キャバレー、ソープランド（トルコ）、ＳＭ小説がこうした風俗営業をテーマにしているわけではない。

それはともかく昭和二〇年代後半の風俗雑誌「奇譚クラブ」「裏窓」「風俗草紙」「風俗科学」などに掲載されたＳＭ小説の中には探偵小説と呼べるようなものが多くあった。

変態性慾は犯罪か、あるいはそれに極めて近い距離にあり、それをテーマにすれば、それだけで探偵小説といってもいいだろう。

少なくとも戦前ならそうである。

事実、風俗雑誌には探偵作家も別の筆名でＳＭ小説を書いていた。

だが、探偵作家の片手間のＳＭ小説では、あきたらなくなった読者の中から、本格的なＳＭそれのみに徹した小説が生まれてきた。

そして現在ではSM誌は数十誌にのぼり、毎月、多くのSM小説が発表されているが、戦後、もしかしたらSM小説もまた探偵（推理）小説のジャンルに入れられていたかも知れないのだ。

推理とSFを一つにくくることに異和感を感じたという記者に説明しながら、突然、わたしが考えたのは推理とSMの似たような関係であった。

沼正三氏の評論集「奴隷の歓喜」の中に「〈奇ク〉誌上、川野京輔氏に〝ベンガルの黄昏〟〝奴隷加虐〟の文があったことを思い出す、……」とあるように学生の頃、風俗雑誌に投稿していたわたしにとってSM小説揺籃期の風俗雑誌の位置づけは、どうしてもやらなければならない仕事だと思っている。

SFはもう完全に世間に認知されたが、SM小説はどうなのだろうか。

カストリ雑誌と、現在のSM雑誌をつないだ「風俗雑誌」とは何んであったか、興味ある方の御協力を得て、体験をふくめて調べてみたいと思う。

「推理SFドラマの六〇年」のあとは「推理SM小説の三〇年」とでもなろうか。

ウマが合わない

私の幼い頃（昭和一ケタ）町の中を馬や牛が車を引いていた。ある日、空の荷車を引いた馬が暴走、細い路地を突進してきたのに胆を潰した。戦争中、中学二年、飛行場作りで田舎の小学校に泊り込んで道路工事にかり出された。コーリャン飯でいつも下痢、深夜うす暗い便所に行くとドンドンとドアを叩く音、ドアを開けると近くの農家の馬が目の前にヌーッと長い首を出したという友人の話に夜がこわくて眠れなかった。

どうも馬とはウマが合わず競馬をやったことは一度もない。

乱歩のラジオドラマ

去る平成三年八月で三十七年間勤めたＮＨＫを退職した。その間、二、三本のテレビドラマの演出をしたが、大半はラジオドラマの演出で過ごした。ＮＨＫに入局してから、推理ドラマの演出をすることが目的だったから、数多くの推理ＳＦのラジオドラマを演出したが中でも最も多いのは江戸川乱歩の作品である。少年時代、乱歩の小説を愛読と云うよりは耽読した小生にとっては当り前であったかも知れない。最初は昭和三八年「月と手袋」四三年「心理試験」そして五三年からは連続ラジオドラマとして「黄金仮面」「魔術師」「吸血鬼」「人間豹」「地獄の道化師」「化人幻戯」「少年探偵団」「怪人二十面相」「妖怪博士」「青銅の魔人」「地底の魔術王」「透明怪人」「怪奇四十面相」「宇宙怪人」「電人Ｍ」を一〇回から二五回にわたって放送し、平成三年、小生のお別れ演出もまた、特集で、乱歩の「押絵と旅する男」「人間椅子」「目羅博士」「屋根裏の散歩者」をＦＭで放送した。

ラジオ、ＴＶ、映画を含めても、乱歩の作品を同一演出家で、これだけ手がけたというのは、恐らく小生がはじめてではないだろうか。ＴＶや映画ではよく時代を現代に置きかえているが、小生はあくまでも、その作品が書かれた時代（大正〜昭和初期）を舞台にした。あの一種独特な乱歩の語り口は、その書かれた時代でなければ生きてこないと信じたからだ。そしてシリーズを通して主役の明智小五郎を声優の広川太一郎にした。トニー・カーチスのちょっとおふざけの吹き替えで名のある広川だがその美声とやや古めかしい二枚目の演技で、すっかりラジオの明智小五郎として定着した。そして語りは、ＮＨＫのアナウンサーとしては癖の強い中西龍（りょう）で通した。渋い美文調で謳い上げる語りが大正・昭和初期のモダニズムを再現させてくれた。乱歩の連続ラジオドラマは毎回、二千通以上の便りが寄せられ、これは現在のラジオドラマの置かれた状態から云えば大変な反響と云うことになろう。昭和二九年の「宝石新人二五人集」に載った小生のはじめての推理小説は、乱歩から散々の酷評を受け、失望落胆したものだったが、ラジオドラマの乱歩シリーズを演出するようになって親しく声咳に接する間もなく世を去られた事が悔まれてならない。雑誌で還暦を迎えた乱歩さんが赤い羽織、赤い頭布で写真におさまっておられた姿を思い出すが、その年に小生もなったこともまた感無量と云うほかはない。

近況報告

三十七年勤めたNHKを辞めて、目下、在職中に手がけたラジオの「日曜名作座」(森繁久彌、加藤道子出演)の脚本・演出を引続き担当しています。この番組も三十五年続いています。退職して放送作家協会に加入、理事に推されラジオドラマ振興のために働かされています。退職したら推理小説界のために尽力したいと思っていたのですが、放送の仕事の方が多忙になってしまいそうです。ただ推理小説への思いも強く、近々、昭和三十年代の初め「宝石」や「探偵実話」に書いた、放送局を舞台にした短篇小説を集めて、上梓したいと思っております。

出版予告

昭和三〇年代の前半に「宝石」「探偵実話」などに書いた、放送局を舞台にした短篇を八篇集めて平成六年の一月に出版します（廣済堂出版）。同じ頃、評論、エッセイ（探偵作家クラブ・推理作家協会の会報に載せた短文が中心）を集めたものも地元大和市の出版社から出す事になりました。いずれも懐古的なものですが御興味がある方は御一読下されば幸いです。

平成六年の新刊

昭和三十年に当時の探偵作家クラブに加入して以来、クラブの機関紙（東京と大阪）に書いた探偵小説の評論、随想を中心にその他の新聞・雑誌・PR誌等に掲載されたエッセイ、座談会、インタビューなどを「随想―ミステリーと共に」（私家版）と云う一冊の本にまとめました。平成六年十一月の発行です。

長寿番組「日曜名作座」

年間何本か脚本と演出を担当しているＮＨＫのラジオドラマ「日曜名作座」（森繁久彌・加藤道子）がスタートして、この三月で満四十年となる。森繁氏八三歳、加藤さん？歳、小生が六五歳と年齢を忘れて頑張っている。小生の担当では泡坂妻夫・宮部みゆき・皆川博子諸氏のミステリーをオンエアさせて頂いたが、男女二人の俳優によるラジオドラマという型式は世界でも珍らしく、しかも四十年も続いているというのは大変な事だと思う。この番組にずっと、かかわり続けられた事をつくづく幸せだと思っている。

埋もれた作品に陽の目を

自分では自信作だと思っていたのに、制作者サイドのお気に召さなくて没になったという苦い思いをしたことはありませんか。それも確たる理由もなく、その時の気分や社会情勢云々で採用されない。勿論、没にした方には、それなりの理由はあるだろうが、ずっと現場のディレクターとしてドラマを演出してきた小生にとっても、何故、放送出来ないのかお偉方の考えが分らない事も多々あった。

こっちの責任で作品を委嘱したのだから、たとえ放送出来なくても稿料だけは払ってほしいと事務サイドと交渉した事もある。

そうした小生の体験を踏まえても、放送作家の皆さん方、自信があるのに陽の目を見なかったという原稿をけっこう持っていらっしゃるのではないか。ある時代には向かなかったテーマだが今なら通用する。読む人間が代ったらいい評価がでるかも知らない。そんな思いの未発表の原稿を集めて小冊子にまとめ、改めて、各局のディレクター、プロデューサーに読んでもらう。そんなプランを持っています。現に小生の手許にも、そうした作家の方々の作品がいくつかあるので、年に一度でいい、そうした作品を集めて改めて世に問いたい。はじめは有志が集まり同人誌形式でワープロ印刷でいいから、一冊まとめてみたいと思います。御賛同の方があればプランを具体的にねりたいと思います。

筆名由来の弁

小生の川野京輔と言う筆名は、高校時代の友人四人の名前から一字ずつもらって作った。最近続けて、息子に一人、娘に二人、合わせて三人の孫が誕生した。いずれも男の子だが、息子は小生の本名友夫と筆名京輔からとって友輔と命名した。本名と筆名が孫の名前となって残るのは何やら照れ臭いが、やはり嬉しい。息子の配慮に感謝している。

追悼　中西龍（りょう）氏

ナレーションの名手と謳われたＮＨＫの元アナウンサー中西龍さんが去年十月亡った。新聞社の電話取材を受けたのは龍さんがＮＨＫのラジオで、小生が演出した江戸川乱歩シリーズのナレーションを長らく担当したいきさつについてだった。江戸川乱歩シリーズは昭和五三年に「黄金仮面」を連続ラジオ小説としてスタートさせ「魔術師」「少年探偵団」など毎年二十回の連続で平成三年まで続いたが、いずれも中西龍さんが、あの独得な節まわしでナレーションを担当した。大正―昭和初期にかけての世相を浮かび上らせるには龍さんしかないと小生がお願いしたものだ。これらのテープは全部小生が保存しているので、カセットで何とか再び陽の目を見せたいと思っている。

今なおカーマニア

二〇〇四年八月、七十三歳の誕生日の前、高齢者運転の講習があり、運動神経と実技のテストがあった。一九五一年に「自動三輪免許」、六〇年に「普通免許」をとって以来五十三年間運転を続けて、「モペットからマイカーへ」「マイカー自衛術」「マイカー忍法帖」などの著作もあり、いっぱしのカーマニアをもって任じていた小生も、助手席に若い指導員を乗せての実技には、いささかあがり気味だった。ともあれ結果はＯＫで無事に免許を更新する事が出来た。

「タマゴン」物語

かつて山村正夫、辻真先、松本守正、そして小生の四人で推理劇団「宝石座」を立ちあげ四本ばかり上演した。その時、すべての作品に出演し、後輩の指導に当ってくれたのは青砥洋(あおとよう)君だった。青砥君は小生がＮＨＫ松江局の演出担当だった頃の放送劇団員だった。そして上京してからは小生のほとんどのドラマに出演しているが、劇団「昴(すばる)」「四季」を経て現在では全国十ケ所で児童劇団を主宰し、子供ミュージカルの指導に当っている。その青砥君の好意により久し振り舞台劇の脚本を書いた。多摩の山奥に現われた宇宙人「タマゴン」の物語で、二〇〇六年の夏、八王子で公演する予定。三人の孫ともども楽しみにしている。

運転をやめる

平成十八年、私にとってショックだったのは、車の運転をやめた事だ。五十五年間、自動三輪・単車・四輪と乗りつぎ、外出時のかかせない足であった車だ。前年の暮れ、車庫入れで珍しくボディをこすった時、右眼がかすんでいる事に気づき、医者に行くと黄斑変性で右眼は、ほとんど視力がないと言う。かなりの期間、片眼で運転していたようで、ゾーッとして、大事故を起こさないうちにと運転をやめ、車は売却した。

通店客五〇年

「通店客」は通った飲み屋の店とその客との交流・思い出を綴った小冊子で、平成十八年三月に、限定一〇〇部で、関係各位に贈呈した。

昭和二十九年にＮＨＫの広島からスタートし、広島・松江・東京（新橋・渋谷）と通ったバーや飲み屋の思い出で、小生の人生はすべて酒の記録でもある。ドラマの収録が終り、出演者、スタッフと夜の街にくり出し、酌み交わす酒のうまさは格別だが、今は放送の仕事からもはなれ、仲間と飲む機会もなくなった。それでも酒は毎日、かかさず、食事に合わせて清酒、ワイン、紹興酒、そして夜は、もっぱらテレビ（野球・ドラマなど）を見ながらウイスキーの水割りを飲む。小生の飲み物といえば勿論、酒、ただしビールはやらない。

目下、整理中

昭和30年、当時の探偵作家クラブに入会した時、わたしはＮＨＫ広島局で番組製作にたずさわっており、翌31年には連続ラジオドラマ「地球よ永遠なれ」と云うＳＦ物を演出し、その事をクラブ会報に書いたところ、矢野徹さんから手紙をもらい、それから矢野さんの脚本で多くのＳＦドラマを演出した。その後、松江局、東京と移り、矢野徹、星新一、今日泊亜蘭、光瀬龍、柴野拓美、各氏の作品をドラマ化した。それから会報には、わたしのミステリーやドラマ、演出の情報などを書いた。目下それらの原稿を整理して一冊の本にまとめようと作業中です。

ラジオドラマをアーカイブスへ

過日、小生が自宅保存していたＮＨＫで演出したラジオドラマ４３６本のテープをＮＨＫアーカイブスへ寄贈保存してもらうことにした。「魔術師」「吸血鬼」など江戸川乱歩シリーズの連続ラジオ小説の他、多くの推理作家のオリジナルや原作として加納一朗「浅草ロック殺人事件」高橋克彦「ドールズ」なども あり、これらのテープは今後アーカイブスで保管され、いつでも再放送や視聴に応じてくれることになるので一安心。なお演出名は本名の上野友夫になっています。

「探偵作家クラブ」のおかげです

昭和29年4月、ＮＨＫに入局、広島に赴任したが、仕事は文芸・音楽著作権の管理で放送現場を希望していたわたしは失望した。入局の前年昭和28年には「宝石」の新人25人集に探偵小説が掲載されたりしたのでそのことを上司に伝え仕事を変えてくれるように頼んだが駄目だった。

それならばと29年、30年にかけて「探偵倶楽部」「探偵実話」「奇譚クラブ」などに、精力的に作品を発表し30年の7月に「探偵作家クラブ」に入会を許され、このニュースは地元の新聞社や民法局の知るところとなりＮＨＫとしても30年10月、仕事をディレクターに変えてくれた。

森繁さんとミステリー

故森繁久彌・加藤道子さんのＮＨＫラジオ「日曜名作座」に、わたしは企画・演出・脚本と多年にわたりかかわってきたが、ある時、昭和30年代に「宝石」などに書いた短編を集めて「コールサイン殺人事件」として上梓し、森繁さんにも贈呈した。しかし何の反応もないので付人（つきびと）に聞くと「うちの先生はミステリーは嫌いで読まない」とのこと。名作座でミステリー物も多くとりあげ森繁さんは熱演してくれたのに、本当はミステリーは嫌いだったのだ。結局亡くなるまで、森繁さんに、わたしのミステリーは読んでもらえなかったのだろう。残念でならない。

コロモンのウエチャンとつき合ってくれた鬼怒川浩・矢野徹の思い出あれこれ

昭和31年ＮＨＫ広島ローカル子供の時間（毎週月曜日18・05〜18・25第一放送）でわたしが企画演出するＳＦドラマ「地球よ永遠なれ」が4月から10月まで放送されることになった。作者は広島在住の探偵作家鬼怒川浩、作曲は末永国一、出演は広島放送劇団、地球征伏を狙う宇宙人と地球人の戦いがテーマだった。

これについて、わたしは「探偵作家クラブ会報」に「空想科学ドラマ演出記」と題して投稿した。その頃、わたしは川野京輔の筆名で探偵雑誌に作品を発表し、探偵作家クラブに加入していた。

この会報を見てＳＦ作家の矢野徹が、わたしのところに手紙をよこし、わたしのＳＦ作家とのつながりが出来たのである。

そして昭和32年、矢野徹のＳＦドラマ「小さな壺」をオンエアし、鬼怒川浩・矢野徹という二つの強力なエンジンを持つ、わたしの飛行機はこの後、推理SFドラマの大空を飛び続けることになるのである。

さて「地球よ永遠なれ」を演出したわたしは若冠26才、広島の飲み屋街では「キョースケさん」と呼ばれていた。筆名川野京輔からきたものだが、もう一つ仇名があった。「コロモンのウエチャン」殺し文句の上野といった意味である。

例えば、いきつけの飲み屋に、わたしが女性を連れて行くと、小粋なママがこうのたまうのだ。

「貴女注意するのよ、この人何しろコロモンのウエチャンで話が巧いから、ついつい聞いているうちに、その気になってしまうのよ、用心用心」といった具合だ。

殺し文句は相手が女性だけでなく、作家や俳優や飲み屋仲間にも向けられたらしく、「おやじたらし」などと呼ばれていたらしい。

鬼怒川浩と矢野徹も、わたしの殺し文句にやられたのかも知れないが、今にして思えば、この二人の素性などほとんど知らずにつき合っていた事に気づいた。

鬼怒川浩が「宝石」第一回の懸賞募集で「鸚鵡裁判」で入選したこと、広島の通産局の役人だったが、わたしが入局した昭和29年にはＮＨＫの契約ライターとして探偵ドラマを執筆し、広島局の名物番組になっていたことは知っていた。

矢野徹は、戦後米軍の通訳をしていた時、兵隊達が捨てたペーパーバックを拾い読みしてＳＦのとりこになりアメリカのＳＦ雑誌に便りを出したりして、ＳＦ同好会から招待されて渡米、本場のＳＦ事情をたっぷりしこんで帰国し、日本にＳＦを拡めた人物であることは知っていたが、年がいくつなのかも知らずにつき合っていたのだ。

そして令和になり、この稿を書くために、二人の経歴など調べる事にしたのだ。

平成2年発行の「作家・小説家人名事典」（編集発行日外アソシエーツＫＫ、発行紀伊国屋書店）によると、鬼怒川浩は生れは大正2年、中央無線電信講習所卒で広島商工局事務官をへて広島で地方教育委員を勤めている。初めて知った経歴である。

「地球よ永遠なれ」演出当時、わたしは26才、鬼怒川浩は45才のおじさんだったのだ。

この事典によれば、矢野徹は大正12年生れ、出身は松山市、中央大学法学部卒とある。わたしも中央の法学部卒なので、学校も先輩だったことになる。わたしと知り合った頃、矢野徹は35才だったのだ。

因みに川野京輔の項には昭和6年生れ、中央大学法学部卒、本名上野友夫、著書に「妖美幻想作品集」「伊達騒動を推理する」など。NHK勤務だったことなど記載されていない。

正確な年令など知らなくてもいいが、それにしても今から思えばいい加減である。

さて「地球よ永遠なれ」は4月から11月まで放送されたが続いて同じ枠で、推理ドラマ「流れ星は消えない」を11月から3月まで放送している。作者もスタッフも前作とまったく同じである。

そして翌昭和32年8月にも鬼怒川浩作のSFドラマ「海底超特急」を4回連続で放送している。

こうして鬼怒川浩とは公私にわたって親しくつき合うようになり、ドラマの打合せ、収録後にはスタッフも混じえて必ず飲みに出かけたものだ。

鬼怒川浩はめっぽう酒に強く、斗酒なお辞さずで、ぐいぐいと飲んで、めろめろになった事など見た事がなかった。

話はもっぱら探偵談義で、わたしが好き者のスタッフとエロ噺をしても一向に乗って来ない、そんな人物だった。

この年11月、やはり「子供の時間」で矢野徹から送られてきた原稿「SF　小さな壺」をオンエアした。

わたしと矢野徹を結びつけた最初のドラマである。小さな壺に閉じこめられた宇宙人の少女と地球の少年の物語で美しいファンタジーで好評だった。

昭和33年2月「子供の時間」で3回連続で鬼怒川浩作の「幽霊ホテル」を、矢野徹の「耳鳴山由来」と云うのも放送したと記録にあるが内容は覚えていない。

5月には子供向けではなく「ラジオ劇場」と云うレッキとしたドラマ番組に矢野徹原作、鬼怒川浩脚色「血球なき人々」を演出している。

水爆戦争が起り、地下壕で生き残った人間と、水爆のために血球がなくなった人間との恐ろしい戦いを描いたもので、人類の終末を暗示した意味深い内容でドラマの出来も上々だと自負したものだ。

この作品、鬼怒川浩と矢野徹のコンビというはじめての作品でもあった。

この年昭和33年6月、突然、わたしは広島中央局から山陰は松江の放送局に転勤となった。

そしてここでも性こりもなく推理SFドラマに精出す事になるのだ。

8月には「ラジオ劇場」で鬼怒川浩作の「追われる者」と云う推理ドラマが登場、7月の「子供の時間」ではSFドラマの特集で、光瀬龍原作、矢野徹脚色「霧の夜」小隅黎「私の月世界留学」星新一「井戸のなか」坂田治「宝さがし」、坂田治と云うのは矢野徹の別名である。

この年の秋、東京で全国文芸番組担当者の研修があり上京、はじめて矢野徹と会い矢野は星新一を紹介してくれ三人で新宿あたりで飲んだ記憶がある。

昭和34年は年の初めから松江放送はミステリー満載、1月12日の「放送劇」では鬼怒川浩作「バックミラーの顔」2月にも鬼怒川浩で「無宿なだれ」を3回連続、そして4月26日の「TK演芸ホール」で矢野徹の「SFクラゲ」の登場となるのだ。宍道湖に巨大クラゲが現われるという内容で、実況中継だと謳ったので、本当に巨大クラゲが現われたと思い込んだ人が放送局に電話してきたりして1938年（昭和13年）アメリカでオーソン・ウエルズが「火星人侵入」と云うドラマをCBSネットで放送した時、本当に火星人が来ると思い込んでパニックになった故事を思い起こされるものだった。

7月の連続ドラマはSFシリーズ、今日泊亜蘭「白い牙」星新一「太鼓」矢野徹「氷人来る」「猫」とSFドラマのオンパレード。

11月「TK演芸ホール」では鬼怒川浩のユーモア探偵物「あくび探偵捕物控」を放送。

鬼怒川浩は舞台を広島から松江に移して大活躍だ。と云うのもわたしが松江に転勤になり、広島での放送の仕事がなくなったせいもあった。

昭和35年1月2日ミュージカル「お春坊」を演出したが、作は矢野徹、恐らくSFっぽいものだったのだろうが内容は覚えていない。3月27日「TK演芸ホール」では同じく矢野徹作「ゴメスの脚」、「放送劇」の枠では1月、鬼怒川浩作の「ユーモア探偵」を3回連続で、5月にも鬼怒川浩作「事件の眼」を5回連続と続いたが、この年昭和35年7月、わたしは東京の芸能局ラジオ文芸部に転勤、当時の人気番組「三つの歌」を担当する事になり、松江を去った。

こうして昭和37年4月、ラジオドラマの演出をするまで鬼怒川・矢野の御両人とも仕事のつき合いはなかった。松江にいる時、鬼怒川浩には広島から松江に来て、ドラマの収録に立会ってもらった事がある。

脚本料は勿論、広島・松江往復の旅費、日当、宿泊料を出したが、本人は旅館でなく、わが家に泊ったのである。

そしてわが家のテレビで酒を飲みながら、当時流行のプロレスを観戦したが、鬼怒川浩は大まじめに「プロレスラーと云うのは大変な職業だよね、よく死人が出ないといつも心配している」と云った。

プロレスなんてしょせんはやらせだと云おうとしたがやめた。

鬼怒川浩らしい人柄がよく出たエピソードだ。

「東京へ行ったら早くドラマの担当になってよ、楽しみにしている、その時は東京に住いを変えるよ」

昭和37年4月、ドラマの担当に変わり、早速「ラジオ芸能ホール」で島村道男原作の「北海の男」を5回の連続物で、脚本を鬼怒川浩にお願いしたが、その時、鬼怒川浩は東京に近い川口市に住居を移していた。

昭和38年には「名作ドラマ」の枠でオサ・ジョンソンの「ウガンダ」を3回連続物として脚色をお願いしたが、何しろ東京には脚本家はウジャウジャ、広島や松江のように鬼怒川浩になかなか仕事を廻わす事が出来なくて心苦しく思っていた。

矢野徹に対しても同様でH・G・ウエルズの「モロー博士の島」アンソニー・ホープ「ゼンダ城の虜」ダシール・ハメット「赤い収穫」などの脚色をお願いしたが、オリジナルのSF物をお願いすることはなかった。

だが昭和59年、矢野徹原作の「カムイの剣」を石山透の脚本、志垣太郎、麻上(あさがみ)洋子出演、語り手広川太一郎で「FMアドベンチャー」の枠で、昭和61年には「カムイの剣」パートⅡを大野哲郎脚本、志垣太郎、東(あずま)啓子出演、語り手広川太一郎で「アドベンチャーロード」の枠で10回連続で放送し、喜んでもらった事を覚えている。

そして、わたしと鬼怒川浩、矢野徹との仕事のつき合いは終った。

今や御二人とも死去されており、心から御冥福を祈るばかりである。（文中敬称略）

解題

河瀬唯衣

本書を以って『川野京輔探偵小説選』も三冊目となりました。当初、小谷さえり氏の編纂で二〇一九年に発売される予定でしたが、諸事情から約三年の遅延となり、編者も河瀬唯衣が引き継ぎました。

第三巻が全国の書店で発売される頃、川野京輔氏は九十一歳のお誕生日を迎えておられますが、二〇二二年六月十六日、いくつか確認事項があったので中央林間のご自宅を訪問した際は卒寿を過ぎてなお矍鑠とされ、元気なお姿で出迎えて下さいました。

訪問当日はご子息の上野友彦氏も同席され、打ち合わせと言うより楽しい雑談の場となり、貴重な思い出話や近況が伺えました。

友彦氏のお話によれば、川野氏は二〇二一年の暮れに転倒事故で顔面を負傷され、その影響で視力が著しく低下してしまったそうです。それでも現役時代の記憶や交友関係については記憶がはっきりしておられ、本書収録作品に関する思い出話も聞かせて下さいました。

健康管理もしっかりされており、日中は日本酒とウィスキーを嗜み、寝る前にブランデーを飲んで快眠するという生活ルーチンが良いのか、長い階段を一人で昇り降りできる足腰の強さは今も健在です。

現在、川野氏は友彦氏と父子(おやこ)共著の回顧録「僕の破天荒NHK職員人生」の編集に意欲を燃やしておられ、その準備として資料整理を進めておられるそうです。

推理小説文壇と戦後放送業界の大御所として、川野氏の今後ますますのご健勝を祈り、前書きを終わらせていただきます。

『川野京輔探偵小説選Ⅲ』の〈創作篇〉ですが、「暴風

2010年に自宅のリビングで撮影。（写真提供：上野友彦）

雨の夜」から「愛妻」までの探偵小説に分類できる九作を初出発表順に収録した後、未発表作品「公開放送殺人事件 ――一枚の写真――」を挟み、「オシドリ綺談」から「東京五輪音頭」まで非探偵小説の十三作を初出発表順にまとめました。

基本的に「論創ミステリ叢書」の作品並びは〈創作篇〉も〈評論・随筆篇〉も編年体形式ですが、本書は非探偵小説を多く収録しているため、〈創作篇〉は変則的な構成となっています。ご了承ください。

未発表作品を覗き、原則として初出誌紙のテキストを底本としました。【凡例】にも記されているとおり、明らかな誤字・誤記は修正し、必要に応じて著者へ確認を求めたうえで表記を確定しています。

以下、各作品の「解題」となりますが、主に書誌情報と編者コメント、川野氏の思い出話を記す形となっています。作品の内容について踏み込んでいる場合もあるため、未読の方はご注意ください。

〈創作篇〉

「暴風雨の夜」は『放送文藝』第五號（ママ）・1957年新春特別号（昭和三十二年一月一日発行）が初出。挿絵なし。

角書きに「スリラー」とあるように、高木彬光氏の「脱獄死刑囚」（『別冊週刊朝日』掲載。昭和三十年）を思わせるスリリングな展開の掌編です。

『放送文藝』（後に『放送文芸』表記）は放送文芸研究会（第七号より放送文芸社）が発行していた冊子で、川野氏が編集長を務めた時期もあります。川野氏の手元には十冊が合本保存されており、「全部で十二冊くらい発行したと思いますが、僕の手元には十冊（これ）だけしか残っていません。雑誌というよりも同人誌ですね。同時期に大阪でも『放送文藝』という冊子が発行されていましたが別物です」と仰っていました。

「**コンクール殺人事件**」は『放送文藝』第七号（昭和三十二年五月十日発行）が初出。発表時の筆名は淡美一郎（たんびいちろう）。挿絵なし。

自作短編「消えた街」（『川野京輔探偵小説選Ⅱ』既収）の改稿版とも言える内容。撮影所のセットを利用したアリバイ工作は、第二黄金時代を迎えた映画産業が隆盛を極めた時代らしいトリックです。推理小説通ならば、同様のトリックを効果的に用いた作品として、山村正夫氏の短編を思い出される方も多いのではないでしょうか。

「**犬神の村**」は同題単行本『犬神の村』（放送文芸社。昭和三十三年三月）への書下ろし。挿絵なし。

初刊本では、永瀬三吾氏による書下ろしの随筆「川野君のこと」が掲載されており、川野氏のデビュー当時の様子と本作についても言及されているため、以下、関連箇所を抜粋します（明らかな誤字は修正しました）。

> 川野京輔君の作品を私が最初に読んだのは三十年の「宝石」誌新人二十五人集中の「消えた街」でした。
> その前々年に「復讐」を読んでいますが、これは上野友夫という本名でした。
> 読んだと書きましたが、実はその楽屋を打明けると、この毎年の二十五人集という増刊は私が編集を担当し、また多数応募作品中から二十五篇を選ぶまでの読み手でもあったので、世の中に（読ました）と書くべきかもしれません。（略）そして今度の「犬神の村」はまだ拝見していませんが、独擅場に、そして充分の枚数を費した以上は必ず面白いものと信じて上梓を楽しみに待っています。この書下し形式の出版は、日本の今後の探偵小説界に流行するでしょう。推せんとか紹介とかなどはおこがましい！鐘太鼓の役にもなりませんが、記憶をたどって感想に祝意をこめました。

「消えた街」の初出は『宝石増刊』新人二十五人集

（昭和三十一年一月）ですが、雑誌自体は昭和三十年の年末に発売していたでしょうから、「三十年の「宝石」誌新人二十五人集中」と書いたのだと思われます。

　永瀬氏の発言で興味深いのは「書下ろし形式の出版は、今後の日本の探偵小説界に流行するでしょう」という部分で、筆者としては、一九八〇年代から九〇年代に隆盛を極めた新書や文庫への書下ろし形式を予見していたように感じました。

「手くせの悪い夫」は『耽奇小説』昭和三十三年十一月号（一巻三号）が初出。挿絵は南蛮寺祥吉。

　角書きに「猫男行状記」とあるように、夜な夜な美女を惨殺する猫男の犯罪が煽情的に描かれており、江戸川乱歩氏の「人間豹」（『講談倶楽部』連載。昭和九年～十年）を思わせる怪物の設定と併せ、通俗スリラーの見本とも言える一編。

　掲載誌の『耽奇小説』は久保書店が発行していた読物雑誌で、事実上の編集長を務めていた島本春雄氏が関西探偵作家クラブの会員だった事もあり、関西在住作家を中心に多くの探偵小説家が新作を提供しています。当初は『裏窓』という雑誌の増刊でしたが昭和三十三年九月号より独立し、昭和三十四年二月号で廃刊となりました。

　昭和三十六年に『小説の泉』へ「猫男の復讐」という短編が発表されたようですが、現物未見のため、本作の改題再録か改稿作品か、全く別の作品かは不明。

「二等寝台殺人事件」の初出は『探偵実話』昭和三十六年五月号（十二巻七号）が初出。挿絵は山田彬弘。

　東京と九州を結ぶ長距離寝台特急列車「さくら」が事件の舞台となっており、現在では減少傾向にある食堂車内の描写が古き良き時代の懐かしさを感じさせます。

「そこに大豆が生えていた」は『探偵実話』昭和三十六年七月号（十二巻九号）が初出。挿絵は藤沼源。

　島根県下で実際に発生した高利貸し殺害事件を警察関係者の陳述や記録、犯人の自白で構成したドキュメンタリー形式の作品で、松江放送局のライターだった渡辺（わたなべ）渡（わたる）氏から提供された犯罪実話を元ネタにしたそうです。

　現在のアメリカでは植物に起こる変化を解析して森林に隠された死体を発見するための研究が進んでおり、ドローンや衛星写真を利用した新たな捜査方法が模索されています。この件については、ウェブ記事「「植物の変化」から〝森に隠された死体〟を発見する研究」（https://nazology.net/archives/68566。リンク確認：二〇二二年七月二十二日現在）が詳しく報じており、興味のある方はアクセスしてみて下さい。

　本作は、渡辺氏の作として昭和三十四年十二月二十七日にラジオ番組「ＴＫ演芸ホール」で放送後、渡辺氏との共作扱いで小説化されましたが、掲載誌の目次には作者名として川野京輔の名前のみがクレジットされています（本文ページでは渡辺氏の名前もクレジットされています）。

渡辺氏や「ＴＫ演芸ホール」については、川野氏から次のようなお話を伺いました。

渡辺さんは松江出身でしたが、戦前、都会に憧れて上京し、浅草で演芸の台本を書いていました。戦争が終わってから帰郷し、松江放送局のライターグループの一員になったのです。

「そこに大豆が生えていた」は「ＴＫ演芸ホール」という番組内で放送されましたが、このＴＫというはＮＨＫ松江放送局のコールサイン〈ＪＯＴＫ〉の事です。〈ＪＯＡＫ〉なら東京放送局、〈ＪＯＢＫ〉なら大阪放送局という具合に、アルファベットの付く放送局は歴史がある証拠なので、当時の放送局員は自分の勤める放送局にアルファベットが入っている事が自慢でした。

僕の故郷にある広島放送局のコールサインは〈ＪＯＦＫ〉で、「ＴＫの集い」という番組を放送していました。

「御機嫌な夜」は『探偵実話』昭和三十六年十一月号（十一巻十五号）から同十二月号（十一巻十六号）への二回連載が初出。挿絵は三上雄一。

初出誌では、目次題が「御機嫌な夜」、本文タイトルが「ご機嫌な夜」となっており不統一でしたが、川野氏に確認したところ「御機嫌な夜」が正式タイトルとの事でしたので、雑誌掲載時にタイトルが誤記されたものと思われます。

新婚夫婦の事故死を引き起こした完全犯罪の真相を自動車雑誌のレポーターが暴きますが、ヘッドライトを利用して事故を引き起こすトリックは車好きの川野氏らしいアイディアと言えるでしょう。

主人公の推理について「このおれの推理には、多少の飛躍があるかも知れん」と真実である保証をしてない反面、探偵役の人物による推理（または推測）で事件を解決させる手法を無理なく成立するようオチを用意しているあたり、なかなか用意周到です。

川野氏は若い頃から自動車やオートバイに興味をもっており、自動車関連の著者が数冊ある他、本作の発表前後に「単車でとばそう」（『探偵実話』連載。昭和三十六年

～三十七年。かわの　きょうすけ名義）というオートバイ関係の読物を連載しています。

　本作を読んだ本多喜久夫氏はＮＨＫへ川野氏を尋ね、本作や過去に発表した作品の映画化を申し出たそうです。

　残念ながら「御機嫌な夜」の映画化企画は実現しませんでしたが、その後も本多氏との交流は続き、親しくしていた頃の思い出話を聞かせて下さいました。

　本多さんは五反田駅近くに豪邸を持っていて、映画企画の打ち合わせも兼ねて、ちょくちょく遊びに行きました。

　彼から映画プロデューサーの柳川武夫さんを紹介され、柳川さんのプロデュースで「新入社員第一課」という僕の短編が日活で映画化されたんです。

　僕ら三人、よく渋谷へ飲みに行きましたよ。

　戦時中の柳川さんは報道部員として南方にいたそうで、僕が知り合った頃は恰幅がよく、太めの体格でした。逆に本多さんは痩躯でしたね。

　本多さんは出版社と映画会社を取り持つ斡旋業――今ではエージェントと言うんでしょうか――をしており、シナリオを小説に書き直して雑誌へ売り込む仕事をしていました。

　出版社としては雑誌へ「映画化決定！」として作品が掲載できるし、映画会社からすれば「雑誌○○掲載」として売り出せるので、どちらにも得（メリット）があります。

　僕の小説では「アカシアの雨がやむとき」と「静かなる暴力」が映画になりましたが、それも本多さんのおかげでした。恩に着ています。

「**警報機が鳴っている!!**」は『探偵実話』昭和三十七年三月号（十三巻四号）が初出。挿絵は市川浩。コールガール組織や覚醒剤の密輸が絡んだ殺人事件として、同時代に書かれた島田一男氏の通俗ミステリを思わせる内容です。

「**愛妻**」は『季刊　推理文学』No.４・新秋特別号（昭和四十五年十月一日発行）が初出。挿絵なし。日本推理作家協会編『ミステリー傑作選・特別編⑥自選ショート・ミステリー２』（講談社文庫、二〇〇一年十月）へ採録。

〈ショート・ショート三人集〉の一編として掲載されました。同時掲載された作品は、松尾糸子「左下三番」、井口泰子「冷春」。

「**公開放送殺人事件――一枚の写真――**」は未発表作品。

二〇〇字詰め原稿用紙一二三枚の分量で、表紙一枚と本文十枚は「コクヨ　ケ-30　20×10」の原稿用紙に書かれており、それ以降は日本放送協会の原稿用紙「共庶Ｂ５７１　Ｂ５　上45（共5号）」に書かれています。川野氏のＮＨＫ在職中、おそらく一九九〇年頃に執筆されたようです。

作中に登場するバイオレンス作家の天月啓（原稿では「あまずき」のルビでしたが、本書では著者了承のうえ「あまづき」としています）は、その描写から大藪春彦氏を連想される方もいらっしゃると思いますが、川野氏に尋ねたところ「大藪春彦さんの名前は知っていますが、彼とは交流がありませんでした。天月啓は誰かをイメージしたり、モデルにしたりして作り出したキャラクターではないです」との事でした。

「オシドリ綺談」は『千一夜』昭和二十八年十二月号（六巻十二号）が初出。発表時は無署名。カットを描いている画家名も記載なし。

二〇一八年九月五日から一部書店で販売された『川野京輔探偵小説選Ⅰ』の購入特典ペーパーに再録されていますが、単行本への収録は本書が最初となります

以下、特典ペーパーに付された小谷さえり氏の［作品解説］を再録します。

本作「オシドリ綺談」の初出は『千一夜』昭和二十八年十二月号です。目次にも記載のない無署名作品ですが、川野京輔氏自身が編纂された作品リスト「出版［雑誌・単行本］演劇［脚本・演出］記録」に記録されていた事から川野氏の作品と判明しました。

大学時代からＮＨＫ勤務直後の一時期、川野氏は民俗学に興味を持っていたらしく、故事来歴を解説した掌編や地方を舞台にした昔話を何作か発表しています。

編集部からの依頼で執筆した掌編ではなく、同じ号に掲載された「美人の足　秘密の石膏像」や川崎四郎名義の「ギロチン魔の最后」（いずれも『川野京輔探偵小説選Ⅰ』既収）と同じく、投稿作品として書かれました。

「天に昇った姫君」は『週刊タイムス』昭和二十八年十二月二十七日号（一巻十一号）が初出。発表時の筆名は川崎四郎。挿絵なし。

千葉市の昔話という体裁からか、作者名は「千葉県川崎四郎」と記されていました。

二〇一八年十月下旬から一部書店で販売された『川野京輔探偵小説選Ⅱ』の購入特典ペーパーに再録されていますが、単行本への収録は本書が最初となります。

以下、特典ペーパーに付された小谷さえり氏の「作品解説」を再録します。

本作「天に昇った姫君」の初出は『週刊タイムス』昭和二十八年十二月二十七日号です。地方の民話や伝説を紹介する「郷土風流譚」の原稿募集に投じて採用されました。

『週刊タイムス』の「郷土風流譚」へは川崎四郎や川野京輔名義で何編か昔話（川野氏のお話では創作だったとの事）を投稿していたそうですが、その全貌は明らかになっていません。

『週刊タイムス』は昭和二十八年十月に日本出版タイムス社から創刊されたB5判の週刊誌で、性（セックス）に関する記事や読物をメインとしており、小説では石塚喜久三「恋愛交差点」の連載が確認できました。

当初は『週刊サンデー』という雑誌名でしたが、昭和二十八年十一月二十日号から『週刊タイムス』と改題されています。

「原稿募集」記事「☆郷土風流譚☆」の項目には「お国に伝わるお色気ばなしをドシドシお送り下さい。」と書かれていますが、雑誌カラーを考えると、実際は創作お色気ばなしの投稿が多かったのではないでしょうか。原稿料については「相当の稿料」という曖昧な説明となっており、川野氏に確認した際も「いくら貰ったか覚えていない」とのお返事でした。

筆者の所有する『週刊タイムス』昭和二十八年十二月二十七日号は七十四頁以降を欠いていましたが、「解題」締め切り直前になって破れなしの完本が手に入りました。同号は全八十頁あり、七十八頁の「風流昔噺」に「チン妙なる法師」（広島市南千田町・川野京輔）が掲載されている事を確認したので補足いたします。

「奴隷加虐」は『奇譚クラブ』昭和二十九年五月号（八巻五号）が初出。発表時の筆名は川野四郎。挿絵は杉原虹児。「☆忌わしい歴史の一面☆」の副題が付いています。

ジェームス・A・フロイドはJames Anthony Froude（英。一八一八～一八九四年）、D・モレルはEdmund Dene Morel（英。一八七二～一九二四年）の事ですが、奴隷加虐を紹介した書籍の詳細は確認できませんでした。

一八八頁「D・モレス氏の書物」という一文が、初出誌では「D・モレル氏の書物」となっていたため、本書では修正しています。

『奇譚クラブ』への執筆は編集部からの依頼ではなく、

原稿募集記事を見ての投稿だったそうです。後年、『奇譚クラブ』に深い関わりがあった編集者の須磨利之氏と交流を持つ事になる川野氏ですが、須磨氏との縁は『奇譚クラブ』ではなく『裏窓』への投稿がキッカケとなったそうです。

「**ベンガルの黄昏**」は『奇譚クラブ』昭和二十九年八月号（八巻八号）が初出。挿絵画家名なし。「植民地加虐秘史」の副題が付いています。

「奴隷加虐」と同じく西洋史の暗黒面に触れた歴史秘話の一編。

「**生活の歌**」は『放送文藝』第四号（昭和三十一年十月一日発行）が初出。発表時の筆名は上野友夫。挿絵なし。

同号には鬼怒川浩氏の随筆「スリラーブームに想う」も掲載されており、同文中には、「私に執筆命令を与えた編集者に文句をつけて頂きたい。（実はこの編集者は明日が結婚式なので、こんな無理な注文を出したのである）畜生！」とありますが、この編集者というのは言うまでもなく上野友夫氏の事です。

「**フェニックスの街**」は『放送文芸』昭和三十二年九月号（二巻九号）が初出。挿絵なし。

広島県の放送業界を舞台にした連作の第一回となり、角書きには「放送シリーズ（1）」と記されています。連作ではありますが、特に物語は連続しておらず、主役も作品によって異なるため、本書でも全四話を独立短編扱いとしました。

「**迷信の村**」は『放送文芸』昭和三十二年八月号（二巻八号）が初出。挿絵なし。「放送シリーズ（2）」。

本作で触れられている犬神の迷信は、後の創作活動にも本書収録の「犬神の村」や「犬神部落の幽鬼」（第一巻既収）へ反映され、長編「猿神の呪い」（『島根新聞』連載。昭和三十五年）にも応用されています。

犬神憑きについては松江放送局勤務時代に興味を持たれたそうで、当時を思い返した貴重な証言が得られました。

松江には犬神憑きというのがあって、松江放送局にいた頃、僕も犬神憑きに興味を持ったので何度か小説のテーマにしました。

松江から東京の芸能局へ異動になった昭和三十五年六月、『島根新聞』に「猿神の呪い」という探偵小説の連載を始めましたが、そこでは犬神信仰ではなく猿神信仰という架空の信仰を作りました。

地元では犬神憑きや犬神信仰というのは非常にデリケートな問題だったので、関係者が住んでいる地域の新聞への連載という事もあり、「犬」を「猿」に差し替えたんです。

「猿神の呪い」は新聞連載終了後も長らく単行本未収録でしたが、平成十五年に新風舎から新書判で単行本化されました。

「**子守地蔵**」は『放送文芸』昭和三十二年十月号（二巻十号）が初出。挿絵なし。「放送シリーズ（3）」。

初出誌では、本文中に「子護地蔵」や「女護地蔵」（後者は誤植と思われます）と表記されていましたが、著者所蔵の雑誌には「子守地蔵」と修正の書き込みがされていたため、本書でも「子守地蔵」表記としました。

作中に登場する吉岡富江は『放送文芸』の会員である富永リエ氏がモデルとなっており、川野氏は「放送シリーズの「子守地蔵」で富永さんをモデルにした処、美人と書いてくれないと叱られた。大変にうかつな事で、ここで改めて富永さんが、仮令、多少お年を召していらしても、そして多少身長の割に軽量でいらしても美人であると強調しておく。（略）直接お会した時は、せっかちな話し方だが、お手紙はユーモラスで楽しく、そんな処に富永さんのお人柄がしのばれるのである」と後にフォローしています（引用は無署名記事「富永さんの事」〔『放送文芸』昭和三十二年十二月号〕より）。

「**放送の窓口**」は『放送文芸』昭和三十二年十一月号（二巻十一号）が初出。挿絵なし。「放送シリーズ（4）」。

「放送シリーズ」最終回は小説ではなく、一人称視点の記事スタイルとなっています。

「**悲願八丈島**」は『放送文芸』昭和三十二年十二月号（二巻十二号）が初出。挿絵なし。

表紙では「文藝特集号」と表記されていますが、奥付では「十二月号」と記載されており、ここでは後者の十二月号表記を採用しました。

「**野反湖悲歌**（のぞりこエレジー）」は『読切倶楽部』昭和三十七年十月号（十一巻十四号）が初出。挿絵は齊藤辰寿。

初出誌のキャッチには「マヒナ・スターズ・ヒット曲　日活映画化決定」とありますが、残念ながら本作も映画化は実現しませんでした。

和田弘とマヒナスターズの楽曲「野反湖悲歌」は、日本ビクターより昭和三十七年に発売された二曲入りレコードのA面に収録されており、同盤のB面には「ふたりの恋」が収録されています。

「**剃刀**（かみそり）**と美女**（おんな）」は『奇譚クラブ』昭和三十八年六月号（十七巻六号）が初出。挿絵画家名なし。

「**東京五輪音頭**」は『読切倶楽部』昭和三十九年九月

号（十三巻九号）が初出。挿絵は横塚繁。

こちらも「日活映画化決定」と謳われながら実現しませんでした。自著『推理SFドラマの六〇年　ラジオ・テレビディレクターの現場から』には「予算的な面か他社と競合するのを嫌ってか、撮影開始寸前で取り止めとなった」（二一五〜二一六頁）と書かれていますが、川野氏の談によれば、実際は東京オリンピック組織委員会との間で「東京五輪音頭」テーマソングに関する著作権的な問題が発生したため映画化が中止にされたようです。

また、その頃の思い出として、「昭和三十八年にNHKが制定したテーマ曲「東京五輪音頭」の作詞募集には二〇〇〇通以上の応募があり、島根県庁の職員だった宮田隆が一等入選しました。宮田くんは松江放送局ライターグループの一員でもあり、昭和四十五年に開催された日本万国博覧会でも「万国博覧会音頭」が大阪万博の歌として入選しています。この万博音頭は三波春夫に歌われました」というお話を聞かせていただきました。

同時期、日活では石森史郎氏の「東京五輪音頭」（『近代映画』掲載。昭和三十九年）を映画化しており、昭和三十九年九月九日に公開しています。同じタイトルでありながら川野氏の小説だけが映画化中止となった背景には、先の証言だけではない複雑な理由があったのかもしれません。

映画「東京五輪音頭」は、二〇一四年四月二日にHappinet PicturesよりDVDが発売されています。

〈評論・随筆篇〉

「作りたいドラマ」は『放送文藝』第三号（昭和三十一年四月一日発行号）が初出。

この号は「JOFK―TV放送開始記念」と銘打ち、表紙には「スリラーに寄せる」という特集名が表記されています。

本エッセイは「特集　スリラードラマ」の一編として執筆され、初出時は無題でしたが、本書への収録にあたってタイトルがつけられました。この特集には、長沼弘毅、中島河太郎、西田政治、永瀬三吾、島久平、朝山蜻一、山村正夫、水谷準、双葉十三郎、奈良八郎、楠田匡介、知切光蔵、鬼怒川浩、渡辺啓助、香住春吾の各氏も無題の随筆を寄稿しています。

なお、同号には川野名義の読物「軽便鉄道の消える日」も同時掲載されています。

「放送劇の空想音」は『中国新聞』掲載が初出。本書では初出紙が確認できず、前掲『犬神の村』への再録テキストを底本としました。

鬼怒川浩氏の脚本による空想科学ドラマ「地球よ永遠なれ」については、前掲『推理ＳＦドラマの六〇年』の第一章で詳しく述べられています（論創社版では二十二～二十五頁）。

「川野さんの事」は『放送文芸』昭和三十二年十二月号（二巻十二号）が初出。発表時の筆名は（上野）。

『放送文芸』編集者の立場から、作者と作品について記述した囲み記事。「悲願八丈島」は発表する場もないまま書き溜めた作品の一つだと明かした、作者自身の貴重な証言とも言えるでしょう。文中の「山形三郎」は、同誌の執筆メンバーです。

「放送局と私」は前掲『犬神の村』への書下ろし。

文中に挙げられている短編のうち、「青春放送局」と「第二の誕生日」は『川野京輔探偵小説選Ⅰ』、それ以外の六作は『同Ⅱ』に収録されています。作品執筆の裏話を明かしているためネタバレも含んでおり、紹介されている作品を読んでいない方はお気をつけください（解題で注意を促しても手遅れかもしれませんが……）。

「馬の話」は『日本推理作家協会会報』昭和五十三年五月号（三五五号）が初出。「戊午随想」の一編として掲載。

「未と乙女」は『日本推理作家協会会報』昭和五十四年九月号（三六九号）が初出。「己未随想」の一編として掲載。

「かけ出しの頃」は『日本推理作家協会会報』昭和五十五年二月号（三七四号）が初出。「庚申随想」の一編として掲載。

「推理文壇復帰の夢」は『日本推理作家協会会報』昭和六十一年一月号（四四五号）が初出。「丙寅随想」の一編として掲載。

自伝的ドラマ史『推理ＳＦドラマの六〇年』は「ラジオ・テレビディレクターの現場から」というサブタイトルがつき、昭和六十一年二月奥付で発売されました。帯裏には山村正夫氏と矢野徹氏のコメントが掲載されています。平成三十一年五月奥付で論創社より復刊された際は著者校正による加筆・修正が行われ、帯表には辻真先氏の推薦文を掲載しています。肖像権などの都合から元版の写真は未収録ですが、新稿「あとがきのあとがき」が書下ろされました。

「ＳＦとＳＭ」は『日本推理作家協会会報』昭和六十一年三月号（四四七号）が初出。

「沼正三氏の評論集「奴隷の歓喜」」とは、『ある夢想家の手帖から４　奴隷の歓喜』（潮出版、昭和五十一年刊）

が正しい書題。このエッセイ集は昭和五十年から翌五十一年にかけ、月報付きの全六巻本として発売されました。

「風俗雑誌には探偵作家も別の筆名でＳＭ小説を書いていた」とありますが、探偵作家が風俗雑誌へ（ＳＭ小説に限らず）変名で執筆していた例として、川崎七郎（川野京輔）、加茂川清子（杉山清詩）、神行京一（島本春雄）、貝弓子（狩久）の名前が挙げられます。

「**ウマが合わない**」は『日本推理作家協会会報』平成二年六月号（四九八号）が初出。「庚午随想」の一編。

「**乱歩のラジオドラマ**」は『日本推理作家協会会報』平成四年三月号（五一九号）が初出。

二八四頁下段十四行の「中西龍」は初出誌では「中西竜」表記でしたが、人名のため、本書では正確な名前表記に修正しました。

川野氏が関わった江戸川乱歩氏原作のラジオドラマに関しては、前掲『推理ＳＦの六〇年』で詳しく記されています。「昭和二九年の「宝石新人二五人集」に載った小生のはじめての推理小説」とは「復讐」（『川野京輔探偵小説選Ｉ』既収）の事で、正しくは昭和二十八年発行の『別冊宝石』に掲載されました。「乱歩から散々の酷評を受け、失望落胆した」件については『川野京輔探偵小説選Ｉ』の「解題」をご参照ください。

「**近況報告**」は『日本推理作家協会会報』平成五年二月号（五三〇号）が初出。

「近々、昭和三十年代の初め「宝石」や「探偵実話」に書いた、放送局を舞台にした短篇小説を集めて、上梓したい」という願いは、廣済堂ブルーブックスの短編集『コールサイン殺人事件』（廣済堂、平成六年）で叶う事になります。

「**出版予告**」は『日本推理作家協会会報』平成六年一月号（五四一号）が初出。

「**平成六年の新刊**」は『日本推理作家協会会報』平成七年一月号（五五三号）が初出。

評論と随想をまとめ私家版の冊子は桜林出版より発行されました。

「**長寿番組「日曜名作座」**」は『日本推理作家協会会報』平成九年三月号（五七九号）が初出。

「**埋もれた作品に陽の目を**」は『放送作家情報』平成九年三月二十五日号・Vol.13（二期四号）が初出。

掲載紙は社団法人日本放送作家協会が発行する広報委員会レポート。初出時は各段落の行頭が字下げされていないため、本書では読みやすさを考慮して一字下げとしました。

「**筆名由来の弁**」は『日本推理作家協会会報』平成十

川野京輔氏の作品が掲載された雑誌や自費出版物を含む著書、原作を提供した映画台本。上段左端は川野氏が自作した『放送文芸』の合本。下段左端は本書へ書下されたエッセイの生原稿。（資料提供：川野京輔）

年四月号（五九二号）が初出。

「追悼　中西龍(りょう)氏」は『日本推理作家協会会報』平成十年四月号（五九二号）が初出。

昭和五十三年から放送が始まったＮＨＫラジオドラマの江戸川乱歩シリーズについては、前掲『推理ＳＦドラマの六〇年』の第五章で詳しく述べられています（論創社版では一七〇～一八一頁）。

「今なおカーマニア」は『日本推理作家協会会報』平成十七年一月号（六七三号）が初出。

川野氏の書斎には歴代の愛車写真が飾られており、今なお車への愛着を変わらずに持っておられます。ここで挙げられている著書の発行年月や発行所の情報は、『川野京輔探偵小説選Ⅱ』の「解題」にまとめられている川野京輔著書一覧（日下三蔵・作）をご参照ください。

「「タマゴン」物語」は『日本推理作家協会会報』平成十八年一月号（六八五号）が初出。

ミュージカル「タマゴン」は「第3回公演　八王子こどもミュージカル」として、八王子市芸術文化会館（いちょう大ホール）で平成十九年（二〇〇七年）七月二十七日に上演されました。原作は川野京輔、脚本・演出は青砥洋、音楽は薮内智子、振付は中沢千尋の各氏が担当。

劇の内容は「ミュージカル　タマゴン」（https://www.youtube.com/watch?v=QdJZO37kWGw）としてYouTubeにて公開されています（配信確認とリンクは二〇二二年七月二十二日時点）。

「運転をやめる」は『日本推理作家協会会報』平成十九年二月号（六九八号）が初出。

「通見客五〇年」は『日本推理作家協会会報』平成二〇年七月号（七一五号）が初出。

「目下、整理中」は『日本推理作家協会会報』平成二一年三月号（七二三号）が初出。

喜寿を過ぎ、自身が書いた随筆や仕事状況をまとめようという構想をされていましたが、残念ながら一冊の本にまとめる出版計画は、二〇二二年七月現在、実現していません。

「ラジオドラマをアーカイブスへ」は『日本推理作家協会会報』平成二十三年一月号（七四五号）が初出。

「「探偵作家クラブ」のおかげです」は『日本推理作家協会会報』平成二十四年一月号（七五七号）が初出。

「森繁さんとミステリー」は『日本推理作家協会会報』平成二十五年十二月・平成二十六年一月号（七七八号）が初出。事実上の合併号ですが、号数表記は初出紙に従いました。

『日本推理作家協会会報』へ発表された随筆のうち、「SFとSM」、「ウマが合わない」、「乱歩のラジオドラマ」、「通見客五〇年」、「ラジオドラマをアーカイブスへ」、「「探偵作家クラブ」のおかげです」、「森繁さんとミステリー」以外は無題だったため、本書収録にあたって著者が新たにタイトルをつけました。

「コロモンのウエチャンとつき合ってくれた鬼怒川浩・矢野徹の思い出あれこれ」は本書への書下ろし。平成三十一年執筆。

コクヨの四百字詰め原稿用紙十一枚に書かれましたが、十一枚目の最終行で文章を終わらせており、現役を退きながらも原稿を書く技術は衰えを見せていません。

川野京輔氏、上野友彦氏、赤川実和子氏、二階堂黎人氏より資料の提供を受けました。記して感謝いたします。

（編集部）

［著者］川野京輔（かわの・きょうすけ）
1931年8月29日、広島県生まれ。本名・上野友夫。1953年より『千一夜』や『風俗草紙』などへ短編の投稿を始め、同年末には『別冊宝石』の懸賞に本名で応募した「復讐」が入選し、事実上の作家デビューとなる。中央大学法学部法科卒業後、54年にNHKへ入局。広島中央放送局放送部、松江放送局放送部を転任した後、60年に東京勤務となり芸能局へ配属された。アナウンス室勤務時期も含め、芸能局には合計27年在籍し、91年にNHKを定年退職。広島中央放送局在職中に広島中央局長賞を受賞した。日本推理作家協会名誉会員。

［解題］河瀬唯衣（かわせ・ゆい）
北海道生まれ。青森県で幼少期を過ごし、小学校卒業と同時に一家揃って神奈川県へ引っ越す。高校一年生の頃に芸能事務所へ入所し、学業と並行して芸能活動を行い、小劇場でのコンサートや演劇に出演。声優、グラビアモデル、ボイストレーナーを経て、現在はマネージャー業に従事。

川野京輔探偵小説選Ⅲ（かわのきょうすけたんていしょうせつせん）　〔論創ミステリ叢書128〕

2022年8月29日　初版第1刷印刷
2022年9月9日　初版第1刷発行

著　者　川野京輔
装　訂　栗原裕孝
発行人　森下紀夫
発行所　論創社
〒101-0051　東京都千代田区神田神保町2-23　北井ビル
電話　03-3264-5254　振替口座　00160-1-155266
https://www.ronso.co.jp/

校正　横井　司
組版　加藤靖司
印刷・製本　中央精版印刷

ISBN978-4-8460-2056-9

論創ミステリ叢書

①平林初之輔Ⅰ
②平林初之輔Ⅱ
③甲賀三郎
④松本泰Ⅰ
⑤松本泰Ⅱ
⑥浜尾四郎
⑦松本恵子
⑧小酒井不木
⑨久山秀子Ⅰ
⑩久山秀子Ⅱ
⑪橋本五郎Ⅰ
⑫橋本五郎Ⅱ
⑬徳冨蘆花
⑭山本禾太郎Ⅰ
⑮山本禾太郎Ⅱ
⑯久山秀子Ⅲ
⑰久山秀子Ⅳ
⑱黒岩涙香Ⅰ
⑲黒岩涙香Ⅱ
⑳中村美与子
㉑大庭武年Ⅰ
㉒大庭武年Ⅱ
㉓西尾正Ⅰ
㉔西尾正Ⅱ
㉕戸田巽Ⅰ
㉖戸田巽Ⅱ
㉗山下利三郎Ⅰ
㉘山下利三郎Ⅱ
㉙林不忘
㉚牧逸馬
㉛風間光枝探偵日記
㉜延原謙
㉝森下雨村
㉞酒井嘉七
㉟横溝正史Ⅰ
㊱横溝正史Ⅱ
㊲横溝正史Ⅲ
㊳宮野村子Ⅰ
㊴宮野村子Ⅱ
㊵三遊亭円朝
㊶角田喜久雄
㊷瀬下耽
㊸高木彬光
㊹狩久
㊺大阪圭吉
㊻木々高太郎
㊼水谷準
㊽宮原龍雄
㊾大倉燁子
㊿戦前探偵小説四人集
(別)怪盗対名探偵初期翻案集
(51)守友恒
(52)大下宇陀児Ⅰ
(53)大下宇陀児Ⅱ
(54)蒼井雄
(55)妹尾アキ夫
(56)正木不如丘Ⅰ
(57)正木不如丘Ⅱ
(58)葛山二郎
(59)蘭郁二郎Ⅰ
(60)蘭郁二郎Ⅱ
(61)岡村雄輔Ⅰ
(62)岡村雄輔Ⅱ
(63)菊池幽芳
(64)水上幻一郎
(65)吉野賛十
(66)北洋
(67)光石介太郎
(68)坪田宏
(69)丘美丈二郎Ⅰ
(70)丘美丈二郎Ⅱ
(71)新羽精之Ⅰ
(72)新羽精之Ⅱ
(73)本田緒生Ⅰ
(74)本田緒生Ⅱ
(75)桜田十九郎
(76)金来成
(77)岡田鯱彦Ⅰ
(78)岡田鯱彦Ⅱ
(79)北町一郎Ⅰ
(80)北町一郎Ⅱ
(81)藤村正太Ⅰ
(82)藤村正太Ⅱ
(83)千葉淳平
(84)千代有三Ⅰ
(85)千代有三Ⅱ
(86)藤雪夫Ⅰ
(87)藤雪夫Ⅱ
(88)竹村直伸Ⅰ
(89)竹村直伸Ⅱ
(90)藤井礼子
(91)梅原北明
(92)赤沼三郎
(93)香住春吾Ⅰ
(94)香住春吾Ⅱ
(95)飛鳥高Ⅰ
(96)飛鳥高Ⅱ
(97)大河内常平Ⅰ
(98)大河内常平Ⅱ
(99)横溝正史Ⅳ
(100)横溝正史Ⅴ
(101)保篠龍緒Ⅰ
(102)保篠龍緒Ⅱ
(103)甲賀三郎Ⅱ
(104)甲賀三郎Ⅲ
(105)飛鳥高Ⅲ
(106)鮎川哲也
(107)松本泰Ⅲ
(108)岩田賛
(109)小酒井不木Ⅱ
(110)森下雨村Ⅱ
(111)森下雨村Ⅲ
(112)加納一朗
(113)藤原宰太郎
(114)飛鳥高Ⅳ
(115)川野京輔Ⅰ
(116)川野京輔Ⅱ
(117)鮎川哲也Ⅱ
(118)鮎川哲也Ⅲ
(119)渡辺啓助Ⅰ
(120)渡辺啓助Ⅱ
(121)延原謙Ⅱ
(122)飛鳥高Ⅴ
(123)甲賀三郎Ⅳ
(124)佐左木俊郎Ⅰ
(125)佐左木俊郎Ⅱ
(126)霜月信二郎
(127)飛鳥高Ⅵ
(128)川野京輔Ⅲ